Layla Hagen

# Diamonds For Love – Entflammte Sehnsucht

PIPER

Zu diesem Buch

Pippa, der Liebling der Bennett-Familie, hat eine harte Zeit hinter sich. Sie hat sich erst kürzlich scheiden lassen, auf einen neuen Mann will sie sich nicht so schnell einlassen. Doch die Liebe lässt sich nicht planen, und so lernt sie auf der Hochzeit ihres Bruders Sebastian den umwerfenden Eric Callahan kennen. Der Witwer ist ein viel beschäftigter Geschäftsmann aus Boston. Sein wacher Verstand und sein gutes Gespür für taktische Züge haben ihn zum Erfolg geführt. Bald schon funkt es heftig zwischen ihnen. Pippa weiß, wie sie Eric um den Finger wickelt, und tatsächlich stellt er ihr sogar seine Tochter Julie vor. Es scheint, als könnte Eric ihr die Sterne vom Himmel holen und ihr verletztes Herz heilen. Alles wäre perfekt, wenn Eric und Julie San Francisco nicht bald verlassen müssten …

*Layla Hagen* ist das Pseudonym einer USA-Today-Bestsellerautorin. Sie lebt in Österreich, spricht fließend Englisch, Deutsch und Spanisch, und schreibt am liebsten prickelnde Liebesromane.

Layla Hagen

# LOVE
## DIAMONDS FOR LOVE

Entflammte Sehnsucht

Roman

Übersetzung aus dem Amerikanischen
von Vanessa Lamatsch

PIPER

*Mehr über unsere Autoren und Bücher:*
*www.piper.de*

Von Layla Hagen liegen im Piper Verlag vor:
Diamonds For Love – Voller Hingabe
Diamonds For Love – Verlockende Nähe
Diamonds For Love – Entflammte Sehnsucht
Diamonds For Love – Verhängnisvolle Liebe
Diamonds For Love – Verbotene Wünsche
Diamonds For Love – Betörende Blicke
Diamonds For Love – Heißes Herzklopfen
Diamonds For Love – Vertraute Gefühle
Diamonds For Love – Glühende Leidenschaft

MIX
Papier aus verantwortungsvollen Quellen
FSC® C083411
FSC www.fsc.org

Deutsche Erstausgabe
ISBN 978-3-492-31327-8
1. Auflage Juli 2018
2. Auflage Juni 2019

Titel der amerikanischen Originalausgabe:
»Your Forever Love«, CreateSpace Independent Publishing Platform, 2016

Umschlaggestaltung: zero-media.net, München
Umschlagabbildung: FinePic®, München
Satz: Uhl + Massopust, Aalen
Gesetzt aus der Palatino
Druck und Bindung: CPI books GmbH, Leck
Printed in the EU

# 1 Eric

»Dad, kann ich Pippa *jetzt* kennenlernen?«

Ich beobachte mit einem Grinsen im Gesicht, wie sich meine Tochter mit den schmalen Fingern durch das lockige, blonde Haar fährt und auf ihrem Stuhl herumrutscht. Als ich Julie vor ein paar Wochen erzählt habe, dass wir zu Sebastian Bennetts Hochzeit eingeladen sind, hat sie verkündet, dass sie ihr Haar offen tragen wolle, nicht in einem Zopf … Weil Zöpfe etwas für kleine Mädchen seien, sie aber gerade zwölf geworden ist.

Sie wird viel zu schnell erwachsen.

»Noch nicht. Sie ist im Moment ziemlich beschäftigt.«

Ich vermute allerdings, dass Pippa den gesamten heutigen Tag über beschäftigt sein wird, da das hier die Hochzeit ihres Bruders ist.

Julie verehrt Pippa Bennett – oder, um genauer zu sein, ihre Designs. Meine Tochter liebt es, zu zeichnen. In letzter Zeit hat sie angefangen, Schmuck zu entwerfen, was keine große Überraschung ist, da ich mein Geld als Schmuckhändler verdiene. *Callahans Finest*, die Firma, deren CEO ich bin, ist die größte Kette exklusiver Juweliergeschäfte an der Ostküste und das schon seit drei Generationen. Wir arbeiten eng mit *Bennett Enterprises* zusammen, und ich bewundere die Bennett-Familie. Sie haben mit nichts angefangen. Sebastian hat *Bennett Enterprises* vor weniger als fünfzehn Jahren gegründet, und die Firma ist schnell zu einem der renommiertesten Vertreter auf dem Schmuckmarkt geworden. Es braucht eine Menge Entschlossenheit und harte Arbeit, um so etwas in so kurzer Zeit zu erreichen.

Julie hat sich schon vor einer Weile in die Schmuckentwürfe Pippas verliebt und will ihr Idol jetzt unbedingt kennenlernen. Wenn ich ehrlich bin, freue auch ich mich darauf, Pippa Bennett endlich mal persönlich zu begegnen.

»Das ist eine tolle Hochzeit«, sagt Julie, während ihr Blick durch den Ballsaal gleitet und schließlich am Tisch des Brautpaares hängen bleibt. »War deine Hochzeit mit Mom auch so schön?«

*Bumm.* Ihre Worte treffen mich wie ein Schlag und reißen alte Wunden auf.

»Ja, war sie.«

Mit einundzwanzig, als Sarah mir gesagt hat, dass sie schwanger ist, hat sich mein gesamtes Leben verändert. In diesem Alter war ein Kind wirklich das Letzte, was ich wollte. Aber ich hatte auch nicht vor, die Frau, die ich liebte, mit der Verantwortung allein zu lassen. Also heirateten Sarah und ich und freuten uns bald schon auf das Baby. Julie stahl mir schon im Moment ihrer Geburt das Herz. Ich hielt sie in meinen Armen und wusste, dass mein Leben sich komplett verändern würde.

Vor fünf Jahren wurde dann wieder alles anders, als Sarah bei einem Unfall ums Leben kam. Es war der Unfall, der dafür sorgte, dass Julie heute humpelt und auf einen Inhalator angewiesen ist.

»Hey!« Ich stoße Julie mit dem Ellbogen an, weil ich nicht möchte, dass sie in ihren trüben Gedanken an ihre tote Mom versinkt. »Sollen wir morgen einen Filmabend veranstalten?«

»Na klar. Aber du darfst nicht wieder einschlafen, Dad.«

»Das kann ich dir nicht versprechen.«

Julie liebt Filmabende. Außerdem schaut sie gern wieder und wieder dieselben Filme … weswegen ich manchmal einschlafe.

»Wenn du einschläfst, male ich dir mit Edding einen

Schnurrbart ins Gesicht«, droht sie, wobei sie nur mit Mühe ein Grinsen unterdrücken kann. »So musst du dann am nächsten Tag ins Büro gehen.«

Interessanter Gedanke. Das würde meinen Ruf als harter Geschäftsmann definitiv schädigen.

»Du kannst es ja versuchen.«

Julie beginnt zu kichern, dann kann sie nicht mehr an sich halten. Ihr Lachen war schon immer ansteckend, also kann ich bald auch nicht mehr ernst bleiben. Ich liebe dieses kleine Mädchen abgöttisch, und ich würde alles tun, um sie glücklich zu machen.

»Ooooh, guck mal, Daddy!« Julie klatscht aufgeregt in die Hände. »Der erste Tanz.«

Ich lächle meine Tochter an und wuschle ihr durchs Haar, was mir ein ärgerliches Stirnrunzeln einbringt.

»Lass uns den ersten Tanz abwarten«, sage ich. »Dann können wir Pippa Bennett suchen gehen.«

# 2 Pippa

Ich liebe Hochzeiten. Ich liebe alles daran, vom Treuegelübde über das Tanzen bis zum Kuchen. Oh, der Kuchen! Ich bin von Koffein und Zucker wirklich abhängig, allerdings bemühe ich mich auch nicht besonders, gegen meine Sucht anzukämpfen. Leider sollte ich das, zumindest beim Zucker. Einer der Nachteile, über dreißig zu sein, ist, dass mein Grundumsatz nicht länger mit meinem Appetit Schritt halten kann.

Mein ältester Bruder und seine Frau schweben über die Tanzfläche. Wie glücklich sie sind, sieht man ihnen aus einem Kilometer Entfernung an. Meine anderen sieben Geschwister und meine Eltern haben sich im Raum verteilt und unterhalten die Gäste. Der Ballsaal sieht bezaubernd aus mit der hohen Decke, die sich über uns wölbt, und den Kristalllüstern, die über unseren Köpfen leuchten. Der Raum ist riesig, groß genug für vierhundert Gäste. Die Stühle sind mit elegantem Satin bezogen, winzige funkelnde Lichter zieren die Tische. Alles sieht aus wie in einem Märchen.

»Beglückwünschst du dich selbst für deine Fähigkeiten als Kupplerin, Pippa?«, fragt Max, der neben mir auftaucht.

»Du musst zugeben, dass ich ziemlich begabt bin, kleiner Bruder.«

Es ist nicht mir allein zuzuschreiben, dass unser ältester Bruder heute heiratet, aber zumindest habe ich ihm einen Schubs in die richtige Richtung gegeben.

»Wieso fragst du? Willst du meine Dienste in Anspruch nehmen? Ich warne dich, ich bin teuer. Ich verlange bedingungslose brüderliche Liebe und ewige Dankbarkeit.«

Max hat die letzten paar Jahre in unserem Londoner Büro verbracht, und ich habe ihn schrecklich vermisst. Aber jetzt ist er zurück, und ich habe vor, diese Gelegenheit zu nutzen, um eine geeignete Frau für ihn zu finden.

»Ich kann mir selbst ein Date besorgen. Dafür brauche ich keine Hilfe.«

»Das haben Sebastian und Logan auch behauptet.« Ich zwinkere ihm zu, doch Max schüttelt den Kopf.

Hinter ihm entdecke ich Christopher. Er und Max sind eineiige Zwillinge, und heute fällt es besonders schwer, sie auseinanderzuhalten, weil selbst ihre Smokings und Fliegen identisch sind. Glücklicherweise hat Max etwas längeres Haar, das ihm in die Augen fällt. Trotzdem bin ich versucht, ihnen wie in unserer Kindheit winzige, farbige Punkte auf ihre Kleidung zu kleben, weil es mir dann leichter fällt, sie auseinanderzuhalten.

»*Du* solltest dir lieber ein Date besorgen«, schlägt Max vor.

Ich seufze. »Das habe ich nach der Scheidung einmal probiert. Ist nicht gut ausgegangen. Ich bin viel besser darin, andere Leute zusammenzubringen.«

Ich glaube an die Liebe. Wirklich. Aber vielleicht ist es mir einfach nicht vergönnt, den Richtigen zu finden. Vielleicht habe ich meine Chance bereits gehabt und in den Sand gesetzt. Ich war die Erste von uns, die geheiratet hat, vor fast fünf Jahren, und es hat sich als Fehler herausgestellt. Denn heute bin ich geschieden.

Beim Gedanken, den Rest meines Lebens allein zu verbringen, breitet sich ein dumpfer Schmerz in meiner Brust aus. Ava und Sebastian auf der Tanzfläche zu beobachten verstärkt den Schmerz nur noch. Ich will auch jemanden finden, der mich ansieht, als wäre ich der Mittelpunkt seiner Welt. Ist das denn zu viel verlangt?

Max zieht mich in eine Umarmung und flüstert: »Du wirst

jemanden finden. Aber dafür musst du dich verabreden. Wenn du das ein wenig öfter machst, wirst du auch besser darin.«

Ich hole tief Luft, dann beiße ich mir auf die Wange. Die Wahrheit lautet, dass ich mich nicht verabreden *will*. Zum einen bin ich noch nicht bereit, mich wieder auf eine neue Beziehung einzulassen. Aber noch viel wichtiger ist: Es ist offensichtlich, dass ich meinem Urteilsvermögen nicht trauen kann, wenn es um Männer geht.

»Übrigens möchte ich dir jemanden vorstellen«, sagt Max.

Ich lache. »Wirklich? Willst du mein Kuppel-Assistent werden?«

»Ich meinte einen Geschäftspartner. Eric Callahan.«

»Der CEO von *Callahans Finest*?«, frage ich überrascht.

»Genau.«

*Callahans Finest* gehört zu unseren größten Vertriebspartnern an der Ostküste. Max kennt Eric Callahan seit dem College. Sebastian und Logan haben ihn irgendwann mal persönlich kennengelernt, aber ich hatte nie die Chance dazu.

»Wohnt Callahan nicht in Boston? Was tut er in San Francisco?«

»Callahan hat vor, sein Geschäft an der Westküste auszubauen, also wird er drei Monate hierbleiben, um die Expansion voranzutreiben.«

»Aha.«

»Auf jeden Fall ist er mit seiner Tochter hier, die ein Riesenfan von dir ist. Sie kann es kaum erwarten, dich endlich kennenzulernen. Sie will auch Schmuck-Designerin werden.«

»Lass uns zu ihrem Tisch gehen.«

»Nicht nötig. Sie sind bereits zu uns unterwegs.« Max deutet ans andere Ende des Raums.

Als Erstes fällt mir das Mädchen ins Auge. Sie hat hellblondes Haar, das in wunderschönen Wellen um ihr hübsches Gesicht fällt. Sie trägt ein elfenhaftes, pinkfarbenes Chiffonkleid, das bei jedem ihrer Schritte ihre schlanke Figur umspielt – und sie humpelt. Was mich allerdings am meisten überrascht, ist die Tatsache, dass sie schon elf oder zwölf zu sein scheint.

»Wie alt ist Callahan? Ist er nicht in unserem Alter? Dann müsste seine Tochter doch jünger sein«, murmle ich.

»Sie wurde geboren, als er vielleicht zwanzig war. Seine Frau ist vor ein paar Jahren gestorben«, erklärt Max.

»Wie traurig.«

Als die beiden näher kommen, höre ich das Mädchen flüstern: »Ist sie das, Dad?«

Erst da richte ich meinen Blick auf den Mann neben ihr. Fast zucke ich zusammen, als ich mir ihren *Dad* genauer ansehe. Heiliges Kanonenrohr. Dieser Mann ist … perfekt. Er hat dunkelbraunes Haar und leuchtend blaue Augen. Außerdem ist er muskulös und groß – mindestens eins achtzig. Seine Arme sind stark genug, dass er wahrscheinlich so gut wie alles mühelos tragen könnte … mich eingeschlossen.

*Wo kam denn dieser Gedanke her?*

Ich frage mich, was mit mir los ist. Ich bin diesem Mann noch nicht mal vorgestellt worden und denke darüber nach, mich von ihm tragen zu lassen?

Alles an ihm ist sexy, sogar, wie er geht – als würde der Raum ihm gehören. Seine Haltung zeugt von einem Selbstbewusstsein, das Männlichkeit und Macht ausstrahlt.

»Eric«, sagt Max. »Das ist meine Schwester Pippa.«

Jemand ruft Max' Namen, und sofort setzt mein Bruder eine entschuldigende Miene auf.

»Ich muss da mal hin. Sorry.«

Nachdem Max verschwunden ist, drängt sich das Mädchen eng an ihren Dad, als würde sie sich am liebsten hinter ihm verstecken. Ihr Vater streichelt ihre Wange, als wäre sie eine zerbrechliche Blume, die vom geringsten Windstoß weggerissen werden könnte. Die beiden sind bezaubernd zusammen.

Um das Eis zu brechen, strecke ich ihr meine Hand hin. »Ich bin Pippa. Mein Bruder hat gesagt, dass du eine aufstrebende Schmuck-Designerin bist. Wie heißt du?«

»Julie.«

»Hi, Julie.«

Ich schüttle ihre kleine Hand, wobei ich Schwielen an ihren Fingern spüre. Ich drehe ihre Handfläche nach oben und mustere die verhärtete Haut auf der Innenseite – unübersehbare Zeichen dafür, dass das Mädchen regelmäßig für Stunden einen Stift hält.

»Du hast die Hände einer Designerin. Ich habe auch Schwielen, schau.«

Julies Augen werden groß, als könnte sie es nicht glauben. »Aber haben Sie denn für die Entwürfe kein Computerprogramm?«, fragt sie.

»Sicher. Aber ich zeichne lieber mit der Hand.«

»Ich liebe Ihre Entwürfe«, flüstert Julie mir zu, als wäre das ein großes Geheimnis. »Ich werde einen Design-Kurs besuchen, während Dad und ich hier sind.«

»An der Sommerschule?«

Ich sehe Eric an, der nickt. Seine blauen Augen verweilen einen Augenblick zu lang auf meinem Gesicht, und meine Haut fängt unter der Intensität seines Blickes zu kribbeln an.

*Heiliger Bimbam …*

»Der Kurs fängt in zwei Wochen an. Es ist ein tolles Programm, speziell für Schmuckdesign.« Julie streicht ihr Kleid glatt und fügt leise hinzu: »Ich hoffe, ich bin gut genug.«

Mir krampft sich das Herz zusammen, als ich sehe, wie viel Sorgen sich die Kleine deswegen macht.

»Hast du jeden Tag geübt?«, frage ich sie.

»Ja. Ich habe ein paar Aufgaben bekommen, die ich fertig haben soll, bevor der Unterricht anfängt. Ich hoffe, ich mache es richtig.«

»Ich habe eine Idee. Wie wäre es, wenn du zu mir kommst, bis die Sommerschule anfängt, und ich dir ein paar Techniken beibringe? Auf diese Art bist du bestens vorbereitet, wenn der Kurs losgeht.«

»Das ist nicht …«, setzt Eric an.

Gleichzeitig ruft Julie: »Das wäre toll!« Sie klatscht begeistert in die Hände und sieht breit grinsend zu ihrem Vater auf. »Dad, darf ich?«

Ich vermute, dass Eric Nein sagen will, doch ich kann förmlich sehen, wie seine Entschlossenheit dahinschmilzt, je länger er Julie betrachtet. Wenn ich ehrlich bin, wird auch mir ganz warm ums Herz. Ich bin mir sicher, dass Eric gewöhnlich zu der Sorte Mann gehört, die andere dazu bringt, genau das zu tun, was er will. Zu beobachten, wie er dem Charme seiner Tochter nicht widerstehen kann, ist entzückend.

»Ich denke darüber nach.«

»Du bist der beste Dad der Welt. Danke.«

»Wieso gehst du nicht zu unserem Tisch zurück, und ich kläre mit Pippa die Details?«, schlägt Eric seiner Tochter vor.

Julie nickt und schüttelt mir noch mal höflich die Hand, bevor sie geht. Erics Blick folgt seiner Tochter, bis sie am Tisch angekommen ist, dann wendet er sich wieder mir zu.

»Danke für das Angebot, ihr zu helfen …«

»Ich höre das ›Aber‹ schon kommen.« Lächelnd verschränke ich die Arme vor der Brust.

Eric erwidert das Lächeln und zuckt mit den Achseln. »Nichts für ungut, aber ich erlaube meiner Tochter nicht, Zeit mit Leuten zu verbringen, die ich nicht kenne.«

»Natürlich nicht. Aber Sie sind schon länger mit meinen

Brüdern bekannt. Damit kennen Sie mich zumindest über Dritte. Und was mich angeht, ich bin genauso, wie ich auf den ersten Blick wirke.«

»Wer weiß schon, was Sie unter diesem hübschen Lächeln und dem eleganten Kleid verbergen.«

Sein Blick gleitet amüsiert an meinem Körper entlang, als suchte er nach Geheimnissen. Doch irgendwo auf dem Weg verwandelt sich das Amüsement in seiner Miene in etwas anderes. Er bleibt an meinen Hüften hängen, und ich könnte schwören, dass er die Nasenflügel bläht. Als er den Kopf wieder hebt, kann ich die Überraschung von seinem Gesicht ablesen. Als hätte er nicht mit seiner eigenen Reaktion auf mich gerechnet.

»Es wird Julies Selbstbewusstsein stärken, wenn ich ihr ein paar Tricks zeige«, sage ich.

»Sind Sie sich sicher, dass es okay ist, wenn meine Tochter zu Ihnen ins Büro kommt?«

Bilde ich mir das nur ein, oder klingt seine Stimme plötzlich ein wenig rauer? Ob nun Einbildung oder nicht: Wärme breitet sich in meinem Körper aus.

»Wir können uns duzen«, schlage ich vor. »Und was deine Frage angeht, es wird mir ein Vergnügen sein, Julie bei mir zu haben. Ich liebe Kinder. Ich kann kaum erwarten, dass Sebastian und Ava mir ein paar Nichten und Neffen schenken, die ich so richtig verziehen kann.«

Eric lacht leise, und seltsamerweise erfüllt mich dieses Geräusch mit Freude.

»Du bist die erste Person, der ich begegne, die es absolut in Ordnung findet, Kinder zu verziehen. Alle anderen sitzen mir im Nacken, weil ich genau das mit Julie tue.« Er zwinkert mir zu. »Ich kann einfach nicht anders.«

»Und so sollte es auch sein. Also abgemacht, du bringst sie in mein Büro. Sie hat gesagt, ihr bleiben zwei Wochen, bis die Sommerschule anfängt. In dieser Zeit kann ich ihr eine Menge beibringen.«

»Du bist hartnäckig«, merkt er an. Sein Tonfall ist leicht herausfordernd, was mich nur anstachelt.

»Du hast keine Ahnung, wie recht du hast.«

Himmel, seine Augen sind zu blau und seine Lippen zu voll. Diese Kombination sollte verboten werden. Eric Callahan ist ein Meter achtzig purer Sex-Appeal.

»Okay. Dann genieß weiter die Hochzeit deines Bruders. Ich werde dich morgen anrufen, dann können wir die Details ausmachen.«

»Du hast meine Nummer nicht.«

»Ich bin ein Mann, der sich zu helfen weiß.«

Er schenkt mir noch ein schiefes Lächeln, dann verschwindet er.

***

Die Hochzeitsfeier läuft wie geschmiert. Die Tanzfläche ist immer gut gefüllt, und dank der ständigen Unterhaltungen und des Lachens der Gäste vibriert der Raum förmlich vor Leben. Ich verlasse die Tanzfläche erst, als ich meine Füße nicht mehr spüre, und setze mich hin, um unter dem Tisch die Schuhe abzustreifen. Ein paar Minuten später sinkt meine Schwester Alice keuchend auf den Stuhl neben mir.

»Die Band ist einfach unglaublich«, sagt sie und fächelt sich Luft zu.

Ein Kellner fragt, ob er etwas für uns tun könne, und wir bestellen beide einen Cocktail. Nachdem er verschwunden ist, lacht Alice kurz über meine nackten Füße, nur um direkt danach ebenfalls die Schuhe abzuschütteln. Gott sei Dank sitzen wir allein am Tisch.

Der Kellner kehrt kurz darauf mit den Getränken zurück,

und Alice grinst selbstgefällig, als wir anstoßen. *Oh-oh.* Dieses Lächeln bedeutet nichts Gutes.

»Spuck es aus«, fordert sie mich auf.

Ich nippe an meinem Glas und lasse mir mit meiner Antwort Zeit. »Wovon sprichst du?«

»Was läuft da zwischen dir und Mr Groß-Dunkel-Gutaussehend?«, drängt Alice.

»Seine Tochter möchte Designerin werden. Ich habe mich mit ihm unterhalten, um ein Treffen mit ihr zu arrangieren, damit ich ihr etwas beibringen kann. Sonst nichts.«

Ich versuche die Begegnung herunterzuspielen, obwohl meine Haut nach seinem langen, prüfenden Blick immer noch erhitzt ist.

Alice beugt sich zu mir vor und senkt ihre Stimme zu einem verschwörerischen Flüstern: »Wieso hat er dich dann fast mit den Augen verschlungen?«

»Alice! Ich bin mir nicht sicher, ob man das so sagen kann.«

»Kann man. Ich stand auf der anderen Seite der Tanzfläche, und selbst dort wurde mir *heiß*.«

Seufzend beuge ich mich vor und ziehe den Teller mit Süßigkeiten aus der Tischmitte heran. Für dieses Gespräch brauche ich definitiv mehr Zucker.

»Ich habe mich bei Max nach ihm erkundigt. Wusstest du, dass sie ihn in Geschäftskreisen ›den Hai‹ nennen?«, fragt meine Schwester und lässt die Zähne aufblitzen.

»Ja.«

»Er ist der perfekte Kandidat, um dir bei deinem Staub-Problem da unten zu helfen.« Das verkündet Alice mit solcher Überzeugung, dass man meinen könnte, ihre Aussage wäre wissenschaftlich fundiert.

»Hör auf, das Wort ›Staub‹ in Verbindung mit meinen Geschlechtsorganen zu verwenden«, zische ich.

»Du hast es zuerst benutzt.«

»Den Fehler mache ich kein zweites Mal.«

Vor vielen Monaten, nach zu vielen Cocktails, habe ich Alice gegenüber zugegeben, dass ich schon eine Weile lang keinen Sex mehr hätte und dass ich vermutete, dass sich unter meiner Gürtellinie langsam Staub ansammle, wenn sich das nicht bald ändere.

»Er ist perfekt für den Job als Staubwedler geeignet. Du bist noch nicht bereit für eine Beziehung, und er ist nur ein paar Monate hier. Ihr könntet einfach Spaß miteinander haben. Er ist solo, und er ist heiß.«

Misstrauen steigt in mir auf. Ich erkenne diese Art der Einmischung, und ich mag sie nicht. Genau auf diese Art habe ich mich nämlich bei Sebastian und Logan – meinem zweitältesten Bruder – eingemischt, damals, als sie noch solo waren. Aber Alice hat sich immer aus jeglicher Kuppelei herausgehalten. Warum will sie das jetzt ändern, und warum ausgerechnet bei mir?

Ich hatte tolle Pläne für Alice und den heutigen Abend. Vor kurzer Zeit habe ich herausgefunden, dass sie seit Jahren für einen von Sebastians Kindheitsfreunden schwärmt. Er sollte auch auf die Hochzeit kommen, also wäre das die perfekte Gelegenheit gewesen, den beiden einen Schubs zu geben. Aber leider hat er vor zwei Tagen angerufen, um abzusagen. Ihm wurde kurz vor der Hochzeit ein Job im Ausland angeboten, den er sofort antreten musste. Er wird Monate weg sein, vielleicht sogar ein Jahr.

»Tut mir leid, dass ich eure kleine Zusammenkunft sprenge, meine Damen, aber ich müsste mich nach einer Telefonnummer erkundigen«, erklingt eine Männerstimme hinter uns.

Alice und ich drehen uns gleichzeitig um. Mein Atem stockt, als ich Erics Blick begegne. Er steht keine dreißig Zentimeter von uns entfernt, ein zweideutiges Funkeln in den Augen. Unangenehm berührt rutsche ich auf meinem Stuhl hin und her.

»Ich lasse euch beide dann mal allein«, sagt Alice, zieht die Schuhe wieder an und verschwindet eilig.

»Es überrascht mich, dass du mich so direkt fragst. Du hast behauptet, du würdest meine Nummer auch ohne meine Hilfe herausfinden.«

»Das tue ich nur, weil es im Moment die beste und einfachste Lösung ist.«

Eric gibt mir sein Handy. Ich versuche zu ignorieren – und versage komplett –, wie sich mein Magen leicht zusammenzieht, als unsere Finger sich berühren.

Ich tippe meine Nummer ein. Ohne aufzuschauen, frage ich: »Wie lange hast du da schon herumgestanden und gelauscht? Hast du einen Teil unseres Gesprächs mit angehört?«

»Ein wenig. Irgendwas über groß, dunkel und gut aussehend. Und über Staub.«

»Also hast du mehr oder minder unser gesamtes Gespräch mitbekommen.« Mir schnürt es die Kehle zu.

»Habe ich. Kann ich jetzt mein Handy zurückhaben?«

»Klar.« Ich schaue auf und gebe Eric sein Telefon zurück. »Das ist der peinlichste Moment meines Lebens, und glaub mir, davon gab es schon einige. Wenn ich jetzt anfange, ein Loch zu graben, könnte ich vom Antlitz der Erde verschwunden sein, wenn die Hochzeitsfeier endet.«

»Pippa …«

»Tut mir leid. Meine Schwester mischt sich zu oft ein. Ich glaube, das hat sie von mir. Und ich gebe nur Unsinn von mir. Das passiert mir manchmal, wenn ich nervös bin.«

»Ich mache dich nervös?« Er lächelt.

»Offensichtlich.«

Eric betrachtet mich eine ganze Minute schweigend, was nicht im Geringsten dazu beiträgt, mich zu beruhigen.

»Du bist hinreißend.« Er senkt den Kopf und lehnt sich zu mir herunter, bis seine Lippen direkt neben meinem Ohr schweben. Dann flüstert er: »Und nur, um jegliche Zweifel auszuräumen: Ich habe versucht, dich mit den Augen zu verschlingen.«

Mein Atem stockt. »Ich … Also … Ich bin mir nicht sicher, ob das die ganze Sache weniger peinlich macht.«

Eric richtet sich wieder auf und fragt: »Wieso besprechen wir das nicht bei einem Tanz?«

»Was ist mit Julie?«

»Sie ist in guter Gesellschaft.«

Er deutet zu einem Tisch, wo Julie sich intensiv mit Nadine, Logans Verlobter, und Alice unterhält. Mit einem Seufzen wird mir bewusst, dass ich recht hatte. Meine Schwester kuppelt tatsächlich, und Nadine spielt mit. Sie schlagen mich mit meinen eigenen Waffen.

»Okay, lass uns tanzen, Mr Groß-Dunkel-Gutaussehend.«

Ohne ein weiteres Wort zu sagen, bietet er mir seinen Arm an. Eilig schlüpfe ich in meine Schuhe, dann führt er mich auf die Tanzfläche. Die Band spielt ein schnelles Lied, und dieser Mann kann wahrlich tanzen. Mein Herz rast wie wild, weil wir uns so schnell bewegen. Jetzt, wo ich ihm so nahe bin, rieche ich seinen Duft – Sandelholz und Minze – und er macht süchtig.

»Du bist ein toller Tänzer«, murmle ich, als das Lied endet.

Die Band spielt etwas Langsameres, und sofort ergreift Eric eine meiner Hände und legt den anderen Arm um meine Taille. Ich hatte gehofft, mein Herz würde sich wieder beruhigen, doch diese Berührung hat genau den gegenteiligen Effekt.

»Vergib mir, wenn ich neugierig wirke, aber du scheinst mehr über mich zu wissen als ich über dich.«

Ich stoße ein nervöses Lachen aus. »Was willst du wissen?«

»Wieso versucht deine Schwester, dich zu verkuppeln? Eine schöne Frau wie du sollte doch keine Probleme haben, sich zu verabreden.«

Ah, er kommt direkt auf den Punkt.

»Ich bin geschieden und habe mich in letzter Zeit bei Dates nicht allzu geschickt angestellt. Alice versucht nur, mir zu helfen.«

Wir bewegen uns ein paar Sekunden zur Musik, bevor er meint: »In Bezug auf das, was sie über mich gesagt hat... Man könnte beinahe denken, ich wäre ein wirklich guter Fang.«

»Und du willst mir erzählen, das wärst du nicht?«

»Na ja, ich bin offensichtlich groß, dunkel und gut aussehend.« Er zwinkert mir zu.

Ich lache. Gott, ich liebe Männer, die mich zum Lachen bringen können.

»Offensichtlich.«

Das Lächeln in seinem Gesicht verblasst. »Aber ich bin beschädigte Ware. Ich bin kein guter Fang, absolut nicht. Ich mag dich nicht gut kennen, aber ich glaube, du hättest einen guten Fang verdient. Egal, ob es darum geht, dich auszuführen oder um etwas gegen diese Staub-Situation zu unternehmen.«

Ich fange an zu lachen, teilweise auch, um meine Verlegenheit zu kaschieren. Gleichzeitig nehme ich mir vor, den Staub-Ausdruck nie wieder zu verwenden.

»Also war dein Blick...«, setze ich an, doch er unterbricht mich mit einem Kopfschütteln.

»Ein Moment der Schwäche meinerseits. Ich bin schließlich auch nur ein Mann, und du bist schön.«

Meine Wangen werden heiß. »Du sprichst sehr offen über deine Gedanken und Gefühle.«

»Ich habe mein Herz schon immer auf der Zunge getragen. Das ist nicht immer unbedingt gut, aber ich kann einfach nicht anders. Nachdem meine Frau starb, war ich ein paar Jahre lang bei einem Therapeuten. Er hat mir dabei geholfen, meine Gedanken – wie du es nennst – offen auszusprechen. Das zu lernen war besonders in Bezug auf Julie sehr wichtig.«

»Es tut mir leid wegen deiner Frau.«

»Es ist vor langer Zeit passiert.«

Er starrt ins Leere, während sich verschiedene Gefühle auf seinem attraktiven Gesicht abzeichnen – Schmerz, Resignation, vielleicht Hoffnung. Gleichzeitig graben sich tiefe Falten in seine Stirn. Ich entscheide in diesem Moment, dass das so nicht geht, und mache mir zur Aufgabe, sein wunderbares Lächeln zurückzuholen. Die Sache wird mir erleichtert, weil die Band ein Lied aus den Fünfzigerjahren anstimmt und Eric auffordernd die Augenbrauen hochzieht.

»Noch einen Tanz?«, fragt er.

»Rock 'n' Roll? Ernsthaft?«

»Ich habe den Dreh raus«, versichert er mir mit weicher, verheißungsvoller Stimme. »Ich mag kein guter Fang sein, aber das heißt noch nicht, dass ich dich nicht in die Luft werfen und wieder auffangen könnte.«

»Was auch immer du vorhast, vergiss nicht, dass ich ein Kleid trage. Ich will nicht allen meinen String präsentieren, auch wenn es ein fantastisches, rotes Teil von La Perla …«

»Hör auf, über deine Unterwäsche zu reden. Ich stelle sie mir jetzt vor, und das ist gefährlich.«

Ohne ein weiteres Wort zu verlieren, hebt er mich in seine Arme und beginnt mich durch die Luft zu wirbeln. Halb schiebt, halb wirft er mich erst nach rechts, dann nach links.

Ich presse die Knie aneinander, bis beide Füße wieder den Boden berühren. Mir schwirrt der Kopf.

»O mein Gott«, sage ich. »Das war … Ich kann nicht glauben, dass du es durchgezogen hast.«

»Dein Mangel an Vertrauen ist enttäuschend«, sagt er, als wir die Tanzfläche verlassen, doch er lächelt. »Ich sollte zurück zu meiner Tochter.«

»Mach das. Ich sehe euch beide dann am Montag. Julie wird mein Büro lieben. Überall liegen Musterzeichnungen herum.«

»Wieso bist du so nett zu uns?«

»Ich bin nett zu allen«, antworte ich ein wenig zu schnell. »Aber ich mag Julie. Sie und ich werden gut miteinander auskommen.«

»Also hat dein Angebot nichts mit der Tatsache zu tun, dass ich Mr Groß-Dunkel-Gutaussehend bin?«

»Das wirst du mich nie vergessen lassen, oder?«

»Immerhin habe ich den Staub nicht noch einmal erwähnt. Man sieht sich am Montag.«

Er nickt mir einmal kurz zu, bevor er zu seiner Tochter geht, während ich atemlos und lächelnd zurückbleibe. Ich kehre schließlich zu meinem Tisch zurück und schnappe mir einen Cookie, wobei ich Eric aus dem Augenwinkel beobachte. Dieser Mann ist eine Sahneschnitte. Ich kann den Blick nicht von ihm abwenden, so wie ich mich scheinbar nicht davon abhalten kann, mir noch einen weiteren Cookie in den Mund zu schieben.

Zumindest hat die menschliche Sahneschnitte keine Kalorien.

# 3 Eric

»Dad«, sagt Julie am Montag, als wir gerade beim Frühstück sitzen. »Ich möchte einen Lippenstift.«

Ich verschlucke mich an meinem Toast und starre sie quer über den Tisch an. »W-was?«

»Ich möchte einen Lippenstift.«

»Dafür bist du zu jung.«

Sie verschränkt die Arme vor der Brust, bereits im Kampfmodus. Meine Tochter ist wunderbar, aber wenn sie sich etwas in den Kopf setzt, ist sie sturer als ich. Die Arme vor der Brust zu verschränken ist der erste Schritt, Stirnrunzeln der zweite. An diesem Punkt gebe ich gewöhnlich nach, doch heute werde ich hart bleiben.

»Dad, ich bin zwölf.«

»Lipgloss erlaube ich dir hin und wieder, aber für Lippenstift bist du zu jung.«

Ja, ich kenne den Unterschied zwischen diesen beiden Dingen. Das passiert automatisch, wenn man alleinerziehender Vater einer Tochter ist.

»Sagt wer?«

»Sage ich.«

»Aber du bist kein Mädchen. Du verstehst das nicht.« Sie seufzt dramatisch. »Ich will roten Lippenstift.«

»Iss dein Brot auf, Julie.«

Sie hat eine meiner größten Ängste in Worte gefasst: dass sie eine weibliche Bezugsperson braucht. Natürlich habe ich das immer gewusst, aber es macht es nicht einfacher, es laut ausgesprochen zu hören.

Es dauerte lange, bis ich mich nach Sarahs Tod wieder gefangen hatte. Nachdem das Schlimmste vorüber war, fing ich nach aufmunternden Worten von Freunden und Familie wieder an, mich zu verabreden. Das stellte sich jedoch schnell als Fehler heraus. Die meisten Frauen gaben nur vor, an Julie interessiert zu sein, um ein zweites Date rauszuschlagen. Also hörte ich wieder auf mit den Verabredungen. Bis meine Tochter achtzehn ist, steht sie auf meiner Prioritätenliste ganz oben. Es gibt nur sie und mich, und die meiste Zeit ist das in Ordnung. Es sei denn, sie fängt an, mich wegen Lippenstift zu bedrängen. Mit zwölf. Wenn sie erst mal einen Freund hat, wird das in einem Blutbad enden.

»Ich bin fertig«, verkündet Julie, als ihr Teller leer ist. »Wir können gehen.«

»Bist du dir sicher, dass du mit mir ins Büro willst? Ich kann Ms Blackwell bitten, den Tag mit dir zu verbringen.«

Zu Hause in Boston hat Julie zwei Nannys, Ms Smith und Ms Blackwell. Letztere hat zugestimmt, uns den Sommer über in San Francisco Gesellschaft zu leisten. Julie ist nicht gerade begeistert davon, den ganzen Tag lang von Nannys bewacht zu werden, aber sie versteht die Notwendigkeit.

»Nein, ich will dein Büro sehen. Es macht Spaß, dir dabei zuzusehen, wie du Leuten Angst einjagst.«

»Ich will, dass sie ihren Job gut erledigen. Ich verängstige sie nicht absichtlich.«

»Das ist das Witzigste daran.«

Ich seufze. »Okay, lass uns gehen. Hast du deinen Inhalator eingepackt?«

Julie nickt und wirft sich den Rucksack über die Schulter. Meine Tochter ist eine Kämpferin. Nach dem Unfall habe ich sie von den besten Ärzten behandeln lassen, aber auch sie konnten keine Wunder vollbringen. Julie hatte schwere Verletzungen an ihrer linken Hüfte und dem Bein sowie am linken Lungenflügel. Trotz aller Bemühungen wird mein kleines Mädchen beim Gehen immer humpeln und einen Inhalator mit sich herumtragen müssen. Sie bekommt nur selten Atemprobleme – überwiegend dann, wenn sie sich körperlich anstrengt –, trotzdem muss sie das Spray immer dabeihaben.

Das Humpeln und der Inhalator üben eine fast magische Anziehungskraft auf Schulhoftyrannen aus, weswegen Julie bisher schon vier Mal die Schule gewechselt hat. Doch jetzt scheint sie endlich Freunde gefunden zu haben.

»Ich mag dieses Haus, Dad«, sagt sie, als wir die Haustür hinter uns schließen.

»Das freut mich.«

Es ist ein Bungalow mit Garten und Schwimmbad im Herzen von San Francisco. Das Haus ist schlicht, aber trotzdem elegant. Die Außenwände sind in hellem Grün gestrichen und die Fenster haben weiße Läden.

Ich hätte ein luxuriöseres Haus mieten können, denn ich kann es mir leisten. Doch ich bin mit Leuten aufgewachsen, die dem alten Geldadel entstammen, daher ist mir bewusst, dass finanzielle Sicherheit Kindern zwar Möglichkeiten eröffnet, zu viel Geld ihr Leben aber zerstören kann. Einige meiner Jugendfreunde waren spielsüchtig, nahmen Drogen oder verplemperten ihr Leben, weil sie nie arbeiten mussten. Ich habe vor, meine Tochter zu keiner Luxusgöre zu erziehen. Das bin ich Sarah schuldig.

Während der Fahrt zum Büro frage ich mich, ob es tatsächlich eine gute Idee war, Julie mit nach San Francisco zu nehmen. Sie sagt, dass sie es aufregend finde, mit mir zu reisen … aber sie kennt hier niemanden. Ich kann nur hoffen, dass sich das ändert, sobald die Sommerschule anfängt. Ich kann mich des Eindrucks nicht erwehren, dass es egoistisch von mir war, sie mitzunehmen. Ich muss ein paar Monate hier verbringen, um die Expansion von *Callahans Finest* zu überwachen, und ich habe diese Reise in ihre Sommerferien gelegt, weil ich den Gedanken nicht ertragen konnte, drei Monate getrennt von ihr zu sein.

»Das ist ja ein *riesiges* Haus«, verkündet Julie, als wir aus dem Auto steigen.

Im belebten Geschäftsviertel haben wir vor einem Wolkenkratzer angehalten, der alle anderen Gebäude überragt. Wir sind am vergangenen Freitag in San Francisco angekommen, und ich bin schon kurz darauf ins Büro gefahren, um das Team kennenzulernen, aber Julie ist das erste Mal hier.

»Wir haben nur vier Stockwerke gemietet.«

»Warum? In Boston bist du auf mehreren Etagen. Allerdings ist das Gebäude dort auch nicht so groß.«

»Das Team hier ist viel kleiner. Wir fangen an der Westküste ja gerade erst an.«

Mein Urgroßvater hat *Callahans Finest* als kleinen Juwelierladen ohne Angestellte gegründet. Seitdem ist die Firma zu einem Multi-Millionen-Dollar-Unternehmen herangewachsen. Uns gehören Hunderte Läden an der Ostküste und selbst in Europa, aber kein einziger an der Westküste. Vor Kurzem ist einer unserer Konkurrenten pleitegegangen, und wir haben dessen Geschäfte hier übernommen – zusammen mit dem Team.

Julie und ich nehmen den Aufzug und fahren in den fünften Stock. Als wir aus der Tür treten, schalte ich in den Geschäftsmodus. Das Team kennt mich noch nicht gut, und die Tatsache, dass ich mit meiner Tochter im Büro auftauche, könnte den Eindruck vermitteln, dass ich ein Softie bin. Das bin ich nicht – nicht in Geschäftsdingen. Man nennt mich nicht umsonst »den Hai«.

»Veronica«, sage ich zu meiner Assistentin. »Bitte sag den anderen, dass das Meeting in fünf Minuten beginnt.«

»Der Konferenzraum ist vorbereitet. Wird Ihre Tochter der Sitzung ebenfalls beiwohnen?«

»Nein. Sie bleibt in meinem Büro.«

Ich führe Julie in mein Büro, ein Eckzimmer mit deckenhohen Fenstern ringsum.

»Das Meeting wird ungefähr eine Stunde dauern«, erkläre ich ihr. »Du kannst hierbleiben und zeichnen. Wenn du etwas brauchst, Veronica sitzt vor der Tür. Nach dem Mittagessen bringe ich dich dann zu Pippa.«

Als ich zum Konferenzraum gehe, bemühe ich mich – so wie ich es das ganze Wochenende getan habe –, nicht über Pippa Bennett nachzudenken. Diese Frau ist unglaublich. Alles an ihr führt mich in Versuchung, angefangen bei ihrer Freundlichkeit gegenüber Julie bis zu ihrem ansteckenden Lachen. Ihre Tendenz zum Unsinnreden, wenn sie nervös wird, ist einfach anbetungswürdig – außer wenn sie ganz beiläufig über ihre Unterwäsche spricht. Dann ist sie gefährlich.

*Verdammt, Callahan. Reiß dich zusammen.*

Ich bin nur drei Monate hier, also ist es ausgeschlossen, dass ich mit Pippa etwas Ernsthaftes beginne. Trotzdem lächle ich bei dem Gedanken daran, wie wir miteinander getanzt haben. Auf der Tanzfläche war ich nicht der besorgte Vater oder der harte Geschäftsmann. Ich war einfach ich selbst, was eine erfrischende Abwechslung dargestellt hat.

Ich betrete den Konferenzraum und mustere die Leute vor mir, bevor ich mich bemerkbar mache. Die Atmosphäre ist entspannt, und die zwei Dutzend Angestellten, die um den Tisch sitzen, unterhalten sich gut gelaunt. Nun, das wird sich gleich ändern. Da ich als ihr härtester Konkurrent die Firma erworben habe, gehe ich nicht davon aus, dass sie sich darauf freuen, mit mir zu arbeiten.

»Guten Morgen«, sage ich laut.

Sofort verstummen die Gespräche, und es wird nur noch geflüstert.

»Lassen Sie uns anfangen. Wir haben drei Monate, um dafür zu sorgen, dass *Callahans Finest* an der Westküste wie ein gut geöltes Uhrwerk läuft. Die Uhr tickt ab jetzt.«

Sofort verstummt auch das Flüstern. Ich mustere die verschreckten Mienen. Perfekt. Mom hat mit mir gewettet, dass mich das Team am Ende meines Aufenthalts in San Francisco »den Hai« nennen wird. Ich habe dagegengewettet, denn ich habe vor, mir diesen Spitznamen schon bis zum Ende der ersten Woche zu verdienen.

***

Fünf Stunden später betreten Julie und ich das Gebäude von *Bennett Enterprises*. Der Portier informiert mich, dass sich die Kreativabteilung im ersten Stock befindet.

Zwei Dinge schockieren mich, als Julie und ich die Abteilung betreten. Zum einen: das Chaos, das hier überall herrscht. Zum anderen: Pippa Bennett – im Speziellen die Art, wie sie dieses Chaos dirigiert. Es ist ein strenges Regiment, das sie führt. Das hätte ich von der süßen Frau, die auf der Hochzeit wild mit mir getanzt hat, nicht erwartet.

Es gibt zehn Schreibtische in dem großen, offenen Raum, und jeder einzelne ist mit großen Papierbögen, Entwürfen und Schmuckmustern beladen.

Pippa befindet sich in der Mitte des Raums. Sie trägt ein eng anliegendes, blaues Kleid, das ihre wunderbaren Kurven betont, und unterhält sich mit einem Kerl Mitte zwanzig, der kleiner ist als sie. Er kaut an den Nägeln und wirft Pippa immer wieder unsichere Blicke zu, während sie den Bogen kommentiert, den sie in der Hand hält.

»Luke, ich liebe dich, aber wenn du mir noch mal etwas

so Unausgegorenes lieferst, werden wir ein ernsthaftes Gespräch führen müssen.«

Obwohl ihr Tonfall streng ist, liegt eine gewisse Wärme darin. Interessanterweise wirkt der arme Schwachkopf, den sie gerade zusammenstaucht, nicht verängstigt, sondern nur beschämt. Die Leute, die ich anblaffe, sehen danach in der Regel aus, als wollten sie sich jeden Moment in die Hose machen. Natürlich beinhaltet meine Kritik auch kein »Ich liebe dich«.

»Ich werde dir in einer halben Stunde einen neuen Entwurf liefern. Tut mir leid.« Er murmelt noch etwas, bevor er zu einem der Schreibtische eilt.

Pippa dreht sich zu einer Rothaarigen um, die hinter einem Computer sitzt und wie wild tippt.

»Kathy, wie läuft es mit den Prototypen?«

»Ich bin dran«, antwortet die Rothaarige. »Riley versucht noch Zeit rauszuholen, aber ich bin dran.«

»Trete ihm in den Arsch, wenn es nötig ist«, sagt Pippa knapp. »Das muss heute fertig werden.«

In diesem Moment bemerkt sie Julie und mich. Wir stehen in der Tür, und es ist ein Wunder, dass Julie überhaupt so lange still war. Ein Blick zu ihr, und das Geheimnis ihrer Zurückhaltung ist gelüftet: Sie starrt wie gebannt die ganzen Edelsteine im Raum an.

»Ich habe euch gar nicht gesehen«, ruft Pippa.

Mit einem breiten Lächeln kommt sie auf uns zu. Ihr langes, blondes Haar fällt in Wellen über ihre Schultern und bis auf ihre Brüste. Als sie die Haare zurückstreicht, erlaube ich mir einen Moment der Schwäche und mustere so diskret wie möglich die elegante Kurve ihres Halses. Dann folgt noch ein Moment der Schwäche, als ich ihren perfekten Hüftschwung bewundere.

Pippa hält vor uns an, ihre gesamte Aufmerksamkeit auf Julie gerichtet. »Gefallen sie dir?«, fragt sie.

Die Augen meiner Tochter sind unverwandt auf den nahe gelegenen Ständer mit Schmuck gerichtet.

»Sind das Diamanten?«, fragt sie gebannt.

Julie war schon in einigen unserer Läden, aber wir lassen Edelsteine gewöhnlich nicht einfach so herumliegen.

»Ja«, antwortet Pippa. »Auf meinem Schreibtisch liegen sogar Rubine und Saphire.«

»Wow«, seufzt Julie.

»Verabschiede dich von deinem Dad, dann fangen wir an. Ich habe schon alles vorbereitet. Das ist mein Schreibtisch.« Pippa zeigt mit dem Daumen über die Schulter auf den größten Arbeitsplatz ganz am Ende des Raums. »Ich habe einen zweiten Stuhl für dich aufgetrieben.«

Julie drückt mir einen schnellen Abschiedskuss auf die Wange, um dann zu dem Schreibtisch zu rennen. Pippa sieht ihr nach, bevor sie sich zu mir umdreht, wobei sie auf einen bestimmten Punkt auf meinem Hemd starrt. Weicht sie meinem Blick aus?

Da ich niemand bin, der um den heißen Brei herumredet, frage ich: »Pippa, versuchst du gerade zu vermeiden, mir in die Augen zu sehen?«

»Ja«, flüstert sie und sieht auf.

»Warum?«

»Du hast es schon wieder getan«, antwortet sie, diesmal ein wenig lauter.

»Was?«

»Dieser heiße Blick«, stellt sie klar. »Gerade eben.«

»Okay.«

Ich fahre mir mit der Hand durchs Haar und fluche innerlich. Anscheinend war ich in meinem Moment der Schwäche doch nicht so diskret wie gedacht.

Pippa streicht sich eine goldene Locke hinters Ohr und da bemerke ich, dass der obere Rand rot leuchtet. Kann diese

Frau noch süßer werden? Sie ist eine witzige Quasselstrippe, eine umwerfende Sexgöttin, eine wunderbare Tanzpartnerin und eine strenge Geschäftsfrau – alles in einem.

»Ich werde mein Bestes geben, es nicht wieder zu tun. Allerdings kann ich nichts versprechen. Du bist einfach zu schön.«

Pippa leckt sich die Lippen und wendet den Blick ab. Es wird Zeit für mich, zu gehen.

»Bist du dir sicher, dass es okay ist, wenn ich Julie den gesamten Nachmittag hierlasse?«, hake ich noch einmal nach.

»Ja«, antwortet sie. »Und bevor du fragst, es ist auch okay, wenn du sie die nächsten zwei Wochen jeden Tag bringst, bis ihr Unterricht anfängt. Ich habe es ihr versprochen.«

»Wenn es zu viel wird, sag es mir. Dann lasse ich mir etwas einfallen, um dich von deinem Versprechen zu entbinden.«

Pippa verschränkt die Arme vor der Brust. »Ich verspreche nichts, was ich nicht auch einhalten kann. Ich werde Julie nicht enttäuschen. Für Enttäuschungen bleibt ihr noch genug Zeit, wenn sie älter ist.«

Ihr Blick verdunkelt sich für einen Moment, und sofort schaltet sich mein Beschützerinstinkt ein. Pippa hat es nicht verdient, enttäuscht oder verletzt zu werden. Ich kenne sie kaum, aber jemand, der Fremden gegenüber so freundlich ist, hat nur das Beste verdient.

»Wann bist du mit der Arbeit fertig?«, fragt sie.

»Ich werde um sechs Uhr hier sein.«

Pippas Mundwinkel zucken. »Ich dachte, du arbeitest länger, nachdem sie dich doch ›den Hai‹ nennen.«

»Ich bemühe mich, feste Arbeitszeiten einzuhalten«, gebe ich zu. »Wenn ich mir kein Limit setze, arbeite ich zu lange und sehe Julie kaum. Gewöhnlich bleibe ich abends wach und arbeite noch von zu Hause aus, wenn sie schon im Bett liegt. In Boston funktioniert das ganz gut. Ich bin mir nicht sicher, ob es hier auch klappen wird, nachdem es so viel mehr zu tun gibt.«

Sie nickt, und in diesem Augenblick fällt mir ein, dass sie bei der Hochzeit roten Lippenstift getragen hat. Ich gebe ja zu, dass mir mein geschäftlicher Biss bei meiner Tochter keinen Deut weiterhilft, doch ich kann eins und eins zusammenzählen. Julie will Lippenstift – und zwar roten –, weil sie ihn bei der Hochzeit an Pippa gesehen hat.

»Dürfte ich dich um einen Rat bitten?«

»Sicher.«

»Julie hat mir heute mitgeteilt, dass sie einen Lippenstift haben will.«

Pippa wirft lachend den Kopf in den Nacken. »Was hast du geantwortet?«

»Dass sie noch nicht alt genug dafür ist.«

»Ich nehme mal an, das kam nicht allzu gut an.«

»Deswegen möchte ich dich um Hilfe bitten. Sie wollte roten Lippenstift, wie du ihn auf der Hochzeit getragen hast.«

Pippa nickt verständnisvoll. »Überlass das mir. Wir sehen uns um sechs Uhr.«

Gewöhnlich bin ich sehr wählerisch in Bezug auf die Leute, mit denen meine Tochter Zeit verbringt. Aber ich bin froh, auf meinen Instinkt gehört zu haben, als ich Julie erlaubt habe, hierherzukommen.

Pippa wirbelt herum, stiefelt selbstbewusst zu ihrem Schreibtisch und flüstert Julie etwas ins Ohr. Meine Tochter lacht laut auf. Ich lächle, während ich mir wünsche, ich könnte länger bleiben. Auch wenn mich das Gefühl beschleicht, dass ich diese Frau den ganzen Tag beobachten könnte – und das ist gefährlich.

# 4 Pippa

Julie ist wunderbar. Sie hört meinen Erklärungen zu und gibt ihr Bestes, meine Tipps umzusetzen. Sie ist talentiert, und mit der richtigen Ausbildung wird sie später einmal sicher Erfolg haben.

»Ich bin nicht so gut wie du.« Seufzend lässt sie den Kopf in die Hände sinken.

Nichts würde ich lieber tun, als sie zu umarmen. Ich umarme gern Leute. Wenn ich eines Tages selbst eine Familie habe, werde ich zu dieser Art von Mutter, die ihre Kinder ständig in Verlegenheit bringt, weil sie sie noch auf offener Straße küsst und herzt, obwohl sie schon den Führerschein haben.

»Als ich mit dem Zeichnen angefangen habe, war ich auch noch nicht allzu gut. Aber ich bin hartnäckig gewesen, habe an mir gearbeitet und mich immer weiter verbessert.«

»Hat dir jemals jemand gesagt, du wärst nicht gut genug?«, fragt Julie leise, wobei sie auf ihre Hände starrt.

Mein Herz verkrampft sich – offensichtlich hat ihr jemand das gesagt. Aber sie ist ein Kind, um Himmels willen! Ihr bleibt noch viel Zeit zum Üben.

»Um ehrlich zu sein, ja. Ich hatte in der Schule einen Lehrer, der mir sagte, ich solle mich auf Mathe oder ein anderes Fach konzentrieren, weil ich zwar akzeptabel zeichnen könnte, aber sicherlich nicht überdurchschnittlich gut.«

»Was hast du getan?«

Ich halte kurz inne und denke an diesen Tag zurück. »Ich habe lange geweint und für ein paar Wochen jede Motivation verloren. Dann habe ich mir selbst etwas vorgenommen. Ich würde hart arbeiten und mein Bestes geben. Wenn wirklich nichts draus werden sollte, hätte ich es zumindest versucht. Außerdem habe ich ungefähr zu dieser Zeit zum ersten Mal die Redewendung ›Meinungen sind wie Arschlöcher, denn jeder hat sie‹ gehört und zu schätzen gelernt.«

Julie schlägt sich kichernd die Hand vor den Mund. »Du darfst das A-Wort eigentlich nicht in meiner Nähe verwenden.«

O Mist. Stimmt. Ich bin nicht gerade auf der Höhe, was elterliche Benimmregeln angeht.

»Tut mir leid. Wirst du mich bei deinem Dad verpfeifen?«

»Nein. Das kann unser Geheimnis bleiben.«

Sie beginnt zu strahlen, weil ihr die Idee, ein Geheimnis mit mir zu teilen, offenbar gefällt. Ah, ein Mädchen ganz nach meinem Geschmack.

»Auf jeden Fall, um zu unserem Gespräch zurückzukehren: Wenn du entschlossen genug bist und hart arbeitest, wirst du schaffen, was du dir vorgenommen hast.«

»Glaubst du das wirklich?«, fragt sie hoffnungsvoll.

»Ja.«

Als Nächstes nimmt Luke Julie mit zu seinem Schreibtisch, während ich eine E-Mail an meinen Bruder Logan schreibe. Er ist der CFO der Firma, der Finanzvorstand. Sebastian ist der CEO. Logan hat ein paar von Sebastians Aufgaben übernommen, bis dieser aus seinen Flitterwochen zurückkehrt.

Viel zu früh ist sechs Uhr, und das Bimmeln des Aufzugs kündigt Erics Rückkehr an. Er betritt das Büro mit hocherhobenem Kopf, als würde ihm der Raum gehören. Der Mann strotzt nur so vor Männlichkeit und Selbstbewusstsein … allein wenn ich ihn ansehe, muss ich hyperventilieren. Er ist mehr als nur eine Sahneschnitte, denn einer Sahneschnitte kann man widerstehen. Eric Callahan jedoch ist köstlich und absolut unwiderstehlich. Wie ein riesiger, Mensch gewordener Cupcake. Was für eine gefährliche Kombination!

Als er Julie entdeckt, die immer noch an Lukes Tisch sitzt, beginnen seine Augen zu leuchten. Je länger ich sein Gesicht mustere, desto mehr Ähnlichkeiten zwischen Julie und ihm entdecke ich. Sie ist so auf das konzentriert, was Luke ihr am Computer zeigt, dass sie nicht bemerkt, dass ihr Dad schon da ist.

»Wie war sie?«, fragt Eric mich, als er vor meinem Schreibtisch anhält.

»Super. Sie ist ein sehr wohlerzogenes Kind.«

Er hat die Schultern hochgezogen, als wäre er vollkommen verspannt, und das gefällt mir nicht. Ich mag ihn lieber so, wie er auf der Hochzeit war: sorglos und glücklich.

»Wie war dein Tag?«

»Mit einem neuen Team zu arbeiten ist immer schwer.« Mit einem Zwinkern fügt er hinzu: »Und ich muss meinem Spitznamen gerecht werden.«

»Wieso nennt man dich überhaupt ›den Hai‹?«

Er grinst so breit, dass seine Zähne aufblitzen, und antwortet: »Ich beiße. Oft.«

Ich habe keine Ahnung, wieso diese Worte dafür sorgen, dass ich auf der Unterlippe herumkaue, doch mir wird erst bewusst, dass ich das tue, als Erics Blick sich an meinem Mund festsaugt. Himmel! So habe ich schon seit sehr langer Zeit nicht mehr auf einen Mann reagiert. Gibt es irgendetwas, was er sagen oder tun kann, was mich *nicht* nervös macht? Ich bezweifle es.

»Dad«, ruft Julie, die ihren Vater endlich bemerkt hat. »Können wir noch ein bisschen bleiben? Luke zeigt mir gerade ein tolles Design-Programm.«

»Sicher.« Eric lächelt seiner Tochter zu, bevor er seine Aufmerksamkeit wieder auf mich richtet.

»Du würdest zu allem Ja sagen, worum sie dich bittet, oder?«, erkundige ich mich.

Er zögert nicht. »Ja. Es macht sie glücklich. Was ich alles durchgestanden habe, um meine Tochter wieder lächeln zu sehen …« Er schüttelt den Kopf. »Lass uns einfach sagen, dass hier herumzustehen und mich mit einer schönen Frau zu unterhalten ein angenehmer Weg ist, mir die Zeit zu vertreiben, während ich Julie ihren Willen lasse.«

Sein Blick verweilt einen langen Moment auf mir, und ich fühle förmlich, wie meine Ohren anfangen zu brennen.

*Zum Teufel mit meinen Ohren!*

Ich ignoriere den Kommentar mit der »schönen Frau« und frage stattdessen: »Was hast du denn durchgestanden?«

»Lass mal sehen. Einmal hat sie mich gefragt, ob ich mich als Figur aus *Die Schöne und das Biest* verkleiden würde. Dann hat sich herausgestellt, dass ich Belle spielen soll. Ich sah natürlich fantastisch aus.«

Nur gut, dass ich sitze, weil meine Muskeln jede Spannung verlieren. Dieser Mann ist ein Cupcake mit Sahnehaube und Kirsche obendrauf, und wenn er noch zwei Sekunden länger darüber redet, dass er für seine Tochter die Belle gespielt hat, werden meine Eierstöcke explodieren.

Ich versuche das Lachen zu unterdrücken, trotzdem muss ich kichern. »Es haut mich um, dass du überhaupt weißt, wer Belle ist, und ich kann mir dich absolut in einem gelben Kleid mit breitem Reifrock vorstellen. Aber dein Geheimnis ist bei mir sicher«, beruhige ich ihn und werde dann ernst. »Es ist bestimmt nicht leicht, alleinerziehend zu sein.«

Er beißt die Zähne zusammen, sodass seine Kieferknochen hervortreten. »Wir kommen klar. Ich mache ja nicht alles allein. Meine Mutter hilft, und wir haben ein Kindermädchen. Trotzdem vermisst Julie ihre Mom jeden Tag.«

Die Endgültigkeit seines Tonfalls verrät mir, dass ich nicht weiter nachfragen sollte. Ein paar Sekunden lang herrscht Schweigen, dann deutet er auf die Entwürfe vor mir und fragt: »Sind das deine?«

»Ja.«

Er tritt um meinen Schreibtisch herum, stellt sich neben mich und betrachtet die Zeichnungen.

»Die habe ich heute Nachmittag gemacht, wann immer ich Julie gerade nichts erklärt habe«, erkläre ich. »Für die aktuelle Kollektion werde ich sie nicht verwenden, weil sie nicht ins Konzept passen. Aber ich kann sie trotzdem aufbewahren und schauen, ob sie in einer späteren Kollektion Platz finden.«

»Sie sind sehr ...« Er hält inne, als suchte er nach dem richtigen Wort. »Fröhlich. Optimistisch.«

Ich nicke. »Meine Zeichnungen und meine Laune gingen schon immer Hand in Hand.«

»Das heißt, dass du heute glücklich warst.«

Eric legt eine Hand auf meine Schulter und die Berührung sorgt dafür, dass sich Wärme in mir ausbreitet. Eigentlich ist es mehr als Wärme: Hitze flackert über meine Haut.

»Ja. Ich hatte mit Julie eine Menge Spaß. Ich bin froh, dass du ihr erlaubt hast, zu kommen.«

Seit meiner Scheidung war ich in der Umgebung von Männern immer vorsichtig. Ich misstraute grundsätzlich jedem Mann, der nicht denselben Nachnamen trägt wie ich, noch bevor er den Mund aufmachte. Aber irgendetwas an Eric entwaffnet mich vollkommen. Ich fühle mich in seiner Nähe wohl. Das jagt mir eine Heidenangst ein. Wahrscheinlich, weil ich einfach keinem Mann misstrauen kann, der keine Probleme damit hat, sein Ego zugunsten seiner Tochter zurückzustellen und sich als Disney-Prinzessin zu verkleiden.

Vielleicht gibt es auch einen viel einfacheren Grund, nämlich dass ich meine Lektion einfach noch nicht gelernt habe.

»Dad, wir sind fertig«, verkündet Julie.

»Okay, dann lass uns gehen.«

Erics Daumen gleitet über mein Schulterblatt, und irgendwie ist die Berührung mit Spannung aufgeladen; fast intim. Als er die Hand zurückzieht, wird mir kalt.

Ich bringe die beiden zum Aufzug, und als die Türen sich öffnen, sagt Eric: »Bis morgen.«

In diesem Moment wird mir bewusst, dass ich ihn die nächsten zwei Wochen jeden Tag sehen werde. Etwas in seinem Blick verrät mir, dass ihm gerade derselbe Gedanke gekommen ist. Die Luft zwischen uns knistert förmlich, und ich wende den Blick ab, als Julie sich verabschiedet und sie und ihr Vater in den Lift treten.

*Was habe ich nur getan?*

***

»Hey, Schwesterchen«, sagt Alice am Telefon, als ich nach der Arbeit meine Wohnung betrete.

»Hey. Willst du vorbeikommen?«

»Ist dir schon wieder das Essen ausgegangen?«, fragt Alice halb streng, halb amüsiert.

»Nein. Brauche ich einen Grund, um Zeit mit meiner Schwester verbringen zu wollen?«

Die letzten paar Male, als ich Alice zu mir eingeladen habe, war mir tatsächlich das Essen ausgegangen, und ich bat sie, etwas aus ihrem Restaurant mitzubringen. Ich liebe es zu kochen. Als Kind habe ich meiner Mutter immer in der Küche geholfen. Täglich Essen für elf Leute auf den Tisch zu bringen war eine echte Herausforderung, aber es hat auch eine Menge Spaß gemacht. Für mich allein zu kochen macht keinen Spaß, weswegen ich das in den letzten Monaten auch selten getan habe. Was mich meine Einsamkeit nur noch mehr spüren lässt.

»Also, wie war das Treffen mit Mr Sexy heute?«, will Alice wissen.

»Hör auf, ihn so zu nennen«, antworte ich, schüttle mir die Pumps von den Füßen, öffne den Kühlschrank und entdecke, dass ich noch einen Rest Pizza von gestern habe. Das wird reichen müssen.

»Wieso? Fällt dir ein besserer Name ein?«

»Mr sexy Hintern, sexy Lippen?«, schlage ich vor.

»Ich sehe schon, du hast intensiv darüber nachgedacht.«

»Ja, aber ich bin immer noch nicht bereit für eine Beziehung, und dasselbe gilt für ihn.«

Ich klemme das Telefon zwischen Kopf und Schulter, als ich ins Wohnzimmer gehe, den Teller mit der Pizza in einer Hand, ein Glas Limo in der anderen.

Ich bin nach meiner Scheidung in diese Zwei-Zimmer-Wohnung umgezogen. Das weitläufige Wohnzimmer ist in warmen Schattierungen von Braun und Creme eingerichtet. Die L-förmige Couch und ein riesiges Buchregal dominieren den Raum, was wahrscheinlich einiges über mich aussagt. Es gibt wenig, was ich mehr genieße, als mich mit einem Glas Wein und einem heißen Liebesroman auf der Couch zusammenzurollen.

An der gegenüberliegenden Wand hängt ein Gemälde von Summer, der jüngeren meiner beiden Schwestern. Das kräftige Türkis auf der Leinwand harmoniert wunderbar mit den restlichen Farben im Raum.

Ich liebe diese Wohnung, aber ich bin irgendwie nicht dafür geschaffen, allein zu leben. Ich kann mich nach einer Kindheit mit acht Geschwistern einfach nicht an die Stille gewöhnen. Doch in meinem Alter mit einem meiner Geschwister zusammenzuziehen wäre lächerlich.

»Wer hat irgendwas von einer Beziehung gesagt?«, fragt Alice. »Rein, raus, danke, aus.«

»Alice!«, ermahne ich sie, als ich mich auf die Couch sinken lasse. »Ich habe mit One-Night-Stands nichts am Hut, und das weißt du auch. Du tust so was doch auch nicht. Wo kam denn dieser Vorschlag her?«

»Du hast ein bisschen Spaß nötig, und es könnten ja More-Nights-Stands werden. Eric wird auf jeden Fall ein paar Monate hier verbringen. Das wäre die perfekte Ausrede. Danach verschwindet er wieder aus deinem Leben, und du kannst wieder verstauben.«

Meine Hand erstarrt, als ich mir gerade das Pizzastück in den Mund schieben will. »Okay. Hör endlich auf mit dem Staub. Ich fühle mich schon wie ein Teil meines Bücherregals. Aber die antiquarische Abteilung.«

»Er scheint ein anständiger Kerl zu sein, und die stehen inzwischen auf der Liste der vom Aussterben bedrohten Tierarten.«

»Ja, das stimmt«, sage ich mit einem Seufzen, weil ich an meinen Ex denken muss.

Sein Verrat hat mich tief verletzt, und ich spüre die Narben immer noch. Mir schnürt es die Kehle zu, und meine Augen brennen, als ich mir etwas eingestehe: dass ich befürchte, niemals wieder Liebe zu finden. Verdammt, ich fürchte sogar, dass ich keine Liebe verdient habe. Ich atme tief durch und schließe fest die Augen, weil ich nicht zulassen möchte, dass ich zu weinen anfange.

»Also, was willst du tun?«, fragt Alice.

»Nichts. Ich werde Julie in die Welt des Schmuckdesigns einführen, das ist alles.«

»Herrje, bist du stur.«

»Ich muss jetzt auflegen«, erkläre ich. »Ich muss mich auf meinen Pizzarest konzentrieren, und du störst mein Karma.«

»Schön. Versprich mir nur, dass du nicht darüber nachdenkst, dich auf einen anderen Kerl zu konzentrieren anstatt auf Eric Callahan. Er ist wahrscheinlich wirklich toll im Bett.«

»Werde ich nicht«, verkünde ich, bevor ich auflege.

***

Als ich am nächsten Morgen zur Arbeit fahre, beschließe ich, dass es vermutlich das Beste ist, die Begegnungen mit Eric auf ein Minimum zu reduzieren. In den nächsten zwei Tagen gebe ich vor, unglaublich beschäftigt zu sein, wann immer er Julie abliefert oder abholt, sodass wir kaum ein Wort miteinander wechseln. Die intensiven Blicke, die er mir zuwirft, wiegen diesen Mangel an persönlicher Interaktion allerdings mehr als auf. Es ist wirklich unmöglich, den Mann zu ignorieren, wenn er sich im Raum aufhält. Er ist wie ein Magnet. Das Testosteron, das er ausströmt, sorgt dafür, dass ich mich wider besseren Wissens von ihm angezogen fühle.

»Du bist mir aus dem Weg gegangen«, verkündet er am Donnerstagmorgen.

Ich sitze hinter meinem Schreibtisch. Eric steht mir gegenüber, die Fäuste auf die Tischplatte gestemmt. Er steht ein wenig vornübergebeugt, ein verschlagenes Lächeln auf den Lippen.

Ich beobachte gern Menschen, aber manchmal neige ich dazu, etwas zu viel in Körpersprache hineinzuinterpretieren. Sein momentanes Auftreten jedoch ist gebieterisch, was meine Hormone in Wallung bringt. Die aufblitzende Neugier in seinen Augen dagegen verwirrt mich auf eine ganz andere Art. Eines muss ich ihm lassen: Eric redet nicht lange um den heißen Brei herum, sondern kommt direkt zum Punkt.

»Schuldig im Sinne der Anklage.« Ich senke meine Stimme und flüstere vorwurfsvoll: »Du hast mit mir geflirtet!«

Eric geht um meinen Schreibtisch herum, bis er direkt neben mir steht und mir so nahekommt, dass ich beinahe zurückweiche. Dann lehnt er sich lässig mit dem Hintern gegen meinen Schreibtisch und verschränkt die Arme vor der Brust, bevor er mich förmlich mit einem Blick durchbohrt.

»Wir haben in den letzten Tagen kaum miteinander geredet«, erklärt er.

»Mit Blicken flirten ist trotzdem flirten«, informiere ich ihn, wobei ich ihm unverwandt ins Gesicht schaue. »Ich mag ja schon eine Weile nicht mehr in der Dating-Szene aktiv sein, aber die Signale erkenne ich trotzdem. Also, was ist los? Du hast bei der Hochzeit gesagt, du wärst nicht auf dem Markt.«

Eric zögert keinen Moment. »In deiner Nähe kann ich anscheinend einfach nicht anders.«

Im Ernst, was soll ich schon sagen?

»Deine Offenheit ist entwaffnend.«

»Vielleicht ist sie meine beste Waffe.«

Er sagt das mit einem so erotischen Unterton, dass mir fast die Luft wegbleibt.

»Wieso solltest du überhaupt eine Waffe brauchen?«, murmele ich.

»Um dich zum Erröten zu bringen.« Er beugt sich nach vorn und sagt: »Du siehst einfach wunderbar aus, wenn du verlegen bist.«

Ich muss wegsehen. Himmel! Seine Worte berühren mich tief in meinem Innersten.

»Du darfst nicht so mit mir reden«, flüstere ich.

»Wieso?«

»Wir sind im Büro.«

Mein Schreibtisch steht weit genug von allen anderen entfernt, dass sie unser Gespräch nicht belauschen können, trotzdem kommt mir die Ausrede gelegen.

»Kein guter Grund«, antwortet Eric.

»Na gut, dann die Wahrheit: weil ich nicht weiß, wie ich damit umgehen soll.«

Ich schlucke schwer. Meine Haut kribbelt, weil Eric mir so nahe ist. Zu meiner Überraschung folgt keine schlagfertige Antwort, sondern nur ein Nicken.

»In Ordnung. Ich werde jetzt gehen und um sechs Uhr zurückkommen. Wirst du mir aus dem Weg gehen, wenn ich Julie abhole?«

Ich lache leise. »Wahrscheinlich. Das ist sicherer. Sonst könnte ich etwas Dummes tun.«

Ohne den Blick von mir abzuwenden, sagt Eric leise: »Und das wollen wir doch nicht, oder?«

# 5 Eric

»Lass uns eine Pause einlegen«, sagt Max und hält das Laufband an.

Wir sind in einem Fitnessstudio in der Innenstadt und lassen etwas Dampf ab. Für mich ist Sport die beste Art, einen stressigen Tag hinter mir zu lassen. Ich laufe noch fünfzehn Sekunden weiter, bevor auch ich anhalte.

»Du bist nicht mehr so fit wie früher, Bennett«, erkläre ich Max, nachdem ich vom Band gestiegen bin. »Wenn wir im College miteinander laufen gegangen sind, hast du mich jedes Mal abgehängt.«

»Damals war ich im Polo-Team. Es ist schwer, dieses Niveau zu halten.«

Ich habe Max kennengelernt, als ich meinen Master in Betriebswirtschaft machte. Er hatte gerade erst am College angefangen, während ich bereits verheiratet war und ein Kind hatte. Unsere Freundschaft begann, als ich ihn wegen des seltsamen Barts verarschte, den er damals trug, und er mich ständig »alter Mann« nannte, obwohl ich nur ein paar Jahre älter bin als er.

»Lass uns ein paar Gewichte stemmen. Ich habe nicht viel Zeit«, sage ich.

»Wieso hast du es so eilig?« Er trinkt ein paar tiefe Schlucke aus seiner Wasserflasche, während wir zur nächsten freien Bank gehen.

»In einer halben Stunde hole ich Julie ab.«

»Sie ist bei Pippa, richtig?«

»Ja. Ist nett von deiner Schwester, dass sie Julie hilft.«

»Quatsch, das ist doch selbstverständlich. Aber ich habe euch beide auf der Hochzeit gesehen. Pippa hat eine Menge durchgemacht, also spiel nicht mit ihr.«

»Das habe ich nicht vor.«

Wir sagen nichts mehr dazu und nehmen die Bank in Beschlag, aber Max' Warnung nervt mich. Das Letzte, was ich will, ist, Pippa Probleme zu bereiten. Ich habe diese Frau erst vor einer Woche kennengelernt, und trotzdem ist mir ihr Wohlergehen erstaunlich wichtig. Vielleicht liegt es daran, dass sie so nett zu meiner Tochter ist, aber sie geht mir auch unter die Haut, und das Gefühl gefällt mir. Obwohl ich es besser weiß, suche ich ständig nach Gründen, ihr zu begegnen oder sie in ein Gespräch zu verwickeln, auch wenn ich eigentlich nur Julie im Büro abholen soll.

Sobald wir mit dem Bankdrücken fertig sind, machen wir Sit-ups. Ich will die Trainingssession mit ein paar Minuten auf dem Laufband beenden und erkläre Max: »Ich werde eine Viertelstunde laufen gehen, dann hole ich Julie ab.«

Er schüttelt den Kopf. »Das lässt du besser sein.«

Ich lache. »Wer ist jetzt der alte Mann?«

»Nach der Geburtsurkunde immer noch du, und ich fürchte, daran kannst du auch nichts ändern.« Er wird ernst. »Aber das meine ich nicht. Pippa wartet nicht gern. Eine Frau wie sie versetzt man nicht.«

»So einen Spruch hätte ich von deinen Brüdern erwartet, aber nicht von dir«, sage ich feixend. »Außerdem bist du mein Freund.«

»Und Pippa ist meine Schwester. Familie kommt vor Freundschaft, tut mir leid.« Inzwischen grinst Max.

Natürlich kenne ich die unausgesprochene Regel der Bennetts: *Familie geht immer vor*. Daran glaube ich auch, was wahrscheinlich der Grund ist, wieso Max und ich Freunde geworden sind.

*Also gut, dann heute kein Laufband mehr für dich, Eric Callahan.*

Kurz darauf verlasse ich das Fitnessstudio und fahre direkt zu *Bennett Enterprises*. Mit Max' Warnung im Ohr und Pippas Bedenken in Erinnerung, bin ich entschlossen, einfach nur meine Tochter abzuholen und wieder zu verschwinden. Aber dann sehe ich, wie Pippa und Julie durch den Raum tanzen, und meine Entschlossenheit löst sich in Luft auf. Julie tanzt unglaublich gern, doch wegen ihres schwachen Beins ist sie in der Gegenwart anderer Leute sehr scheu … und dieses Büro ist nicht gerade unterbesetzt.

»Was ist denn hier los?«, frage ich lachend, als ich die beiden erreiche.

»Wir feiern«, antwortet Pippa, ohne ihre Bewegungen zu stoppen, zu Musik, die nur in ihrem Kopf existiert.

»Ms Watson hat geschrieben, dass sie große Fortschritte in meinen Entwürfen erkennt.«

Das Grinsen meiner Tochter ist ansteckend. Ms Watson ist die Direktorin des Designkurses, bei dem meine Tochter angemeldet ist, und Julie schickt ihr regelmäßig Zeichnungen.

»Ich hole meine Sachen, damit wir gehen können.«

Pippa hört auf zu tanzen, sobald Julie an ihren Schreibtisch verschwunden ist.

»Das ist ein Wunder«, flüstere ich ihr zu. »Meine Tochter tanzt niemals vor Fremden.«

»Hast du je mit ihr zusammen getanzt?«

»Nein«, gebe ich zu.

»Siehst du, das ist der Trick. Wenn du dich selbst zum Idioten machst, hat sie nicht das Gefühl, dass alle nur auf sie achten.«

Ich muss eingestehen, dass das Sinn ergibt.

»Wieso wirkt keiner deiner Angestellten überrascht von deiner Tanzeinlage?«, frage ich.

Pippa wird rot, und in diesem Moment verstehe ich.

»Du tanzt regelmäßig im Büro?«

»Nein. Nur wenn es etwas zu feiern gibt.« Sie zuckt mit den Achseln. »Sie haben sich vermutlich einfach daran gewöhnt.«

»Du hast den seltsamsten Führungsstil, den ich je gesehen habe.«

Pippa zieht eine Augenbraue hoch und verschränkt die Arme vor der Brust. »Und ich nehme an, du bist in der Arbeit ein dunkler Herrscher, der sich nur sicher fühlt, wenn alle Angst vor ihm haben?«

»Hey.« Ich hebe entschuldigend die Hände. »Wir können nicht alle Everybody's Darling sein.«

Ihre Miene ist gleichzeitig schelmisch und verständnisvoll. Ich finde das erfrischend, auch wenn ich nicht vorhabe, in nächster Zeit vor meinem Team zu tanzen. Oder jemals.

»Du solltest mal versuchen, nett zu deinen Leuten zu sein. Wahrscheinlich wird es dich überraschen, welche Erfolge du damit erzielst.«

Ich sollte meine Tochter nehmen und gehen, doch stattdessen beuge ich mich vor und sage Pippa leise: »Du siehst sexy aus, wenn du tanzt.«

Zufrieden beobachte ich, wie sie scharf einatmet. Ihr Blick wirkt mit einem Mal hektisch. Sie wirbelt herum und geht mit schnellen Schritten zu ihrem Schreibtisch, womit sie mir die perfekte Gelegenheit gibt, ihren runden, knackigen Hintern zu betrachten. Zum Teufel mit diesem Bleistiftrock, der ihre Kurven derartig betont. Er zerstört meinen Vorsatz, auf Distanz zu gehen.

Ich versuche es morgen noch mal.

# 6 Pippa

Eric und ich überstehen den Freitag, ohne ein weiteres Wort miteinander zu wechseln, und am Anfang der nächsten Woche bin ich optimistisch, dass dieser Zustand auch die nächsten Tage halten wird.

Doch dann beschließt meine Familie, sich ein wenig einzumischen. Wie jeden Mittwoch bricht das gesamte Kreativteam zum Mittagessen in ein nahe gelegenes französisches Restaurant auf. Ich begleite sie ausnahmsweise nicht, weil ich Julie versprochen habe, dass wir schon früher mit einer Zeichnung anfangen würden. Sie ist noch nicht da, Eric bringt sie gewöhnlich um die Mittagessenszeit vorbei. Ich denke gerade darüber nach, ob ich für Julie und mich etwas vom Chinesen oder vom Mexikaner bestellen soll, als Alice das leere Büro betritt, in den Händen zwei Tüten mit Essen aus ihrem Restaurant. Zuerst glaube ich, sie hätte spontan beschlossen, die Mittagspause mit mir zu verbringen, doch etwas an ihrem Lächeln verrät mir, dass sie etwas im Schilde führt.

»Was tust du hier?«, frage ich.

»Hey! Ich wünsche dir auch einen schönen Tag. Ich habe Mittagessen für dich und Eric gebracht«, verkündet sie, als wäre das das Natürlichste auf der Welt.

»Du …«

Ich breche ab, als sich die Lifttüren öffnen und Eric und Julie hereinkommen, in ein Gespräch vertieft. Ich schnappe ein paar Wortfetzen auf und reime mir zusammen, dass sie über den Film reden, den sie gestern im Kino gesehen haben.

»Hi, Alice.« Eric scheint nicht im Mindesten überrascht, meine Schwester hier zu sehen.

»Ich habe gebackene Ente gebracht, wie versprochen«, erklärt sie ihm. Dann sieht sie Julie an. »Können wir?«

Julie nickt.

»Was geht hier vor?«, frage ich verwirrt.

»Julie und ich treffen uns mit Nadine am Aquarium. Du weißt schon, dem Aquarium, ein paar Blocks entfernt. Heute gibt es eine besondere Führung, und ich dachte, Julie würde sie vielleicht gern mitmachen.«

»Es macht dir doch nichts aus, Pippa, oder?«, fragt Julie. »Wir sind in einer Stunde zurück.«

»Kein Problem.«

Ich werfe Eric einen Blick zu und begreife, dass er bereits über alles informiert ist. Meine Gedanken rasen. *Was geht hier vor?* Ich erkenne eine Falle, wenn ich vor ihr stehe. Ich habe selbst schon »zufällige Mittagessen« arrangiert. Aber selbst überrumpelt zu werden ist etwas ganz anderes. Anscheinend haben Alice und Nadine beschlossen, die Sache in die Hand zu nehmen. Ich hätte wissen müssen, dass das Karma sich irgendwann an mir rächen würde. Wie man in den Wald hineinruft, so schallt es heraus. Und wenn ich Eric so ansehe, muss ich zugeben, dass das Karma es schlimmer hätte treffen können.

Julie und meine Schwester verschwinden. Eric kommt auf mich zu und stellt das Essen, das Alice gebracht hat, auf meinem Schreibtisch ab. Als könnte er meine Gedanken lesen, sagt er amüsiert: »Deine Schwester hat mich gestern Abend angerufen, um zu fragen, ob sie heute mit Julie ins Aquarium gehen kann. Es war ein so offensichtlicher Versuch, uns beide zusammenzubringen, dass es mir schwergefallen ist, nicht laut zu lachen.«

»Wieso hast du zugestimmt?« Das interessiert mich wirklich.

»Sie hat mich mit gebackener Ente bestochen. Da konnte ich nicht Nein sagen«, erklärt er grinsend.

»Absolut verständlich. Die Ente meiner Schwester ist zum Sterben gut.«

»Außerdem hat Julie das Telefonat mitgehört. Kaum hatte Alice das Aquarium erwähnt, hat sie angefangen, auf der Stelle zu hüpfen. Ich wollte schon absagen – hauptsächlich, weil ich deiner Schwester und Nadine bisher erst einmal begegnet bin –, aber ich habe den Kampf verloren.«

Ich helfe Eric dabei, das Essen auszupacken, dann lade ich ihn mit einer Geste ein, es sich auf dem Stuhl auf der anderen Seite des Schreibtisches gemütlich zu machen.

Sobald wir sitzen, sagt er: »Du siehst toll aus, Pippa. Das tust du immer, aber heute besonders. Du wirst mir sicherlich vergeben, wenn ich dir während des Essens ein oder zwei unpassende Blicke zuwerfe. Natürlich absolut *unabsichtlich.*«

Er schafft es, diese Worte mit ernster Miene auszusprechen. Meine Wangen und meine Ohren beginnen zu brennen. Offensichtlich ist er heute in der Stimmung, noch hemmungsloser zu flirten als sonst, und aus irgendeinem Grund freue ich mich darüber. Das wird sicher unterhaltsam.

»Du kannst es gern versuchen«, erkläre ich. »Aber ich warne dich, die Reaktion könnte stärker ausfallen, als du vertragen kannst.«

Himmel, er ist wirklich unglaublich attraktiv. Ich erlaube mir, den Blick über seine vollen Lippen und die breiten Schultern gleiten zu lassen. Mein Blut rauscht in den Ohren, als ich mir in allen Details die definierten Muskeln unter seinem Hemd vorstelle. In diesem Augenblick wird mir bewusst, dass er mich dabei beobachtet, wie ich ihn angaffe. Er zieht eine Augenbraue hoch und stößt einen Pfiff aus.

»Du ziehst mich quasi mit den Augen aus, und dabei haben wir noch nicht mal mit dem Essen angefangen.«

Seine Stimme klingt viel tiefer als zuvor. Das ist unglaublich sexy.

»Das liegt an dem Testosteron, das du ausdampfst. Es raubt mir den Verstand und stellt unaussprechliche Dinge mit meinen Sinnen an.«

Kaum sind die Worte über meine Lippen gekommen, bleibt mir die Luft weg. Habe ich das wirklich laut ausgesprochen? Ich bewege mich auf dünnem Eis. Das verrät mir mein Bauch … und einige andere Stellen.

Auch Eric ist erstarrt. Seine Hand schwebt unbeweglich über der Ente, von der er gerade ein Stück abschneiden wollte.

*O mein Gott, was habe ich getan? Wenn ich so tue, als hätte ich das absichtlich gesagt, ist es vielleicht weniger peinlich.*

»Du bist nicht der Einzige, der Ehrlichkeit als Waffe einsetzen kann«, verkünde ich so trocken wie möglich.

»Offensichtlich.«

»Wieso hast du auf der Hochzeit behauptet, du wärst beschädigte Ware?«

»Jemanden zu verlieren, den man liebt, hinterlässt Narben.«

Seine knappe Antwort verrät mir, dass er nicht will, dass ich dieses Thema vertiefe. Ich *werde* gleich über etwas anderes reden, aber erst will ich ein Argument anbringen.

»Das macht dich noch nicht zu beschädigter Ware. So würde ich dich nicht beschreiben.«

»Wie würdest du mich denn beschreiben?«

»Alice hat den Nagel auf den Kopf getroffen«, antworte ich, um die Stimmung etwas aufzulockern. »Mir fällt keine bessere Beschreibung ein als groß, dunkel und gut aussehend.«

»Ich verstehe. Flirtest du mit mir? Letzte Woche hast du mich noch verwarnt, weil ich dir heiße Blicke zuwerfe.«

»Ich glaube, das tue ich wirklich. Allerdings habe ich schon lange nicht mehr geflirtet, also bin ich mir nicht ganz sicher, ob ich nicht eingerostet bin. Kann ich noch ein bisschen an dir üben? Vielleicht komme ich so wieder in Übung.«

»Du willst deine Flirtfähigkeiten an mir trainieren, um dein Können dann einem anderen Mann angedeihen zu lassen?« Erics Kinn wird hart, und sein Blick bringt mich zum Brennen. »Das könnte ein Problem werden.«

»Spielst du gerade das Alphamännchen?«, frage ich fasziniert.

»Gefällt es dir?«

»Ja.« Ich kichere verlegen.

Die nächsten paar Minuten konzentrieren wir uns auf unser Essen. Kurz darauf haben wir alles weggespachtelt, was heißt, dass wir noch vierzig Minuten totschlagen müssen, bis Julie und Alice zurückkommen. Meine schmutzige Fantasie liefert mir verschiedene Vorschläge, wie wir diese Zeit verbringen könnten. Küssen, uns die Kleider vom Leib reißen …

*Verdammt noch mal. Was ist nur in mich gefahren?* Solche Gedanken hatte ich noch nie mit einem Mann, mit dem ich nicht ausgegangen bin. Das ist nur Erics Schuld. Wieso muss er auch so groß, dunkel und gut aussehend sein?

Ich suche verzweifelt nach einem anderen Thema. Sicheres Terrain – das wäre gut.

»Ich habe etwas für Julie mitgebracht«, sage ich und krame in meiner Tasche. »Und bevor du protestierst, ich habe es in der Kinderabteilung des Ladens gekauft. Es ist ein gefärbter Lippenbalsam mit Erdbeergeschmack, aber verpackt, als wäre es ein Lippenstift.«

»Sie hat mir deutlich zu verstehen gegeben, dass sie Lippenstift will«, meint Eric skeptisch.

Er beäugt den Gegenstand in meiner Hand misstrauisch. Ich erkenne diese Miene; die habe ich auch schon bei Julie gesehen.

»Es geht nur darum, wie man ihr das Ganze verkauft«, erkläre ich.

»Was meinst du damit?«

»Du kannst ihr erzählen, dass du ihn in der Erwachsenenabteilung gefunden hast, und dass sogar ihre Lieblingsschauspielerin ihn trägt.«

Er runzelt die Stirn, als müsste er meinen Vorschlag erst durchdenken. »Wieso gibst du ihn ihr nicht einfach?«

»Versuchst du, dich zu drücken?«

»Nein, aber sie wird dir eher glauben, weil sie dich bewundert. Außerdem hat sie mir ins Gesicht gesagt, dass ich sie nicht verstehe, weil ich keine Frau bin.«

»Ah. Verstanden. Wie wäre es mit ihrer Nanny?«

»Julie fragt sie nicht um Rat. Angeblich ist sie zu alt. Die Frau ist fünfundvierzig!«

»Na ja, für eine Zwölfjährige ist fünfundvierzig wirklich uralt. Als ich in ihrem Alter war, hielt ich jeden über zwanzig für einen Dinosaurier.«

»Du bist unglaublich. Wie kommt es, dass du Teenager so gut verstehst?«

»Ich habe meinen Geschwistern beim Aufwachsen zugesehen und außerdem steckt immer noch eine Zwölfjährige in mir. Ich vermute, dass Julie auch deiner Mutter nicht allzu nahesteht?«

Eric fährt sich mit der Hand durchs Haar und lehnt sich in seinem Stuhl zurück. »Mom betet Julie an, aber ihre Vorstellung von gemeinsam verbrachter Zeit ist es, Julie Manieren beizubringen oder am Nachmittag zusammen Tee zu trinken. Nicht gerade das, was eine Zwölfjährige will.«

»Okay. Ich werde mit Julie reden«, verspreche ich.

Ein Schatten, der mir absolut nicht gefällt, legt sich auf sein Gesicht.

»Weswegen machst du dir Sorgen?«

»Ich frage mich ständig, ob es wirklich eine gute Idee war, sie mit hierher zu nehmen. Sie hat in San Francisco keine Freunde in ihrem Alter.«

»Stimmt, aber sie wird andere Kinder kennenlernen, sobald der Kurs anfängt. Und das ist nächste Woche.«

Eric nickt, doch ich sehe ihm an, dass er nicht wirklich überzeugt ist.

»Wieso hast du sie nicht in Boston gelassen, wenn du dir jetzt nicht mehr sicher bist, ob das eine gute Idee war?«

»Sie hätte bei Mom wohnen müssen und das wollte sie nicht. Und um ehrlich zu sein, konnte ich den Gedanken nicht ertragen, fast drei Monate von Julie getrennt zu sein. In Bezug auf meine Tochter bin ich ein ziemlicher Egoist. Ich habe den Trip hierher extra so geplant, dass er in ihre Sommerferien fällt.«

Jedes Wort, das dieser Mann spricht, sorgt dafür, dass ich ihn noch netter finde; und das ist aus den verschiedensten Gründen gefährlich.

»Was du als Egoismus beschreibst, klingt für mich nach Liebe.«

Erics Augen beginnen zu leuchten. Er wirkt mit einem Mal jung wie ein Teenager und fast sorgenfrei, wie bei unserem Tanz auf der Hochzeit.

»Sie hat mir schon am Tag ihrer Geburt das Herz gestohlen. Ich war einundzwanzig, also hatte ich eigentlich ganz andere Probleme. Aber als ich sie zum ersten Mal im Arm hielt, hat sich alles verändert. Jedes Mal, wenn ich eine persönliche Entscheidung treffen muss – selbst im Berufsleben –, denke ich zuerst darüber nach, was das für Julie bedeutet.«

Genau in diesem Moment wird mir klar, dass ich nicht nur so oft an Eric denke, weil er gut aussieht. Ich fühle mich auch davon angezogen, dass er in Bezug auf seine Tochter sowohl vollkommen selbstlos als auch wahnsinnig rührend ist. Mein Herz scheint leise zu seufzen, während die verschiedensten Empfindungen mich zu überwältigen drohen.

»Das ist wirklich vorbildlich.«

»Was mich zu meinem selbst auferlegten Keuschheitsgelübde bringt, das ich in deiner Umgebung einfach immer wieder brechen muss.«

»Wie schändlich von mir, dich so auf Irrwege zu führen«, antworte ich neckisch. »Also lebst du grundsätzlich wie ein Mönch?«

Er grinst. »Mein Plan lautet zumindest, Julie das glauben zu lassen, bis sie achtzehn ist.«

Mir entgeht nicht, dass er einer direkten Antwort auf meine Frage ausgewichen ist, was nur eines bedeuten kann: Er lebt *nicht* wie ein Mönch.

»Viel Glück dabei«, murmle ich.

»Sie soll niemals daran zweifeln, dass sie die wichtigste Person für mich ist.«

»Eric, du schuldest mir keine Erklärung. Aber meiner bescheidenen Meinung nach ist das ein toller Grund.«

Er mustert mich einen Moment, sagt aber nichts mehr. Erneut beginnt die Luft zwischen uns zu knistern. Ich erwidere seinen Blick, bis es mir zu viel wird, dann sehe ich weg. Glücklicherweise tauchen in diesem Moment Julie, Alice und Nadine auf.

»Dad, Alice und Nadine haben eine tolle Idee. Ich habe ihnen erzählt, dass ich die Harry-Potter-Filme liebe und dass wir sie uns am Samstag wieder anschauen. Und jetzt rate mal, was sie dann gesagt haben!«

»Was?«, fragt Eric.

Mein Magen krampft sich zusammen. Ich habe das sichere Gefühl, dass ich bereits weiß, was gleich folgen wird.

»Sie haben mir erzählt, dass Pippa die Filme auch liebt. Wir sollten sie einladen, sie mit uns zu gucken.«

Eric und ich drehen uns gleichzeitig zu Alice und Nadine um.

»Bitte, Daddy«, bettelt Julie.

*Oh-oh.* Sie schaut Eric mit diesem Welpenblick an, dem er einfach nicht widerstehen kann. Er wird zustimmen.

»Pippa, wenn du dieses Wochenende noch nichts vorhast, würdest du dich uns am Samstagnachmittag anschließen?«, fragt Eric.

»Gern«, antworte ich, während mein Herz rast.

Das ist eine ganz schlechte Idee. Ich kann Eric schon an einem öffentlichen Ort wie meinem Büro oder einer Party mit Hunderten von Leuten kaum widerstehen. Ihn zu Hause zu besuchen erscheint mir viel zu intim – besonders angesichts der Tatsache, dass wir kaum die Blicke voneinander abwenden können. Was wird passieren, wenn das Licht ausgeht? Allein bei dem Gedanken bekomme ich eine Gänsehaut.

Während Eric und Julie darüber diskutieren, ob es ein Film-Marathon werden soll oder ob es besser wäre, zwei Filme auszuwählen, ziehe ich Alice und Nadine zur Seite.

»Mädels, ich weiß, was ihr da treibt«, murmle ich. »Hört auf damit!«

»Wir dachten uns schon, dass du das sagen wirst«, antwortet Nadine.

»Ich sage es nicht nur. Ich meine es ernst.« Ich spreche mit meiner Große-Schwester-Stimme, doch unglücklicherweise wirkt die schon seit ungefähr einer Million Jahre nicht mehr. So ruhig wie möglich füge ich hinzu: »Keiner von uns ist …«

»Ihr braucht einen Schubs«, unterbricht mich Nadine und lächelt dann hinterhältig. »Wie war das Mittagessen?«

Ach verdammt. Nadine und mein Bruder Logan waren diejenigen, für die ich vor ungefähr sechs Monaten das »zufällige Mittagessen« arrangiert habe.

»Okay, Karten auf den Tisch«, sagt Alice. »Ich habe Julie nicht nur deswegen die Sache mit dem Film vorgeschlagen, um Eric und dich zusammenzubringen. Du brauchst eine Ablenkung. Und unser Angebot für einen Mädelsabend am Wochenende hast du bereits ausgeschlagen.«

Meine Verärgerung über meine Schwester löst sich in Luft auf. Sie kümmert sich immer um mich, obwohl ich mich wirklich bemühe, ihr keine Sorgen zu bereiten.

»Es geht mir gut«, erkläre ich ein wenig zu fröhlich. An diesem Freitag wäre mein fünfter Hochzeitstag gewesen – und Alice weiß das. »Es wird mir gut gehen.«

»Wenn du meinst. Auf jeden Fall, wenn ihr beide wirklich nichts voneinander wollt, wie schwer kann es dann schon fallen, ein paar Filme miteinander zu schauen?«

Fast gegen meinen Willen sehe ich über die Schulter zurück, nur um festzustellen, dass Eric mich anstarrt. Als unsere Blicke sich treffen, weiß ich die Antwort.

Sehr, sehr schwer.

# 7 Pippa

»Die sind fantastisch«, sage ich, als ich die Schuhe bewundere, die ich gerade anprobiere.

Ich bin in meinem Lieblingsschuhgeschäft in der Innenstadt von San Francisco. Und diese roten Pumps stehen mir fast schon absurd gut.

»Ich habe sie extra für Sie zur Seite gelegt«, erklärt die Verkäuferin mit einem Augenzwinkern.

»Sie haben einen schlechten Einfluss auf mich«, erwidere ich mit einem Lächeln.

Ich schlendere im Laden umher und bewundere die Schuhe im Spiegel. Ich habe keine Ahnung, wieso ich Schuhe so liebe, aber inzwischen bin ich mir sicher, dass es eine Art Sucht ist.

»Ich kann Ihnen gern noch andere bringen«, bietet die Verkäuferin an.

»Nein, auf keinen Fall, sonst kaufe ich sie alle.«

»Also nehmen Sie die hier?«

»Müssen Sie das wirklich fragen?« Ich schüttle mir die Schuhe von den Füßen, hebe sie auf und gebe sie der Frau. »Packen Sie sie ein. Nein, warten Sie. Packen Sie lieber meine alten Schuhe ein. Die hier lasse ich gleich an.«

»Aber sicher. Es gibt nichts Besseres als ein neues Paar Schuhe, um einen aufzumuntern, nicht wahr?«

»Das können Sie laut sagen.«

Als ich den Laden verlasse, grinse ich von einem Ohr bis zum anderen. Genau das habe ich heute gebraucht. Ich habe die letzten zwei Tage damit verbracht, Einladungen meiner

Familie auszuschlagen. Sie haben versucht, mich dazu zu überreden, Freitagabend mit ihnen essen zu gehen; doch ich habe immer abgelehnt und jedem Einzelnen versichert, dass es mir auch allein gut gehen wird. Doch heute ist Freitag, und ich bin mir nicht sicher, ob ich mir nicht zu viel vorgenommen habe.

Am Abend bleibe ich viel länger in meinem Büro als Julie oder das Team und zeichne wie eine Wahnsinnige. Als ich endlich den Blick vom Papier hebe, ist es draußen bereits dunkel. Ich lege den Stift zur Seite und schüttle mein Handgelenk aus. Ein Blick auf die Uhr verrät mir, dass es schon zehn ist. Seufzend lasse ich mich in meinem Stuhl nach hinten sinken und starre an die Decke. Ausgerechnet heute will ich nicht allein in meiner Wohnung sein. Vielleicht hätte ich das Angebot meiner Eltern annehmen sollen, bei ihnen zu übernachten, aber dann hätten sie sich Sorgen um mich gemacht.

Ich reibe mir die Schläfen und beuge den Kopf nach rechts und links, um meine Nackenmuskulatur zu dehnen. Gott sei Dank ist heute nicht mein fünfter Hochzeitstag.

Am ersten Hochzeitstag vergaß Terence in dem Restaurant aufzutauchen, in dem wir einen Tisch reserviert hatten, und brachte mir am nächsten Tag als Entschuldigung Blumen mit. Am zweiten Hochzeitstag verbummelte er die Reservierung und entschuldigte sich nicht mal mehr dafür. Am dritten Hochzeitstag sparte ich mir die Mühe, irgendwelche Pläne zu machen, und er tat nicht mal mehr so, als würde ihn dieser Jahrestag interessieren. Am vierten Hochzeitstag lebten wir bereits getrennt.

Heute – an dem Tag, an dem unser fünfter Hochzeitstag gewesen wäre – habe ich einen Anruf von meinem Anwalt erhalten. Er hat mich darüber informiert, dass Terence sich einen neuen Anwalt besorgt hat und gegen den Gerichtsbeschluss Einspruch erheben will. Der Beschluss besagt, dass Terence keinen einzigen Cent erhält – genau, wie es im Ehevertrag festgelegt war. Anscheinend glaubt dieser neue Anwalt, ein Schlupfloch im Vertrag gefunden zu haben, und Terence will weiterkämpfen. Schön. In Ordnung. Soll er doch. Ich werde dasselbe tun. Dieser Mistkerl wird keinen Cent von mir bekommen.

Seufzend greife ich erneut nach meinem Stift, weil ich mich wieder in meinen Zeichnungen verlieren will. Doch dann überrascht mich das Klingeln des Aufzugs.

»Wer …?«, setze ich an, nur um abzubrechen, als ich sehe, wer mich da mit seiner Anwesenheit beehrt. Eric.

»Pippa, was tust du hier?«, fragt er.

»Ich arbeite hier«, antworte ich, während ich aufstehe. »Wieso bist du hier? Ist Julie etwas zugestoßen?«

»Nein. Sie hat ein paar ihrer Zeichnungen hier vergessen und wollte übers Wochenende daran arbeiten.«

Ich mustere meinen Schreibtisch, und tatsächlich entdecke ich Julies Zeichnungen unter meinen eigenen.

»Da sind sie«, verkünde ich. »Wieso hast du nichts gesagt? Ich hätte sie doch morgen mitbringen können.«

»Ich habe nicht damit gerechnet, dass du noch hier bist.«

Als ich ihm die Blätter gebe, berühren sich unsere Finger. Ich fühle mich seit einigen Stunden rastlos, doch seine Berührung beruhigt und elektrifiziert mich zugleich.

»Wieso bist du noch so spät hier?«, will er wissen.

»Manchmal bleibe ich länger. Ich habe viel Arbeit und wollte nicht nach Hause.« Ich deute auf die Cupcakes neben meiner Tastatur und sage so fröhlich wie möglich: »Ich habe jede Menge hochkalorische Freunde, die mir Gesellschaft leisten.«

Eric erwidert ein paar Sekunden lang meinen Blick, doch ich erkenne in seinen Augen keine Hitze, sondern Sorge. Dann sieht er weg und mustert stattdessen meine Entwürfe.

»Du bist aufgewühlt«, sagt er schließlich.

»Woher weißt du das?«

»Du hast gesagt, deine Zeichnungen würden deine Stimmungen widerspiegeln. Die hier sind dunkel. Unheimlich.«

»Sie sind unheimlich? Du schaust nicht viele Horrorfilme, oder?«

»Nö«, gibt er zu. »Sie jagen mir eine Höllenangst ein. Willst du mir erzählen, was los ist?«

Seine tiefe Stimme gleitet wie eine Liebkosung über meine Haut. Sie lädt mich ein, mich ihm zu öffnen. Ich denke darüber nach, Eric eine höfliche Abfuhr zu erteilen, doch eigentlich gibt es keinen Grund, ihn anzulügen. Ja, er kennt meine Brüder, doch es ist eher unwahrscheinlich, dass er ihnen etwas von meinen Sorgen erzählen wird.

»Heute vor fünf Jahren habe ich meinen Exmann geheiratet. Nur damit du im Bilde bist, der Grund für die Scheidung war, dass ich herausgefunden habe, dass er mich nur meines Geldes wegen zum Altar geführt hat.«

Eric zieht die Augenbrauen hoch, seine Miene ist ausdruckslos. »In dem Fall überrascht es mich, dass du deine Gefühle nur an deinen Zeichnungen auslässt und nicht an einer Voodoo-Puppe. Du könntest auch Dartpfeile auf ein Bild von deinem Ex werfen.«

Ich lache, dankbar über seine Reaktion. Keine weiteren Fragen, keine nachdenklichen Kommentare. Nur ein witziger Spruch, der mich zum Lachen bringt. Gott, das kann ich momentan wirklich brauchen.

»Ich hätte das Angebot meiner Schwester annehmen sollen, einen Weiberabend zu machen, statt allein hierzubleiben«, gebe ich zu. »Aber ich wollte niemandem Sorgen bereiten.«

Eric trommelt mit den Fingern auf meinen Schreibtisch, als dächte er nach. »Lass uns ausgehen.«

»Was?«

»Du brauchst eine Ablenkung. Die würde ich gern liefern. Außerdem wäre es schön, mal eine erwachsene Version von San Francisco kennenzulernen. Bisher habe ich die Stadt nur durch die Augen einer Zwölfjährigen gesehen.«

»Was ist mit Julie?«

»Sie ist schon im Bett. Ms Blackwell ist bei ihr.«

»Bist du dir sicher?«

»Ja. Denk nicht zu viel nach, Pippa«, meint er ruhig.

Hm, warum nicht ausgehen mit Eric? Dieser Mann bringt mich zum Lachen, und das ist genau das, was ich jetzt brauche.

»Okay. Gib mir Julies Zeichnungen. Ich werde sie in meine Tasche stecken.«

»Worauf hast du Lust?«, fragt er.

»Ich will tanzen«, verkünde ich. »Aber keine seltsame Fünfzigerjahre-Musik.« Ich hebe den Zeigefinger und wackle im Takt der Silben damit.

Eric sieht aus, als würde er jeden Moment in Gelächter ausbrechen. »Wieso, trägst du wieder unpassende Unterwäsche?«

»Vielleicht trage ich ja gar keine«, ziehe ich ihn auf.

Böser Fehler. Ein Schleier legt sich über seine Augen und er atmet tief ein. Die Luft zwischen uns beginnt zu knistern, Anspannung breitet sich aus.

»Tust du nicht?«

Seine Stimme ist so tief und heiser, dass mir ein Schauder über den Rücken gleitet.

»Das war nur ein Witz, Eric. Lass uns gehen.«

»Bevor wir aufbrechen«, sagt er, »lass uns ein paar Regeln festlegen.«

»Ich bin ganz Ohr.«

»Keine heißen Blicke und kein Flirten.«

Ich lege den Kopf schräg, wobei ich nur mit Mühe ein Lachen unterdrücken kann. »Wieso habe ich den Eindruck, dass diese Regeln vor allem für dich gelten, nicht für mich?«

»Weil es so ist. Aber es liegt an dir, mich für jede Verfehlung zur Rechenschaft zu ziehen.«

»Das klingt sehr geschäftsmäßig. Wirst du in den Hai-Modus schalten, wenn ich dich nicht zur Rechenschaft ziehe?«, hake ich nach.

»Darauf kannst du wetten.« Er klingt kess, fast herausfordernd.

»Du kannst dich auf mich verlassen. Das wird ein Kinderspiel.«

Ich schnappe mir meine Tasche und hänge mir den Riemen über die Schulter. Dabei werfe ich Eric einen verstohlenen Blick zu und schlucke schwer, als mir ein weiteres Mal bewusst wird, wie beeindruckend er aussieht. Okay, vielleicht wird es *doch* kein Kinderspiel.

Eric legt seine Hand in mein Kreuz, um mich aus dem Gebäude zu führen. Ich lehne mich seiner Berührung entgegen, überrascht von der Wärme, die sich in meinem Körper ausbreitet.

Draußen lässt Wind die Blätter der Bäume rascheln. Ich hebe den Blick zum Himmel, um nach Anzeichen für einen Sturm zu suchen. Aber der Horizont ist erstaunlich klar. Hin und wieder sieht man sogar Sterne funkeln. Ich nehme den Geruch von Rosen wahr und lächele. Es ist ein wunderschöner, friedlicher Abend. Fast magisch.

»Hast du einen bestimmten Club im Sinn?«, fragt Eric, als er ein Taxi heranwinkt.

»Ich kenne da einen Laden, der erst letzten Monat aufgemacht hat. Sie haben drei Ebenen und eine Bar auf dem Dach.«

»Klingt toll«, sagt er, nachdem wir ins Taxi gestiegen sind.

Ich gebe dem Fahrer die Adresse, und wir fahren los. Wir haben vielleicht die Hälfte der Strecke zurückgelegt, als mein Handy klingelt.

»Das ist Alice«, sage ich zu Eric, bevor ich mir das Telefon ans Ohr drücke. »Hi.«

»Wo bist du?«, fragt sie. »Du hast gesagt, du würdest noch arbeiten, aber dein Büro ist leer.«

»Ich … Du bist im Büro? Warum?«

»Ich wollte mal nach dir sehen.«

Meine Schwester ist wunderbar. »Mir geht's prima, Alice. Mach dir keine Sorgen.« Im Hintergrund höre ich Nadines Stimme und Summers unverwechselbares Lachen. »Alice, sind die Mädels bei dir?«

»Niemand ist bei mir«, antwortet Alice ein wenig zu eilig.

»Ich kann sie hören.«

Sie seufzt. »Wir wollten mal nach dir schauen.«

»Alle?« Ich seufze. »Du hast einen Weiberabend organisiert, richtig?« Schuldgefühle überschwemmen mich.

»Irgendwie, ja. Ein bisschen vielleicht. Was tust du gerade?«

»Eric und ich gehen etwas trinken.«

»Du hast ein *Date*?«

Das letzte Wort schreit sie förmlich, also hat Eric es garantiert gehört. Ich werfe ihm einen kurzen Blick zu, und tatsächlich, er lächelt.

»Nein. Das ist kein Date. Es ist alles andere als das.«

»Okay. In diesem Fall habe ich keinen Weiberabend geplant. Viel Spaß bei deinem Kein-Date. Ciao.« Damit legt sie auf.

Erneut sehe ich Eric an, nur um festzustellen, dass er jeden Moment in Gelächter ausbricht.

»Das war meine Schwester«, erkläre ich.

»Willst du etwas mit ihr unternehmen?«

»Nein«, antworte ich. »Ich liebe Weiberabende, aber heute steht mir der Sinn nach etwas anderem.«

Mit einem Zwinkern sagt er: »Dann lass uns unser *Kein-Date* so richtig genießen.«

Der Club ist rappelvoll, als wir ankommen, was an einem Freitagabend kaum überraschend ist. Eric und ich gehen durch den VIP-Eingang. Der Club gehört einer meiner Freundinnen, und jedes Mal, wenn wir uns unterhalten, erinnert sie mich daran, dass ich auf der VIP-Liste stehe – dauerhaft. Bisher habe ich ihr Angebot nie angenommen. Es gibt drei Stockwerke, von denen die ersten zwei so voll sind, dass sogar das Atmen schwerfällt. Die dritte Ebene ist für VIPs reserviert, aber ordentlich gefüllt ist der Raum trotzdem.

»Was willst du trinken?«, fragt Eric.

»Rotwein.«

Mit einem Nicken verschwindet er Richtung Bar, sodass ich allein zurückbleibe. Mehrere Männer starren mich mit offensichtlich anzüglichen Gedanken an, und nach ein paar Minuten kommt einer von ihnen zu mir. Er trägt ein schwarzes Hemd mit einem weißen Muster, das mich an eine Mischung aus Zebra und Dalmatiner denken lässt. Sofort setze ich meine desinteressierteste Miene auf.

»Darf ich dir einen Drink spendieren?«, fragt er.

»Nein danke.« Ich verschränke die Arme vor der Brust und wende den Blick ab, in der Hoffnung, dass er meine Kein-Interesse-Schwingungen empfängt. Tut er nicht.

»Ich wette, du bist der Wodka-Typ«, fährt er fort.

Ich stöhne. »Bitte, lass gut sein. Ich bin nicht interessiert. An gar nichts.«

Der Kerl rührt sich nicht. Unglaublich. Also tue ich das einzig Vernünftige und gehe weg, doch der Idiot folgt mir. Herrje. Ich wusste, dass ich mit Alice in den Judo-Kurs hätte gehen sollen, als sie mich gefragt hat.

»Du kannst nicht…«, setzt er an, doch dann unterbricht ihn eine tiefe Stimme hinter mir.

»Bist du taub?«, blafft Eric. »Sie hat Nein gesagt. Verpiss dich!«

»Und du bist?«

Eines muss ich dem Kerl lassen: Er hat Mumm. Obwohl Eric aussieht wie ein typisches Alpha-Männchen – und zwar ein wütendes –, lässt der andere nicht locker.

»Ihr Verlobter. Und jetzt verschwinde, wenn du kein Veilchen willst, das farblich zu deinem Hemd passt.«

Beim Wort »Verlobter« verkrampfen sich alle Muskeln in meinem Körper. Der Kerl blinzelt, verfällt in Panik und eilt davon.

Eric reicht mir mein Glas, ohne den Idioten aus den Augen zu lassen.

»Ich wäre schon mit ihm klargekommen. Ich kann gut auf mich aufpassen.«

Ich nippe an meinem Wein. Er ist köstlich.

»Das bezweifle ich nicht«, antwortet Eric und sieht endlich wieder mich an. »Aber dass du es kannst, bedeutet noch nicht, dass du es musst.«

»Wieso nicht?«

»Du hast schon genug um die Ohren. Da musst du dich nicht auch noch gegen Idioten zur Wehr setzen.« Er hebt sein Glas. »Das werde ich für dich erledigen. Der Ausdruck auf seinem Gesicht, als ich ›Verlobter‹ gesagt habe, war einfach unbezahlbar.«

Wieder zucke ich bei dem Wort zusammen, und diesmal bemerkt es Eric.

»Habe ich damit eine unsichtbare Grenze übertreten?«

Ich zucke mit den Achseln. »Nein, ich…« Ich spreche nicht weiter, weil ich ehrlich nicht weiß, wieso es mich so nervös macht, dieses Wort zu hören. Wahrscheinlich, weil es dunkle Erinnerungen hervorruft. »Auf jeden Fall war seine Miene wirklich gut.«

»Bin überrascht, dass er mir das abgenommen hat«, meint Eric.

»Du hast ziemlich unheimlich ausgesehen«, versichere ich ihm.

»Sicher, aber ich benehme mich nicht, wie ein Verlobter sich benehmen sollte.«

Das erregt meine Neugier. »Wie benimmt sich denn ein Verlobter?«

Eric trommelt mit den Fingern gegen sein Glas. Mein Nacken beginnt zu kribbeln, als würde er genau diese Bewegung gerade auf meiner Haut ausführen. Ich seufze tief, als mir ein Schauder über den Rücken läuft.

Eric tritt näher an mich heran. »Wärst du meine Verlobte, würden hier drin es alle wissen, glaub mir.«

»Wieso?«

»Ich könnte die Finger nicht von dir lassen. Ich würde dich berühren, wann immer es mir möglich wäre.«

Mein Atem stockt, doch irgendwie gelingt es mir, zu flüstern: »Das wäre wirklich unanständig.«

»Oh, ich wäre *so richtig* unanständig.« Er beugt sich vor, bis seine Lippen neben meinem Ohr schweben. »Und du würdest es lieben.«

Ich schubse ihn zurück. »Du bist ziemlich von dir überzeugt, falscher Verlobter, vor allem, da das hier kein Date ist.«

»Ich kenne meine Stärken«, hält er dagegen. »Ich hab's drauf.«

»Beweis es!«, fordere ich ihn heraus.

Diese zwei Worte üben einen unglaublichen Effekt auf mich aus. Hitze breitet sich in meinem Körper aus, von meinem Bauch bis in meine Fingerspitzen. Eric meinte seinen

Kommentar nicht mal irgendwie anzüglich, aber jetzt spielen meine Gedanken verrückt und biegen eindeutig in die Schmuddelecke ab. Das gefährliche Glitzern in Erics Augen lässt mich vermuten, dass es ihm genauso geht.

»Tanz mit mir«, sage ich. »Tanzen gehört dazu, es *draufzuhaben.*«

Eric nickt. »Dein Wunsch sei mir Befehl«, sagt er. »Verlobte.«

Wir stellen unsere Gläser auf einem Tisch ab, dann nimmt er meine Hand und verschränkt seine Finger mit meinen, bevor er mich in die Mitte der Tanzfläche führt. Er sieht in seinem Anzug einfach wunderbar aus. Wir sind von Männern und Frauen in Businessklamotten umgeben. Unternehmensberater, Banker und was weiß ich kommen hierher, um sich nach einer Woche harter Arbeit zu entspannen.

Die Musik hat einen mitreißenden Rhythmus. Kaum fange ich an, meine Hüften im Takt zu schwingen, wird mir bewusst, dass Tanzen eine *ganz* schlechte Idee war. Erics Blick gleitet ständig über meinen Körper und setzt damit meine Haut in Flammen. Plötzlich dreht er mich um, sodass ich mit dem Rücken zu ihm stehe. Vielleicht liegt es an der guten Musik oder dem dämmrigen Licht, aber mit einem Mal kann ich nicht mehr denken, sondern nur noch fühlen.

Eric schiebt mein Haar zur Seite, sodass eine Seite meines Halses frei liegt. Sein heißer Atem gleitet über meine Haut, als wir uns im Einklang bewegen. Wie bei den Paaren um uns herum wandern seine Hände an meine Hüften und halten mich fest. Er zieht mich an sich, bis mein Rücken an seine Brust gedrückt wird. Ein elektrischer Schlag durchfährt mich und versetzt meine Nerven in Schwingungen.

»Wow«, sage ich und trete einen Schritt vor, während Eric gleichzeitig ein »Verdammt!« ausstößt.

»Okay. Also kommt Berühren nicht infrage.«

Er nickt zustimmend. »Na ja, vielleicht hast du recht. Hier im Dämmerlicht werde ich es einfach nicht schaffen, meine Finger von dir zu lassen.«

»Aber ich wollte *wirklich* tanzen.« Ich ziehe einen Schmollmund.

»Hör auf zu schmollen, oder ich werfe alle Vorsätze über Bord und küsse deinen fantastischen Mund.«

Seine Ehrlichkeit ist unglaublich entwaffnend. Ich bin mir nicht mal sicher, was ich darauf antworten soll. Ich gehe immer davon aus, dass jeder Mann einen geheimen Plan verfolgt, immer darauf bedacht, dass seine Lügen nicht auffliegen. Eric ist auf die bestmögliche Weise anders.

»Du sagst immer, was dir gerade in den Kopf kommt, oder?«, frage ich ihn.

»Jepp. Einer meiner größten Fehler. Deswegen sind mir schon eine Menge Geschäfte durch die Lappen gegangen.«

»Lass uns aufs Dach gehen, etwas trinken und uns unterhalten. Reden ist halbwegs sicher, oder?«

»Ich hoffe es zumindest.«

Auf dem Dach stehen gemütliche Outdoor-Couchen und Lampen in Taubenform verteilt, und es ist erstaunlich leer. Warum, wird innerhalb weniger Sekunden klar, denn der Wind hier oben pfeift um einiges heftiger als unten auf der Straße, und es ist fast kalt. Ich reibe mir die Arme und unterdrücke ein Frösteln. Ohne ein Wort zu verlieren, zieht Eric sein Anzugsjackett aus und legt es mir um die Schultern.

»Danke«, murmle ich.

Wir finden eine windgeschützte Ecke und verkriechen uns dort.

Dann fällt mir auf: »Wir haben unsere Gläser nicht mitgenommen.«

»Ich werde uns etwas Neues besorgen. Wieder Wein?«

Ich nicke. Als Eric zur Bar geht, ziehe ich sein Jackett enger um mich. Es riecht fantastisch nach ihm und vermittelt mir ein merkwürdiges Gefühl von Sicherheit.

Ein paar Minuten später kehrt Eric mit zwei Gläsern zurück. Er gibt mir meinen Wein und setzt sich neben mich. Ich vermute, dass ungefähr zwanzig Zentimeter Platz zwischen uns bleiben – kein ausreichender Sicherheitsabstand. Ich spüre förmlich das Testosteron, das er verströmt.

»Worüber willst du reden?«, frage ich Eric, wobei ich mich sehr bemühe, nicht an Sex, Küssen und derlei andere Dinge zu denken.

»Egal«, antwortet er. »Erzähl mir von dir. Aber bitte, bemüh dich, etwas Schlechtes, Abstoßendes zu finden. Bisher weiß ich nur, dass du dich wunderbar mit meiner Tochter verstehst, witzig bist und einen Körper besitzt, der für die Sünde geschaffen ist. Schlechte Kombination für meinen Entschluss, wie ein Mönch zu leben.«

Ich lache laut auf, doch er fährt fort:

»Da gibt es etwas, was ich dich nach dem Anruf vorhin fragen wollte. Warum hältst du deine Familie so auf Abstand?«

Hätte mir jemand anderes die Frage gestellt, wäre ich automatisch nervös geworden, doch stattdessen lasse ich mich tiefer in die Kissen sinken. Meine Muskeln entspannen sich nach und nach. Ich finde es wunderbar, dass ich in Erics Nähe nicht das Bedürfnis verspüre, mich zu verstellen oder die Mutige zu spielen.

Ich nippe an meinem Wein, während ich darüber nachdenke, wie ich meine Antwort am besten formuliere.

»Ich bin es nicht gewöhnt, dass meine Geschwister sich um mich sorgen. Ich meine, Sebastian und Logan haben immer auf uns aufgepasst, aber ich bin die offizielle Bedenkenträgerin in unserer Familie.«

Ich trinke noch einen Schluck, dann drehe ich das Glas in den Händen und beobachte, wie der Wein langsam kreist.

»Als wir klein waren, habe ich mir Sorgen gemacht, dass nicht genug für alle da ist. Als Geld kein Problem mehr darstellte, habe ich mir Sorgen gemacht, ob ich den Jüngeren ein gutes Vorbild bin.« Ich lache, als mir ein bestimmtes Ereignis einfällt. »An meinem einundzwanzigsten Geburtstag hat Summer mir erzählt, dass sie sich, wann immer sie in einem Dilemma steckt, einfach fragt: ›Was würde Pippa tun?‹«

»Du bist eine bemerkenswerte Frau«, sagt Eric sanft.

»Woher willst du das wissen? Wir haben uns erst vor zwei Wochen kennengelernt.«

»Ich habe dich mit Julie beobachtet. Mehr muss ich nicht wissen. Du solltest nicht so streng zu dir sein.« Er zögert kurz, dann fügt er hinzu: »Ich habe das Gefühl, dass du dich selbst für irgendetwas bestrafst.«

Ich proste ihm zu. »Nett, jemanden zu treffen, der Leute ebenfalls durchschaut.«

»Und, wofür bestrafst du dich?«

»Dafür, dass ich dämlich war«, gebe ich zu.

Eric hebt die Hand. Seiner Miene kann ich ablesen, dass er mir widersprechen will, doch ich unterbreche seinen noch nicht ausgesprochenen Einwand mit einem Kopfschütteln.

»Ich hatte so ein Bauchgefühl, dass irgendetwas mit Terence nicht stimmt. Trotzdem habe ich die Hochzeit durchgezogen. Ich hätte es wissen können, aber ich wollte blind sein. Ich wollte so dringend eine Familie wie die, aus der ich stamme – mit jeder Menge Kinder und vielen glücklichen Momenten –, dass ich die Signale einfach ignoriert habe.«

»Du warst nicht dämlich. Du bist einfach offen und ehrlich und konntest dir nicht vorstellen, dass andere von niederträchtigen Motiven getrieben werden. Irgendwann wirst du bekommen, was du dir wünschst, Pippa.«

Ich zucke mit den Achseln. »Es ist okay. Ich bin glücklich mit der Familie, die ich habe. Sie waren in dieser ganzen Sache mein Fels in der Brandung. Ich habe mich auf sie genauso verlassen wie auf jede Menge Süßigkeiten, gute Bücher und gelegentliche Besuche beim Therapeuten – die mir nicht allzu sehr geholfen haben, wenn ich ehrlich bin.«

»Ach ja, Therapeuten. Es ist schwer, einen guten zu finden.« Eric klingt so beiläufig, als würden wir uns über das Wetter unterhalten. »Und selbst die besten Seelenklempner können einem nur in gewissem Maße helfen. Man muss Dinge finden, die einen erden. Für mich war das Julie. Egal, wie schwer es mir auch gefallen ist, für sie musste ich mich zusammenreißen.«

»Du bist ein toller Vater«, versichere ich ihm.

Wir sind Seelenverwandte, er und ich, stelle ich in diesem Moment fest, und mein Herz beginnt schneller zu schlagen.

»Ich bemühe mich. Willst du noch einen Wein?« Er deutet auf mein leeres Glas.

»Nein, ich habe genug. Wir sollten gehen. Morgen erwartet mich ein langer Tag.«

»Wieso das? Du kommst doch erst nach dem Mittagessen zu uns.«

»Sebastian und Ava sind von der Hochzeitsreise zurück, also gibt es morgen Vormittag in Alice' Restaurant einen Brunch mit der ganzen Familie.«

Wir verlassen unsere geschützte Ecke. Ich zittere im Wind, trotz des Jacketts. Als wir schließlich auf die Straße treten, sagt Eric: »Komm, ich bringe dich nach Hause.«

»Nein. Das ist kein Date. Ich werde mich selbst nach Hause bringen.«

»Aber …«

»Keine Diskussion«, unterbreche ich ihn. »Ich werde mir ein Taxi nehmen. In dieser Gegend erwischt man immer eines. Oh, ich hätte fast etwas vergessen. Wie lautet deine Adresse? Die brauche ich für morgen.«

Ich runzle die Stirn, als er mir die Straße nennt. Ich kenne die Gegend. Es ist ein hübsches, aber recht normales Wohnviertel.

Anscheinend merkt mir Eric meine Überraschung an, denn er fragt: »Wieso wirkst du so verwundert?«

»Ich hatte erwartet, dass du in einem der teuren Viertel lebst.« Ich mustere ihn abschätzend und füge hinzu: »Aber du bist okay.«

»Ich bin *okay*«, wiederholt er verblüfft. »Das ist die beleidigendste Nicht-Beleidigung meines Lebens.«

Ich kichere. »Du verstehst schon, was ich meine.«

Er schüttelt den Kopf. »Ich versuche, Julie ein Vorbild zu sein.«

»Sehr lobenswert.«

Er tritt einen Schritt nach vorn und winkt ein Taxi heran. Der Wagen hält ein paar Meter vor uns an. Eric bringt mich zum Auto und öffnet die Tür zum Fond.

Ich beuge mich zu ihm vor und senke die Stimme. »Das ist der beste Hochzeitstag, den ich je hatte.«

Als ich auf den Rücksitz gleite, erwidert er: »Stets zu Diensten. Wir sehen uns morgen. Ich freue mich schon darauf, mich noch länger mit dir zu *unterhalten*.«

Er schlägt die Tür zu. Kaum hat sich das Taxi in Bewegung gesetzt, wird mir klar, dass es keineswegs sicher ist, sich mit Eric zu unterhalten. Ganz im Gegenteil. Mit ihm zu reden, zuzuhören, wie er sich mir gegenüber öffnet, ist gefährlicher als Tanzen oder zufällige Berührungen.

Morgen dürfte es interessant werden, um es vorsichtig auszudrücken.

# 8 Pippa

Am nächsten Tag erwache ich langsam, mein Kissen im Arm, und genieße den gemütlichen Morgen im Bett. Doch nach und nach verdrängt eine seltsame Unruhe meine Schläfrigkeit. Irgendetwas nagt an mir …

»Mist.«

Ich setze mich ruckartig auf, schnappe mir das Handy vom Nachttisch und starre auf das Display. Es ist zehn nach elf. Vor zehn Minuten hätte ich zum Familienbrunch in Alice' Restaurant auftauchen sollen.

Deswegen bin ich aufgewacht. Ich schicke Alice eine schnelle Nachricht.

Pippa — Verspäte mich eine Viertelstunde. Tut mir leid.

Lügnerin.
Du brauchst mindestens eine halbe Stunde. — Alice

Einmal in meinem Leben will ich zu einem Familientreffen rechtzeitig kommen! Im Berufsleben habe ich alles im Griff, aber in meinem Privatleben versage ich beim Thema Pünktlichkeit vollkommen.

Ich dusche eilig, doch im Anschluss nehme ich mir unnötig viel Zeit, um mich für ein Outfit zu entscheiden. Ich werde nach dem Brunch direkt zu Eric fahren, und die richtige Kleidung ist wichtig. Ich brauche etwas, was die Botschaft *flirtfreie Zone* deutlicher rüberbringt, als es mir mit Worten möglich ist. Letztendlich entscheide ich mich für das unvorteilhafteste Kleid, das ich besitze. Ein schmutzig graues Teil, das groß genug ist, um als Zelt durchzugehen. Ich habe wirklich keine Ahnung, wie es in meinem Schrank gelandet ist, aber es wird mir heute den Hintern retten. Alice und Summer werden mich wegen dem Fummel allerdings wochenlang aufziehen.

Der gesamte Clan wird beim Brunch sein, und ich kann es kaum erwarten, sie zu sehen – besonders Christopher. Er lebt in Hongkong – von wo aus er unser Asiengeschäft leitet – und ist nur für kurze Zeit hier. Ich hoffe inständig, dass er bald Max' Beispiel folgt und wieder nach Hause kommt. Max war ein paar Jahre in London, ist aber schon vor der Hochzeit von Sebastian und Ava nach San Francisco zurückgekehrt, um seinen alten Posten als Operations Manager wiedereinzunehmen. Er kümmert sich um die internationalen Entwicklungen der Firma.

Das Restaurant meiner Schwester liegt hoch in den Hügeln von San Francisco, und die Aussicht ist atemberaubend. Als ich ankomme, bleibe ich noch ein paar Minuten vor der Tür stehen und lasse meinen Blick über das Panorama gleiten. Die Sonne scheint hell und lässt die Hügel grün leuchten. Von hier oben wirkt San Francisco wie eine ganz andere Stadt. Irgendwo in der Nähe zwitschern fröhlich Vögel, und ich bilde mir ein, dass sie mir zustimmen: Es ist ein perfekter Tag im Juli.

Als ich hineingehe, rechne ich eigentlich damit, dass alle sich bereits die Bäuche vollschlagen. Stattdessen sitzen meine Geschwister an einem langen Tisch, Sebastian am Kopfende. Logan, Alice, Summer und Daniel haben auf einer Seite Platz genommen, Blake, Max und Christopher auf der anderen. Ich umarme Sebastian, bevor ich mich auf dem leeren Stuhl zwischen Max und Blake niederlasse.

»Ist das eine inoffizielle Vorstandssitzung?«, frage ich, als ich den Stapel Papiere vor Sebastian beäuge und gleichzeitig Alice' und Summers ungläubige Blicke wegen meines schrecklichen Kleides ignoriere.

»Ja«, antwortet Sebastian.

»Also, lasst uns anfangen. Alle sind da, sogar die netten Brüder«, sagt Blake.

Max lacht leise.

Es hat immer Spaß gemacht, die freundschaftliche Rivalität zwischen den beiden Zwillingspaaren zu beobachten. Christopher und Max sind älter. Irgendwie sind sie an den Spitznamen »die ernsthaften Bennetts« gekommen, während Blake und Daniel »die Party-Bennetts« sind. Die Bezeichnung für Blake und Daniel passt perfekt, aber Christopher und Max sind nicht ernsthafter als alle anderen – und ernst schon mal gar nicht. Aber sie arbeiten zusammen mit uns anderen bei *Bennett Enterprises,* während Blake und Daniel keine festen Jobs haben. Hin und wieder wirken sie an Projekten mit, aber überwiegend leben die jüngeren Zwillinge von den Ausschüttungen der Firmengewinne.

Ich richte mich auf und stemme die Ellbogen auf den Holztisch. Auf der anderen Tischseite lächeln Alice und Summer die feierwütigen Zwillinge kopfschüttelnd an. Ich werfe einen kurzen Blick auf Christopher und Max und bin zum millionsten Mal überrascht, wie ähnlich sie sich sehen. Hätten sie nicht leicht unterschiedliche Frisuren, könnte selbst ich sie nicht auseinanderhalten. Vielleicht macht mich das zu einer schlechten Schwester, aber so war es schon immer. Inzwischen habe ich diese Tatsache einfach akzeptiert.

Als die beiden ungefähr zehn waren, hatten sie eine Phase, wo sie ihre Ähnlichkeit hassten, weswegen sie immer darauf achteten, sich vollkommen unterschiedlich anzuziehen und verschiedene Frisuren auszuprobieren. Als Teenager wurde ihnen dann klar, dass sie ihre Ähnlichkeit auch zu ihrem Vorteil nutzen konnten. Das Jahr, nachdem sie fünfzehn geworden waren, wird in unserer Familie immer als »Das Jahr der Streiche« bekannt sein. Max und Christopher nahmen uns regelmäßig hoch, bis sie aufs College verschwanden, und selbst dann legten sie uns hin und wieder rein.

Bei dem Gedanken, dass Christopher uns bald schon wieder verlassen wird, breitet sich ein dumpfer Schmerz in meiner Brust aus. Ich wünsche mir *wirklich,* dass er aus Hongkong zurückkommt. Ich brauche mehr Brüder, um die ich mich kümmern oder die ich einfach nerven kann.

»Ich möchte etwas mit euch besprechen«, sagt Sebastian. »Avas Geburtstag rückt näher, und ich will ihr Anteile von *Bennett Enterprises* schenken. Ich werde sie meinem eigenen Fonds entnehmen, also werden eure Gewinne nicht angetastet, genauso wenig eure Stimmanteile.«

Es folgt ein kurzes Schweigen, dann sagt Logen einfach nur »Super«, was unsere Reaktion auf Sebastians Ankündigung ziemlich gut zusammenfasst.

»Brüderchen«, erklärt Blake dann unserem ältesten Bruder, »mir sind die Stimmanteile vollkommen egal … aber das ist das unromantischste Geschenk, von dem ich je gehört habe. Und das sagt der unromantischste Bruder in diesem Haufen.«

Beim Wort »romantisch« verzieht Blake das Gesicht. Ach, eines Tages werde ich bestimmt auch seinen Niedergang in die Wege leiten. Das dürfte eine interessante Herausforderung darstellen.

»Vielleicht, aber für Ava ist es das perfekte Geschenk«, sage ich. »Die Anteile gehören bislang ausschließlich der Familie, und Ava in diesen Kreis aufzunehmen … Nun, ihr wisst so gut wie ich, wie viel ihr Familie bedeutet.«

Wieder einmal muss ich meinen Bruder bewundern. Er

macht wirklich tolle Geschenke. Vor fast zwei Jahren hat er meine Eltern überrascht, indem er ihnen die Ranch zurückgekauft hat, auf der wir aufwuchsen. Mein Dad hatte sie mit eigenen Händen aufgebaut, aber meine Eltern hatten sie verkauft, als Sebastian Kapital für *Bennett Enterprises* brauchte. Der neue Besitzer wollte die Ranch vor zwei Jahren wieder loswerden, und mein Bruder schlug sofort zu.

»Pippa hat recht«, stimmt Alice zu.

»Sie wird sich unglaublich freuen«, fügt Summer hinzu.

»Und sie hat es verdient«, meint Christopher. »So wie ich das sehe, arbeitet sie genauso hart wie jeder von uns für das Unternehmen.«

»Außerdem gehört sie zur Familie«, füge ich hinzu.

Sebastian nickt. Gleichzeitig sacken seine Schultern leicht nach unten, und er entspannt sich. Ich frage mich, wieso er dachte, wir würden Einwände erheben. Ich habe von Familien gehört, die sich um Anteile und Geld streiten wie Raubtiere um eine frisch erlegte Beute, aber in unserer Familie gab es solche Probleme nie.

»Also sind alle damit einverstanden? Mom und Dad haben bereits zugestimmt«, sagt Sebastian.

»Als käme irgendwer auf die Idee, es dir zu verbieten«, meint Blake und spricht damit meine Gedanken aus. »Wir haben keine Fieslinge in der Familie.« Er sieht sich am Tisch um, als wollte er uns herausfordern, ihm zu widersprechen. Aber das tut natürlich niemand. »Trotzdem finde ich, dass es nicht das beste Geschenk für eine Lady ist.«

»Ich habe ja nicht behauptet, dass die Anteile das einzige Geschenk sind. Sie kommen zusammen mit einem schönen Schmuckstück.« Sebastian wirft mir einen Blick zu.

Sofort werde ich munter. »Ich werde mich sofort dranmachen.« Ich habe die Verlobungsringe für Ava und Nadine entworfen – genauso wie ihre Eheringe – und kann es kaum erwarten, wieder etwas zu kreieren. »Irgendwelche bestimmten Vorstellungen?«

»Nein. Ich vertraue dir vollkommen«, sagt Sebastian.

»Es wird toll«, versichere ich ihm.

»Hat Ava dich nicht mal auflaufen lassen, als du versucht hast, ihr Schmuck zu schenken?«, fragt Logan beiläufig.

»Ja, aber das war vor unserer Hochzeit. Inzwischen habe ich das Recht erworben, ihr teure Geschenke zu machen.«

Sowohl Blake als auch Daniel fangen an zu lachen. Logan schüttelt nur den Kopf.

»Bennett-Logik«, meint Max.

»Vollkommen narrensicher«, fügt Christopher hinzu.

Sebastian verteilt die Dokumente und sagt uns, wo wir unterschreiben müssen.

»Und dann gibt es noch etwas, was ich euch mitteilen will«, setzt er an, nachdem alle unterzeichnet haben. »Logan ist schon informiert. Blake möchte sich mehr in *Bennett Enterprises* einbringen.«

»Wow!«, rufe ich, als ich mich meinem jüngeren Bruder zuwende. Das Wort hallt durch das Restaurant.

»Ich wünschte, es gäbe mal eine andere Reaktion«, murmelt Blake.

»Kannst du es uns wirklich verübeln?«, fragt Logan.

Ich grinse bei dem Gedanken, wie Logan wohl reagiert hat, als Sebastian ihm das erzählt hat. Er ist ein unendlicher Pessimist und geht seit jeher davon aus, dass Blake und Daniel ihr gesamtes Leben auf Partys verbummeln werden.

»Tut mir leid«, sage ich. »Aber das ist toll!«

»Ich würde vor dem Essen gern ein paar Details über Blakes zukünftige Aufgaben besprechen«, fährt Sebastian fort. »Aber das können Logan, Pippa, Blake und ich regeln. Der Rest kann gern schon mit dem Brunch anfangen.«

»Kommt Ava nicht?«, frage ich.

»Sie hat gesagt, sie käme später und wir sollten schon ohne sie loslegen.«

Der Nebenraum leert sich schnell. Daniel schlägt Blake im Vorbeigehen auf die Schulter, und Sebastian und ich wechseln verstohlene Blicke und lächeln, aber wir halten den Mund. Im Gegensatz zu Logan haben wir nie daran gezweifelt, dass die Zwillinge sich irgendwann fangen würden.

Sebastian hat immer gesagt, dass sie schließlich auch Söhne von Mom und Dad seien und den Wert harter Arbeit kennen würden. Sie nähmen nichts für selbstverständlich, hat er stets behauptet, obwohl ihre Kindheit um einiges einfacher war als unsere.

Ich glaube daran, dass jeder irgendwann erwachsen wird. Und um ehrlich zu sein, waren die Zwillinge nie so wild, wie immer getan wurde. Sicher, sie leben von ihren Dividenden und feiern oft Partys, aber sie haben nie Drogen genommen oder mit ihrem Reichtum angegeben. Keiner von beiden ist ein Arschloch, und die Familie ist ihnen immer noch wichtig. Das reicht mir. Blake hat sich gefangen, und ich bin mir sicher, dass dasselbe Schicksal auch Daniel irgendwann ereilt.

»Wie lautet der Plan?«, frage ich.

»Blake soll erst mal zwei Monate in jeder Abteilung verbringen, bevor er entscheidet, wo er bleiben will«, antwortet Sebastian.

»Klingt gut«, meint Blake sofort.

»Du wirst arbeiten müssen, Blake«, sagt Logan streng. »Es gibt keine Vergünstigungen für dich.«

Blake reibt sich das Kinn. »Entspann dich. Ich hab's kapiert. Ich würde gern in der Abteilung mit den schönsten Frauen anfangen.«

Sebastian, Logan und ich starren ihn nur an.

Blake schüttelt den Kopf. »Mann, ihr braucht echt ein wenig

Leben in der Bude. Ihr könnt froh sein, dass ich mich euch anschließe! Mit euch kann man ja nicht mal Witze reißen.«

»Du wirst in *meiner* Abteilung anfangen«, verkündet Logan. »Finanzen.«

Eines muss man Blake lassen: Er scheint sich wirklich darauf zu freuen, denn er lächelt. »Super.«

»Willkommen bei *Bennett Enterprises*, Brüderchen«, sage ich zufrieden.

Er grinst breit, und natürlich muss ich ihn daraufhin umarmen. Vor langer Zeit saßen Logan und Sebastian mit mir an einem kleinen, runden Tisch und hießen mich in der Firma willkommen. Damals war die Firma noch an einem anderen Ort, am Rand von San Francisco, in einem einstöckigen Gebäude mit winzigen Fenstern. Unser Team bestand aus zehn Leuten, und meine Brüder hatten mich gebeten, in das Unternehmen einzusteigen. Die Firma lief gut genug, um die Familie zu unterhalten, aber Sebastian und Logan träumten von internationalem Ruhm, was bedeutete, dass wir die Kosten so gering wie möglich halten mussten, um alle Gewinne in die Expansion zu stecken. Sie teilten mir damals mit, dass jedes Familienmitglied immer Anteile an der Firma besitzen werde, egal, welche Arbeit es auch mache. Das gemeinsame Ziel war einfach: dafür sorgen, dass niemand in unserer Familie jemals wieder Not leidet. Eine bessere Motivation gibt es nicht. Wir drei arbeiteten, als gäbe es kein Morgen, um die Firma zum Erfolg zu führen.

Im Lauf der Jahre schlossen sich uns auch Max und Christopher an. Alice und Summer entschieden, etwas anderes zu machen, womit nur noch das zweite Zwillingspaar übrig bleibt, die Party-Bennetts. Ich weiß, dass Logan und Sebastian genauso stolz darauf sind wie ich, dass Blake sich der Firma anschließen will.

Ich werde aus meinen Gedanken gerissen, als die Tür sich

öffnet. Ava und Nadine gleiten in den Raum, beide breit lächelnd.

»Hey, hallo, ihr gut aussehenden Bennetts«, sagt Nadine.

Logans Gesicht beginnt sofort zu leuchten, genau wie das von Sebastian. Er nimmt die Hand seiner Frau, führt sie an die Lippen und drückt ihr einen sanften Kuss auf die Finger.

»Wir haben bereits über Blakes erste Station in der Firma geredet«, erklärt Sebastian Ava.

»Uuuuund das ist mein Stichwort, mich dünne zu machen, bevor ich nur im Weg rumstehe«, sagt Blake und steht auf.

Ich will ihm schon folgen, weil auch ich keine Lust darauf habe, das fünfte Rad am Wagen zu sein, als Nadine mich plötzlich fragt: »Wie war das Mittagessen im Büro neulich?«

Ich beiße kurz auf die Innenseite meiner Wange, während ich mich frage, wieso sie das ausgerechnet vor meinen Brüdern anspricht. Sie werden doch sicher einen Anfall kriegen und die Beschützer heraushängen lassen, wenn sie von Eric erfahren. Aber beide sehen mich nur neugierig an. Und da wird mir alles klar.

»Moment mal! Ihr hängt da alle mit drin, oder? Ihr wollt Eric und mich zusammenbringen?«

»Na ja«, sagt Logan geduldig. »Ich würde nicht sagen, dass Sebastian und ich mit *drin hängen*, aber die Damen haben Pläne geschmiedet, und wir … haben keine Einwände erhoben.«

Ich schnaube abfällig. »Als würde die beiden interessieren, was ihr denkt. Die sind knallhart und abgebrüht.«

»Dank dir«, meint Nadine.

Wieder öffnet sich die Tür, und Alice streckt den Kopf in den Raum. »Nadine, Ava, ich brauche euch hier draußen.«

Die Mädels zögern kurz, doch dann schließen sie sich Alice an, sodass ich mit Sebastian und Logan zurückbleibe.

»Pippa«, sagt Sebastian sanft, »wenn dir das alles unangenehm ist, können wir die Mädels bitten, dir nicht so auf die Pelle zu rücken.«

»Sei versichert, dass wir sie überzeugen können, wenn wir es drauf anlegen«, fügt Logan hinzu.

»Ich bin nicht…« Ich atme tief durch. »Ich *mag* Eric. Wir haben uns schon auf der Hochzeit gut verstanden, und wann immer ich mit ihm zusammen bin, bin ich glücklich.«

»Das ist gut«, sagt Sebastian. »Du warst schon lange nicht mehr glücklich. Aber du hast es verdient.«

»Ich habe Angst«, antworte ich. »Eric bleibt nur hier, bis im Herbst bei Julie die Schule wieder losgeht.«

»Du musst nicht bei jeder Beziehung sofort an eine Ehe denken«, meint Sebastian.

»Gib euch eine Chance. Komm langsam wieder in Schwung. Du hast es nicht eilig«, fügt Logan hinzu.

Ich muss einfach lächeln. Vor ungefähr sechs Monaten habe ich schon einmal versucht, mit jemandem auszugehen. Mitten in der Verabredung hatte ich einen Panikanfall und bat Logan, mich abzuholen. Gewöhnlich lecke ich meine Wunden lieber allein, aber an diesem Abend fühlte ich mich als eine derartige Totalversagerin, weil ich nicht mal ein lausiges Date durchstehen konnte, dass ich den Gedanken, allein zu sein, einfach nicht ertragen konnte.

»Wir wollen damit nur sagen«, meint Sebastian, »dass du nichts von vorneherein ausschließen solltest.«

»Wow«, sage ich. »Ich hätte nicht gedacht, dass ich mal so mit euch reden würde, ohne dass ihr damit droht, den Kerl zusammenzuschlagen, mit dem ich ausgehen will.«

Sebastian zuckt nur mit den Achseln. »Dinge ändern sich. Vielleicht gilt das auch für uns.«

»Und er scheint ein anständiger Kerl zu sein«, fügt Logan hinzu. »Wir haben ihn überprüft.«

Ich kichere. »Natürlich habt ihr das.«

»Wir machen Geschäfte mit ihm, also hat er uns wahrscheinlich auch überprüft«, gibt Logan zu bedenken.

Zum gefühlt hundertsten Mal schwingt die Tür auf. Diesmal streckt Christopher den Kopf in den Raum. »Okay, der Familienrat ist vorbei. Wir brauchen euch hier draußen, damit die Party richtig losgehen kann.«

Wir gestehen unsere Niederlage ein und verlassen den Raum. Max steht neben Christopher. Ich lasse mir diese Gelegenheit nicht entgehen, schiebe mich zwischen die Zwillinge und hake mich bei beiden ein.

»Wie sehen eure Pläne für die nächsten Wochen aus?«

»Uns erwartet eine Menge Arbeit, aber wir haben auch vor, ein wenig Zeit bei Mom und Dad auf der Ranch zu verbringen«, antwortet Christopher.

Unsere Eltern haben beschlossen, unsere Ranch in ein B&B zu verwandeln, und sind gerade mit der Renovierung beschäftigt. Das Anwesen liegt nur ungefähr eine Stunde von ihrem jetzigen Haus entfernt, also pendeln sie jeden Tag.

»Um uns davon zu überzeugen, dass Dad sich nicht überarbeitet, weil er denkt, er wäre immer noch Mitte zwanzig«, meint Max.

»Das ist eine tolle Idee.«

Dad überwacht jedes Detail der Renovierungen, was wahrscheinlich damit zusammenhängt, dass er die Ranch mit seinen eigenen Händen erbaut hat.

»Also, Christopher, wann darf ich damit rechnen, dass du Max' Beispiel folgst und nach San Francisco zurückkehrst?«

»Keine Ahnung.«

»Wir müssen Christopher dazu überreden, seine Meinung zu ändern«, erkläre ich Max, dann flüstere ich verschwörerisch, als stünde Christopher nicht direkt neben uns: »Was denkst du? Einfach Überzeugungsarbeit oder Erpressung?«

»Richtige Erpressung oder emotionale Erpressung?«, hakt Max nach. »Ich weiß einiges über ihn.«

Wir vertiefen uns in eine Diskussion über die Vorteile der verschiedenen Taktiken, bis Christopher anklagend sagt: »Hey, ich stehe direkt neben euch.«

Ich liebe meine Familie.

# 9 Eric

Julie hat mich um sieben Uhr geweckt, um mich erst in den Zoo und dann in ein Einkaufszentrum zu schleppen. Kurz nach ein Uhr mittags kommen wir wieder nach Hause. Ich trage Julies Einkaufstüten in ihr Zimmer – das aussieht, als hätte darin ein Hurrikan gewütet. Überall liegt Kleidung herum, zusammen mit Zeichnungen und Schuhen. Heute Morgen sah es schon genauso aus, doch da hatte ich noch nicht genug Kaffee intus, um sie deswegen zu ermahnen.

Doch bevor ich den Mund öffnen kann, beginnt Julie pflichtbewusst ihre Kleidung aufzusammeln und jedes Stück ordentlich zu falten, wie ich es ihr schon hundert Mal gezeigt habe.

»Was tust du da?«, frage ich. Gewöhnlich muss ich mindestens zehn Minuten mit ihr verhandeln, bevor ich sie davon überzeugen kann, endlich aufzuräumen.

»Ich will, dass mein Zimmer ordentlich ist, wenn Pippa es sich anschaut. Wenn es ihr gefällt, besucht sie uns vielleicht öfter.«

Meine Kehle ist plötzlich wie zugeschnürt. »Du möchtest, dass sie häufiger vorbeikommt?«

»Ja. Sie ist cool. Ich kann mit ihr über die Dinge reden, über die andere Mädchen mit ihren Müttern reden.«

Ihre Worte treffen mich unvorbereitet und hart. »Süße, du kannst auch mit mir über alles reden.«

Julie seufzt und späht zu mir auf. »Nicht über *alles*. So funktioniert das nicht.«

Der Pseudo-Lippenstift, den Pippa für sie gekauft hat,

liegt auf ihrem Schreibtisch. Meine Tochter hat nicht mal versucht, Pippas Erklärung anzuzweifeln, sondern benutzt das Ding täglich.

»Okay. Brauchst du Hilfe?«

Sie schüttelt den Kopf. »Sorg lieber dafür, dass der Rest des Hauses gut aussieht.«

»Okay. Ich werde Pizza bestellen. Weißt du, ob Pippa Pizza mag?«

»Jeder mag Pizza.«

»Stimmt.« Ich versuche noch weitere Informationen einzuholen, ohne meine Tochter allzu offensichtlich auszuquetschen. »Irgendeine Nachspeise?«

»Ich will Käsekuchen. Pippa liebt Tiramisu. Das hat sie ein paarmal bestellt, wenn wir zusammen essen waren.«

»Wird erledigt.«

*Bingo*. Das Mindeste, was ich für Pippa tun kann, ist, ihr Lieblingsdessert zu besorgen. Ich verspüre den Drang, alles über sie in Erfahrung zu bringen, was es zu wissen gibt. Ich dachte, unser Clubbesuch gestern würde ausreichen, um meine Neugier zu befriedigen – doch weit gefehlt. Je mehr sie erzählte, desto mehr wollte ich erfahren. Und ich will unbedingt diese Trauer vertreiben, die ich in ihren Augen sehe, wann immer sie von ihrem Ex spricht. Es ist wirklich unverständlich, wie dieser Volltrottel Jahre mit ihr verbringen konnte, ohne sich in sie zu verlieben. Ich würde sie *anbeten*. Verdammt, ich bete sie jetzt schon an, dabei gehört sie gar nicht zu mir. Das ist das erste Mal seit Jahren, dass ich nicht das Bedürfnis verspüre, eine Frau auf Abstand zu halten. Ganz im Gegenteil, ich scheine nicht genug von Pippa bekommen zu können. Ich bewege mich auf dünnem Eis – das tun wir beide. Anscheinend können wir einfach nicht anders.

Julie kriecht unter das Bett und taucht nach ein paar

Sekunden mit einer neonpinken Socke in der Hand wieder auf. Stirnrunzelnd schiebt sie sich die Haare aus dem Gesicht. Dann verschwindet sie erneut unter dem Bett.

An den Türrahmen gelehnt, frage ich: »Liebes, wieso liegt all dieses Zeug unter deinem Bett?«

Ich bekomme keine Antwort.

»Wonach suchst du?«, hake ich nach.

»Nagellack«, erklingt ihre gedämpfte Stimme. »Ich habe Pippa versprochen …«

Der Rest des Satzes endet im Nichts, und ich überlasse sie ihrer Suche.

***

Um drei Uhr klingelt es an der Tür. Als ich sie öffne, fällt mir fast die Kinnlade auf den Boden. Was um Himmels willen trägt Pippa da? Dieses Ding wirkt groß genug für fünf von ihrer Statur. Sie hat das Haus kaum betreten, als Julie den Flur entlangstürmt, eine kleine Flasche Nagellack in den Händen, als hielte sie einen Diamanten.

»Ich habe ihn gefunden«, verkündet meine Tochter.

»Fantastisch.« Pippa lächelt sie fröhlich an. »Ich lackiere deine Nägel, du lackierst meine.«

»Abgemacht.«

Pippa öffnet ihre Tasche und zieht eine Folie heraus, auf der sich winzige Aufkleber befinden.

Meine Tochter seufzt. »Oooh, die sind aber schön.«

»Ich habe dir doch versprochen, dass ich Halbmond-Sticker finde, oder?«

Sie unterhalten sich ein paar Minuten lang über die Sticker, wobei sie mich vollkommen ignorieren. Ich beobachte sie einfach nur, vollkommen fasziniert von der Freude in der Miene meiner Tochter. Wann immer Julie über solche Sachen redet, schalte ich geistig ab. Pippa hört zu und äußert ebenfalls ihre Meinung. Verdammt, sie scheint das Gespräch sogar zu genießen.

Schließlich verschwindet Julie ins Wohnzimmer. Pippa dreht sich zu mir um und sagt fast scheu: »Hallo, Eric.«

»Willkommen.«

»Wo ist Ms Blackwell?«

»Sie hat heute frei.«

Obwohl Pippas Kleid eigentlich nichts preisgibt, weiß ich genau, wo der sanfte Schwung ihrer Hüften ansetzt, und mein Blick verweilt einen Moment an dieser Stelle. Ich beobachte Pippa eingehender, als ich mir eingestehen will. Als ich aufsehe, schnappt sie nach Luft.

Dann ruft Julie nach ihr, und die beiden verbringen die nächste Viertelstunde damit, sich gegenseitig die Nägel zu lackieren. Danach machen wir es uns auf der Couch gemütlich, schauen den Film und essen währenddessen Pizza. Julie sitzt zwischen Pippa und mir. Sie wirkt glücklicher, als ich sie je gesehen habe. Ich beobachte ehrlich gesagt mehr die beiden, als dass ich den Film verfolge.

Irgendwann streckt Pippa ihren Arm auf der Rückenlehne der Couch aus. Ich nehme ihre Haltung ein, sodass unsere Hände sich in der Mitte der Lehne berühren. Ich streichle ihren Handrücken sanft mit dem Daumen, dann verschränke ich meine Finger mit ihren.

Pippa starrt den Fernseher an, doch ich kann sehen, dass sie etwas hektischer atmet als gerade eben noch. So bleiben wir bis zum Ende des Films sitzen. Ich bin mir nicht sicher, worauf das hinausläuft, aber es fühlt sich richtig an. Es gefällt mir fast genauso gut, Pippa hierzuhaben und dabei zu beobachten, wie sie mit Julie Spaß hat, wie es mir gestern gefallen hat, mit ihr allein zu sein. Ich glaube, ich könnte Pippa sogar fasziniert dabei beobachten, wie sie gar nichts tut.

Nach dem ersten Film springt Julie von der Couch auf und verkündet, dass die Zeit für die Nachspeise gekommen sei.

»Was gibt es denn?«, fragt Pippa.

»Käsekuchen für Dad und mich und Tiramisu für dich«, antwortet Julie. »Wir haben es extra für dich bestellt.«

»Danke. Das ist nett.«

»Wir können es holen«, sagt Julie, ergreift Pippas Hand und führt sie in die Küche.

»In Ordnung. Ich kümmere mich um den nächsten Film«, rufe ich den beiden hinterher.

Ich höre Gemurmel aus der Küche, als ich die zweite DVD einlege, dann ertönt ein Schrei. Hastig komme ich auf die Beine und eile Richtung Küche. Julie kommt mir entgegen. Sie wirkt bleich.

»Blut«, murmelt sie.

»Bist du okay?«

Sie nickt. »Pippa hat sich geschnitten.« Damit rennt Julie an mir vorbei ins Wohnzimmer. Sie hasst den Anblick von Blut.

Als ich die Küche betrete, stelle ich fest, dass sie damit nicht allein ist. Pippa hält ihren Finger über die Spüle, den Kopf hat sie zur Seite gedreht. Dabei ist der Schnitt winzig. Ich schnappe mir den Verbandskasten aus einem der Schränke und ziehe ein Pflaster heraus. Das wickle ich ihr um den Finger, wobei ich mich bemühe, nicht zu lachen.

»Hör auf damit«, sagt sie.

»Womit?«

»Du weißt schon. Du lachst mich aus.« Sie hält den Kopf immer noch von ihrem Finger und mir abgewandt.

»Es tut mir leid. Ich dachte immer, irgendwann im Erwachsenenalter gewöhnt man sich an den Anblick von Blut.«

»Seltsamerweise habe ich absolut kein Problem mit dem Blut anderer Leute. Nur mit meinem eigenen.« Sie atmet tief durch, als müsste sie sich beruhigen.

»So, erledigt«, sage ich.

Langsam dreht Pippa den Kopf und wirft einen vorsichtigen Blick auf ihre Hand. Ich stehe ihr so nahe, dass mir ihr Duft in die Nase steigt. Diese süße und zugleich würzige Note trifft mich vollkommen unvorbereitet.

Ich lasse meine Finger über ihren Kiefer gleiten, bevor ich ihr Kinn leicht anhebe. »Ich mag dein Parfüm.«

»Danke.«

Sie verlagert leicht das Gewicht, und ihre vollen Brüste berühren sanft meine Brust. Ich reagiere sofort. Ein kaum unterdrücktes Stöhnen steigt in meiner Kehle auf. Pippa leckt sich die Unterlippe und wendet den Blick ab, doch sie weicht nicht zurück. Ihr süßer, warmer Körper wird gegen meinen gedrückt, als gehörten wir zusammen. Ich kämpfe mit aller Kraft gegen meinen Instinkt an, sie noch fester an mich zu ziehen.

»Verdammt.« Meine Stimme klingt heiser. »Ich will dich so dringend küssen.«

Pippa schüttelt fast unmerklich den Kopf. »Schlechte Idee.«

»Allerdings. Sehr schlechte Idee«, stimme ich zu. »Denn ein Kuss wäre nicht genug. Ich würde jeden Zentimeter deiner Haut erkunden wollen, um herauszufinden, was dir gefällt und was dich erregt.«

»Eric«, flüstert sie und vergräbt ihre Finger in meinem Hemd.

Wenn sie meinen Namen so ausspricht, sorgt das dafür, dass sich etwas zwischen meinen Beinen regt. Pippa ist mir so nahe, dass ich spüren kann, wie sie die Oberschenkel aneinanderpresst. Ich bin kurz davor, die Kontrolle zu verlieren.

»Ist das Blut weg?« Die Stimme meiner Tochter ertönt aus dem Wohnzimmer.

»Ja«, antworte ich. »Wir kommen gleich mit dem Nachtisch.«

Nur, dass wir das nicht tun. Wir brauchen noch eine Weile, um uns wieder zusammenzureißen.

Als wir schließlich ins Wohnzimmer zurückkehren, sagt Julie: »Dad, ich vermisse deinen Grill.« Sie erklärt Pippa: »Er macht tolle Chicken Wings mit einer fabelhaften Ketchup-Honig-Soße.«

»Klingt köstlich«, antwortet Pippa.

Sie ahnt die Gefahr nicht, doch ich weiß genau, worauf Julie hinauswill.

»Wieso grillst du nicht morgen welche für uns, Dad? Ich bin mir sicher, Pippa wird sie lieben.«

Jepp, genau wie ich erwartet hatte.

»Ich habe morgen schon etwas vor«, sagt Pippa eilig und wirft mir einen flehenden Blick zu. »Alice und ich unternehmen etwas miteinander.«

»Nächstes Wochenende?«, drängt Julie.

Als ich sehe, wie bei Pippa der Groschen fällt, breche ich fast in Gelächter aus. Dann frage ich mich, ob Alice und Nadine meine Tochter wohl zu einem geheimen Agenten für ihre Sache gemacht haben, als sie mit ihr im Aquarium waren.

»Ich nehme an, nächsten Samstag könnte ich vorbeischauen«, murmelt Pippa.

»Wunderbar«, ruft Julie.

Pippa und ich wechseln einen Blick, und dabei wird mir etwas absolut klar: Wenn ich das nächste Mal mit dieser Frau allein bin, werde ich mich nicht zurückhalten.

# 10 Pippa

»Was soll das heißen, du kommst nicht mit zum Sport?«, frage ich Alice, wobei ich das Telefon fest umklammere.

Ich stehe im Foyer des Fitnessstudios, in dem ich mich gewöhnlich mit Alice treffe. Für einen Dienstagnachmittag ist es erstaunlich leer.

»Ich habe ein Meeting, tut mir leid«, antwortet sie.

»Und das hast du mir nicht gesagt, weil …« Ich trommle ungeduldig mit einem Fuß auf den Boden und beäuge den Ausgang.

»Du sonst nicht gegangen wärst. Gib es zu.«

Ich seufze ins Handy. »Schön, ich gebe es zu.«

»Aber jetzt, wo du schon mal da bist, sei ein braves Mädchen, und tu etwas.«

»Deine motivierenden Fähigkeiten funktionieren nicht, wenn du nicht bei mir bist«, halte ich dagegen.

Ich hasse Fitnesstraining aus vollem Herzen, aber ich liebe Süßigkeiten. Mit zwanzig bin ich jeder Art von sportlicher Betätigung aus dem Weg gegangen und habe mich auf meinen Grundumsatz verlassen. Ich war bereits sechsundzwanzig, als meine Schwester mich zum ersten Mal ins Fitnessstudio schleppte. Ich würde gern behaupten, dass ich es gemocht hätte, aber das stimmt nicht. Ich hasse es jedes Mal und versuche immer wieder, Alice irgendwie zu entkommen. Aber wenn ich jetzt schon mal da bin …

Vor Sebastians Hochzeit war ich ein sehr braves Mädchen und habe drei Mal die Woche trainiert, mein Ziel fest im

Blick: in meinem Kleid richtig gut auszusehen. Seit der großen Feier hat mein innerer Schweinehund aber wieder das Ruder übernommen.

»Ich will ein Foto als Beweis, dass du heute trainiert hast«, verkündet Alice.

Verdammt, meine Schwester kennt mich zu gut.

»Du musst mich nicht kontrollieren.« Ich stoße ein dramatisches Seufzen aus.

»Versuch nicht, auszuweichen, Schwesterchen. Denk an Wackelpudding.«

»Oooh. Okay. Ich werde trainieren.«

»Ich muss jetzt los«, sagt Alice. »Mein Termin ist angekommen. Vielleicht begegnest du Max und Logan. Sie meinten vorhin, dass sie am Nachmittag auch ins Studio wollen.«

Das würde mich nicht überraschen. Alle meine Brüder sind sportlich, und das Fitnessstudio liegt nur zwei Blocks von *Bennett Enterprises* entfernt.

Ich lege auf, werfe mir die Sporttasche über die Schulter und gehe in die Umkleide. *Du schaffst das, Pippa. Denk an Wackelpudding!*

Nachdem sie mich zu meinem ersten Besuch überredet hatte, gingen Alice und ich etwas trinken. Ich beschwerte mich gerade über meine schmerzenden Muskeln, als meine Schwester auf einen Wackelpudding zeigte, den die Frau am Tisch neben uns gerade bestellt hatte. »So wird dein Hintern irgendwann aussehen, wenn du nicht trainierst«, sagte sie.

Dieser Satz ist bis heute meine stärkste Motivation. Ich mag Süßigkeiten, aber ich mag es auch, einen einigermaßen durchtrainierten Körper zu haben.

Ich ziehe meinen Sport-BH und die Leggins an und binde mir die Haare zu einem Pferdeschwanz. Dann wappne ich mich innerlich für eine Stunde in der Hölle.

Als Erstes steige ich aufs Laufband, den MP3-Player in den

Ohren. Ich drehe laut auf und höre meine Lieblingslieder. Ich habe ungefähr die Hälfte meiner anvisierten Zeit (eine Viertelstunde) hinter mir, als ich Richtung Eingang schaue. Max und Logan stehen an der Rezeption, und Eric ist bei ihnen. Ich habe ihn seit letztem Samstag nicht mehr gesehen, weil Julies Sommerschule angefangen hat und sie daher nicht mehr zu mir ins Büro kommt.

Ich stoppe das Laufband, froh über die Pause, und gehe zur Rezeption.

»Hey, ihr Bennetts«, grüße ich meine Brüder. »Alice hat mir schon gesagt, dass ich euch vielleicht begegnen werde.«

Beide drücken mir einen Kuss auf die Wange, dann verschwinden sie in den ersten Stock, wo sie gewöhnlich trainieren.

Eric bleibt stehen.

»Ich wusste gar nicht, dass du auch hierherkommst«, meine ich.

Er schenkt mir ein schiefes Lächeln, das mich sofort unruhig werden lässt.

»Ich habe mich kurz nach meiner Ankunft in San Francisco angemeldet. Ich trainiere vier Mal die Woche. Es ist die beste Art, den Kopf freizubekommen, und gibt mir Energie.«

Oh, dann gehört er zu diesen Irren, die das Fitnessstudio als eine Mischung aus Therapie, Kaffee und Kuchen in einem betrachten …

Anscheinend macht sich meine Skepsis in meinem Gesicht bemerkbar, weil er fragt: »Du bist anderer Meinung?«

»Ich bin kein Fitnessjünger. Für mich ist Sport ein notwendiges Übel.«

»Sport hilft dabei, Stress abzubauen«, meint er.

»Das tun Süßigkeiten auch. Und das ist mir lieber. Trainieren kann gefährlich sein.«

»Inwiefern?«

»Schau dich doch um. Jede Maschine hier ist eine potenzielle Möglichkeit, sich das Leben zu nehmen.«

»Was tust du dann hier?«

»Meine Schwester hat mich reingelegt. Aber ich werde deinen Ratschlag annehmen und versuchen, Stress abzubauen. Diese Woche wird heftig.«

»In welcher Hinsicht?«

»Ich versuche ein paar Designs zu vollenden, die mir Kopfzerbrechen bereitet haben«, erkläre ich.

»Viel Glück.«

»Also dann … Man sieht sich«, sage ich, bevor ich mit meinem Training weitermache.

In der nächsten halben Stunde stelle ich fest, dass das Fitnessstudio auch gewisse Vorzüge hat: Ich kann Eric begaffen. Er ist allein, da meine Brüder ihr Training im ersten Stock absolvieren. Der Körper dieses Mannes ist ein Kunstwerk, und er arbeitet wirklich an jeder einzelnen Muskelgruppe. Es ist die reine Folter, ihn anzuschauen, während seine Haut vor Schweiß glänzt und er hin und wieder vor Anstrengung stöhnt. Ich sabbere förmlich. Hin und wieder schaut er zu mir herüber, als könnte er mein Starren fühlen, und jedes Mal durchfährt ein heißer Stich meinen Körper.

Sobald ich mit meinem Training fertig bin, lege ich einen Stopp an der Bar hinter der Rezeption ein und trinke einen frisch gepressten Orangensaft. Das ist mein Lieblingsort im ganzen Studio – hauptsächlich, weil ich hier einfach sitzen und nichts tun kann … aber auch, weil es hier meistens ziemlich ruhig ist.

Da ich im Moment die Einzige bin, die an der Bar sitzt, ziehe ich meine Turnschuhe aus und stelle die Füße auf den Stuhl vor mir. Mein Herz schlägt wie wild, allerdings nicht wegen meiner Einheit auf dem Laufband. Zu wissen, dass Eric auch hier ist, stellt seltsame Dinge mit mir an. Es macht mich nervös, und gleichzeitig fühle ich mich seltsam geborgen. Ich liebe es, in seiner Nähe zu sein. Dabei gab es in letzter Zeit kaum einen Mann, in dessen Nähe ich mich auch nur wohlgefühlt hätte.

Tatsächlich habe ich seit meiner Scheidung jeden Kontakt mit Männern vermieden, die nicht mit mir verwandt sind. Mein internes Gefahrenabwehrsystem war ständig aktiv und alle Männer haben es ausgelöst. Doch wenn Eric einen Raum betritt, freue ich mich sofort darauf, mit ihm zu sprechen. Könnte etwas damit zu tun haben, dass er bisher mit seinen Äußerungen immer eine von drei Reaktionen bei mir ausgelöst hat: Lachen, Verzückung oder Dahinschmelzen. Manchmal auch alles drei gleichzeitig.

»Du schummelst«, sagt Eric und reißt mich aus den Gedanken. Er steht vor mir, ebenfalls mit einem Glas Orangensaft in der Hand.

Ich stehe auf und presse mich fast gegen die Wand, um ein wenig Abstand zwischen uns zu bringen. Doch eigentlich gelingt mir damit nur, mich selbst zwischen der harten Wand und Eric einzuklemmen. Das T-Shirt klebt an seinem Oberkörper, und er sieht so verdammt gut aus.

»Was meinst du?«, frage ich, während ich mich sehr bemühe, meinen Blick nicht unterhalb seines Gesichts sinken zu lassen.

»Du brichst die Regeln«, antwortet er. »Du hast gesagt, keine heißen Blicke. Aber während des Trainings hast du mich ständig so angesehen.«

»Wir haben am Freitag und Samstag auch ein paar andere Regeln gebrochen. Außerdem ist das deine Schuld. Du trägst Klamotten, die deine besten Stellen betonen, außerdem hast du männliche Geräusche ausgestoßen.«

Lachend stellt er sein Glas auf einem nahe gelegenen Tisch ab. »Was soll das denn heißen?«

Ich senke die Stimme. »Du weißt schon ... du hast gestöhnt und so.« Ohne nachzudenken, füge ich hinzu: »Sehr sexy.«

Wieso rede ich mich bei diesem Mann immer um Kopf und Kragen? Nicht nur ist mein Gefahrenabwehrsystem offensichtlich defekt, nein, außerdem richten meine Hormone auch noch Schreckliches mit meinem Hirn an.

»Du hast eine schmutzige Fantasie, Pippa Bennett.«

»Nur in deiner Nähe«, erkläre ich. »Und ich verspreche, es nicht wieder zu tun.«

»Bloß nicht.«

Unsere Blicke treffen sich, und die Intensität des Feuers, das in seinen Augen lodert, sorgt dafür, dass meine Knie weich werden.

»Was?«

»Versprich nichts. Du wirst es nicht schaffen, dieses Versprechen zu halten. Dasselbe gilt für mich.«

Seine Finger finden mein Kinn, um meinen Kopf leicht anzuheben. Ohne den Blickkontakt zu unterbrechen, gleitet sein Daumen über meine Haut und zu meiner Unterlippe. Meine Brust hebt und senkt sich heftig. Eric streicht aufreizend langsam über meine Lippe und bringt damit meinen gesamten Körper zum Brennen.

»Ich bin ein Mann, Pippa Bennett. Ich dachte, ich könnte dir widerstehen, aber ich habe mich geirrt. Ich will dich probieren, dich schmecken. Ich will dich küssen, bis du unter mir zitterst.«

Ich zittere jetzt schon. »Schlechte Idee«, sage ich und presse die Lippen anschließend aufeinander, sodass sie nur noch eine dünne Linie bilden, doch es beeindruckt ihn kein bisschen. Und am schlimmsten ist, dass ich mich fast schmerzhaft danach verzehre, von ihm geküsst zu werden.

»Ich weiß. Sehr schlecht.« Seine Stimme ist nur ein Flüstern. »Nur einen Kuss.«

Seine Hand gleitet an meine Hüfte. Gleichzeitig neigt er den Kopf, bis ich seinen heißen Atem auf meiner Haut spüren kann. Das macht mich fertig. Unsere Münder treffen sich, bevor ich ausweichen kann, seine Lippen gleiten verzweifelt über meine. Seine Zunge sucht meine, tastet, verwandelt mich in einen Vulkan des Verlangens. Eric küsst wild, und ich liebe es. Sein Kuss spricht etwas tief in mir an und entfacht in meinem Inneren eine Sehnsucht nach mehr. Jeder Zentimeter meines Körpers verzehrt sich nach ihm. Ich bin mir seiner Brust bewusst, die sich gegen meine drückt; seiner Finger, die sich in meine Hüfte graben.

Als wir uns keuchend voneinander lösen, erkenne ich in seinen Augen dieselbe Hitze, die ich auch in seinem Kuss gefühlt habe. Er lässt seine Stirn gegen meine sinken. Ich will mir alles an diesem Moment einprägen – die Wärme seines Körpers, die Zärtlichkeit seiner Berührung.

»Sag etwas«, flüstert er.

»Ich weiß nicht, was ich sagen soll ... außer, dass ich mehr will.«

Er zieht sich ein wenig zurück. »Ich werde dich bestimmt wieder küssen«, murmelt er. »Jetzt, da wir dieses dünne Eis sowieso schon betreten haben ... Du hast es verdient, auf diese Art geküsst zu werden, und ich will es genauso wie du. Aller guten Dinge sind mindestens zwei. Und ein Kuss hat bei Weitem nicht ausgereicht.«

Als unsere Lippen sich erneut treffen, bleiben seine Hände nicht auf meinen Hüften liegen. Eine Hand gleitet an meinen Schenkel, die andere an meinen Hals. Meine Finger wandern über seine Brust nach oben und befummeln ihn schamlos, bevor ich sie in seinem dichten, weichen Haar vergrabe. Ich ziehe ihn näher an mich heran. Gott, das reicht nicht. Zwei Küsse werden niemals reichen! Je länger ich Erics Mund und seine Hände auf mir spüre, desto mehr will ich ihn.

Ein lautes Scheppern im Hintergrund lässt uns zusammenzucken, und keuchend lösen wir uns voneinander.

Das Mädchen, das sich um die Bar kümmert, sieht uns verlegen an. »Ich habe mein Tablett fallen gelassen. Tut mir leid.« Damit eilt sie davon.

Eric und ich stehen inzwischen mehrere Schritte voneinander entfernt. Ich wage es nicht, ihm näher zu kommen. Sein verwuscheltes Haar und seinen sinnlichen Mund zu sehen, während ich ihn noch schmecke, könnte mich dazu bringen, etwas Leichtsinniges zu tun – wie ihn noch mal zu küssen.

Doch offenbar bin ich nicht die Einzige, die derartige Gedanken hegt. »Ich werde mich dir nicht noch mal nähern«, sagt er, »weil ich dich sonst bewusstlos küsse.«

»Ja. Ist besser, wenn wir nach zwei Küssen aufhören.«

Ich lächle und sehe ihn endlich an. Eric erwidert das Lächeln.

»Wir sehen uns dann am Samstag bei mir.«

*O verdammt*. Das hatte ich ganz vergessen.

»Man sieht sich«, flüstere ich, als er sich abwendet.

Wie zum Teufel soll ich dieser Versuchung widerstehen?

***

»Morgen, Leute«, sage ich, als ich am Donnerstag meine Abteilung betrete.

Blake und Logan sitzen vor meinem Schreibtisch, beide tragen Anzüge. Logan ist immer wie aus dem Ei gepellt, aber Blake so zu sehen ist ein Schock. Er putzt sich sonst nur zu besonderen Anlässen heraus, wie bei Hochzeiten. Mein kleiner Bruder meint es offensichtlich ernst.

»Was tut ihr hier?«, frage ich, als ich um den Tisch trete.

»Ich dachte, sie wäre glücklicher, uns zu sehen«, meint Blake zu Logan.

Ich bemerke einen orangefarbenen Beutel auf meinem Schreibtisch. Darin befinden sich Kekse aus meinem Lieblingsladen. Daneben liegt eine Karte.

*Ein kleines Vögelchen hat mir gezwitschert, dass das deine Lieblingskekse sind. Ich hoffe, sie versüßen dir den Tag.*
*Stress dich nicht zu sehr.*
*Eric*

Ich lese den Text ein weiteres Mal, während sich mein Mund zu einem breiten Lächeln verzieht. Erneut mustere ich den Beutel, dann sehe ich mit hochgezogenen Augenbrauen meine Brüder an.

»Also, wer von euch hat drei meiner Kekse gestohlen?«

»Du weißt, wie viele da drin sind?«, fragt Blake verblüfft.

»Ich habe dir doch gesagt, dass sie es merken wird«, murmelt Logan.

Ich schiebe das Kinn vor. »Ja, ich kenne die Packungsgrößen. Kleiner, weißer Organza-Beutel: fünf. Roter Beutel: sieben. Orangefarbener Beutel: neun. Kumpel, ich liebe dich, aber wenn du Lust am Leben hast, dann stellst du dich niemals mehr zwischen mich und meine Kekse.«

»Zur Kenntnis genommen«, antwortet Blake trocken.

»Also, meine beiden Brüder besuchen mich. Welchem Umstand verdanke ich dieses Vergnügen?«

»Ich werde nicht bleiben«, verkündet Logan. »Blake wird das neueste Budget für die Entwürfe mit dir festklopfen.«

Fast bleibt mir der Mund offen stehen. »Eindrucksvoll. Blake ist erst seit ein paar Tagen hier, und du schiebst ihm bereits die Drecksarbeit zu.« Ich sehe meinen jüngeren Bruder an und füge hinzu: »Spoileralarm. Ich hasse es, über Zahlen zu reden.«

»Kein Problem«, meint Blake. »Ich liebe Zahlen.«

Seltsamerweise tut er das wirklich. Er hat im College einen Abschluss in Finanzwesen und Party gemacht und mit Bestnoten in beiden Fächern abgeschlossen.

»Genau richtig, um Logans Handlanger zu werden«, ziehe ich ihn auf.

»Handlanger?«, fragt Blake entsetzt. »Dafür bin ich zu gut. Wenn wir hier eine Batman-Robin-Situation haben, dann will ich Batman sein.«

»Du verlierst das Thema aus den Augen, Blake«, merkt Logan an.

»Wieso bist du so sauer?«, frage ich Logan.

»Weil dieser Volltrottel meine Sekretärin angebaggert hat.« Er deutet mit dem Finger auf Blake und wirft ihm einen drohenden Blick zu. »Du wirst mit niemandem aus meinem Stockwerk schlafen.«

»Könntest du das bitte noch mal wiederholen? Ich habe es die ersten zwanzig Male nicht verstanden.« Blake wirkt gelangweilt. »Ich habe sie nicht angebaggert. Ich war nur höflich. Du bist noch angespannter als gewöhnlich, Brüderchen. Wüsste ich nicht zufälligerweise aus erster Hand, wie scharf Nadine ist, würde ich vermuten, dass sie dich auf dem Trockenen sitzen lässt.«

Ich starre die beiden an. »Was geht denn hier ab?«

»Ich habe Nadine vor Monaten dabei erwischt, wie sie im Büro einen Striptease für Logan hinlegen wollte«, erklärt Blake, offenbar stolz auf sich selbst.

Logan beißt die Zähne zusammen und schweigt.

*O Mann.* Und sie arbeiten erst seit einer Woche zusammen.

»Wie oft willst du diese Geschichte noch erzählen?«, fragt Logan.

»Im Idealfall kann ich sie jedem Familienmitglied einzeln darlegen, aber nur in deiner Gegenwart. Einfach, um dein Gesicht zu sehen.«

»Auszeit«, sage ich, während ich von einem zum anderen schaue. »Logan, du kannst mich jetzt mit Blake allein lassen. In ungefähr einer Stunde sollten wir durch sein.«

Sobald Logan verschwunden ist, deutet Blake auf meine Kekse. »Ich konnte nicht umhin zu bemerken, dass die von einem bestimmten Absender aus Boston sind.«

»Und?«, frage ich herausfordernd.

»Ich will nur dafür sorgen, dass du es nicht übersiehst.«

Ich stoße einen Pfiff aus. »Gewöhnlich ist es Sebastians Rolle, mich mit der Nase auf Dinge zu stoßen, die ich schon weiß. Ist sein Geist in dich gefahren?«

»Damit hast du mich heute schon zum zweiten Mal beleidigt, Schwesterchen«, meint Blake amüsiert. »Außerdem sehe ich im Anzug viel besser aus als Sebastian. Ich habe den knackigeren Hintern.« Er beugt sich anzüglich und vollkommen unnötigerweise so über den Schreibtisch, dass man vor allem sein Hinterteil sieht. »Frag deine Mädels hier. Sie checken mich ab, seitdem ich aufgetaucht bin.«

Ich lasse meinen Blick durch den Raum gleiten, nur um festzustellen, dass er recht hat. Mindestens drei Frauen beobachten ihn mit gefährlicher Sehnsucht in den Augen.

»Du wirst mit niemandem aus meiner Abteilung schlafen«, warne ich ihn, fast ohne dabei die Lippen zu bewegen.

Blake seufzt. »Ich kann kaum glauben, dass ich das wirklich sage, aber lass uns mit dem Finanzplan anfangen. Wenn ich diese Warnung noch ein einziges Mal höre, könnte ich meinen Humor verlieren und mich tatsächlich in Logan verwandeln.«

***

Nachdem Blake verschwunden ist, telefoniere ich mit meinem Rechtsanwalt Oliver wegen Terence und seiner neuen Klage. Oliver teilt mir mit, dass mein Ex einen der härtesten Anwälte von San Francisco angeheuert hat, dass es seiner professionellen Meinung nach aber trotzdem keine juristische Grundlage für die Klage gibt. Terence hofft einfach darauf, dass ich mich auf einen Vergleich einlasse, um mir den Ärger mit den Schlichtungstreffen und Gerichtsterminen zu ersparen. Nun, der Dreckskerl kann sich auf eine Überraschung gefasst machen, weil ich auf keinen Fall nachgeben werde. Er wird keinen Cent bekommen. Mir ist egal, ob ich dafür durch die Hölle gehen muss – und mich mit Terence im selben Raum aufzuhalten ist für mich die Hölle –, ich werde unter keinen Umständen zulassen, dass er etwas in die Finger bekommt, was meiner Familie gehört.

Ich bemerke nur, dass Mittagszeit ist, weil mir eine Hand ein Sandwich unter die Nase hält.

»Truthahn-Sandwich«, sagt Luke.

»Danke, danke, danke«, antworte ich, bevor ich meine Zähne im Brot vergrabe. Mein Magen knurrt heftig, als ich den ersten Bissen im Mund habe.

»Ich kann dich ja nicht verhungern lassen, Boss. Du hast noch nicht mal die Kekse auf deinem Schreibtisch angerührt.«

Oh, wow. Die habe ich total vergessen – was eindrucksvoll zeigt, wie sehr mich diese Terence-Sache stresst.

Ich lehne mich in meinem Stuhl zurück, verputze mein Sandwich und beäuge die Süßigkeiten auf der Tischplatte. *Ich werde sie nicht anrühren, bevor der Arbeitstag vorbei ist.* Dieses Mantra wiederhole ich ein paarmal, doch je länger ich die Kekse anstarre, desto schwächer werde ich.

*Nur einen.*

Natürlich versage ich auf ganzer Linie. Sobald ich einen probiert habe, kann ich nicht aufhören. Ich brauche mehr. Zu meiner Verteidigung lässt sich nur anführen, dass es wirklich winzige Mini-Kekse sind. Sozusagen Mini-Mini-Kekse.

Ich kaue gerade den zweiten, als ich beschließe, Eric eine SMS zu schreiben.

Pippa | Habe die Kekse bekommen. Woher weißt du, dass es meine Lieblingssorte ist?

Da gerade Mittagszeit ist, hoffe ich darauf, dass Eric eine Pause einlegen und mir zurückschreiben kann. Kaum eine Minute später wird mein Wunsch erfüllt.

Alice. Helfen sie dir bei der Stressbewältigung? | Eric

Pippa | Allerdings. Aber ich erinnere mich daran, dass du behauptet hast, Fitnesstraining wäre die beste Stressbewältigung.

Nach allem, was gestern passiert ist, muss ich dir zustimmen. Trainieren ist gefährlich. | Eric

Meine Finger schweben über den Tasten, weil ich mir nicht sicher bin, was ich antworten soll. Dann sehe ich die kleinen Punkte, die mir verraten, dass er schreibt, und warte ab.

Ich bereue nichts. Das waren fantastische Küsse. | Eric

Ich zögere, immer noch unsicher, was ich antworten soll, also verschlinge ich stattdessen noch einen Keks. Nach einer Minute piept mein Handy wieder.

Ich hätte nicht mit einem Schweigen als Reaktion gerechnet. Wenn du nicht der Überzeugung bist, dass es zumindest die besten Küsse seit langer Zeit waren, dann lüg mich an. Diesmal ist Ehrlichkeit keine Bedingung. | Eric

Ich schüttle den Kopf und muss lachen. Okay, das kriege ich hin. Meine Flirtfähigkeiten mögen eingerostet sein, aber Flirten per Handy scheint weniger herausfordernd als bei einer persönlichen Begegnung.

Pippa

Oh, das hast du jetzt aber persönlich genommen. Tut mir leid, ich war zu sehr damit beschäftigt, Kekse zu essen. Sie sind wie deine Küsse. Sobald ich einen hatte, brauche ich mehr.

Eric

Dieser Vergleich ist das Beste, was meinem Ego heute passieren konnte. Mein Team wird dir dankbar sein.

Pippa

Ah. Also bewegst du dich heute am freundlichen Ende der Hai-Skala.

Eric

Darüber denke ich noch nach. Kann es kaum erwarten, dich am Samstag zu sehen.

O ja. Samstag wird gefährlich, weil ich so ein Gefühl habe, dass alles möglich ist.

***

Als ich am Samstag vor Erics Haus aus dem Taxi steige, schlägt mein Herz wie wild. Ich mustere den Bungalow und fühle mich wie eine Hochstaplerin, als ich zur Haustür gehe, weil ich angeblich Julie besuche. Doch ich kann Erics Küsse einfach nicht vergessen. Ich spüre immer noch seinen Mund auf meinem und schmecke seine Lippen.

Ich sollte mir keine Wiederholung des Fitnessstudio-Vorfalls wünschen. Ich sollte vorsichtiger sein. Ich bin noch nicht bereit, wieder einem Mann zu vertrauen, und Eric hat eigene Probleme … was ich respektiere. Das Schlimmste von allem? Eric wird die Stadt verlassen, sobald Julies Ferien enden. Egal, wie es auch läuft, ich werde mit gebrochenem Herzen zurückbleiben, und ich kann mich kein zweites Mal wieder aufrappeln. Aber alle guten Argumente richten nichts aus gegen das Kribbeln meiner Nerven, wenn ich nur daran denke, Eric wieder nahezukommen.

Ich atme tief durch, dann klopfe ich an die Tür.

Sofort höre ich Schritte auf der anderen Seite und Julies aufgeregte Stimme. »Sie ist da. Sie ist da!« Sekunden später schwingt die Tür auf.

»Hi, Pippa«, begrüßt mich Eric. »Was hast du mitgebracht?«

»Nachspeise, natürlich. Eis.«

Eric tritt zur Seite, als ich das Haus betrete, und unsere Finger berühren sich aus Versehen. Schon dieser winzige Kontakt jagt heiße Wellen durch meinen Körper, die drohen, mich zu verbrennen. Mein Atem stockt, als Eric seine Hand wegzieht. Verdammt. Wenn schon eine kurze Berührung seiner Finger solche Auswirkungen auf mich hat, wie soll ich diesen Abend überleben? Die Antwort erscheint in Form einer plappernden Zwölfjährigen, die den Arm um mich legt. Ich werde mich einfach auf Julie konzentrieren.

»Komm, Pippa«, drängelt sie. »Die Chickenwings sind fast fertig.«

Sie nimmt meine Hand und führt mich in den Garten. Eric schlendert hinter uns her. Ich spüre seinen Blick auf mir. Ich trage ein einfaches, blaues Kleid. Der Stoff ist leicht, perfekt für das Wetter geeignet, aber es gibt kein Dekolleté, auch wenn der Schnitt meine Kurven ganz ordentlich in Szene setzt. Mir sind die Zeltkleider ausgegangen, und außerdem hat das beim letzten Mal ja sowieso nichts geholfen.

»Wird Ms Blackwell nicht mit uns essen?«, frage ich.

»Nein. Sie hat heute Abend frei«, antwortet Eric. »Sie kommt in ein paar Stunden zurück.«

Wir essen auf der Terrasse neben dem Schwimmbad, während uns Julie von ihrer ersten Woche im Design-Kurs erzählt.

»Da ist dieses Mädchen, Sophia-Ann, die ständig sagt, dass jeder, der nicht wie sie ein Stirnband trägt, uncool ist... Ich weiß einfach nicht, was ich darauf antworten soll. Ich hasse Stirnbänder.«

»Nun«, meint Eric, »genau das solltest du ihr sagen. Du musst nicht heucheln, nur damit sie dich nett findet.«

»Na ja, wahrscheinlich. Was denkst du, Pippa?«

Schon als ich sie zum ersten Mal gesehen habe, hat Julie auf mich den Eindruck eines behüteten Mädchens gemacht, das fast ein wenig jung wirkt für ihr Alter. Eric beschützt sie zu sehr, wahrscheinlich eine Folge des Unfalls. Aber sie wird langsam erwachsen, und sobald sie ein echter Teenager ist, wird er alle Hände voll zu tun haben.

»Dein Dad hat recht«, antworte ich.

Julie nickt kurz, dann verbringt sie den Rest des Abendessens schweigend. Nach dem Nachtisch verschwindet sie nach drinnen, um mit einem Papierdrachen zurückzukommen.

»Ich will den Drachen steigen lassen«, verkündet sie und wedelt mit der Packung.

»Das kannst du morgen machen, Mäuschen«, antwortet Eric. »Es ist schon fast dunkel. Du könntest ihn nicht mal sehen.«

»Nein, wir müssen es jetzt machen«, beharrt sie. »Der Drachen leuchtet im Dunkeln.«

Eric und ich wechseln einen Blick, und ich weiß, dass wir beide dasselbe denken. Julie könnte sich beim Herumlaufen in der Dunkelheit verletzen, wegen ihres Beins.

»Wie wäre es, wenn dein Dad und ich ihn steigen lassen?«, biete ich an. »Du kannst hier am Tisch sitzen, noch eine Portion Eis essen und den Drachen beobachten.«

Darüber denkt Julie einen Moment nach. »Okay.«

In den nächsten Minuten sind Eric und ich damit beschäftigt, die Teile des Drachens zu sortieren und die Anleitung zu lesen.

»Hast du so was schon mal gemacht?«, fragt er mich fast lautlos.

»Nein«, gebe ich zu. »Aber wie schwer kann das schon sein?«

Wie sich herausstellt, ist es sehr schwer. Das Ding in die Luft zu bekommen ist eine echte Leistung und erfordert Teamarbeit. Eric hält die Schnur und läuft von einem Ende des Gartens zum anderen, um Auftrieb zu schaffen, während ich ihm Anweisungen zurufe, damit sich die Schnur nicht in einem Baum verheddert.

»Hätte ich trainieren wollen, wäre ich ins Fitnessstudio gegangen«, beschwert er sich nach einer weiteren gejoggten Runde um den Garten.

»Wir haben es fast geschafft«, sage ich aufmunternd. Ich gehe rückwärts, den Blick auf Eric gerichtet, und weise ihn mit Gesten an, in dieselbe Richtung zu laufen.

»Er ist wunderschön«, ruft Julie uns zu.

Eric lächelt und legt wieder einen Zahn zu.

»Jetzt fliegt er fast«, verkünde ich. »Du musst nur ...«

Platsch.

# 11 Eric

Wir fallen in das verdammte Schwimmbad.

Als ich wieder an die Oberfläche komme, biegt sich meine Tochter vor Lachen.

»Du solltest mich lotsen!«, erkläre ich Pippa, die ein paar Schritte von mir entfernt im Wasser steht und fast noch heftiger lacht als Julie.

»Habe ich«, erklärt sie kichernd. »Aber irgendwie habe ich es geschafft, uns beide ins Wasser zu bugsieren. Tut mir leid. Ich war so darauf konzentriert, den Drachen nicht in einem Baum landen zu lassen, dass ich nicht auf den Weg geachtet habe.«

Auch ich breche in Lachen aus, und es fühlt sich gut an. Julie sieht zwischen Pippa und mir hin und her, als wären wir zwei Riesenidioten – was wir natürlich auch sind. Zwei erwachsene Menschen stehen bis zum Bauchnabel im Schwimmbad, weil sie nicht auf ihre Füße geschaut haben. Verdammter Drachen. Was mich an etwas erinnert …

»Hat jemand den Drachen gesehen?«, frage ich.

Julie deutet auf eine Stelle hinter dem Schwimmbad. »Da. Er hängt allerdings ziemlich hoch im Baum.«

»Ich werde ihn morgen runterholen«, verspreche ich ihr.

»Ich weiß ja nicht, wie es dir geht«, sagt Pippa, »aber mir ist kalt.«

Sie schwimmt zur Treppe. Als sie aus dem Pool steigt, stockt mir der Atem. Heilige Scheiße. Pippa in einem nassen Kleid ist unwiderstehlich. Es klebt an ihrem Körper und betont jede wunderbare Kurve: ihren runden, knackigen Hintern, ihre Taille und die wunderschönen Brüste. Meine Fantasie liefert mir außerdem genaue Bilder von allen Teilen, die gerade nicht gezeigt werden. So lebhafte Bilder, dass ich einen heftigen Ständer bekomme.

*Verdammt.*

»Kommst du nicht raus?«, fragt Pippa, als sie sich zu mir umdreht.

Das blonde Haar klebt an ihrer hellen Haut, und – gesegnet soll sie sein – sie ist sich so wenig bewusst, was sie mir antut, dass sie nicht mal versucht, sich zu verstecken. Meine Tochter schließt sich Pippa mit neugierigem Blick am Beckenrand an.

»Wieso kommst du nicht raus, Dad?«

»Ich komme gleich«, erkläre ich, dann wende ich den Blick von Pippa ab, um die Situation in meiner Boxershorts zu beruhigen.

Zahlen. Genau. Wenn ich an die Verkaufsberichte denke, die ich heute im Büro gelesen habe, sollte das funktionieren. Nur, dass es nicht klappt. Mein Schwanz zuckt allein bei dem Gedanken, dass Pippa sich nur wenige Meter entfernt befindet.

*Okay, denk nach, Eric. Denk nach.*

Ich muss Pippa wissen lassen, was vor sich geht, damit sie verschwindet. Nur so kann ich mich beruhigen. Aber solange meine Tochter da ist, kann ich nicht deutlich werden.

»Stehen«, stoße ich hervor. »Ich bin ziemlich *hart* gefallen, und jetzt *stehe* ich lieber noch hier. Das Wasser hilft.«

Julie mustert mich verwirrt. »Das ergibt keinen Sinn, Dad.«

Natürlich nicht. Ich bin so ein Versager.

Pippa wirkt vollkommen irritiert.

*Komm schon, Pippa. Erwachsenen-Code! Was steht schon hart?*

Sie starrt mich weiterhin fragend an, also kapiert sie es offensichtlich nicht.

»Da liegt eine Latte im Wasser. Ich werde sie aufheben.«

*Latte. Komm schon, Pippa!*

Endlich werden ihre Augen groß, und sie scheint zu verstehen.

In diesem Moment sagt Julie: »Ich glaube, Dad hat sich beim Sturz den Kopf angeschlagen.«

Pippa kichert, dann teilt sie Julie mit: »Komm, wir gehen rein. Mir ist kalt, und ich brauche ein Handtuch.«

»Okay.«

Pippa wirft mir einen verstohlenen Blick zu und zwinkert mir zu, bevor die beiden im Haus verschwinden.

***

Ich brauche fünf Minuten, bis sich mein Schwanz wieder beruhigt hat. Danach steige ich aus dem Schwimmbad und springe im Bad neben meinem Schlafzimmer unter die Dusche. Sobald ich trockene Kleidung angezogen habe, gehe ich ins Wohnzimmer. Die Gesprächsfetzen, die mir ans Ohr dringen, verleiten mich innezuhalten, bevor ich den Raum betreten kann.

»Fühlst du dich manchmal einsam, Pippa?«, fragt Julie gerade.

»Manchmal, ja.« Pippas Stimme ist ruhig. »Fühlst du dich einsam? Das ist okay. So geht es jedem von uns manchmal.«

»Mir geht es gut. Aber ich glaube, Dad ist oft einsam.«

Ich drücke mich gegen die Wand. Ich kann kaum glauben, was ich da höre.

»Wieso denkst du das?«, fragt Pippa locker.

»Er verbringt viel Zeit mit mir. In Boston habe ich Schulfreunde, die auch nur einen Elternteil haben. Und deren Eltern verabreden sich.«

*Bumm*. Ich fühle mich, als hätte mich jemand geschlagen.

»Möchtest du, dass dein Dad Dates hat?«

»Ich will nicht, dass er einsam ist. Ich will, dass er glücklich ist, dass wir beide glücklich sind, wenn er jemand Netten trifft. Du bist nett. Magst du Dad?«

»Ich, na ja … ähm«, stottert Pippa. »Jeder mag ihn.«

»Wieso fragst du ihn nicht, ob er sich mit dir verabreden will?«, fährt Julie fort.

Ich lächle, als ich mir vorstelle, wie rot Pippas Ohren sein müssen.

»Ich … Moment mal. Was?«

Julie fährt ernst fort: »Die Highschool-Schüler in meiner Schule hatten einen Frühlingsball, zu dem die Mädchen die Jungs eingeladen haben. Du solltest Dad fragen. Er weiß nicht, wie es geht.«

»Wieso sagst du das?«

»Wenn er es wüsste, wäre er nicht so einsam.«

Meine Tochter ist das beste Kind der Welt. Angespannt warte ich auf Pippas Antwort.

»Wir sollten uns mit dem Nagellack beeilen«, sagt sie. »Lass mich mal den roten probieren.«

Als Nächstes führen sie eine Diskussion über verschiedene Farbtöne. Ich bleibe noch einen Moment in meinem Versteck stehen, um das eben Gehörte zu verarbeiten. Ungläubig reibe ich mir das Gesicht. All die Jahre über dachte ich, mein selbst auferlegter Keuschheitsgürtel wäre zum Besten meiner Tochter. Anscheinend nicht. Dann lache ich leise, während ich mich an Pippas nichtssagende Antwort erinnere, als Julie sie gefragt hat, ob sie mich mag. Ich kann nicht glauben, dass selbst meine Tochter versucht, uns zu verkuppeln.

Ich habe in geschäftlichen Dingen eine eiserne Regel:

Wenn mir zu viele Leute dasselbe sagen, reiße ich mich zusammen und höre ihnen zu. Vielleicht wird es Zeit, dass ich diese Regeln auch im Privatleben anwende.

Ich betrete das Wohnzimmer und sehe, dass Pippa und Julie auf dem Boden sitzen, die gespreizten Finger auf den Oberschenkeln. Der Anblick wirkt irgendwie befremdlich, bis Julie aufschaut und sagt: »Wir warten darauf, dass der Nagellack trocknet.«

Ich nicke, doch meine gesamte Aufmerksamkeit ist auf Pippa konzentriert. Sie trägt eines von meinen Hemden und meine Jogginghose und hat die Haare zu einem Pferdeschwanz zusammengebunden. Sie wirkt entspannt. Gemütlich wie an einem typischen Samstagabend zu Hause. Gleichzeitig sieht Pippa darin auch aus, als würde sie hierher gehören – zu mir und Julie.

»Ich hab mir einige von deinen Klamotten geliehen«, sagt Pippa mit einem scheuen Lächeln, bevor sie auf eine durchsichtige Plastiktüte auf der Couch zeigt, in der ihr nasses Kleid steckt. »Julies Sachen passen mir nicht, und Ms Blackwell ist nicht hier, also konnte ich sie nicht um etwas zum Anziehen bitten. Julie hat mir das hier gebracht.«

»Kein Problem. Steht dir gut.«

»Unser Nagellack ist trocken, Liebes«, erklärt Pippa Julie. »Anscheinend stimmt die Werbung. Er trocknet wirklich schnell.«

»Können wir uns einen Film anschauen?«, fragt Julie und sieht mich mit diesen Rehaugen an, von denen sie genau weiß, dass ich ihnen nicht widerstehen kann.

Pippa antwortet, bevor ich den Mund öffnen kann.

»Wenn wir jetzt erst anfangen, wird es zu spät. Musst du nicht ins Bett?«

Ich betrachte Pippa mit ganz neuer Bewunderung. Sie ist sehr viel besser darin als ich, Julies Charme zu widerstehen.

Meine Tochter rümpft die Nase. »Wahrscheinlich schon.«

»Ms Blackwell sollte jeden Moment zurückkommen. Sie wird sicher …«

Wie aufs Stichwort schwingt die Eingangstür auf, und Ms Blackwell betritt das Haus. »Zeit fürs Bett, Julie«, sagt sie mit ihrer Gouvernanten-Stimme. Sie begrüßt Pippa und runzelt leicht die Stirn, als sie ihre Kleidung betrachtet, sagt aber nichts.

Julie seufzt, dann verschwindet sie in ihrem Zimmer.

»Ich muss mir ein Taxi rufen«, sagt Pippa. »Ich bin nicht mit dem Auto hier.«

»Ich werde dich nach Hause fahren«, verkünde ich in einem Tonfall, der keinen Widerspruch duldet.

*Gewöhnlich zumindest.*

Sie wehrt mit einer Geste ab. »Unsinn. Ein Taxi ist in Ordnung.«

»Sicher, aber ich möchte die Klamotten wiederhaben.«

Eigentlich brauche ich sie nicht, aber es ist eine gute Entschuldigung. Ich will ein wenig mehr Zeit mit Pippa verbringen.

»Ms Blackwell ist da. Vielleicht kann ich mir etwas von ihr leihen?«

»Dann muss ich eben ihre Kleidung zurückbringen.«

»Du hast recht.« Pippa atmet tief durch und lässt kurz die Schultern kreisen. »Okay, lass uns gehen.«

Zeit *mit* Pippa zu verbringen wird zu Zeit *neben* ihr zu verbringen. Sie schläft innerhalb von fünf Minuten ein, nachdem sie ihre Adresse in das Navi eingegeben hat. Während ich fahre, ertönt ein leises Geräusch im Innenraum des Autos. Ich brauche zwei Sekunden, um zu begreifen, dass das Geräusch von Pippa stammt. Ein leises Schnarchen. Ich lache in mich hinein und ziehe in einem Anfall von Genialität mein Handy heraus, um das Geräusch aufzunehmen.

Perfekt, um sie zu erpressen. Ich bin mir nicht sicher, wann ich das brauchen werde, aber auf jeden Fall ist es gut, die Aufnahme zu haben.

Sie wacht auf, bevor wir ankommen, und gähnt heftig. Dann entdeckt sie mich und zuckt leicht zusammen.

»Tut mir leid. Ich bin eingeschlafen«, sagt sie.

Mit dem verwuschelten Haar und den blinzelnden Augen sieht sie unglaublich süß aus. Und plötzlich frage ich mich, wie es wohl wäre, morgens neben ihr aufzuwachen. Keine Ahnung, woher dieser Wunsch auf einmal kommt, aber so was passiert mir bei Pippa ja ständig. Sie sorgt dafür, dass ich mich nach Dingen sehne, die ich mir schon seit Jahren nicht mehr gewünscht habe – und nach denen ich auch nicht gesucht habe. Sie sorgt dafür, dass ich wieder leben will.

»Habe ich etwas Unpassendes gesagt, während ich geschlafen habe?«, fragt sie schüchtern.

Ah, dann redet sie im Schlaf… und ich habe nur ein Schnarchen bekommen. Aber es gibt keinen Grund, ihr das zu verraten.

Um sie aufzuziehen, sage ich: »Könnte sein, dass du mir deine Liebe gestanden hast.«

Sie kneift misstrauisch die Augen zusammen.

»Auf jeden Fall hast du irgendwas über meine Muskeln gemurmelt.«

»Unsinn.« Sie lacht leise, doch ihre Ohren werden knallrot.

Aha. Volltreffer.

»Willst du mir erzählen, dass du mich als groß, dunkel und gut aussehend bezeichnest, aber dich nie Fantasien über mich hingibst?«

»Alice hat dir diesen Titel verpasst, nicht ich.«

»Du hast ihr nicht widersprochen.«

Ich parke vor ihrem Haus, aber keiner von uns macht Anstalten, auszusteigen.

Pippa seufzt und rutscht in ihrem Sitz herum. »Wieso flirtest du plötzlich so hemmungslos mit mir?«

Ich zögere eine Sekunde, dann beschließe ich jedoch, die Wahrheit zu sagen. »Ich habe dein Gespräch mit Julie belauscht.«

»Wow! Ein Lauschangriff.« Sie lächelt. »Ich kann kaum glauben, dass Julie wirklich meint, du wärst unfähig, jemanden um ein Date zu bitten.«

»Jepp. Anscheinend hat mein Plan, sie glauben zu machen, ich wäre ein Mönch, etwas zu gut funktioniert. Es wird Zeit, das zu ändern.«

»Eric… Ich bin immer noch…« Sie verstummt. Nach einem kurzen Schweigen spricht sie mit schwacher Stimme weiter: »Ich meine, du weißt, welchen emotionalen Ballast ich mit mir herumschleppe.«

Ich umfasse sanft ihre Wange und sehe ihr in die Augen. »Wir schleppen beide Ballast miteinander herum. Und? Wir sind stark genug, ihn zu tragen. Falls nicht, heuern wir einfach einen Dienstboten an oder kaufen einen Gabelstapler. Ich will alles über dich erfahren, was es zu erfahren gibt.«

»Ein hehres Ziel.«

»Wir werden klein anfangen. Ich will dich zum Lächeln bringen.«

»Es ist lange her, dass jemand, dessen Nachname nicht Bennett war, dieses Ziel verfolgt hat«, meint sie traurig.

»Ich kann dir versichern, dass ich der Aufgabe gewachsen bin.«

Sie leckt sich die Lippen, dann verzieht sich ihr Mund zu einem Lächeln. »Also war nur der Segen deiner Tochter nötig, damit du deine Meinung änderst?«

»Vielleicht.« Ich senke meine Stimme zu einem Flüstern, um eine verschwörerische Aura zu erzeugen. »Aber vielleicht bist du auch einfach unwiderstehlich.«

Sie lacht leise und lehnt sich zurück. »In diesen Klamotten?«

»Besonders in diesen Klamotten. Ich meine es ernst. Dich in meinen Sachen zu sehen löst etwas in mir aus.«

»Lass uns nach oben gehen.« Ihre Stimme ist leise und heiser. »Damit ich mich umziehen und sie dir zurückgeben kann.«

Als wir ihr Gebäude betreten, grüßt uns der Portier erst höflich und bekommt dann Stielaugen, als er Pippas Outfit näher betrachtet.

Im Lift murmelt sie: »Super. Jetzt glaubt sogar der, ich müsste mich für irgendetwas schämen. Weil ich nicht in meinen eigenen Kleidern zu Hause aufschlage.«

»Na ja, du solltest dich auch schämen. Du hast uns beide ins Schwimmbad fallen lassen.«

Sie wird rot, wahrscheinlich, weil sie sich an mein irres Geschwafel erinnert, das ich von mir gegeben habe, als ich mit einer Monster-Erektion im Pool stand.

Pippa lebt im elften Stock in einer geräumigen Wohnung mit einer tollen Aussicht über San Francisco.

»Also, das ist meine Höhle«, verkündet sie stolz. »Das Chaos tut mir leid. Ich habe nicht mit Gästen gerechnet.«

*Überall* liegen Skizzen herum.

»Du hast deine Wohnung in ein Atelier verwandelt?«

Sie zuckt mit den Achseln. »Ich arbeite oft von zu Hause aus.«

Ich lehne mich in den Türrahmen der Küche und sehe ihr dabei zu, wie sie Zeichnungen vom Boden aufsammelt.

»Ich habe dir einen Vorschlag zu unterbreiten.«

Sie richtet sich auf, einen Stapel Papier an die Brust gedrückt. »Schieß los.«

»Offensichtlich ist noch keiner von uns bereit, sich zu verabreden. Julie ist noch mehr von der Idee begeistert als wir.«

Ich lache, als ich mich an die Worte meiner Tochter erinnere. »Also lass uns auf ein weiteres Kein-Date gehen.«

»Du bist hartnäckig.« Sie zwinkert mir zu. »So unwiderstehlich bin ich also, hm?«

Ich nähere mich ihr, bis nur noch wenige Zentimeter uns trennen. »Vielleicht ist keiner von uns bereit, aber wir können das Risiko eingehen und schauen, wo es uns hinführt.«

Pippas Miene ist einige Augenblicke lang vollkommen ausdruckslos, dann beginnt sie zu strahlen. »Können wir rein präventiv gleich einen Kofferträger zu unserem Kein-Date mitnehmen? Damit er unseren seelischen Ballast trägt, meine ich.«

»Das halte ich für keine gute Idee. Könnte sein, dass er ein paar sehr unpassende Dinge mit ansehen muss. Ein Gabelstapler dürfte sicherer sein.«

Pippa drückt sich die Zeichnungen fester an die Brust, dann schluckt sie schwer. Das Geräusch raubt mir fast den Verstand.

»Was werden wir auf unserem Kein-Date tun?«

»Da bin ich mir noch nicht sicher, aber du darfst mit Küssen rechnen. Vielen Küssen.« Ich beuge mich vor, bis meine Lippen kurz über ihren Hals gleiten. »Und ich werde dir nicht verraten, wo.«

Sie schluckt schwer. »Ich gehe mich umziehen.«

»Nicht nötig. Behalt meine Klamotten. Das war nur ein Vorwand. Ich wollte mehr Zeit mit dir verbringen.«

»Bist du dir sicher?«

»Ja.«

»Okay.«

»Dann gehe ich mal.«

Damit drehe ich mich um und verlasse ihre Wohnung. Auf dem Weg zum Auto frage ich mich, was verdammt noch mal ich da eigentlich tue. Gerade als ich mich auf den Fahrersitz sinken lasse, piept mein Handy.

Pippa | Ich werde heute Nacht in deinem Hemd schlafen.

Etwas anderes wirst du nicht tun? | Eric

Zu wissen, dass sie unter meinem Hemd nackt ist, sorgt dafür, dass es mir schwerfällt, mich aufs Fahren zu konzentrieren. Ich bin eifersüchtig auf mein eigenes, verdammtes Kleidungsstück. Super.

Pippa | Berührungen wird es auch geben. Eine Menge Berührungen. Aber ich sage dir nicht, wo.

# 12 Pippa

Am nächsten Morgen erwache ich mit einem breiten Lächeln im Gesicht und bleibe noch ein paar Minuten im Bett liegen. Ich habe tatsächlich in Erics Hemd geschlafen, das sich weich und angenehm auf meiner Haut anfühlt. Der einzige Nachteil ist, dass es nicht nach ihm riecht. Trotzdem fühle ich mich, als hätte er neben mir geschlafen.

Gestern hat sich etwas zwischen uns verändert, aber ich bin mir nicht ganz darüber im Klaren, was es war oder was ich davon halten soll. Ich weiß nur, dass sich ein Teil von mir immer noch davor fürchtet, neu anzufangen, während ein anderer Teil nur zu gern wieder träumen und hoffen will.

Ich umarme mein Kissen und beschließe, dem Mann, der für meine neu erwachte Hoffnung verantwortlich ist, eine Nachricht zu schreiben. Zu meiner Überraschung muss ich feststellen, dass er sich bereits bei mir gemeldet hat.

Ich habe den perfekten Ort für unser Kein-Date gefunden. — Eric

Pippa — Du bist schnell.

Innerhalb von Sekunden brummt mein Handy wieder.

Ich bin gestern noch lange wach geblieben, um zu recherchieren. — Eric

Ah, allein dieser Satz liefert mir eine Menge Munition, um ihn aufzuziehen.

Pippa | Konntest du nicht einschlafen?

Nein. Ich musste darauf warten, dass meine Hoden wieder eine normale Färbung annehmen. Nachdem ich gestern Abend eine bestimmte Nachricht gelesen habe, sind sie blau angelaufen. | Eric

Kichernd tippe ich, so schnell ich kann.

Pippa | Du hast es nicht anders gewollt. Also, wo gehen wir hin?

Sage ich dir nicht. Es wird eine Überraschung. Du wirst es lieben. | Eric

Pippa | Riecht es hier gerade nach Selbstüberschätzung?

Bitte. Meine romantischen Fähigkeiten mögen ein wenig eingerostet sein, aber sie sind nicht verkümmert. Dennoch denke ich immer noch darüber nach, wie groß der Gabelstapler sein muss. Du und ich zusammen brauchen wahrscheinlich einen ziemlich großen. | Eric

Ich spiele an meinem Handy herum, während ich darüber nachdenke, was ich antworten soll. Ich liebe es, mich mit Eric zu kabbeln. Vielleicht hat es damit zu tun, dass er so offen ist, auf jeden Fall spüre ich bei ihm nie das Bedürfnis, die Tapfere zu spielen. Eric nimmt mir allein mit einem Lächeln und ein paar Worten jede Befangenheit, und ich will nicht, dass unsere Verabredung von irgendetwas überschattet wird.

Pippa | Kein Gabelstapler.
Ich will, dass wir Spaß haben.

Bist du dir sicher? Ich könnte einen ganz kleinen besorgen. | Eric

Pippa | Nicht nötig. Außerdem würde ein ganz kleiner niemals reichen. Hast du noch nicht gehört? Die Größe spielt sehr wohl eine Rolle.

Eine ganze Minute lang kommt keine Antwort – ich weiß es, denn ich zähle die Sekunden –, sodass ich mich schon frage, ob auf seiner Seite des Austausches gerade unangemessene Dinge passieren.

Hör SOFORT mit den schmutzigen Anspielungen auf, oder sie werden wieder blau! | Eric

Ah, daher weht der Wind. Ich beiße mir auf die Unterlippe und wünsche mir mehr als je zuvor, dass er jetzt im Moment bei mir wäre.

Pippa | Jetzt wirst du herrisch. Sehr sexy.

*Du hast noch gar nichts gesehen. Warte bis zu unserem Kein-Date. Besteht die Möglichkeit, dass ich dir vorher noch im Fitnessstudio begegne? Ich werde später vorbeischauen. Da gibt es jede Menge Gelegenheiten für dich, mich anzustarren.* | Eric

Pippa | Köderst du mich mit deinem Körper? Wie billig, Callahan.

Ich bin einfach nur an deiner Gesundheit und deinem Wohlbefinden interessiert. — Eric

Für den Bruchteil einer Sekunde denke ich darüber nach, tatsächlich ins Fitnessstudio zu gehen, um ihn noch mal anzugaffen, aber nicht mal sein perfekter Hintern ist den Schweiß und die Muskelkrämpfe wert.

Pippa — Ich bezweifle es. Ich bin heute den ganzen Tag mit Alice unterwegs und habe nächste Woche einiges an Arbeit vor mir. Bin nicht sicher, ob ich es in den nächsten Tagen überhaupt ins Studio schaffe.

Das ist eine sehr umständliche Art, um zu sagen, dass du zu faul bist. — Eric

Damit hat er den Nagel natürlich auf den Kopf getroffen. Was für eine Buchstabenverschwendung! Auf keinen Fall werde ich das zugeben.

Pippa — Trag es mit Fassung, Callahan. Ich muss mal aufstehen.

Ich lege das Handy wieder auf den Nachttisch und kämpfe mich widerwillig aus dem Bett, um in den Tag zu starten. Die ganze Zeit, während ich mich auf mein Treffen mit Alice vorbereite, grinse ich wie eine Irre. Es spricht einiges für Flirten direkt nach dem Aufstehen. Es schenkt mir offenbar eine Menge Energie, und ich liebe es.

Alice und ich haben im Wohltätigkeitszentrum eine Menge zu tun, aber natürlich quetscht sie mich trotzdem über Eric aus. Ich habe meine beiden Schwestern offenbar mit dem Einmisch-Virus infiziert. Summer schließt sich uns gewöhnlich im Zentrum an, aber heute hatte sie keine Zeit.

»Was ist ein Kein-Date?«, hakt Alice nach, als wir während einer Pause auf einer Bank vor dem Gebäude sitzen. »Du hast so was schon mal gesagt, und ich kapier es einfach nicht. Was ist das?«

»Die Bezeichnung für ein Treffen zweier Leute, die sich emotional nicht bereit fühlen für ein richtiges Date«, sage ich und halte mein Gesicht in die Sonne.

»So, wie du grinst, bist du hormonell durchaus bereit für ein Date. Und ich wette, ihm geht es genauso. Also, wohin führt er dich aus?«

Ich zucke mit den Achseln. »Das wollte er nicht verraten.«

»Oh, man muss einen Mann einfach lieben, der einen auf Trab hält.«

»Du hast ja keine Ahnung«, murmle ich.

***

Als ich nach Hause komme, teilt mir der Portier mit, dass im Foyer eine Lieferung auf mich wartet. Zu meiner Überraschung finde ich einen großen Strauß Rosen. Ich grinse wie ein Honigkuchenpferd, als ich die Blumen in den Aufzug trage. Sobald ich meine Wohnung betreten habe, schreibe ich Eric eine Nachricht.

Pippa | Von Keksen zu Blumen?
Das ist ein interessanter Taktikwechsel.

Augenblicklich klingelt mein Telefon.

»Ich habe darüber nachgedacht, zu den Blumen noch Kekse zu schicken, aber ich war mir nicht sicher, ob du die Blumen dann nicht einfach ignorierst«, erklärt Eric ohne Begrüßung.

Ich grinse so breit, dass ich ernsthaft befürchte, mir einen Muskel im Gesicht zu zerren.

»Du bist ein kluger Mann«, antworte ich. »Süßigkeiten versus Blumen? Die Blumen haben keine Chance.«

»Freust du dich schon auf Samstag?«, fragt Eric.

Ich drücke mir das Handy fester gegen das Ohr und lasse mich auf die Couch sinken. »Wieso verrätst du mir nicht, wo wir hingehen?«

»Das nennt man Überraschung«, antwortet er amüsiert.

»Aber ich mag Überraschungen nicht besonders. Ich meine, ich bin sehr gut darin, sie für andere Leute zu organisieren, aber …«

»Dann wird es langsam Zeit, dass jemand auch mal eine für dich organisiert. Entspann dich. Lass mich dich umwerben, Pippa. Hör auf, dich zu wehren. Du bist sowieso chancenlos.«

Sein amüsierter Tonfall lässt mein Herz rasen, und mein Magen verkrampft sich vor Aufregung. Es ist lange her, dass ich das letzte Mal vor einem Date solche Vorfreude empfunden habe.

»Das ist ziemlich viel Aufwand für ein Kein-Date«, merke ich an.

»Du hast es verdient.«

»Könntest du mir nicht wenigstens ein paar Hinweise geben?«

»Sei nicht so ungeduldig.«

»Kann ich bitte nur einen *winzigen* Hinweis haben? Ich gebe mich sogar mit einem total kryptischen Tipp in Eric-Code zufrieden, wie Samstag im Pool.«

Ich höre ein Stöhnen am anderen Ende. »Das wirst du mich nie vergessen lassen, oder?«

»Nicht so ohne Weiteres, nein.« Und siehe da, ich grinse schon wieder wie eine Idiotin.

»Ich muss jetzt los, aber ich kann es kaum erwarten, dich am Samstag zu sehen«, flüstert er.

»Mir geht es genauso.«

***

Samstagmorgen klingelt mein Wecker Punkt acht Uhr. Überraschenderweise leide ich nicht an dem üblichen Tran, der mich sonst am Morgen plagt. Stattdessen fühle ich mich so energiegeladen, als hätte ich bereits drei Tassen Kaffee getrunken. Wer hätte das gedacht? Das Mittel gegen die morgendliche Müdigkeit ist ein Kein-Date mit Eric.

Er wird mich erst in vier Stunden abholen, also bleibt mir genug Zeit, um mehrere meiner Schönheitsroutinen zu durchlaufen. Mein Magen krampft sich in dieser Zeit immer wieder zusammen, und regelmäßig bekomme ich Schweißausbrüche. Ich kann nicht glauben, dass mir vor dem ersten Date die Nerven flattern … obwohl es ja gar kein Date ist.

Ich erinnere mich an Alice' Worte: »Hormonell bist du durchaus bereit für ein Date.« Wie recht sie doch hat. Jeder Nerv in meinem Körper vibriert vor Vorfreude und Verlangen.

Um zwölf Uhr klingelt es an meiner Tür. Ich atme tief durch und öffne. Ich sehe in meinem Outfit toll aus – ich trage ein leichtes, pinkfarbenes Sommerkleid –, also gibt es keinen Grund, nervös zu sein. Eric meinte, ich solle mich zwanglos kleiden, was ich getan habe. Wenn zwanglose Kleidung High Heels beinhaltet.

Als ich ihn erblicke, erscheint sofort ein breites Grinsen auf meinem Gesicht.

»Da ist aber jemand glücklich, mich zu sehen«, meint Eric. Er trägt ein weißes Polohemd und schwarze Jeans und sieht darin einfach *lecker* aus.

Ich führe Zeigefinger und Daumen aneinander und hebe die Hand in die Luft. »Ein ganz kleines bisschen.«

Er lacht leise, als er meine High Heels sieht.

»Spotte nicht über meine Schuhe«, sage ich warnend. Ich stemme die Hände in die Hüften und starre ihn böse an.

»Das würde mir nicht mal im Traum einfallen. Lass uns gehen.«

Er nimmt meine Hand und führt mich ohne ein weiteres Wort zum Lift. Ich schwebe förmlich durch die Eingangshalle.

Am Auto angekommen, öffnet mir Eric die Tür, doch ich steige nicht sofort ein. Stattdessen drücke ich ihm einen Kuss auf den Mundwinkel und flüstere: »Wir werden heute eine Menge Spaß haben.«

»Das werden wir. Und wie angeordnet habe ich keinen Gabelstapler dabei.«

»Super. Vergiss den Gabelstapler, und konzentrier dich auf den Staubwedler deines Vertrauens.« Ich lasse meinen Blick provokativ bis zu seinem Schritt wandern. Als ich wieder aufschaue, haben sich Erics Augen verdunkelt.

»Ich hätte nie gedacht, dass ich mal die Worte Staubwedler und Gabelstapler auf einem Kein-Date aussprechen würde. Du bist eine sehr interessante Frau, Pippa. Und jetzt steig ein, oder ich bringe dich wieder nach oben, und wir werden die Wohnung ein paar Tage nicht verlassen.«

Ich schnappe nach Luft, weil mir seine Worte fast die Sinne schwinden lassen. Dann schlucke ich schwer und folge seiner Aufforderung.

Eric schließt meine Tür und steigt ebenfalls ein. Ich ziehe einen Schmollmund, kaum dass er den Motor gestartet hat.

»Bitte gib mir wenigstens einen Hinweis, wo wir hinwollen.«

Er wirft mir immer wieder verstohlene Blicke zu, also klimpere ich mit den Wimpern, um ihn zu erweichen.

»Nö.«

»Gibt es irgendeine Möglichkeit, dir unser Ziel zu entlocken?«

Lächelnd schüttelt er den Kopf. »Vielleicht lasse ich mich bestechen.«

»Mit?«

»Einem kurzen Blick auf die wunderbare Haut unter diesem Kleid.«

Ich verziehe die Lippen zu einem perfekten O. »Eric Callahan! Forderst du mich gerade auf, in deinem Auto einen Striptease hinzulegen?«

»Absolut. Ein kurzer Blick auf einen Oberschenkel, und du bekommst einen Hinweis. Wenn ich beide Schenkel sehen darf, erzähle ich dir sofort, wo es hingeht.«

»Du willst auch noch verhandeln, nachdem du mich zum Striptease aufgefordert hast? Du hast echt Eier in der Hose.«

Er stößt ein leises Stöhnen aus. »Okay, ich habe meine Meinung geändert. Wir reden jetzt nicht mehr über Striptease oder Eier, oder wir schaffen es überhaupt nicht zu diesem Kein-Date.«

»Soll ich das als Herausforderung verstehen?«, frage ich frech.

»Bitte nicht. Ich versuche wirklich, mich wie ein Ehrenmann zu verhalten.«

Fast die gesamte restliche Fahrt über unterhalten wir uns über Julie und meine Familie, bevor Eric nach ungefähr einer Stunde vom Highway abfährt. Zehn Minuten später hält er auf dem Parkplatz eines kleinen Hafens.

»Ah«, sage ich, als ich es endlich begreife. »Fahren wir aufs Meer raus?«

Eric dreht sich zu mir um. »Na los. Worauf wartest du noch? Lass uns endlich loslegen.«

Ich lecke mir über die Lippen, weil seine Worte tief in mir

einen Funken entzünden. »Du hast eine schmutzige Fantasie.«

»Du verwandelst jedes meiner Worte in eine Anzüglichkeit, aber *ich* bin derjenige mit der schmutzigen Fantasie?«

»Und das sagt der Mann, der versucht hat, mich dazu zu bringen, in seinem Auto blankzuziehen?«

»Auch ich habe schwache Momente«, erklärt er mit einem Achselzucken. »Komm. Lass uns gehen. Dies ist der offizielle Beginn unseres Kein-Dates.«

»Du wirkst unglaublich selbstgefällig. Ich bin mir nicht sicher, ob ich dir dieses Lächeln aus dem Gesicht schlagen oder dich küssen will.«

Wir steigen aus dem Auto, und Eric führt mich einen schmalen Steinpfad entlang, vorbei an einer Hütte, in der wahrscheinlich der Empfang untergebracht ist.

Plötzlich werde ich nervös und bohre die Fingernägel in meine Handflächen. Um meine Nerven zu beruhigen, mustere ich die Umgebung und sehe mir die magentafarbenen Blüten genauer an, die die schmale Gasse zum Hafen schmücken. Je näher wir dem Wasser kommen, desto mehr riecht die Luft nach Meer und Salz. Eric streckt mir die Hand entgegen, der Ausdruck in seinen Augen ist warm. Ich kann förmlich die Botschaft darin lesen: *Ich werde mich um dich kümmern.*

Ich schaffe das. Ich kann diesen wunderschönen Tag mit diesem wunderschönen Mann genießen. Lächelnd ergreife ich seine Hand.

Wir laufen an Luxusjachten und verschiedenen anderen Booten vorbei. Eric hält vor einem Schnellboot mit Platz für etwa sechs Personen an. Er hilft mir an Bord, und dort entdecke ich einen kleinen Picknickkoffer unter dem Fahrersitz.

Ich spüre, dass er einen Kommentar von mir erwartet,

doch stattdessen bleibe ich still. Die Tatsache, dass er sich für mich solche Mühe gegeben hat, rührt mich.

»Ich habe das von jemandem organisieren lassen«, sagt er mit Blick auf den Picknickkorb. »Ich hatte darüber nachgedacht, eine der größeren Jachten zu mieten, aber dieses Boot ist gemütlicher.«

Als ich immer noch nichts sage, drückt Eric sanft meine Hand, und ich erwidere die Geste.

Schließlich murmle ich: »Du hast es immer noch drauf, Eric Callahan. Dessen kannst du dir sicher sein.«

Er beugt sich zu mir und flüstert: »Ich weiß.« Dann richtet er sich wieder auf und legt den Kopf schräg, als müsste er über etwas nachdenken. »Auch wenn ich einen Moment lang Angst hatte, dass du verzweifelt nach einer Ausrede suchst, von hier zu verschwinden.«

Ich lache und ramme ihm meinen Ellbogen in die Seite. »Das würde ich bei dir nicht machen. Wenn ich wegwollte, würde ich das sagen.«

»Das weiß ich zu schätzen. Ich bin ein direkter Kerl, und es gibt nicht viele Leute, die mit derselben Ehrlichkeit reagieren.«

Kurz darauf sind wir raus aus dem Hafen und auf dem offenen Meer. Das Wasser ist erstaunlich glatt, sodass das Sonnenlicht darauf fast wie auf einem Spiegel glänzt. Ich bewundere eine Weile die sanfte Dünung, dann kehre ich zu meiner Lieblingsbeschäftigung zurück: Eric angaffen. Ich werde dessen einfach nicht müde. Er trägt eine entschlossene Miene zur Schau, die wahnsinnig heiß aussieht.

Es dauert eine Ewigkeit, bevor er das Boot verlangsamt. Erst da fällt mir auf, dass wir uns nicht mehr auf offener See befinden. Tatsächlich sind wir erstaunlich nah an einen menschenleeren Küstenabschnitt herangefahren.

Sobald Eric das Boot verankert hat, stehe ich auf und

strecke mich. Er zieht einen Schirm unter einer Bank hervor und klappt ihn auf. Fantastische Idee, da die Sonne ziemlich vom Himmel brennt.

»Lass uns schauen, was du so mitgebracht hast.« Ich deute auf den Korb und reibe mir den Bauch.

Fünf Minuten später sitzen wir im Schatten des Sonnenschirms auf der Bank, den Korb zu unseren Füßen. Ich habe alle Regeln für erste Dates und Kein-Dates gebrochen, als ich mir den erstbesten Donut gekrallt habe, den ich im Picknickkorb sah. Zu meiner Verteidigung muss ich anführen, dass er mit Aprikosenmarmelade gefüllt ist.

»Ich liebe Aprikosenmarmelade«, verkünde ich.

»Ja, ich weiß. Ich habe Alice gefragt.«

Ich seufze, und mein Herz verkrampft sich. »Hör auf, so nett zu mir zu sein.« Zu spät wird mir klar, dass ich den Satz laut ausgesprochen habe.

»Du hast es verdient.« Eric rutscht näher an mich heran. Dann schluckt er, und ich beobachte, wie sein Adamsapfel sich bewegt. »Ich weiß nicht, wo das hinführen wird, aber ich kann dir versprechen, dass ich vorhabe, dich in jeder Sekunde unserer gemeinsamen Zeit anständig zu behandeln.«

»Sie sind wirklich ein Weltklasse-Charmeur, Mr Callahan«, antworte ich lächelnd.

»Da bin ich mir nicht so sicher. Wenn du dir weiter die Lippen leckst, könnte jede Klasse über Bord gehen.«

»Das ist eine süße Herausforderung«, sage ich und schiebe mir den Rest des Donuts in den Mund.

Ich schließe die Augen, lasse den Kopf in den Nacken sinken und genieße den Geschmack der Aprikosenmarmelade auf der Zunge. Ich öffne meine Augen erst wieder, als mein Mund vollkommen leer ist… nur um festzustellen, wieso Eric die ganze Zeit über geschwiegen hat. Der Mistkerl war damit beschäftigt, meinen Busen anzustarren.

»Also ist meine Brüste abzuchecken deine Art, mir deine nicht-noble Seite zu zeigen?«

»Ich bin nur gründlich«, antwortet er ernsthaft. »Kannst du es mir übel nehmen? Sie sind fantastisch.«

Ich schnaube abfällig. »Du hast sie doch noch nicht mal nackt gesehen.«

Endlich sieht Eric mir in die Augen und wackelt mit den Augenbrauen. »Ich habe vor, das heute zu ändern.«

Langsam, aber sicher fangen meine Wangen an zu brennen. »Okay.«

»Aber später. Kein Druck.« Er sagt das so lässig, als spräche er über das Wetter, und ich kann einfach nicht anders, als wieder zu lachen.

»Ich will ein Geheimnis von dir erfahren«, erkläre ich ihm.

»Warum?« Er mustert mich misstrauisch.

»Ich bin die Hüterin der Geheimnisse in unserer Familie. Geheimnisse sind mein Geschäft.«

Eric lehnt sich zurück und mustert mich. »Ich werde darüber nachdenken. Wenn dein Hunger gestillt ist, lass uns schwimmen gehen. Ich habe sogar Taucherbrillen zum Schnorcheln mitgebracht.« Er versenkt eine Hand tief im Picknickkorb, zieht zwei Taucherbrillen heraus und legt sie auf den Bootsrand. »Das Wasser hier ist unglaublich klar. Man kann die Fische sehen und sogar ein oder zwei Korallen.«

»Ich habe keinen Badeanzug dabei«, erkläre ich, obwohl er das natürlich wissen muss.

»Ich durfte es dir nicht sagen, sonst wäre es keine Überraschung gewesen. Du könntest nackt baden gehen.«

Ich verschränke die Arme vor der Brust und tippe mit dem Fuß auf den Boden. »Das ist ein ziemlich unanständiger Vorschlag für ein Kein-Date.«

»Ich habe vermutet, dass du etwas in der Art sagen würdest, also habe ich einen Bikini für dich gekauft.«

Erneut schiebt er seine Hand in den Korb und zieht einen hellgelben Bikini heraus.

»Eindrucksvoll«, gebe ich zu. »Was wirst du noch aus dem Korb zaubern? Ein weißes Kaninchen?«

*Kondome*, schlägt meine schmutzige Fantasie vor. Dem vielsagenden Blick zufolge, den Eric mir zuwirft, weiß er genau, was ich gerade denke. Errötend nehme ich ihm den Bikini ab und schaue aufs Etikett.

»Hat Alice dir meine Größe verraten?«

»Du beleidigst mich. Das konnte ich allein abschätzen. Heute ist ja nicht das erste Mal, dass ich dich genauer angeschaut habe.«

Und siehe, die Röte kehrt zurück. Diesmal brennt sogar mein Hals. Eric mustert meine Reaktion mit tiefer Zufriedenheit. Ich lecke mir über die Lippen, wobei ich stur seinen Blick erwidere, bis es einfach zu viel wird.

»In Ordnung«, sage ich. »Ziehst du dich um?«

»Sicher. Sobald du es auch tust.«

»Dreh dich um, damit ich den Bikini anziehen kann. Ich erweise dir dieselbe Höflichkeit.«

Er tut, worum ich ihn gebeten habe. Eilig schlüpfe ich in den Bikini, wobei ich halb damit rechne, dass er zu mir kommt und mich küsst. Nur dass er es nicht tut. Ich kann mich nicht entscheiden, ob er mich auf die Folter spannen will oder einfach ein Gentleman ist.

»Fertig«, verkünde ich.

Gleichzeitig wenden wir uns einander wieder zu. Erics Blick ist so stechend, dass meine Knie weich werden. Seine Augen wandern in offensichtlichem Verlangen über meinen Körper. Dieser Mann will mich, und allein dieses Wissen lässt mich erschaudern.

»Nach dir«, sagt er mit tiefer Stimme, als er auf die kleine Metallleiter am Rand des Bootes zeigt.

Ich gehe an ihm vorbei, in der festen Absicht, ins Wasser zu steigen … doch dann stolpere ich über meine eigenen Füße und umklammere Erics Arme, um mich zu fangen. Ungeschickt richte ich mich wieder auf, wobei mein Busen an seiner Brust entlanggleitet. Ich stöhne auf, und Eric schnappt nach Luft. Gleichzeitig verlieren wir jede Selbstbeherrschung.

Eric berührt meine Wange mit der Hand und zieht mich so nahe an sich, dass unsere Nasen sich fast berühren. Dann fängt er meinen Mund in einem wilden Kuss ein. Gierig erkundet seine Zunge meinen Mund, während er gleichzeitig die eine Hand in meinem Haar vergräbt. Die andere findet meine Taille und drückt mich an sich. Ich fühle seinen Herzschlag, heftig und schnell. Und ich spüre noch etwas anderes – seine harte, heiße Erektion an meinem Bauch. Sofort werde ich zu Wachs in seinen Händen. Getrieben von blindem Verlangen, dränge ich mich ihm entgegen. Eric vergräbt seine Nägel in meiner Haut und umfasst mit beiden Händen meinen Hintern, um sich noch enger an mich zu pressen.

»Ich will dich so sehr, dass es wehtut«, sagt er, als wir uns voneinander lösen, um zu Atem zu kommen. Dann finden sich unsere Lippen erneut. Verloren in dem Kuss, bemerke ich kaum, dass wir uns nach hinten bewegen. Als wir die Couch erreichen, fallen wir förmlich darauf, dann höre ich ein Kratzen, gefolgt von einem *Platsch*. Ich ziehe mich zurück und sehe mich um.

»Die Taucherbrillen sind ins Wasser gefallen«, stelle ich fest.

»Das ist mir vollkommen egal«, sagt Eric. »Ich will dich.« Er drückt seine Stirn an meine, und sein Atem ist heiß auf meinen Lippen. »Nur du interessierst mich.«

Erneut erobert er meinen Mund. Zuerst lässt er seine

Zunge über meine Lippen gleiten, was einen heißen Stich zwischen meine Schenkel jagt. Als er mich voller Leidenschaft noch intensiver küsst, erfüllt mich eine solche Erregung, dass ich kaum noch weiß, wo oben und unten ist.

»Ich werde niemals genug von deinen Lippen bekommen. Du schmeckst so gut.«

Er schiebt meine Knie auseinander und drängt ein Bein dazwischen. Ich lehne mich zurück, sodass ich auf die Ellbogen gestützt auf der Couch ruhe. Eric liebkost die Innenseite eines Schenkels, dann gleitet sein Finger über den Stoff meines Bikinis. Stöhnend zittere ich unter seiner Berührung.

»Du bist unglaublich feucht«, flüstert er.

Ich lecke mir über die Unterlippe und hole tief Luft. »Ich will dich.«

Erneut streichelt er mich, und ich dränge mich seinen Fingern ohne Scham entgegen.

»Du gieriges Mädchen.«

»Mehr, Eric. Ich brauche mehr. Ich brauche alles. Jetzt!«

Er hält mit seinen Liebkosungen inne und schiebt sich mit brennendem Blick über mich. Seine Brust zittert leicht, als könnte er sich nur schwer davon abhalten, mich einfach so zu nehmen.

»Ich habe keine Kondome dabei«, sagt er.

»Was?!«, kreische ich fassungslos. »Warum?«

»So wird man nicht in Versuchung geführt. Ich wollte bei dir nichts überstürzen.« Er lässt seine Finger sanft über meine Wange gleiten, dann sagt er: »Ich will, dass du bereit bist und mir vollkommen vertraust, wenn wir uns lieben. Du hast viel durchgemacht, und ich will, dass du dir absolut sicher bist.«

Die Gefühle schnüren mir die Kehle zu, und ich weiß, dass er versteht, wie viel mir seine Worte bedeuten. Doch ich kann meine Dankbarkeit nur zeigen, indem ich mich vorlehne und seine Lippen mit meinen berühre. Erneut küsst er mich.

Zuerst ist der Kuss zärtlich, doch schnell bricht sich die Leidenschaft Bahn.

»Ich habe ein Problem«, flüstere ich und lächle, ohne meine Lippen von seinen zu entfernen. »Mein Körper interessiert sich nicht für Argumente.«

Eric lacht leise. »Ich werde dir geben, was du brauchst, und es wird so gut werden, dass du dich tagelang daran erinnerst.«

Die Verheißung in seiner Stimme jagt eine neue Hitzewelle durch meinen Körper. Er richtet sich auf und zieht mir unendlich langsam den Bikini aus – Ober- wie Unterteil.

»Du bist rasiert.« Seine Worte klingen eher wie ein Stöhnen.

»Nur für dich«, sage ich mit einem koketten Grinsen.

Eric richtet seinen Blick auf meine Brüste, dann nimmt er eine harte Brustwarze in seinen Mund und liebkost sie mit der Zunge, bis ich fast wahnsinnig werde. Anschließend wendet er sich der anderen Brust zu und verwöhnt auch sie. Er folgt den Konturen meines Busens mit der Zunge. Fast ohne mein Zutun hebt sich meine Hüfte ihm entgegen. Ich bin so erregt, dass ich nicht klar denken kann. Als er seine Lippen erneut um eine Brustwarze schließt, während er die andere mit den Fingern verwöhnt, komme ich fast. Kann man allein durch Vorspiel kommen? In diesem Moment scheint mir alles möglich. Die Empfindungen sind so überwältigend, dass ich gleich in Flammen aufgehe.

»Ich will dich hier küssen, Pippa.« Eric schiebt meine Beine auseinander und berührt mich mit der Hand.

Bei seinen Worten drängt sich ihm mein Körper entgegen. »Tu es.« Ich lecke mir die Lippen, als er sich nach unten beugt, bis sein Mund nur Zentimeter über meiner Mitte schwebt. Ohne zu zögern, lege ich ein Bein über seine Schulter, um ihm den Zugang zu erleichtern.

»Resolut«, murmelt er. »Gefällt mir. Schau dich an, wie feucht du bist.«

»Du redest zu viel«, ziehe ich ihn auf, doch meine Stimme wackelt. »Leck mich!«

Er lässt seine Finger über meine Schamlippen gleiten, wobei er bewusst vermeidet, meine Klitoris zu berühren. Ich winde mich und zittere, während meine Muskeln sich anspannen. Dann schnappe ich nach Luft, als er den Kopf senkt und mir einen Kuss direkt auf meine intimste Stelle drückt.

»Eric.« Ich stöhne seinen Namen und vergrabe eine Hand in seinem Haar. Dieser Mann ist wirklich ein Zauberer mit der Zunge. Ich bin so erregt, dass ich wahrscheinlich schon in einer Minute kommen werde. Wieder und wieder umkreist er meine Klit mit der Zunge und treibt mich so in den Wahnsinn. Gleichzeitig schiebt er einen Finger in mich. Keuchend verkrampfe ich mich um ihn. Ich spüre Schweiß meine Schläfe entlangrinnen, als er einen zweiten Finger in mich schiebt. Jeder Nerv in meinem Körper brennt vor gespannter Erwartung, und mein Verlangen ist atemberaubend. Eric bewegt langsam seine Finger, dann krümmt er sie in einer Geste, die mich erschüttert. Ich bin nah … so nah davor. Plötzlich zieht er seine Finger zurück und lässt mich einfach so liegen.

»Nein«, protestiere ich. »Was … oh!«

Eric pustet sanft auf meine Schamlippen. Als die kühle Luft auf die Feuchtigkeit trifft, balle ich die Hände zu Fäusten.

»Ich liebe es, dich so zu sehen«, murmelt er. »So wild und heiß.«

Eric überrascht mich mit einem Stöhnen. Erst da bemerke ich, dass er eine Hand in seine Badehose geschoben hat und sie langsam bewegt. *O Mann.* Zu beobachten, wie er sich selbst berührt, während er mich mit dem Mund verwöhnt, stellt seltsame Dinge mit mir an.

Er leckt einmal langsam über die gesamte Länge meiner Vulva. Jede Berührung seiner Zunge bringt mich dem Höhepunkt näher. Ich reite auf der Welle aus Vergnügen, bis jeder Zentimeter meiner Haut in Flammen steht. Dann überwältigt mich der Orgasmus. Ich stöhne und winde mich, Erics Namen auf meinen Lippen. Er legt sich neben mich auf die Couch und drückt mir eine Hand auf die Brust, die sich in schweren Atemzügen hebt und senkt.

»Du bist so wunderschön, wenn du kommst«, flüstert er mir ins Ohr.

Ich kuschle mich an ihn, weil ich die Wärme seines Körpers brauche, und spüre seine Erektion an meiner Hüfte.

»Er ist glücklich«, necke ich ihn.

»Ja, ist er.«

»Ich will ihn noch glücklicher machen«, verkünde ich.

»Schlechte Idee«, meint Eric leise. »Dann will ich dich nur noch mehr.«

Mit einem Schmollmund sehe ich auf seine Badehose hinunter. »Wenn du meinst.«

»Hör auf, den Mund so zu verziehen, oder ich stelle mir diese fantastischen Lippen an einer anderen Stelle vor.«

»Deine Entscheidung.«

»Komm her.« Er zieht mich in eine liebevolle Umarmung.

»Du kuschelst lieber, als zu kommen? Du bist ein seltsamer Mann.«

»Ich will dich berühren.« Er umfasst mit fester Hand eine meiner Pobacken. »Ich bin Opportunist.«

Ich zwicke ihn in die Schulter. Wir können die Finger nicht voneinander lassen, und ich bin verrückt danach.

»Ich liebe dein Lächeln«, sagt Eric. »Du wirkst so glücklich.«

»Das bin ich. Ich wünschte, wir könnten das gesamte Wochenende so verbringen.« Ich lasse meinen Kopf auf seine Brust sinken und ziehe mit einer Fingerspitze Kreise um seinen Nabel.

»Pippa.« Sein Ton ist plötzlich so ernst, dass mir ganz schwer ums Herz wird.

»Ja?«, flüstere ich.

»Ich verbringe gern Zeit mit dir, aber ich muss ehrlich sein. Ich weiß nicht, wie viel ich dir geben kann.«

»Wieso finden wir es nicht gemeinsam heraus?«

Er nimmt meine Hand und drückt mir einen Kuss auf die Innenseite. »Ich weiß nicht, wo das hinführen wird, und ich bin mir sehr bewusst, dass ich in weniger als zwei Monaten nach Boston zurückkehren werde. Aber ich möchte, dass wir alle Möglichkeiten ausschöpfen, solange ich hier bin.«

»Prima.« Ich ignoriere, dass mein Herz sich verkrampft, als Eric seine Abreise erwähnt. Ich habe keine Angst davor, ihm meinen Körper zu offenbaren, doch ich fürchte mich davor, ihm mein Herz zu schenken. Ich hebe den Kopf, um ihn anzusehen und sein unglaublich attraktives Gesicht zu mustern. »Ich werde dir beim Ausschöpfen helfen.«

Er zieht mich enger an sich und drückt mir einen Kuss auf den Hals. »Es macht solchen Spaß, mit dir zusammen zu sein. Es macht süchtig.«

»Das hoffe ich.«

Ich hebe die Arme über den Kopf und strecke mich wie eine Katze. Sofort lässt Eric seine Fingerspitzen über die Innenseite meiner Arme gleiten.

»Nanana, nichts da!« Ich kreische die Worte förmlich und zucke zusammen.

Er grinst diabolisch. »Also bist du kitzelig. Das ist eine sehr wichtige Information.«

»Warum?«

»Sie lässt sich gegen dich verwenden.«

Ich stehe auf und beäuge ihn misstrauisch, während er meinem Beispiel folgt. »Halte deine Hände ja so, dass ich sie sehen kann. Ich vertraue dir nicht.«

Lachend hebt er mir die Handflächen hin. »Gerade eben hast du mir sehr wohl vertraut.«

»Andere Umstände«, schieße ich zurück. »Mich kitzeln kommt nicht infrage. Ein Orgasmus dagegen? Jederzeit.«

»Zur Kenntnis genommen.«

»Also, nachdem wir schon hier sind, wieso schnorcheln wir nicht wirklich ein bisschen?«, schlage ich vor. »Außer natürlich, du möchtest über die Möglichkeit weiterer Orgasmen reden.«

Eric tritt vor und streicht mir eine Strähne aus dem Gesicht. »Auf keinen Fall. Wenn ich dich noch einmal beim Höhepunkt beobachte, kann ich mich nicht länger zurückhalten. Meine Selbstbeherrschung ist in deiner Umgebung keinen Pfifferling wert.«

»Dann schnorcheln wir.« Ich schaue ans Ufer und zu den steil ins Wasser abfallenden Felsen. »Ich glaube, da drüben ist eine Höhle. Wollen wir da hinschwimmen?«

Eric reibt sich nachdenklich das Kinn. »Nein. Hier ist das Geheimnis, nach dem du vorhin gefragt hast. Ich mag keine Höhlen. Sie sind dunkel, unheimlich und jagen mir eine Heidenangst ein.«

»Wow … Ich hätte nicht gedacht, dass du dich vor irgendetwas fürchtest. Du bist so groß und stark.«

»Viele Dinge machen mir Angst. Enge Räume, Schlangen … die Vorstellung, jemanden zu verlieren, den ich liebe.« Beim letzten Satz verblasst sein Lächeln. »Ich bin auch nur ein Mensch.«

»Ich habe noch nie jemanden getroffen, der so offen ist wie

du.« Ich deute ins Wasser. »Dann keine Höhle. Lass uns einfach hier schnorcheln.«

Erst als ich zur Leiter gehe, fällt mir wieder ein, dass wir bei unserem leidenschaftlichen Kuss die Taucherbrillen im Meer versenkt haben.

»O nein«, stöhne ich und schaue über die Reling. Eric scheint zu verstehen, wonach ich Ausschau halte, denn er schließt sich mir bei der Suche an.

»Die Strömung hat sie mitgenommen. Ich kann sie nirgendwo entdecken.«

»Noch mehr Plastik im Meer. Das war sehr unverantwortlich von uns.«

»Dann lass uns wenigstens schwimmen gehen.«

Wir bleiben lange Zeit im Wasser, schwimmen, bespritzen uns gegenseitig und berühren uns bei jeder Gelegenheit. Bevor die Sonne untergeht, klettern wir wieder ins Boot, ziehen uns an und fahren zurück zum Hafen. Während wir zum Auto gehen, halten wir Händchen, und als Eric meine Finger loslässt, spüre ich, wie mein Herz schwer wird.

Im Herbst werde ich ihn ganz loslassen müssen.

# 13 Pippa

Die nächsten paar Tage kommen mir wie ein Traum vor. Eric und ich sehen uns nicht oft, aber wir schreiben uns Nachrichten und telefonieren, wann immer sich die Gelegenheit ergibt. Ich zähle die Tage – und Stunden –, bis wir wieder zusammen sind, was morgen Abend der Fall sein sollte. Allein beim Gedanken daran bin ich schon ganz aufgeregt.

Es ist spätabends, und ich bin zu Hause, als mein Telefon klingelt. *Max.*

»Hi, Brüderchen.«

»Wo bist du?«, fragt er. Sein ernster Tonfall macht mich sofort nervös.

»Zu Hause. Was ist los?«

»Dad hatte einen Unfall.«

Ich keuche, wobei mir gleichzeitig ein kalter Schauder über den Rücken läuft. »Was ist passiert? Geht es ihm gut?«

»Er hat den Handwerkern geholfen, die die Farm renovieren, und ist dabei vom Dach gefallen.«

»O mein Gott.« Ich versuche, mich zu beruhigen, indem ich tief durchatme, doch irgendwie kommt keine Luft in meiner Lunge an.

»Sie haben ihn ins San Francisco General gebracht. Er hat sich mehrere Rippen gebrochen, ein Lungenflügel ist kollabiert, und das Kreuzband im Knie ist gerissen.«

»Aber ein kollabierter Lungenflügel kann gewöhnlich mit einer Thoraxdrainage behandelt werden, und gerissene Kreuzbänder werden nicht in der Notaufnahme behandelt.«

Max wartet kurz, bevor er sagt: »Das stimmt, aber anscheinend hat die Lunge schlimmere Schäden davongetragen.«

Es dauert ein paar Sekunden, bevor ich wieder sprechen kann. »Ich werde so schnell wie möglich kommen.«

»Ich hole dich in zehn Minuten ab. Ich will nicht, dass du im Moment allein bist.«

»Dank dir.«

Ich hätte ein Taxi nehmen können, aber ich weiß die Weitsicht meines Bruders zu schätzen. Mit klopfendem Herzen sammle ich meine Sachen ein und verlasse das Haus. Mein Puls rast so heftig, dass ich schon fürchte, ich müsste mich übergeben. In den paar Minuten, die ich auf Max warten muss, schaffe ich es, mich mit meinen Horrorszenarien in eine totale Angststarre zu versetzen. Dann versuche ich, Vernunft walten zu lassen. Die Verletzungen, die Max aufgezählt hat, sind alle behandelbar, wenn auch schlimm.

*Aber Dad ist nicht mehr jung. Eine Operation in seinem Alter ist nicht ungefährlich.*

Max ist weiß wie die Wand, als ich zu ihm ins Auto steige.

»Irgendwelche Neuigkeiten?«, frage ich, sobald er anfährt.

»Nein.« Er seufzt.

»Was ist?«

»Ich hätte bei ihm auf der Ranch bleiben sollen.«

»Was?«

»Ich war letztes Wochenende dort, um zu helfen. Er hat sich überarbeitet.«

»Du meinst also, er war wie immer«, sage ich so gefasst wie möglich, in dem Versuch, meinen Bruder zu beruhigen. »Mach dir keine Vorwürfe, okay? Dad ist stur wie ein Esel. Selbst wenn du geblieben wärst, hättest du ihn nicht davon abhalten können, zu tun, was ihm gefällt.«

Max nickt, wirkt allerdings nicht überzeugt. Den Rest der Fahrt verbringen wir schweigend. Ich versuche mir zu sagen, dass Panik keine Lösung ist. Fast gelingt es mir. Doch als ich kurze Zeit später das Krankenhaus betrete, überschwemmt mich eine Welle von Gefühlen. Ich schwanke, weil mir plötzlich unglaublich schlecht ist.

Max mustert mich besorgt, aber irgendwie gelingt es mir, ihm ein aufmunterndes Lächeln zu schenken.

Als wir in den Lift treten, sammeln sich Tränen in meinen Augen. Ich wische sie weg und hoffe inständig, dass Max nichts bemerkt hat. Ich darf nicht weinen. Ich werde später weinen – wenn ich allein bin. Meine Familie darf mich so nicht sehen. Ich muss mich zusammenreißen.

Viel zu schnell öffnen sich die Lifttüren wieder. Ich zwinge mich dazu, einen Fuß vor den anderen zu setzen und weiterzugehen. Der Flur scheint mit jedem Schritt enger zu werden, als würden die Wände immer näher kommen. Mein Bruder geht hinter mir. Ich will tief durchatmen, doch stattdessen passiert das Gegenteil.

Das Wartezimmer ist klinisch weiß. Selbst die Luft riecht sauber. Streng und scharf, eine Mischung aus Medikamenten und desinfizierendem Alkohol, die dafür sorgt, dass sich mir die Nackenhaare aufstellen. Ich schmecke etwas Bitteres in meinem Mund, während ich versuche, den Geruch zu ignorieren. Ich hasse Krankenhäuser.

Mit jedem Atemzug scheint weniger Sauerstoff in meine Lunge zu dringen. Ich bleibe wie angewurzelt stehen, als ich meine Familie erblicke. Was ich sehe, brennt sich auf meine Netzhaut ein. Meine Mutter sitzt mit leerem Blick auf einem Stuhl. Alice hat einen Arm um sie gelegt, mit der anderen Hand umklammert sie ihr Handy. Summer sitzt neben Alice, die Knie an die Brust gezogen, die Nase gerötet. Meine kleine Schwester hat geweint. Sebastian und Logan stehen am Ende des Flurs. Sebastian lehnt an der Wand, die Arme vor der Brust verschränkt, während Logan vor ihm auf und ab tigert.

Erneut ergreift Angst Besitz von mir, als ich meine Familie so sehe. Dad wird operiert. *Mein Daddy.*

Ich weiß nicht, wo ich anfangen soll, wen ich zuerst trösten soll. Mom, die verlorener wirkt, als ich sie je zuvor gesehen habe? Oder Summer, deren Verzweiflung mir fast das Herz bricht?

Ich beschließe, zuerst mehr über die Lage herauszufinden, reiße mich zusammen und gehe den Flur entlang, direkt auf Sebastian zu.

»Wie geht es Dad?«

»Er wird gerade operiert«, antwortet er scheinbar ruhig. Auf einen Außenstehenden würde sein Tonfall vielleicht beruhigend wirken, aber ich kenne meinen Bruder. Das ist seine Notfall-Stimme, mit der er versucht, alle anderen davon abzuhalten, in Panik zu verfallen.

»Wie lange wird es dauern?« Meine Kehle ist wie zugeschnürt.

»Keine Ahnung«, antwortet Logan leise, der sich zu uns gesellt. »Anscheinend sind sie sich in Bezug auf das Ausmaß des Schadens nicht sicher. Lungen-OPs können eine Stunde dauern oder auch sechs.«

»Wir können nichts anderes tun als abwarten«, fährt Sebastian fort. Ich höre ihm an, dass ihn das unendlich frustriert. Mein Bruder ist niemand, der gern herumsitzt und wartet. Für Logan gilt dasselbe.

»Hat jemand Christopher Bescheid gesagt?«, frage ich.

»Ich habe mit ihm gesprochen«, antwortet Max, der in diesem Moment neben uns auftaucht. »Er hat sich bereits aus Hongkong auf den Weg gemacht.«

»Okay.« Ich reiße mich am Riemen. »Ich werde jetzt erst mal etwas zu essen für alle kaufen. Wasser, Sandwiches …«

»Nadine und Ava kümmern sich darum«, unterbricht mich Sebastian.

»Oh, toll. Das ist toll. Dann werde ich…« Meine Stimme erstirbt, als ich auf den Rest unserer Familie zeige. Ich muss meinen Brüdern nicht erklären, was ich vorhabe. Sebastian und ich konnten immer schon ausschließlich mit Blicken kommunizieren, und Logan hat diese nonverbale Kommunikation ebenfalls über die Jahre gelernt. Als das Trio der Ältesten war es unsere Pflicht, immer für die jüngeren Geschwister da zu sein. Und diesmal müssen wir – so, wie es aussieht – auch für Mom da sein.

»Mom und Summer waren auch auf der Ranch«, erklärt mir Max. »Sie sind im Krankenwagen mitgefahren.«

Was erklärt, wieso die beiden so viel tiefer getroffen wirken als der Rest von uns.

Ich beiße mir von innen in die Wange, gehe zu Summer und setze mich neben sie. Ohne ein Wort zu sagen, lässt meine Schwester ihren Kopf auf meine Schulter sinken, die Arme immer noch um die Knie geschlungen. Ein leises Schluchzen steigt aus ihrer Kehle auf. Ich umarme sie fest mit einem Arm, genau wie ich es getan habe, als sie noch ein Kleinkind war, das bei mir Trost suchte.

Ich vergesse oft, dass meine Schwester inzwischen eine erwachsene Frau ist, und jetzt ist wieder ein solcher Moment. In diesem Augenblick ist sie einfach nur meine Schwester – das Nesthäkchen der Familie –, und ich kann es nicht ertragen, sie weinen zu hören.

»Dad wird sich erholen. Die Ärzte hier sind fantastisch.« Obwohl ich die Worte nur flüstere, sehen Alice, Blake und Daniel mich an. Sie wollen mir glauben.

»Pippa«, flüstert Alice und deutet auf Mom. »Kannst du mal mit ihr reden? Sie hat kein Wort gesprochen, seitdem Dad…« Ihre Stimme bricht. »Seit er operiert wird.«

Ich nicke, dann tauschen Alice und ich die Plätze. Aus der Nähe betrachtet, wirkt Mom noch mitgenommener.

»Mom«, sage ich sanft, »willst du draußen einen kurzen Spaziergang mit mir machen?«

Mom antwortet nicht, und Alice wirft mir einen besorgten Blick zu.

»Mom?«, frage ich wieder.

Ganz langsam dreht sie sich zu mir um.

»Nein. Was, wenn der Arzt rauskommt und …«

»Die OP wird wahrscheinlich noch ein paar Stunden dauern. Komm. Lass uns gehen.«

»Nicht nach draußen«, flüstert Mom. »Das ist zu weit.«

»In Ordnung.«

Wir besuchen die Cafeteria im sechsten Stock. Ich setze meine Mutter an einem Tisch ab, bevor ich ihr einen Tee holen gehe. In der kurzen Zeit, die ich weg bin, wird Moms Blick wieder leer. Ich drücke ihr den heißen Tee in die Hände und suche nach den richtigen Worten, um sie zu beruhigen.

»Ich habe Angst, dass er sterben wird«, sagt sie plötzlich, und ihre Worte rauben mir den Atem. »Ich weiß nicht, was ich tun soll, wenn er …«

»Mom«, unterbreche ich sie, weil ich es nicht ertrage, wenn sie es noch mal sagt. »Bitte dreh jetzt nicht durch. Du bist die stärkste Person, die ich kenne.«

Ihre einzige Antwort ist ein Schluchzen.

Ich umarme sie fest. »Alles wird gut werden, Mom.« Ich weiß, dass das lahm klingt, aber ich weiß nicht, was ich sonst sagen soll. Ich kann meine Geschwister trösten, aber Mom war immer mein Fels in der Brandung. Sie so tief erschüttert zu sehen sorgt dafür, dass ich selbst in Tränen ausbrechen will.

Ich bringe sie dazu, ihren Tee zu trinken, und nachdem die Tasse leer ist, wirkt sie wieder mehr wie sie selbst. Sie sieht mich an und fragt: »Wie geht es dir, Kind?«

*Ich habe Angst*, lautet die Antwort, die ich geben will, doch ich fürchte, dass Mom dann wieder zusammenbricht. Also entscheide ich mich stattdessen für: »Ich bin guter Dinge. Dad ist eine Kämpfernatur. Er wird das überstehen und uns schon in einer Woche erzählen, dass er das Haus allein fertigrenovieren will.«

»Darauf wette ich. Ich werde diesem sturen alten Esel ein paar Takte erzählen, sobald er aus dem OP kommt.«

Ich lächle, und Mom legt ihre Hand auf meine und drückt meine Finger.

***

Als wir zu den anderen zurückkehren, haben sich Ava und Nadine meinen Geschwistern angeschlossen. Ich nehme das Sandwich, das Nadine mir gibt, und setze mich neben Blake. Ein seltsamer Druck baut sich in meiner Brust auf, also ziehe ich wie Summer die Knie an, in der Hoffnung, das unangenehme Gefühl auf diese Art verdrängen zu können. Das Warten bringt mich fast um.

Gott sei Dank gibt es Ava und Nadine. Sie laufen herum und sorgen dafür, dass es allen gut geht. Nach einer Weile gibt es allerdings nichts mehr für sie zu tun, also setzen sie sich zu uns und warten. Sebastian kauert neben mir, Ava ist neben ihm. Sie halten Händchen.

Mein Blick gleitet von ihren verschlungenen Fingern zum Gesicht meines Bruders, und seine Miene überrascht mich. Sebastian ist der Meister des Pokerface. Er ist so gut darin, seine Gefühle zu verbergen, dass selbst ich ihn manchmal nicht durchschauen kann. Aber im Moment versteckt er nichts, und das Gefühl, das ihm ins Gesicht geschrieben steht, ist unverkennbar: Angst.

»Pippa, ich habe ganz vergessen, es dir zu sagen«, meint

Alice eine Stunde später. »Dein Telefon hat gepiept, während du mit Mom unterwegs warst.« Sie reicht mir meine Tasche.

Ich ziehe mein Handy heraus und finde ein paar Nachrichten von Eric.

Ruf mich an, wenn du *aus* dem Büro raus bist. — Eric

Arbeitest du noch?
Du bist ein schlimmerer Workaholic als ich. — Eric

Ich fange an, mir Sorgen zu machen.
Ist alles in Ordnung? — Eric

Um Himmels willen, schreib mir,
oder ich rufe die Polizei an. — Eric

Es folgen noch zwei weitere Nachrichten, aber ich lese sie nicht mehr, sondern antworte eilig.

Pippa — Wir sind im San Francisco General.
Dad hatte einen Unfall und wird gerade operiert.
Ich rufe dich später an.

Ich stecke mein Handy wieder in die Tasche und umklammere erneut meine Knie, wobei ich mich leicht vor und zurück wiege. Angsterfülltes Schweigen breitet sich erneut zwischen uns aus, unterbrochen nur von Summers leisem Schluchzen. Meine eigenen Schluchzer stecken in meiner Kehle fest, und ich weigere mich, sie herauszulassen. Denn wenn ich schon nicht die richtigen Worte finde, um meine Familie zu beruhigen, dann ist das Mindeste, was ich tun kann, nicht vor ihnen zusammenzubrechen.

Ich habe keine Ahnung, wie viel Zeit vergeht, bis ich Alice sagen höre: »Eric.«

Ich reiße den Kopf herum und springe von meinem Stuhl, um zu ihm zu laufen.

»Was tust du hier?«, flüstere ich.

Er nimmt meine Hände und zieht mich ein Stück von den anderen weg. »Wie geht es deinem Dad?«

»Wir wissen noch nichts. Er wird operiert.«

»Wie geht es dir?«

»Gut.« Meine Stimme bricht selbst bei diesem einen Wort, also presse ich die Lippen aufeinander. Meine Finger in Erics Händen zittern.

»Ich werde Pippa kurz mal nach unten bringen. Sie sollte frische Luft schnappen«, ruft er der Gruppe zu. »Braucht noch jemand was?«

Die anderen schütteln den Kopf, und bevor ich weiß, wie mir geschieht, führt Eric mich in den Aufzug, ohne meine Hand loszulassen. Ich bin zu müde, um irgendwas zu hinterfragen, und vielleicht ist es ja tatsächlich eine gute Idee, mal vor die Tür zu gehen. Der Kloß in meiner Kehle droht mich zu ersticken.

Schweigend fahren wir nach unten. Eric schiebt sich näher an mich heran, schlingt einen Arm um meine Taille und hält mich fest, als er mich aus dem Gebäude führt. Die Luft draußen ist warm und drückend, aber sie beruhigt mich. Ich habe das Gefühl, zum ersten Mal seit Stunden richtig durchatmen zu können.

»Besser?«, fragt Eric.

Ich nicke.

»Wirst du mir jetzt sagen, wie es dir wirklich geht?« Er sieht mir tief in die Augen, und die Sorge, die ich in seinem Blick erkenne, ist der Tropfen, der das Fass zum Überlaufen bringt. Ich fange an zu weinen. Na ja, ehrlich gesagt, heule ich richtig, mit Schluchzen und zuckenden Schultern und allem.

»Ich habe solche Angst«, presse ich hervor.

Eric umarmt mich fest, und ich weine unkontrolliert an seiner Brust.

»Ich habe niemals zuvor solche Angst gehabt. Ich will keine Angst haben.« Ich verliere mich in seiner Umarmung, ziehe Stärke aus seinem Halt.

»Schhh... Beruhig dich, Liebling. Es ist okay, Angst zu haben. Es ist auch okay, sie zu zeigen. Du musst nicht immer alles unterdrücken.«

Ich löse mich aus seiner Umarmung, um mir die Handfläche auf die Augen zu drücken, in der Hoffnung, so den Tränenfluss aufzuhalten.

»Sind meine Augen rot?«, frage ich Eric, sobald ich die Arme wieder sinken lasse.

»Ja. Und deine Nase auch.«

»O nein«, stöhne ich. »Alle werden sehen, dass ich geweint habe.«

»Und so sollte es auch sein.« Er umfasst sanft mein Gesicht. »Du musst nicht immer deine starke Seite zeigen... auch wenn du die älteste Schwester bist.«

»Hey«, ermahne ich ihn. »Ich bin die Menschenkennerin hier. Hör auf, mich zu analysieren.«

»Wieso? Weil ich recht habe?« Sein Mund verzieht sich zu meinem Lieblingsgrinsen. »Von einem Menschenkenner zum anderen: Du wirst irgendwann daran zerbrechen, wenn du immer alle Gefühle unterdrückst. Du hast eine große Familie. Lass dich auch mal von ihnen trösten, Rudolph.«

Und damit küsst er meine Nasenspitze.

»Kennst du die Namen aller Rentiere?«, ziehe ich ihn auf.

»So was passiert, wenn man seiner Tochter bei der Vorbereitung auf Weihnachts-Theaterstücke hilft. Du hast keine

Vorstellung, was ich alles weiß. Und jetzt lass uns das Thema wechseln, bevor du jeglichen Respekt vor mir verlierst.«

Ich lache, obwohl ich niemals gedacht hätte, dass ich unter diesen Umständen dazu fähig wäre.

»Danke, dass du mich aufheiterst.«

Jetzt, wo ich mich ausgeheult habe, kann ich mich auf Eric konzentrieren. Er trägt einen dunkelblauen Anzug mit weißem Hemd und strahlt eine solche Menge an Männlichkeit aus, dass es verboten gehört. Aber er wirkt auch müde, und trotzdem hat er sich die Mühe gemacht, hierherzukommen.

»Es bedeutet mir eine Menge, dass du vorbeigeschaut hast.«

»Vorbeigeschaut? Du willst mich wieder wegschicken? O nein, Süße. Ich bleibe hier.«

»Was?«

»Du hast mich gehört.«

»Du musst nicht bleiben«, beharre ich.

»Ich will aber. Ich bin für dich da. Alles, was du brauchst. Du willst dich immer um die anderen kümmern, und ich will mich um dich kümmern.«

Mit einem Kopfschütteln straffe ich die Schultern. »Ich brauche niemanden. Ich kann auf mich selbst aufpassen.«

»Ich bitte dich nicht um deine Erlaubnis. Ich will für dich da sein, und das werde ich auch. Egal, was du sagst, ich bleibe hier.«

»Was ist mit Julie?«

»Sie schläft, und Ms Blackwell ist bei ihr.«

»Eric …«

»Du musst gar nicht weiter diskutieren. Ich bleibe hier.«

»Du bist herrisch.«

»Du ahnst nicht, wie recht du hast.«

Erneut zieht er mich in seine Arme, und ich gestatte mir, mich von seiner Wärme und Stärke beruhigen zu lassen. Ich versinke in Erics Umarmung und widerspreche nicht weiter, weil ich ihn, wenn ich ehrlich bin, bei mir haben will. Ich will, dass er bleibt … und das macht mir Angst, weil ich ihn schon bald gehen lassen muss.

Als wir nach oben zurückkommen, erklärt mir Sebastian, dass es nichts Neues gibt. Aber als Eric und ich die nächsten Stunden nebeneinandersitzen, unsere Finger ineinander verschränkt, werde ich das Gefühl nicht los, dass die Aussage meines Bruders nicht ganz der Wahrheit entspricht.

Genau um ein Uhr morgens kommt der Chirurg aus dem OP. Er teilt uns mit, dass die Operation gut verlaufen sei, Dad aber heute Nacht auf der Intensivstation bleiben müsse. Morgen werde er in ein normales Zimmer verlegt. Mein Dad scheint stabil, aber sie müssen ihn die Nacht über noch im Auge behalten.

»Wir rechnen damit, dass er sich gut erholt«, beendet der Arzt müde seine Ausführungen.

Fast gleichzeitig atmen wir auf.

»Danke«, sagt Mom, während Alice und Summer sie umarmen.

»Es ist nicht nötig, dass Sie über Nacht hierbleiben. Sie dürfen ihn heute sowieso nicht mehr sehen«, fügt der Arzt hinzu, bevor er verschwindet.

Alle, inklusive meiner Wenigkeit, murmeln etwas in der Art, dass sie natürlich bleiben würden, bis Mom verkündet: »Quatsch! Ich bin seine Ehefrau. Ich werde hierbleiben, für den Fall, dass es etwas Neues gibt. Einer von euch kann mir Gesellschaft leisten, aber mehr nicht. Wir können uns abwechseln.«

Sebastian und Logan protestieren, doch ich lächle, froh, dass Mom wieder die Alte ist. Am Ende bleiben Alice und Mom im Krankenhaus. Die beiden werfen den Rest von uns förmlich raus.

»Ich werde dich nach Hause bringen«, erklärt mir Eric.

Ich lächle fast amüsiert. »Ich bin mit Max hergekommen. Was hättest du gemacht, wenn ich in meinem eigenen Auto hergefahren wäre?

Er zuckt mit den Achseln. »Ich hätte dich nicht fahren lassen.«

»Ich habe meine Meinung geändert. Du bist nicht nur herrisch. Du benimmst dich wie ein echter Höhlenmensch. Genau wie meine Brüder.«

»Es wäre nicht sicher, dich jetzt fahren zu lassen. Du bist zu müde.«

Ich bewege mich nicht, sondern mustere seine entschlossene Haltung, die in solchem Kontrast zu der Zärtlichkeit in seinem Blick steht. Als könnte er die Frage erkennen, die mir durch den Kopf geistert, tritt er vor mich und umfasst mein Gesicht mit den Händen.

»Ich schütze und achte, was mir gehört, und du gehörst mir, Pippa. Mir. Und jetzt lass uns gehen.«

***

Etwas später hält Eric vor dem Haus, in dem ich wohne, und ich seufze. Als hätte er mein Unbehagen gespürt, legt er seine Hand über meine.

»Wenn du nicht allein sein willst, sag es einfach. Ich werde mit dir nach oben kommen und auf der Couch schlafen.«

Sein Blick ist voller Verlangen, doch dahinter erkenne ich Sorge.

»Wieso die Couch? Glaubst du, dir würde mein Bett nicht gefallen?«, ziehe ich ihn auf.

»Ich habe nur versucht, ein Gentleman zu sein.«

»Lass uns nach oben gehen.«

Er nickt, und plötzlich ist da diese angespannte Atmosphäre zwischen uns. Wortlos steigen wir aus dem Auto und gehen ins Haus. Sobald wir den Lift betreten, wird die Anspannung noch größer, bis jeder Atemzug und jeder kurze Blick die Luft zwischen uns förmlich knistern lassen. Als ich die Wohnungstür aufschließe, wird die Anspannung fast unerträglich.

Kaum sind wir im Apartment, legt mir Eric eine Hand auf die Schulter. »Bist du dir sicher, dass du das willst?«

»Wo ist er?« Ich gebe vor, Eric zu durchsuchen, lasse meine Hände erst in seine Hosentaschen gleiten, dann in die Taschen seines Jacketts.

»Wer?«, fragt er verwirrt.

»Der Höhlenmensch. Im Moment wäre er mir lieber als der Gentleman.«

»Er steht direkt vor dir, bereit zum Angriff. Er ist immer da.«

Das schelmische Funkeln in seinen Augen verrät ihn. Eric ist freundlich und fürsorglich, aber hinter der Fassade lauert ein leidenschaftlicher, wilder Mann. Ich will alle seine Facetten kennenlernen und genießen, solange er Teil meines Lebens ist.

»Ich warne dich«, fährt er fort, »nach der heutigen Nacht werden deine Nachbarn meinen Namen kennen.«

Seine Worte jagen mir einen angenehmen Schauder über den Rücken, und ich frage neckend: »Deinen Vor- oder deinen Nachnamen?«

»Beide. Und du, Pippa Bennett … du wirst deinen eigenen Namen vergessen.«

»Gut.« Ich vergrabe meine Finger in seinem Hemd, um ihn näher an mich zu ziehen. »Genau das will ich. Alles vergessen.« Als mir klar wird, wie das klingen muss, füge ich hinzu: »Ich meine, ich habe nicht vor, dich zu benutzen …«

Er streicht mir sanft übers Haar. »Du kannst mich benutzen, so viel du willst, Süße. Auf welche Art auch immer, in welcher Stellung auch immer.«

Ich nehme seine Hand, führe ihn in mein Schlafzimmer und schalte die Nachttischlampe ein. Der Raum riecht nach Jasmin und Honig von den Duftkerzen, die ich hier gern anzünde. Ich nehme alles um mich herum überdeutlich wahr.

»Du klingst wie ein Yoga-Lehrer.« Ich boxe ihn spielerisch in die Schulter. Dann hauche ich: »Aber ich will Sex, keine Akrobatik.«

»Das ist mal eine klare Ansage.«

# 14 Eric

Mir platzt fast der Hosenstall. Ich will Pippa, jetzt sofort. Ich umfasse ihre Wangen mit meinen Händen und erobere hungrig ihren Mund. Jedes Mal, wenn ich sie küsse, wird sie weicher, anschmiegsamer. Ich umfasse ihre Taille und schiebe sie nach hinten, bis wir das Bett erreicht haben. Pippa lässt sich nach unten sinken und sieht zu mir auf.

Ich stemme ein Knie aufs Bett, dann beuge ich mich nach unten, bis mein Gesicht auf einer Höhe mit ihrem schwebt. »Du bist das Beste, was mir seit langer Zeit passiert ist, Pippa.«

Sie nickt und lächelt.

»Ich will dich nackt sehen.«

»Ebenso«, flüstert sie.

Ich pelle ihr innerhalb von Sekunden Kleid und Unterwäsche vom Körper, wobei ich mich dafür beglückwünsche, dass ich nichts zerreiße. Pippas Finger nesteln ungeduldig an den Knöpfen meines Hemdes herum. Als sie alle geöffnet hat, schiebt sie das Kleidungsstück über meine Arme nach unten. Meine Hose und die Boxershorts werfe ich selbst zur Seite, dann drücke ich Pippa auf die Matratze und lege mich neben ihr ins Bett. Ich vergrabe eine Hand in ihrem blonden Haar und ziehe ihren Kopf nach hinten, damit ich erst ihr Kinn küssen kann, bevor ich meine Liebkosungen langsam nach unten verlagere, über ihren Hals bis zu ihren Brüsten. Ich knete die weichen Hügel sanft, dann lasse ich meine Zunge über die Unterseite gleiten. Bald schon rutsche ich noch tiefer und lasse Küsse auf Pippas Nabel niederregnen. Sie lacht leise. Gott, ich liebe dieses

Geräusch! Ich würde alles geben, um diese Frau glücklich zu machen und dafür zu sorgen, dass niemand sie je wieder verletzt.

Ich necke eine ihrer wunderbaren Brustwarzen mit der Zunge, während ich gleichzeitig mit den Händen ihre Beine spreize. Ohne jede Scham zeigt sie sich mir, gibt sich mir preis. Verdammt, das ist so scharf. Ich schiebe meine Hände zwischen ihre Schenkel und lasse meine Finger über ihre feuchte Mitte gleiten. Gleichzeitig schließt Pippa die Hand um meine Erektion und liebkost mit dem Daumen die Spitze. Ich stöhne laut, und sie beißt mich leicht in die Schulter.

»Du bist so schön. Ich will jeden Zentimeter von dir küssen«, murmle ich.

*Aber ich verliere gleich die Selbstbeherrschung …*

Ich weiß, dass meine Stimme heiser klingen würde, spräche ich die Worte aus. Ich drücke Pippa einen keuschen Kuss auf die Lippen, bevor ich mich noch tiefer schiebe, um ihre Beine bis zu den Knöcheln zu küssen. Zufrieden bemerke ich, dass sie die Zehen verkrampft. Ich erhebe mich auf die Knie und gönne mir einen Moment, um Pippas Körper zu bewundern. Sie liegt auf dem Rücken, und das feuchte Glitzern zwischen ihren Beinen verrät mir, dass sie bereit für mich ist. Ich schnappe mir auf der Suche nach meinem Geldbeutel meine Hose, die neben dem Bett liegt, und ziehe ein Kondom heraus.

»Ich habe auch welche gekauft.«

Noch während ich das Kondom überstreife, hebt Pippa mir ihre Hüften entgegen.

»Nicht so schnell.« Ich packe ihre Hüften und drücke sie aufs Bett zurück. »Ich bin noch nicht damit fertig, dich zu reizen.«

»Das ist nicht fair«, flüstert sie.

»Ich mag es, dich so zu sehen. Ungeduldig.«

Es kostet mich meine gesamte Kraft und Selbstbeherrschung, die Spitze meiner Erektion an ihre Schamlippen zu führen, um Pippa auf diese Art zu verwöhnen, während sie sich stöhnend unter mir windet.

»Eric.« Sie schließt die Augen und drückt den Rücken durch.

Als ich mit der Spitze meines Penis leicht auf ihre Klitoris klopfe, keucht sie auf, und ich fühle, wie ein Beben ihren Körper ergreift. Sie verkrampft sich und schließt die Beine auf eine Art um mich, die meine primitivsten Instinkte anspricht. Unfähig, ihr noch länger zu widerstehen, stemme ich mich auf einem Arm auf und vergrabe mich in ihr.

»Pippa.« Ich beiße die Zähne zusammen, weil mich das Gefühl fast überwältigt. Sie ist so eng.

Pippa klammert sich an meinen Armen fest, als bräuchte sie den Halt, den ich ihr biete. Ich beobachte sie die ganze Zeit über. Ich glaube nicht, dass ich je müde werde, sie zu beobachten. Ich will alles herausfinden, was sie mag, alles, was ihr Vergnügen bereitet … um es ihr dann zu geben.

Pippa wirft den Kopf in den Nacken, als ich mich langsam in ihr bewege. Schwer atmend kämpfe ich um Zurückhaltung. Sie erreicht ihren Höhepunkt vor mir, und ich möchte diesen Augenblick niemals vergessen.

Ich stütze mich auf den anderen Oberarm und nehme eine ihrer Brustwarzen in meinen Mund, während ich die andere mit den Fingern umkreise. Pippas Rücken verliert für einen Moment den Kontakt zur Matratze, dann windet sie sich unter mir.

Abrupt ziehe ich mich aus ihr zurück, ergreife ihre Knöchel und lege mir ihre Beine über die Schultern. Ich hebe ihren Po an, um ein Kissen darunterzuschieben. Dann versenke ich mich so tief in ihr, wie ich kann, bis meine Hoden gegen ihren Hintern schlagen.

»O Gott«, schreit sie. »Das … das ist … das ist …«

»Gefällt es dir so?«, frage ich durch die zusammengebissenen Zähne.

»Ja. Ich kann nicht …«

Ihre Worte ersterben und werden zu einem Stöhnen, als ich den Rhythmus beschleunige. Ich lasse den Daumen über ihre Lippen gleiten, dann schiebe ich ihn in ihren Mund. Sie beißt mich sanft. Es ist, als wenn mich ein elektrischer Schlag treffen würde. Jeder Muskel in meinem Körper spannt sich plötzlich an. Als Pippa meinen Namen keucht und ihre Hände im Laken vergräbt, kann ich mich nicht länger zurückhalten. Ich stoße noch fester in sie als bisher, sodass ihre Brüste im Takt wippen. Himmel, was für ein Anblick! Pippa wirft sich mir mit ähnlicher Verzweiflung entgegen. Ich schiebe eine Hand zwischen uns und liebkose ihre Klitoris. Pippa belohnt mich, indem sie ihre Fingernägel in der Matratze vergräbt und meinen Namen schreit. Sie ist sexy und zügellos, und verdammt, ich liebe es. Röte breitet sich auf ihrer zarten Haut aus und bringt ihre wunderbaren Kurven zum Leuchten, während sie ein zweites Mal auf den Höhepunkt zusteuert. Ihre harten Nippel locken mich. Mit einem Stöhnen beuge ich mich vor und schließe meine Finger um einen davon. Gleichzeitig stoße ich wie ein Besessener immer schneller in sie, bis Pippa laut aufschreit und zu zittern beginnt, während ich heftiger komme als jemals zuvor.

Nachdem ich das Kondom entsorgt habe, lege ich mich neben sie. Es dauert ein paar Minuten, bevor ich wieder halbwegs ruhig atmen kann. Pippa liegt mit geschlossenen Augen und einem süßen Lächeln auf den Lippen neben mir. So sehe ich meine Frau gern: absolut befriedigt. Der Duft ihrer verschwitzten Haut lockt mich.

Pippa rollt sich auf die Seite. Kaum habe ich sie in den Arm genommen, kuschelt sie ihren sexy Hintern gegen meinen Schritt.

»Bonuspunkte für Löffelchen«, flüstert sie, fast schon schlafend. »Bleibst du über Nacht?«

»Ich gehe nirgendwohin, Pippa. Mein Platz ist genau hier, neben dir.«

*Für den Moment*. Ich beobachte sie dabei, wie sie einschläft. Ich selbst kann nicht aufhören zu denken.

*Wie soll ich diese Frau jemals gehen lassen?*

# 15 Pippa

»Aufgewacht, Schlafmütze!« Erics Stimme schallt durchs Zimmer, als hätte er ein verdammtes Megafon vorm Mund.

»Nein«, protestiere ich und ziehe mir ein Kissen über den Kopf. Ich öffne langsam die Augen, nur um sie sofort wieder zusammenzukneifen. Dank der großen Fenster durchströmt gleißendes Licht mein Schlafzimmer. Ich blinzle, um meine Augen an die Helligkeit zu gewöhnen. »Es ist Samstag. Ich will ausschlafen.«

»Es ist nicht Samstag«, sagt er. »Es ist Mittwoch, und zwar zehn Uhr.«

Ich schieße nach oben, plötzlich in Panik. »O mein Gott! Ich habe mit meinen Geschwistern abgesprochen, dass wir abwechselnd bei Dad vorbeischauen. Ich sollte vor zwei Stunden im Krankenhaus sein und …«

Eric hebt eine Hand und unterbricht mich: »Ich habe heute Morgen mit Alice telefoniert. Blake und Sebastian sind im Krankenhaus, also kannst du dich entspannen.«

Ich schiebe mir das Haar aus dem Gesicht und fühle mich vollkommen erschöpft. Eric steht neben dem Bett und mustert mich besorgt.

»Hat sie dir erzählt, wie es Dad geht?«

»Er liegt nicht mehr auf der Intensivstation, und es geht ihm den Umständen entsprechend gut.«

Ich atme erleichtert auf. »Wieso bist du nicht bei der Arbeit?«

»Ich wollte bei dir bleiben, um mich davon zu überzeugen, dass bei dir alles in Ordnung ist. Du hast eine Menge durchgemacht.«

Seine Worte berühren mich in meinem Innersten, wohin ich bisher nie jemanden habe vordringen lassen. Mein Herz schlägt wie wild, doch ich schaffe es, die Welle aus Gefühlen zu unterdrücken und mir ein Lächeln ins Gesicht zu kleistern.

»Danke. Mir …« Fast hätte ich gesagt: *Mir geht es gut*. Aber die Wahrheit sieht anders aus. »Ich bin froh, dass du da bist.«

»Super. Du wirst gleich noch um einiges froher sein.«

»Wieso?«, frage ich misstrauisch, während ich gleichzeitig auf eine weitere Runde atemberaubenden Sex hoffe.

»Ich habe Frühstück besorgt«, verkündet er stolz, als hätte er dafür eine Medaille verdient.

»Oh. Okay.« Ich versuche, begeistert zu klingen, doch Frühstück klingt nicht allzu attraktiv, wo ich doch gerade multiple Orgasmen im Sinn hatte.

»Du hast an Sex gedacht, richtig?« Er setzt sich auf die Bettkante und mustert mich.

»Vielleicht …«

Einen Sekundenbruchteil später drückt mich Eric zurück auf die Matratze und klettert über mich. Er zieht meine Hände über den Kopf und schiebt seine Knie rechts und links neben mich, sodass ich mich nicht mehr bewegen kann. Ich bin splitterfasernackt, er dagegen komplett angezogen.

»Sag die Wahrheit«, befiehlt er mit einem Lächeln im Gesicht.

Ich hebe meinen Kopf ein paar Zentimeter an, bis meine Lippen nur noch wenige Zentimeter vor seinen schweben. Dann blicke ich ihm tief in die Augen und sage: »Dieses Geheimnis werde ich mit ins Grab nehmen.«

»Ist das dein letztes Wort?«

Es stellt eine solche Verlockung dar, ihn herauszufordern. Was wird er tun? Mich einfach nehmen? Mich küssen, bis ich kapituliere? Mich lieben, bis ich ihm meine dunkelsten Geheimnisse anvertraue? Ehrlich gesagt, hoffe ich darauf, dass er alles davon tut.

»Ja, ist es.« Ich zögere keinen Moment, doch als sich sein Lächeln in ein diabolisches Grinsen verwandelt, frage ich mich, ob ich ihn vielleicht unterschätzt habe.

»Du wolltest es ja nicht anders«, verkündet er.

Eric umfasst meine beiden Handgelenke mit einer Hand und legt die andere auf meine linke Brust. Doch es folgt kein Küssen oder Ringen und auch kein Liebesspiel.

Er kitzelt mich. Der Mistkerl kitzelt mich tatsächlich! Ich kreische vor Lachen, als er meine Armbeugen und die Seiten meiner Brüste foltert. Verdammt noch mal, wer ist an den Brüsten kitzlig?

»Hör auf!«, bettle ich zwischen den Lachsalven.

Doch statt aufzuhören, kitzelt Eric mich einfach weiter.

»Hast du deine Meinung geändert? Wirst du mir verraten, was du gedacht hast?«

Ich kann ihn über mein Lachen hinweg kaum hören. Ich will verdammt sein, wenn ich mich unterkriegen lasse, selbst wenn ich vielleicht in Ohnmacht falle. Ist es möglich, zu Tode gekitzelt zu werden?

»Nein«, erkläre ich schließlich japsend.

»Dann höre ich auch nicht auf.«

Seine verdammten Finger foltern weiter meine Achselhöhlen und treiben mich fast in den Wahnsinn. Ich bäume mich unter ihm auf, sodass sich meine Hüfte gegen ihn presst.

»Schön, okay«, gebe ich schließlich zu. »Ich habe an Sex gedacht.«

Sofort gibt Eric meine Hände frei und sinkt ebenfalls lachend neben mir aufs Bett.

»Du kämpfst mit unfairen Mitteln«, beschuldige ich ihn, sobald ich wieder zu Atem gekommen bin.

»Wenn es bedeutet, dass ich meinen Willen bekomme, immer«, antwortet er, rollt sich auf die Seite und stemmt den Kopf auf einen Arm. »Dich dazu zu bringen, mir die Wahrheit zu sagen, war nicht der einzige Grund für die Kitzelattacke.«

»Du hattest Hintergedanken bei der fiesen Aktion? Wow!«

»Ich mag es, dich zum Lachen zu bringen, also habe ich dich zum Lachen gebracht«, sagt er, während er sanft meine Wange streichelt.

Seine Worte sorgen dafür, dass mir ganz warm ums Herz wird. »Das war kein Lachen. Das war Kreischen.«

»Stimmt«, gibt er zu. »Mit ein wenig Schweinchengrunzen dazwischen.«

»Ich grunze nicht.«

Er zieht eine Augenbraue hoch, und ich seufze.

»Okay, ich grunze, aber ein Gentleman hätte das nicht angesprochen.«

Eric umfasst mein Gesicht und zieht mich zu sich, bis unsere Lippen sich fast berühren. »Ich bin kein Gentleman.« Langsam lässt er seinen Daumen über meine Unterlippe gleiten. »Also, bist du mit Gedanken an Sex aufgewacht.«

»Du weißt genau, dass Aussagen unter Folter keinen Pfifferling wert sind.«

Er beißt mich sanft und kurz in die Unterlippe, sodass all meine Nerven zu kribbeln beginnen. »Gut zu wissen. Wenn wir das nächste Mal Sex haben, und du flehst mich an, dich zu küssen, ignoriere ich deinen Wunsch also? Er ist ja unter Folter entstanden ...«

Ich erröte. »Das ist etwas anderes.«

»Doppelmoral. Ich verstehe.«

Er senkt den Kopf, um seine Zunge über die Haut zwischen meinen Brüsten gleiten zu lassen, bevor er eine Brustwarze in den Mund nimmt und liebkost. Er lässt seine Zunge kreisen, als wollte er den Geschmack meiner Haut in sich aufnehmen. Ich wünsche mir, dasselbe bei ihm zu tun, und hebe die Hüften, bis sie gegen ihn stoßen. Eric lässt einen Finger in mich gleiten, während sein Daumen meine Klit findet.

»Das fühlt sich so gut an«, flüstere ich, als ich mich ihm entgegenschiebe.

Eric lächelt zufrieden, dann folgen Küsse, ein paar heiße akrobatische Übungen und zwei sehr angenehme Orgasmen. In dieser Reihenfolge.

Wir duschen zusammen, bevor wir ins Wohnzimmer gehen. Es gibt Kaffee, Croissants, Kekse und Waffeln.

»Nicht, dass ich mich beschweren will, aber wieso gibt es nur süße Sachen?«, frage ich, bevor ich die erste Waffel in mich reinstopfe.

»Das ist Trostessen. Du liebst das.«

»Ich weiß. Aber woher weißt *du* das?«

»Julie ist genauso«, antwortet er einfach. »Moment, wieso lachst du?«

Ich beiße mir auf die Unterlippe, doch ich kann das Lächeln einfach nicht unterdrücken.

»Wissen deine Angestellten, dass ›der Hai‹ bei seiner Tochter ein totaler Softie ist?«

»Wenn du das je vor meinen Angestellten erwähnst …«, sagt er gespielt bedrohlich.

»Dann wirst du was tun?«, fordere ich ihn mit vorgeschobenem Kinn heraus.

Er zögert keinen Moment. »Dich kitzeln.«

*Verdammt.*

Wir beenden das Frühstück schweigend, doch die Stille ist nicht unangenehm. Unsere Füße berühren sich die ganze

Zeit über und hin und wieder auch unsere Hände. Er kann nicht aufhören, mich anzufassen, und mir geht es ganz genauso.

Irgendwann brummt Erics Handy. Er wirft einen Blick aufs Display und stöhnt.

»Was ist los?«, frage ich.

»Probleme in Boston. Sobald ich im Büro bin, muss ich eine Telefonkonferenz mit der Zentrale ansetzen.«

Bei der Erwähnung von Boston schnürt es mir die Kehle zu. Das ist lächerlich. Ich bin mir der Tatsachen bewusst. Ich weiß, dass Eric nicht bleiben wird.

»Wie gefällt dir die Arbeit hier?«

Er nippt stirnrunzelnd an seinem Kaffee. »Besser, als ich dachte. In Boston läuft alles wie bei einer gut geölten Maschine. Hin und wieder gibt es kleine Störungen, aber nie etwas wirklich Großes.«

»Du fühlst dich dort nicht ausreichend herausgefordert, oder?«

»Genau. Hier alles neu aufzubauen ist etwas ganz anderes. Es ist dynamischer. Das gefällt mir.«

Ich verschränke meine Finger im Schoß und überlege eine Weile, obwohl mir eine Frage auf der Zunge brennt. »Wieso ziehst du nicht hierher?«

Eric antwortet nicht und mein Herz schrumpft auf die Größe eines Kiesels.

»Vergiss einfach, dass ich gefragt habe«, murmle ich.

Er legt eine Hand auf den Tisch, die Handfläche nach oben, und wackelt mit den Fingern, damit ich meine Hand in seine lege. Das tue ich, nur um zusammenzuzucken, kaum dass wir uns berühren, weil ich mich fühle, als hätte ich ihm einen Teil meines Herzens in die Hand gelegt.

»Ginge es nur um mich, würde ich darüber nachdenken«, sagt er sanft. »Aber Julies Leben findet in Boston statt. Sie hat in den letzten fünf Jahren vier Mal die Schule gewechselt, weil sie Probleme hatte, Anschluss zu finden. Kinder haben sie wegen ihres Beins und des Inhalators schikaniert, erst an ihrer letzten Schule hat es halbwegs funktioniert. Ich kann sie nicht dazu zwingen, noch mal von vorn anzufangen.«

»Das wusste ich nicht«, flüstere ich. »Aber wer sollte Julie schikanieren? Sie ist so ein tolles Mädchen.«

»Sicher, aber Kinder können wirklich grausam sein. Außerdem lebt meine Mutter in Boston. Wir stehen ihr nicht sehr nahe, aber Julie braucht mehr Familie als nur mich. Ich kann sie nicht entwurzeln.«

Ich ziehe meine Hand zurück und mustere meinen Teller. »Natürlich. Ich verstehe. Familie ist wichtig.«

Er stößt mich unter dem Tisch mit dem Fuß an. »Hey. Lass uns nicht an Boston denken, okay?«

Ich nicke und zwinge mich zu einem Lächeln.

»Das ist kein echtes Lächeln. Das muss ich ändern.«

Eric kommt um den Tisch, ergreift meine Hand und zieht mich vom Stuhl. Er drückt mich für einen schnellen Kuss an sich, dann gleiten seine Finger über meinem Bademantel seitlich an meinem Oberkörper entlang.

»Ist das der Versuch, mich zum Lachen zu bringen?«, frage ich, jetzt mit einem echten Lächeln im Gesicht.

»Nein, ich bin einfach nur ein Perverser, der jede Gelegenheit nutzt, dich zu befingern.«

»Mmmm… Wie unartig«, murmle ich.

»Hey, in uns beiden hat sich eine Menge sexuelle Energie angestaut. Es ist zu unser beider Vorteil, wenn wir sie loswerden, bevor wir uns wieder der Welt präsentieren.«

Er wickelt eine meiner Haarsträhnen um seinen Finger, während seine Lippen gleichzeitig verführerisch über meine Wange gleiten.

»Also ist das hier zum Wohle aller?«, frage ich.

»Genau.«

»Lügner«, flüstere ich. »Wir benehmen uns gerade sehr verantwortungslos. Du musst in die Arbeit, und ich sollte im Krankenhaus sein.«

»Pippa.« Es überrascht mich, wie schnell sein Tonfall von spielerisch zu ernst wechselt. Eric leckt sich die Lippen, umfasst mein Gesicht mit den Händen und sieht mir tief in die Augen. »Du sorgst dafür, dass ich mir Dinge wünsche, die ich mir nicht wünschen sollte. Dinge, die zu wünschen ich mir lange Zeit nicht erlaubt habe.«

»Wie zum Beispiel?«, flüstere ich.

»Unverantwortlich sein. Wenn ich könnte, würde ich mich tagelang mit dir in dieser Wohnung einschließen.«

»So unwiderstehlich bin ich also, hm?«

»Das bist du. Du bist warmherzig und witzig, und ich kann nicht genug von dir kriegen.«

»Lass uns noch eine Stunde unverantwortlich sein«, sage ich und lasse mich von ihm küssen. Seine Lippen sind überall: auf meinem Mund, meinem Hals … und tiefer.

Als die Ekstase mich überwältigt und jeden rationalen Gedanken ausschaltet, habe ich nur eines im Kopf: *Dieser Mann schleicht sich langsam in mein Herz, Kuss für Kuss, Berührung für Berührung, Kitzelattacke für Kitzelattacke …*

***

Ich hätte damit gerechnet, Sebastian und Blake schweigend vor dem Zimmer meines Dads vorzufinden, damit er sich erholen kann. Stattdessen campiert die gesamte Familie im Krankenhauszimmer und unterhält sich lautstark. Christopher ist aus Hongkong angekommen. Okay. So viel zu der Strategie, dass wir in Schichten auf Dad aufpassen.

Mein Vater sitzt in seinem Bett, Mom an seiner Seite. Er wirkt bleich, müde und ziemlich mürrisch. Fast alles in diesem Zimmer ist weiß, doch die Farbe wirkt nicht mehr so einschüchternd wie gestern, auch wenn mich der Geruch immer noch stört.

»Ich werde auf keinen Fall die ganze Woche über hierbleiben, egal, was dieser schnöselige Besserwisser im weißen Kittel sagt.«

Seitdem ich denken kann, misstraut mein Vater Ärzten. Niemand weiß, warum, aber ich vermute, dass es daran liegt, dass Dad sich nicht gern Dinge vorschreiben lässt und das Wort eines Arztes nun mal Gesetz ist.

»Dieser Besserwisser ist zufällig der beste Chirurg der Westküste«, hält Sebastian dagegen. »Du wirst genauso lange bleiben, wie er sagt, plus einen Tag, nur um auf Nummer sicher zu gehen.«

»Du kannst nicht…«, setzt Dad an, um gleich darauf zu verstummen, als Sebastian eine Hand hebt.

»Bei allem Respekt, Dad, du hast uns eine Höllenangst eingejagt, und ich werde darüber nicht diskutieren. Du wirst so lange hierbleiben, wie die Ärzte es verlangen.«

»Ich bin stark wie ein Stier«, sagt Dad.

»Und stur wie ein Esel«, murmle ich, dann erhebe ich die Stimme, sodass man mich über das Geplapper hinweg verstehen kann. »Hey, Leute, wieso kümmert ihr euch nicht um euren eigenen Kram und lasst mich mal eine Weile mit Dad allein? Ich bin dran.«

Alice wirft mir einen ziemlich selbstgefälligen Blick zu, als sie die Meute aus dem Raum gescheucht hat.

»Wie ist deine Morgenschicht gelaufen?«, flüstert sie grinsend.

»Details folgen später. Bring Mom nach Hause. So wie ich sie kenne, hat sie noch keinen Augenblick geschlafen, und sie wird bleiben wollen. Aber für den Moment reicht es, wenn ich auf Dad aufpasse.«

»Geht klar, Boss«, sagt Alice und verschwindet. Ich schließe die Tür, gehe zum Bett und rücke die Kissen so zurecht, dass Dad gemütlich sitzen kann.

»Du musst mich nicht wie ein kleines Kind behandeln, Pippa«, sagt er sanft. »Es geht mir gut. Ich …«

»Dad«, sage ich leise – fast schon flüsternd –, die Augen immer noch auf die Kissen gerichtet. »Ich weiß, dass du stark bist, aber du hast uns letzte Nacht wirklich Angst gemacht.«

Im Moment sieht er außerdem alles andere als stark aus in diesem grauen Krankenhauskittel, der seine fahle, verschwitzte Haut bedeckt. Er wirkt schwach und zerbrechlich – zwei Worte, die ich noch nie mit meinem Vater in Verbindung gebracht habe. Doch das erzähle ich ihm nicht. Stattdessen beschließe ich, dass liebevolle Strenge nötig ist, um ihm klarzumachen, wie ernst die Lage ist. Meine nächsten Worte klingen ernst.

»Mom hat einen Schock erlitten. Hast du eine Vorstellung, wie es war, sie in diesem Zustand zu sehen, während du operiert wurdest?«

Dad zuckt zusammen, und seine Unterlippe zittert leicht. »Nein.«

»Es war schrecklich und beängstigend. Ich glaube nicht, dass sie sich je davon erholt, wenn sie dich verlieren würde. Tu, was die Ärzte dir sagen. Bitte, Dad.«

Ich schicke ein Stoßgebet zum Himmel, weil Dad gewöhnlich nicht auf andere hört. Doch diesmal nickt er.

»In Ordnung.«

Zuversichtlich beschließe ich, mein Glück auf die Probe zu stellen. »Außerdem will ich nicht, dass du auf die Ranch zurückkehrst, um die Renovierung zu beaufsichtigen.«

»Pippa …«

»Nein, Daddy. Keine Diskussion. Du wirst dich wieder in Gefahr bringen, und ich … Was?«

Ich sehe ihn verwirrt an, weil er mich anstarrt wie eine Erscheinung.

»Du hast mich nicht mehr Daddy genannt, seitdem du neun Jahre alt warst.« Seine Augen sind groß und wirken leicht glasig, als müsste er Tränen zurückhalten.

»Ich … Wieso habe ich damit aufgehört?«

Er lächelt mich an. »Ich glaube, deine Worte lauteten: ›Das ist nicht cool.‹«

»Nun, dann war ich eine Idiotin. Versprich mir, dass du dich benehmen wirst.«

»Ich verspreche es dir, Süße«, sagt Dad, dann zieht er mich in eine Umarmung, die mir das Gefühl gibt, ich wäre wieder neun Jahre alt. Jeder Muskel in meinem Körper entspannt sich, als ich die Arme fest um ihn schlinge.

»Super, und jetzt werde ich dich ein paar Stunden umsorgen wie ein Kleinkind, ob du es nun willst oder nicht.«

# 16 Eric

Ich verbringe den ganzen Tag in verschiedenen Meetings, lasse das Mittagessen aus und mache erst um vier Uhr eine Pause, als meine Mutter mich anruft.

»Hi, Mom«, sage ich ins Handy, während ich die Tür meines Büros hinter mir schließe. »Alles Gute zum Geburtstag.«

»Danke für das Geschenk und die Blumen, Eric.«

»Du wirst ja nicht jeden Tag siebzig.«

»Schhh, sprich es nicht laut aus«, ermahnt sie mich.

Ich kann ein Lächeln nicht unterdrücken. Meine Mutter hat vor ungefähr zwanzig Jahren aufgehört, zu ihrem Alter zu stehen. Den Großteil des letzten Jahrzehnts hat sie versucht, sich als Ende fünfzig auszugeben. Aber eines muss man ihr lassen: Für ihr Alter sieht sie wirklich fantastisch aus.

»Wie alt bist du inoffiziell? Immer noch neunundfünfzig?«

Ich entdecke einen Burger auf meinem Schreibtisch und beiße gierig ab. Gleichzeitig nehme ich mir vor, meiner Assistentin zu danken – Teil meines Plans, ein wenig netter zu sein. Meiner Meinung nach ist es richtig, den harten Hund zu mimen, aber vielleicht liegt Pippa auch nicht ganz falsch.

»In meinem Alter sind jegliche Zahlen tabu. Wenn irgendwer im Bridge-Club mein Alter anspricht, lade ich den Betreffenden nicht mehr ein.«

»Klingt vernünftig«, necke ich sie.

»Das Armband, das du mir geschickt hast, ist wunderschön«, fährt sie fort.

Jedes Jahr an ihrem Geburtstag schicke ich meiner Mutter Rosen und Schmuck. Dieses Jahr habe ich mich für eine von Pippas Kreationen entschieden.

Unfähig, noch länger zu sitzen, schnappe ich mir den Burger und tigere in meinem Büro auf und ab, um mir die Beine zu vertreten.

»Ich werde es der Designerin mitteilen.« Nach einem kurzen Zögern füge ich hinzu: »Ich gehe mit ihr aus.«

»Ich warte schon seit Jahren darauf, dass du so etwas sagst. Freut mich, dass du endlich wieder am Leben teilnimmst.«

»Was meinst du damit?« Stirnrunzelnd halte ich vor dem Fenster an.

»Seit Sarah gestorben ist, hast du dich zurückgezogen. Du…«

»Mom, ich war sehr beschäftigt. Eine Tochter großzuziehen und ein Geschäft zu führen ist nicht einfach.«

Wieso dachte ich, es wäre eine gute Idee, meiner Mutter von Pippa zu erzählen? Jetzt wird sie keine Ruhe geben. Fakt ist, dass Mom sich Sorgen um mich macht. Öfter, als ich zählen kann, hat sie versucht, mich mit irgendwelchen Tussis zu verkuppeln – den Töchtern von Mitgliedern ihres Bridge-Clubs. Und wenn ich die Wahl habe zwischen den Kuppelversuchen meiner Mutter und denen des Bennett-Clans, entscheide ich mich auf jeden Fall für die Bennetts.

»Das ist keine Entschuldigung«, fährt sie fort. »Für die Leute, die du in deinem Leben haben willst, findest du immer Zeit – wie für mich und Julie. Hättest du Zeit für eine Frau finden wollen, hättest du es tun können.«

Meine Mom bespricht nur selten mein Privatleben mit mir – gewöhnlich versucht sie auf subtilere Art, mich zu lenken –, aber wenn sie es tut, dann trifft sie gewöhnlich ins Schwarze.

»Die Vergangenheit hinter sich zu lassen ist nichts Schlimmes«, fährt sie fort. »Wie ich es mit Gerald getan habe.«

»Mom, bitte, lass uns nicht wieder davon anfangen.«

Drei Jahre nach dem Tod meines Vaters verkündete meine Mutter, dass sie einen *Freund* habe. Zuerst dachte ich, das könnte niemals halten, weil Gerald in jeder Hinsicht das Gegenteil von Mom ist. Während es ihr sehr wichtig ist, wie sie aussieht, und sie großen Wert auf Konventionen legt, ist Gerald eher ein entspannter Typ und mimt oft den Witzbold. Aber er macht sie glücklich, also mag ich ihn inzwischen, auch wenn sein Humor in meinen Augen vollkommen unterirdisch ist. Meine Mutter hat eine Menge ertragen, und sie hat es verdient, glücklich zu sein. Sie ist mit dem Schmerz allerdings besser umgegangen als ich: Sie fiel nicht in ein schwarzes Loch. Ich hatte immer das Gefühl, dass das etwas damit zu tun hatte, dass sie Zeit hatte, sich von Dad zu verabschieden. Er ist nach zweijährigem Kampf gegen die Leukämie gestorben, während ich Sarah vollkommen unvermittelt durch einen Autounfall verlor.

»Wie läuft es in Julies Benimm-Kurs?« Moms Stimme reißt mich aus den Gedanken.

»Fantastisch.«

Die Lüge geht mir mühelos über die Lippen. Mom behauptet, dass zwölf das »richtige Alter« sei, einen offiziellen Benimm-Kurs zu belegen. Schon seit Jahren versucht sie, Julie zu drillen, um sie mit den Sitten und Gebräuchen der besseren Gesellschaft vertraut zu machen, und jetzt findet sie, das Ganze solle auf die nächste Stufe gehoben werden. Da ich diesen ganzen Mist als Kind selbst durchmachen musste, werde ich ihn Julie auf keinen Fall antun. Dieses ganze Getue war so langweilig und überkandidelt, dass ich mir am liebsten selbst die Augen ausgestochen hätte. Aber das muss Mom nicht erfahren. Was sie nicht weiß, macht sie nicht heiß, also ist ein Themenwechsel angebracht.

»Wann brichst du in die Hamptons auf?«

Moms beste Freunde leben dort, und sie besucht sie jedes Jahr.

»Oh, ich fahre da nicht mehr hin. Bette kommt dieses Jahr nach Boston. Ich habe uns beide bei einem Krav-Maga-Kurs angemeldet. Das wird ein wenig Leben in die Bude bringen.«

»Krav Maga?«, frage ich, plötzlich alarmiert. »Ist das nicht eine Selbstverteidigungstechnik? Hast du darüber mit deinem Arzt gesprochen?«

»Du musst mich nicht betüddeln. Ich kann selbst auf mich aufpassen, vielen Dank.«

»Ich wette, Pippas Dad hat genau dasselbe gesagt, bevor er im Krankenhaus gelandet ist«, murmle ich besorgt.

»Nun, dann überlasse ich dich mal wieder deiner Arbeit«, sagt sie eilig, in dem offensichtlichen Versuch, mich loszuwerden. »Aber bitte denk daran: Wenn deine siebzigjährige Mutter eine zweite Chance in der Liebe verdient hat, dann gilt dasselbe für dich.«

Eine zweite Chance … Die Worte bohren sich in mein Herz wie ein Messer. So habe ich das noch gar nicht betrachtet. Ich war so sehr darauf konzentriert, nichts von Pippa zu verlangen, wozu sie noch nicht bereit ist, dass ich gar nicht weitergedacht habe. Sie und ich sind Seelenverwandte, und ja, vielleicht auf der Suche nach einer zweiten Chance. Aber sein Herz zu öffnen ist gefährlich. Je wichtiger einem jemand ist, desto mehr schmerzt der Verlust. Das habe ich schon vor Jahren gelernt. Doch es ist unmöglich, Pippa nicht zu mögen. Nach letzter Nacht möchte ich dringender ein Teil ihres Lebens sein als jemals zuvor.

Diese Frau ist unwiderstehlich, und ich kann einfach nicht genug von ihr bekommen – ich will mit ihr reden, sie küssen, mit ihr schlafen. Jedes Mal, wenn ich sie zum Lachen bringe, fühle ich mich, als hätte ich einen Sieg errungen. Pippa Bennett wird für die Zeit meines Aufenthalts in San Francisco mehr verwöhnt werden, als sie je zu träumen wagte.

# 17 Pippa

Kaum dass meine Schicht im Krankenhaus vorbei ist, eile ich nach Hause und ziehe mich schick an, obwohl ich viel lieber daheim bleiben, etwas zu essen bestellen und mich mit einem schönen Liebesroman auf dem Sofa zusammenrollen würde. Ich ziehe mir gerade den Lidstrich nach, als mein Handy klingelt. Als ich Erics Namen auf dem Display erkenne, strahle ich wie ein Honigkuchenpferd.

»Hey, Schöner.«

»Hey zurück. Wie fühlst du dich? Wie geht es deinem Dad?«

»Dad geht es so weit gut. Und ich bin müde, aber ich muss trotzdem für ein paar Stunden auf einem Charity-Event auftauchen«, sage ich, als ich den roten Lippenstift auflege, den ich immer zu solchen Gelegenheiten trage.

»Kommst du aus der Sache nicht raus? Dein Dad liegt im Krankenhaus. Das würden sie doch sicherlich verstehen.«

»Würden sie, sicher, aber ich will sie nicht enttäuschen. Ich bin der Ehrengast, und es wäre schlechter Stil, nicht aufzutauchen. Es ist für einen guten Zweck.«

»Du bist eine erstaunliche Frau«, sagt er leise, und ich erröte. »Ich hatte gehofft, wir könnten uns heute Abend sehen.«

»Ich auch«, gebe ich zu, und dann sage ich, ohne darüber nachzudenken: »Willst du mich begleiten?«

Ich beiße mir in die Wange, weil ich mich frage, ob ich mein Glück überstrapaziere. Ich habe keine Ahnung, ob er auf einem derartigen Event mit mir gesehen werden will. Wir haben die Grenzen unserer… Beziehung bisher nicht definiert.

»Sehr gern. Ich werde dich abholen. Ich habe sowieso so geplant, dass ich den Abend mit dir verbringen kann, und Julie erklärt, dass du mich im Moment dringender brauchst als sie. Sie versteht das. Ms Blackwell ist bei ihr.«

»Danke. Ich…« Meine Stimme bricht, also räuspere ich mich, bevor ich weiterspreche: »Könntest du in einer halben Stunde hier sein?«

»Klar.«

Grinsend wie ein verliebter Teenager beende ich das Telefonat. Eric kommt zwanzig Minuten später. Mein Grinsen wird noch breiter, als ich ihn im Türrahmen entdecke.

»Ich liebe diesen Lippenstift«, sagt er. Dann legt er den Kopf schräg und sagt: »Wisch ihn ab.«

»Warum?«

»Weil ich dich küssen will und er dabei im Weg ist.«

Ohne ein Wort des Widerspruchs eile ich ins Bad und wische mir die Lippen ab. Als ich zurückkehre, drängt Eric mich gegen die Wand und verschlingt mich wie ein köstliches Dessert. Ich schmelze förmlich dahin. Es ist so wunderbar, diesen Mann heute Abend an meiner Seite zu haben.

Eigentlich sollte ein Teil der Charity-Gala unter freiem Himmel stattfinden, doch als wir dort ankommen und aus dem Auto steigen, ist klar, dass das Wetter nicht mitspielen wird. Der Himmel war schon den ganzen Tag über wolkenverhangen, und jetzt entdecke ich wilde Wirbel aus Purpur, Blau und Grau über unseren Köpfen. Der Wind hat aufgefrischt, seitdem wir meine Wohnung verlassen haben, und das Rauschen der Bäume lässt mich erschauern.

Die Organisatorin Felicia geht den Zeitplan mit mir durch. Ich teile ihr mit, dass wir bedauerlicherweise nicht lange bleiben werden, dann betrete ich die Bühne in der Mitte des Raums und erkläre in meiner Eröffnungsrede, wie wichtig mir die Sache ist: Bildung für Kinder aus schwierigen Verhältnissen. Während meiner Jugend konnte sich meine Familie das Studium ihrer Kinder nicht leisten. Wir hatten Glück, also ist das Mindeste, was ich jetzt tun kann, auch anderen eine Chance zu bieten.

Während meiner Rede lasse ich den Blick durch den Raum wandern, bis ich Eric entdecke, der mich ernst beobachtet. Ich frage mich, was er wohl denkt.

Sobald ich fertig bin, nimmt Felicia mir das Mikrofon ab, und ich verlasse eilig die Bühne.

»Du warst wunderbar«, flüstert mir Eric ins Ohr, als ich mich am Tisch neben ihn setze.

Ich atme tief durch, weil mir plötzlich ein wenig schwummrig ist. Ich habe heute noch nicht viel gegessen, doch aus irgendeinem Grund sprechen mich die Vorspeisenhäppchen auf dem Tisch nicht besonders an.

»Ich muss mal kurz weg«, flüstere ich Eric zu. Er mustert mich fragend, doch ich schüttle nur den Kopf.

So unauffällig wie möglich schlängle ich mich zwischen den Tischen hindurch. Alle konzentrieren sich gerade auf Felicias Rede. Sobald ich die Toilette erreicht habe, spritze ich mir kaltes Wasser ins Gesicht, dann umklammere ich mit beiden Händen das Waschbecken und atme tief durch.

Da ich mich trotz der Erfrischung noch nicht gut genug fühle, um an unseren Tisch zurückzukehren, beschließe ich ein wenig frische Luft zu schnappen. Als ich in den schwach erleuchteten Flur vor dem Waschraum trete, merke ich sofort, dass etwas nicht stimmt.

»Pippa«, sagt eine unangenehm vertraute Stimme.

Ich werde steif wie ein Brett, und Schweiß tritt mir auf die Stirn.

»Terence«, sage ich harsch. »Was tust du hier? Du hast solche Events immer gehasst.«

»Das stimmt, aber ich wusste, dass du hier sein würdest. Dein Name stand auf allen Flyern. Das Goldmädchen, das die erlauchte Bennett-Familie vertritt.«

Er schwankt leicht, er ist offensichtlich betrunken – was seltsam ist. Er hat nie viel getrunken. Ich wappne mich für das, was kommen muss. Unsere letzten Begegnungen in der Öffentlichkeit waren schlimm, aber das hier scheint auf eine Katastrophe hinauszulaufen. Ich will nicht, dass er mir eine Szene macht. Zumindest ist dieser Flur vom Veranstaltungssaal aus nicht einsehbar.

Ich beschließe, den Stier bei den Hörnern zu packen. »Du wirst von mir keinen Cent bekommen. Was auch immer du mir zu sagen hast, tu es über deinen Anwalt.«

Terence schnaubt, wobei er sich fast selbst anspuckt, aber er ist zu betrunken, um es auch nur zu merken. Er sieht heruntergekommen aus – ziemlich übel sogar. Sein Anzug ist alt und abgetragen. Der Terence, den ich kannte, hätte niemals das Haus verlassen, ohne makellos auszusehen.

Nach unserer Trennung behielt er alles, was er während unserer Ehe gekauft hatte: eine kleine Jacht, einen Sportwagen und eine Sammlung von teuren Armbanduhren. Wäre er klug gewesen und hätte alles verhökert, hätte er genug Geld gehabt, um jahrelang nicht arbeiten zu müssen. Allerdings war Terence noch nie klug. Deswegen fechtet er jetzt das Gerichtsurteil an. Er ist verzweifelt.

»Mein Anwalt ist herausragend.«

»Er ist ein Widerling«, sage ich ruhig. »Sonst hätte er dich nicht als Klienten angenommen.«

»Verdammt noch mal, Pippa. Ich habe etwas dafür verdient, dass ich so viele Jahre mit dir verbracht habe. Ich habe deinem Geschwafel zugehört und deine Familie toleriert.

Ich habe dich berührt, mit dir in einem Bett geschlafen, dich gefickt. Das war verdammt noch mal schlimmer als zu arbeiten.«

Ich blinzle gegen die Tränen an. »Du hättest dir einfach eine Arbeit suchen sollen, dann hättest du nicht von meinem Geld leben müssen.«

Er macht einen unsicheren Schritt nach vorn, sodass er gegen mich stößt. Ich stolpere rückwärts, bis ich mit dem Rücken gegen die Wand knalle. Terence kollabiert halb auf mir, umfasst meine Schulter, um sich abzustützen, und richtet sich auf. Ich spanne alle Muskeln in meinem Körper an. Er war nie gewalttätig, doch der aggressive Ausdruck in seinen Augen macht mir Angst.

»Ich werde meinen rechtmäßigen Anteil bekommen ...«

»Wenn du ihr wehtust, werde ich dich umbringen«, erklingt Erics Stimme, bevor er Terence von mir herunterzerrt.

Ich habe ihn gar nicht bemerkt, aber ich war nie glücklicher, ihn zu sehen.

»Wer bist du, verdammt noch mal?«, blafft Terence ihn an.

»Stimmt. Ich habe vergessen, mich vorzustellen. Ich bin Eric Callahan.«

Dann reißt er die Faust zurück und rammt sie Terence mitten ins Gesicht. Ich kreische und schlage mir die Hand vor den Mund, als Terence nach hinten taumelt. Seine Nase blutet, was ihm klar wird, als er die Hände vors Gesicht schlägt. Eilig tritt er zurück, als wollte er so schnell wie möglich Abstand zwischen sich und Eric bringen.

Eric macht einen Schritt nach vorn, seine Absicht ist offensichtlich. Er ist noch nicht fertig mit Terence. Bevor ich ihn anflehen kann, aufzuhören, tauchen zwei bullige Männer auf – Security-Mitarbeiter, der Uniform und den Knöpfen im Ohren nach zu urteilen.

»Gibt es hier Probleme?«, fragt einer der beiden.

»Er hat mich angegriffen.« Terence deutet erst auf seine Nase, dann auf Eric.

»Er hat mich verteidigt«, erkläre ich fest. »Das ist mein Ex-Ehemann, und er hat mich belästigt. Mein Begleiter hat mich nur verteidigt.«

Eric legt einen Arm um meine Taille und drückt mir einen Kuss auf die Stirn. »Geht es dir gut?«, flüstert er mir ins Ohr.

Ich nicke, gleichzeitig lehne ich mich an ihn.

»Tut uns sehr leid, Ms Bennett«, sagt einer der Wachmänner. »Wir werden Ihren Ex-Mann vom Gelände eskortieren. Möchten Sie die Polizei verständigen und Anzeige erstatten?«

Ich schüttle den Kopf.

»Pippa ...«, setzt Eric an, doch ich falle ihm ins Wort.

»Nein«, erkläre ich fest. »Ich will nach Hause.« Ich wende mich an die Wachmänner und sage: »Bitte informieren Sie Felicia über den Vorfall, und richten Sie ihr aus, dass ich gegangen bin.«

Ich kann heute nicht mehr ins Rampenlicht treten.

»Natürlich«, antwortet der Mann. »Bitte entschuldigen Sie die Unannehmlichkeiten.«

Eric und ich gehen schweigend zum Auto. Er ist immer noch zu wütend, und ich bin zu erschüttert, um etwas zu sagen.

»Wie geht es deiner Hand?«, frage ich, sobald wir fahren.

»Gut«, antwortet er mit zusammengebissenen Zähnen. »Wie fühlst du dich? Hat er dir wehgetan?«

»Nein, er ... Es war seltsam. Er ist gestolpert und hat sich nur an mir festgehalten, um nicht umzufallen. Ich glaube nicht, dass er vorhatte ...«

»Nimm ihn verdammt noch mal nicht in Schutz!«

»Ich nehme ihn nicht in Schutz«, blaffe ich zurück. Langsam werde ich ebenfalls wütend. »Aber Terence ist kein gewalttätiger Mann. Er war betrunken, das ist alles.«

»Wieso willst du keine Anzeige erstatten?«

Ich sinke tiefer in meinen Sitz, die Hände im Schoß verschränkt. Den Blick aus dem Fenster gerichtet, sage ich: »Ich will einfach nicht.«

»Soll ich Alice anrufen?«

Ich reiße den Kopf herum. »Nein. Und ich wüsste es sehr zu schätzen, wenn du auch nicht Max oder irgendjemand anderem davon erzählen würdest.«

Ein Muskel an Erics Kiefer zuckt. Gleichzeitig treten die Knöchel seiner Hände am Lenkrad weiß hervor.

»Wenn ich nicht aufgetaucht wäre, hättest du auch mir nichts davon erzählt?«, will er wissen.

Ich zögere einen Moment. »Könnte sein, dass ich es dir erzählt hätte. Aber jetzt will ich nicht mehr darüber reden. Ich habe Hunger. Verdammt, irgendwas mit Zucker oder Koffein wäre jetzt toll.«

»Hä? Du willst …«

»Nein. Ich kann sicher nicht mehr schlafen, wenn ich jetzt Kaffee trinke. Aber können wir uns was vom Chinesen und eine Nachspeise holen?«

Eric nickt und drückt leicht meine Hand.

***

Kurz darauf betreten wir meine Wohnung, und ich rausche in die Küche, um unser Essen auszupacken.

»Ich habe mir einen gemütlichen Abend mit einem Buch gewünscht. Und jetzt das …«

Eric schlingt von hinten einen Arm um meine Taille, während ich am Tresen beschäftigt bin. Er schiebt mein Haar zur Seite und drückt mir einen sanften Kuss auf den Nacken.

»Ich will, dass du dich entspannst. Ich werde alles zubereiten.« Er dreht mich um und streichelt sanft meine Wange.

»Das musst du nicht.«

»Stimmt«, erwidert er. »Aber du hattest einen harten Tag und ich will nicht, dass du im Moment irgendetwas tust. Okay?«

Seufzend lasse ich mich in seine Liebkosung sinken, ein wenig überwältigt von so viel Aufmerksamkeit und Fürsorge. »Danke, dass du heute Abend mitgekommen bist. Erst auf die Gala und jetzt hierher. Du solltest mich nicht so verwöhnen.«

»O doch, das sollte ich wohl.« Er drückt mir einen Kuss auf die Stirn und fügt hinzu: »Du hast es verdient, verwöhnt zu werden. Und ich will der Mann sein, der das tun darf.«

»Okay«, antworte ich, um dann zur Seite zu treten. »Wie war denn dein Tag? Ich warne dich, ich will nicht über das reden, was heute Abend passiert ist, also solltest besser du etwas erzählen. Ich will etwas Nettes hören.«

»Meine Mutter lässt dir Grüße ausrichten«, sagt Eric, als wir uns an den kleinen Tisch im Wohnzimmer setzen, um zu essen. »Ich habe ihr als Geburtstagsgeschenk eines deiner Armbänder geschickt.«

»Wann hatte sie Geburtstag?«

»Gestern.«

»Du hättest hinfliegen und mit ihr feiern sollen.«

Er schüttelt den Kopf. »Ich werde sie und Julie zum Essen ausführen, wenn ich nach Boston zurückkehre. Das ist Tradition.«

»Sie mag keine Partys?«

Er kichert. »Ihre Vorstellung einer guten Party ist ein stinklangweiliges Bridge-Spiel mit ihren Freunden. Julie und ich versuchen dem so oft aus dem Weg zu gehen wie nur möglich.«

»Ich verstehe. Na ja, Ava hat bald Geburtstag. Dann wirst du sehen, wie meine Familie feiert. Jetzt, wo ich so darüber nachdenke, bin ich mir nicht sicher, ob die Party überhaupt noch stattfindet. Sie sollte im Haus meiner Eltern steigen …«

»Wie hält sich dein Dad?«

»Okay. Er versucht bereits den Arzt dazu zu überreden, ihn früher zu entlassen.«

Eric lacht leise. »Aber deine Familie ist ständig bei ihm. Er kann sich doch ganz wie zu Hause fühlen.«

»Ich glaube, er fühlt sich im Krankenhaus machtlos. Meiner Vermutung nach ist das sein grundsätzliches Problem in letzter Zeit. Er will beweisen, dass er immer noch alles allein regeln kann.«

»Ha! Er klingt wie meine Mutter.«

Es folgen ein paar Minuten des Schweigens, bevor Eric sagt: »Pippa, ich will nicht drängeln, aber ich denke, wir sollten über heute Abend reden. Dieser Mistkerl …«

»Er war nicht er selbst«, murmle ich.

»Finde keine Ausreden für ihn.« Sein Tonfall ist so scharf, dass ich zusammenzucke. »Ich habe gehört, was er zu dir gesagt hat. Er hat dir das Gefühl gegeben, du wärst nicht wichtig. Als wärst du Dreck. Allein dafür hat er die Prügel verdient.«

»Ich war ihm wirklich nie wichtig«, stelle ich klar. »Können wir jetzt das Thema wechseln?«

Ich erhebe mich von meinem Stuhl, nehme unsere Teller und trage sie zurück in die Küche. Eric folgt mir.

»Es wäre gut für dich, darüber zu reden«, sagt er und umarmt mich von hinten, während ich vorgebe, den Teller sauber zu kratzen.

»Ich habe bereits mit dir über Terence geredet.«

»Da ist noch mehr. Wieso hast du Angst davor, dich mir gegenüber zu öffnen, was das Thema angeht?«

Langsam drehe ich mich um, wobei ich darauf achte, nur den obersten Knopf seines Hemdes anzusehen. »Weil du gehen wirst. Weil du nach Boston zurückkehrst.«

Eric hebt meinen Kopf, bis mir keine andere Wahl bleibt, als ihm in die Augen zu sehen. »Das bedeutet nicht, dass das, was wir haben, nicht echt ist.«

»Ich weiß.«

Er umfasst sanft mein Gesicht und lässt seine Stirn gegen meine sinken. »Lass mich dich glücklich machen, solange ich hier bin.«

»Du machst mich glücklich«, flüstere ich.

»Dann vertrau mir. Rede mit mir.« Seine Stimme klingt ruhig und kontrolliert und ich weiß einfach instinktiv, dass er zu den Männern gehört, die niemals schreien. Gut, weil ich nämlich genug Schreiduelle mit Terence hatte. Mein Bedarf, was das angeht, ist lebenslänglich gedeckt. »Verschließ dich nicht.«

»Darf ich dich zuerst noch etwas fragen?«

»Sicher.«

»Was ist mit deiner Ehefrau passiert?«

Er erstarrt. »Ein Autounfall. Sie ist zu schnell gefahren. Ich war einen Tag früher von einer Geschäftsreise zurückgekehrt, und sie hatte es eilig, mich zu sehen. Julie saß ebenfalls im Wagen.«

»Tut mir leid«, murmele ich.

»Es ist lange her.«

»Das ist doch egal.«

Eric mustert mich mit erstarrter Miene von oben bis unten. »Ich denke ständig, dass ich sie irgendwie hätte schützen müssen – sie irgendwie hätte retten müssen.«

»Eric, es war ein Unfall.«

Er schüttelt den Kopf. »Ich weiß. Ich... Meine größte Angst ist, dass Julie etwas zustoßen könnte.« Ein paar Sekunden lang schweigen wir beide, dann lächelt er wieder. »Du bist dran.«

»Über meinen Ex zu sprechen versaut mir die Laune. Ich würde dir lieber meine guten Seiten zeigen«, sage ich spöttisch, doch Erics Blick bleibt ernst.

»Erstens, du hast keine schlechten Seiten. Zweitens, du hast gute Zeiten, schlechte Zeiten und üble Zeiten durchgemacht. All das hat dich zu der Person gemacht, die du heute bist. Ich will dich kennenlernen. Ich will das Gute, das Schlechte und das Üble hören, Pippa.«

Ich seufze. »Du kannst so gut mit Worten umgehen, Eric. Wieso? Das macht es mir schwer, mich zu widersetzen.«

»Oh, du willst mit mir streiten?« Jetzt lächelt er.

Ich schüttle den Kopf und lehne mich gegen die Arbeitsfläche. »Nein. Ich streite nicht gern. Wenn ich ehrlich bin, weil ich nicht besonders gut darin bin. In meiner Familie wurde immer alles lang und breit ausdiskutiert. Ich nehme an, anders ging es nicht. Bei so vielen Leute wäre die Lage schnell eskaliert, wenn wir Dinge voreinander geheim gehalten oder unter den Teppich gekehrt hätten.«

Zu meiner Überraschung wirkt Eric irritiert. »Ich habe eine Frage. Hast du öfter geredet oder hast du öfter zugehört?«

»Ich habe zugehört und Ratschläge gegeben.«

»Dachte ich mir.«

»Du verstehst Menschen, Eric. Sogar besser als ich.«

»Ich habe meine Talente«, antwortet er, doch seine Miene bleibt entschlossen. »Aber ich meine es ernst. Schließ mich nicht aus. Das werde ich nicht zulassen.«

»Okay.« Ich hole tief Luft, bevor ich loslege. »Vor einer Weile hat mein Anwalt mich darüber informiert, dass Terence das Gerichtsurteil zu unserer Scheidung anfechten will. Er versucht, Geld zu bekommen.«

»Und?«

»Mein Anwalt kümmert sich darum.«

»Hast du deiner Familie davon erzählt?«

»Ja, habe ich, und gleichzeitig habe ich sie gebeten, sich rauszuhalten, was sie zu meiner Überraschung bisher tatsächlich getan haben. Dich möchte ich um dasselbe bitten.«

»Okay, aber darf ich dir trotzdem einen Rat geben?«, fragt Eric.

»Sicher.«

»Du bist zu nett. Du behandelst jeden freundlich und respektvoll. Manche Leute haben das einfach nicht verdient. Manchmal muss man sich auf ihr Niveau herablassen, um sie von sich fernzuhalten.«

Ich verschränke die Arme vor der Brust und denke über seine Worte nach. Vielleicht war ich wirklich zu nett zu diesem Volltrottel Terence.

»Da ist noch etwas, was dich belastet«, fährt Eric fort.

»Ich versuche mir darüber klar zu werden, ob ich nicht mehr Schuld an der ganzen Sache habe, als ich mir eingestehen will«, gebe ich zu.

»Was meinst du?«

»Terence hat mich wegen des Geldes geheiratet. Aber er hat Jahre mit mir verbracht, und ich konnte ihn trotzdem nicht dazu bringen, sich in mich zu verlieben. Was sagt das über mich aus?«

»Dass du mit dem falschen Mann zusammen warst. Bilde dir keine Sekunde ein, du wärst es nicht wert, geliebt zu werden.«

Was natürlich genau meine Gefühle in Worte fasst. Es ist unheimlich, wie Eric mich durchschaut, aber gleichzeitig finde ich das auch beruhigend.

»Na ja, meine Familie liebt mich«, sage ich mit einem Lächeln, »also weiß ich, dass ich nicht vollkommen abstoßend bin.«

Ohne Vorwarnung nimmt Eric mich in seine starken Arme, hebt mich hoch, als wäre ich leicht wie eine Feder, und geht zur Couch. Wir kommen allerdings zu nah an meinem Bücherregal vorbei. Mein Fuß stößt an ein Buch, das zusammen mit ein paar anderen zu Boden fällt. Viel zu spät wird mir klar, dass das der Stapel mit meinen Liebesromanen war. Eric stellt mich ab und greift nach den Büchern.

»Was ist das denn?«, fragt er liebevoll spöttisch.

»Bücher«, antworte ich schnell, trete um ihn herum und zermartere mir das Hirn nach einer Möglichkeit, ihn abzulenken. Doch sein konzentrierter Blick – und der Unglaube in seinem Gesicht – verraten mir, dass das nicht leicht werden dürfte.

Er lässt den Blick über die Cover gleiten. »Muskulöse Männer mit nackter Brust, knutschende Pärchen … Ich erkenne da ein Muster.« Seine Augenbrauen, die er bereits hochgezogen hatte, drohen, mit seinem Haaransatz zusammenzuwachsen. »Noch mehr Muskeln, und das ist ein …?«

»Gib mir das.« Ich reiße ihm die Bücher aus den Händen und stelle sie zurück ins Regal. Mein Gesicht fühlt sich an, als stände es in Flammen, und dass Eric hinter mir leise lacht, macht die Sache nicht besser.

Ich wirble zu ihm herum. »Mach dich nicht über meine Liebesromane lustig, oder du kriegst heute Nacht keinen Sex.«

»Drohst du mir?«

»Ich *warne* dich.«

»Muss ich dich daran erinnern, wer hier das Sagen hat?«

Erics intensiver Blick sorgt sofort dafür, dass meine intimsten Stellen zu kribbeln anfangen. Er strahlt einfach zu viel Männlichkeit aus.

»Du bist überheblich«, sage ich, dann lecke ich mir nervös die Lippen, weil Erics Blick nicht an Intensität verliert. »Mach dich nicht über die Bücher lustig.«

»Ich mache mich nicht darüber lustig«, sagt er amüsiert. »Ich frage mich nur, an welchem Standard ich gemessen werde.«

»Ach, da mach dir mal keine Sorgen. Du bist den ganzen heißen Kerlen auf den Covern mehr als gewachsen.«

»Ich verstehe.« Er grinst. »Also das meinst du mit einem gemütlichen Abend?«

»Man muss sich auch mal etwas gönnen«, erkläre ich mit einem Achselzucken.

Eric tritt einen Schritt auf mich zu, sodass er über mir aufragt, als er seinen Daumen an meinem Kiefer entlanggleiten lässt, um dann meinen Kopf zu heben. »Gönn dir *mich.*«

»Klingt nach einer guten Idee.«

Er nickt, dann nimmt er mich erneut in die Arme. »Lass uns zu unserem vorherigen Gesprächsthema zurückkehren. Du, Pippa Bennett, bist die liebenswerteste Person, die ich je getroffen habe … und jeder Mann, der das nicht erkennt, ist ein Idiot.«

»Ich habe das Gefühl, dass ich mit Komplimenten überhäuft werde.«

»Hast du was dagegen?« Er hebt mich hoch und trägt mich davon.

»Absolut nicht. Bitte arbeite noch ›schön‹ und ›witzig‹ in deine Lobhudelei ein«, weise ich ihn an.

»Damit wollte ich anfangen.« Eric lacht, dann legt er mich auf der Couch ab. Ich rutsche zur Seite, um Platz für ihn zu machen. Er legt sich neben mich und sagt: »Und dann hätte ich noch hinzugefügt, dass du klug bist und warmherziger als die meisten, die ich kenne.«

»Kann man deinen Kompliment-Service regelmäßig buchen?«

»Für dich ist er umsonst und vierundzwanzig Stunden verfügbar.«

Mit einem Grinsen pikse ich ihn in die Brust. »Nichts ist umsonst.«

»Du kannst mich mit Sex bezahlen.« Ein diabolisches Lächeln erscheint auf seinem Gesicht.

Ich gewähre ihm einen kurzen Blick auf eine Brust. »Reicht das als Bezahlung?«

Er schürzt die Lippen, als müsste er darüber ernsthaft nachdenken. »Könnte sein, dass ich erst noch die andere sehen muss, um mich zu entscheiden. Und vielleicht noch deinen ansehnlichen Hintern.«

»Hast du gerade meinem Po ein Kompliment gemacht? Ziemlich frech.«

»Hey, ich kommentiere, was ich sehe. Und du hast den perfekten Hintern.«

»Ach ja?«, frage ich kokett, plötzlich unglaublich zufrieden mit mir selbst. Gott, dieser Mann weiß wirklich, wie man mich zum Lächeln bringt. »Starrst du ihn deswegen an, wann immer sich dir die Chance bietet?«

»Das tue ich wirklich«, gibt er zu, dann müssen wir beide lachen.

»Ich sollte mir aufreizendere Kleidung kaufen, um herauszufinden, ob auch alle anderen so reagieren.«

Er zieht mich in die Arme und rollt sich über mich. »Das wirst du nicht tun.«

»Wollen wir das ausdiskutieren?«, stichle ich.

Eric folgt mit den Fingern den Konturen meines Gesichts, während er gleichzeitig mit einem Knie meine Beine auseinanderschiebt. »Du gehörst mir, Pippa. Da gibt es keinen Verhandlungsspielraum.«

Damit küsst er mich leidenschaftlich, eine Hand an meiner Wange. Ich genieße die Wärme seines Körpers und seine Leidenschaft. Gleichzeitig gebe ich mein Bestes, zu vergessen, dass es ein Ablaufdatum gibt.

# 18 Eric

»Dad«, sagt Julie am Samstagmorgen, »wir müssen über etwas Wichtiges reden.«

Blinzelnd stelle ich meine Kaffeetasse auf den Tisch. Das Rührei, das ich zum Frühstück gegessen habe, liegt mir wie ein Stein im Magen. Auf die Worte »Wir müssen reden« folgt selten etwas Gutes.

»Dann mal los.«

Julie stemmt die Ellbogen auf den Tisch und mustert mich stirnrunzelnd. Ihr eigener Teller ist noch halb voll. Sie ist schon den gesamten Morgen so gedankenverloren.

»Glaubst du, ich kriege je einen Bruder oder eine Schwester?«

Ich reiße den Kopf hoch. »Was?«

Meine Tochter lässt seufzend den Kopf in die Hände sinken. Sie wirkt aufgewühlt. »Ich wollte immer eine Schwester. Oder einen Bruder. In meinem Design-Kurs gibt es zwei Mädchen, die Schwestern sind, und die unternehmen ständig etwas zusammen. Ich meine, ich weiß, dass ich erst mal nichts mit einer Schwester unternehmen könnte, wenn ich jetzt eine bekäme, weil sie winzig wäre, aber ich könnte etwas für sie tun. Wie ihr Kleidung kaufen oder Geschichten vorlesen. Und wenn sie dann größer wäre, könnte ich auf sie aufpassen. Sie würde wahrscheinlich nicht wollen, dass ich mit ihr abhänge … denn wenn sie zwölf ist wie ich jetzt, wäre ich vierundzwanzig, was *uralt* ist.«

Julie redet inzwischen mehr mit sich selbst als mit mir, was gut ist, weil es mir ehrlich gesagt die Sprache verschlagen hat. Mein Magen krampft sich zusammen. Ohne den Unfall hätte sie bestimmt ein Geschwisterchen.

»Also, was denkst du? Besteht die Chance, dass ich eine Schwester oder einen Bruder bekomme?«

»Bis vor zwei Minuten wusste ich nicht mal, dass du das willst.«

Julie verschränkt die Arme vor der Brust. »Willst du mehr Kinder?«

»Ja«, höre ich mich selbst sagen. Dass ich das will, wird mir erst jetzt, als ich es laut ausspreche, wirklich bewusst. Zu meiner Überraschung scheint diese Antwort Julie zu reichen, weil ihr Stirnrunzeln verschwindet und sie breit lächelt. Sie springt von ihrem Stuhl, läuft um den Tisch und umarmt mich. Ich drücke sie eng an mich.

»Du solltest dein Rührei aufessen«, sage ich, nachdem sie sich von mir gelöst hat.

»Ich habe keinen Hunger mehr. Kann ich in mein Zimmer gehen und die Hausaufgaben für den Kurs machen, bis Pippa kommt?«

»Natürlich. Aber erst räumen wir den Tisch ab.«

Julie protestiert nicht, stattdessen trägt sie pflichtbewusst ihren Teller in die Küche.

Ms Blackwell hat heute frei, also sind es nur wir zwei, bis Pippa kommt. Sie war in letzter Zeit ein paarmal bei uns, und ich mag es, sie hierzuhaben.

***

Pippa kommt gegen Mittag mit einem Karton voller Süßkram. Das Lächeln dieser Frau ist ansteckend. Ich lache allein deswegen, weil sie lacht, und das ist für mich vollkommen in Ordnung.

»Hallo, Fremder«, sagt sie. »Lange nicht gesehen.«

»Komm her.« Ich ziehe sie ins Haus, schließe die Tür und drücke ihr einen Kuss auf die Lippen.

»Kann Julie uns nicht sehen?«

»Sie arbeitet an ihrem Computer an irgendetwas. Das Haus könnte einstürzen, und sie würde es nicht bemerken.«

Ich drücke Pippa gegen die Tür, in der Absicht, sie richtig zu küssen.

»Pass auf.« Sie hält den Karton über den Kopf, so vorsichtig, als wäre er mit Diamanten gefüllt. »Du wirst die Cupcakes zerdrücken.«

Ich nehme ihr die Cupcakes ab und stelle sie auf einen nahe gelegenen Tisch, um Pippa sofort wieder gegen die Tür zu drücken. Diesmal umfasse ich ihre Handgelenke mit einer Hand und ziehe sie über ihren Kopf. Ich lasse die Knöchel meiner freien Hand über ihre Wange gleiten, dann umfasse ich ihr Gesicht.

»Cupcakes. Irgendwie kann ich mich des Gefühls nicht erwehren, dass ich auf deiner Prioritätenliste nicht ganz oben stehe.«

»Das stimmt absolut nicht. Du hast da dieses kleine, schmutzige Ding, das dich immer auf Stufe eins meiner Prio-Liste bringen wird.«

»Und das wäre?«

Sanft und mit einem scheuen Lächeln drängt sie ihr Knie zwischen meine Beine.

»Ich kann nicht glauben, dass du meinen Schwanz klein genannt hast. Jetzt ist er beleidigt.«

»Ich kann nicht glauben, dass du von deinem Penis in der dritten Person sprichst.«

»Er hat eine Entschuldigung und liebevolle Zuwendung verdient«, fahre ich fort.

Pippa grinst, dann drängt mir die kleine Verführerin ihre

Hüften entgegen. »Schön, aber später. Ich werde ihm meine Entschuldigung zuflüstern.«

»Wieso flüstern?«

»Weil das eine Sache zwischen ihm und mir ist. Du darfst unser Gespräch nicht hören.«

Ich beäuge sie noch einen Moment, dann küsse ich sie heftig. Sie gibt sich mir hin und seufzt an meinem Mund. Pippa schmeckt nach Zucker. Lächelnd wird mir klar, dass sie auf der Fahrt bereits einen der Cupcakes gegessen haben muss. Sie ist einfach bezaubernd.

Wir lösen uns voneinander, dann drücke ich ihr einen Kuss auf die Wange und anschließend auf ihre Nasenspitze. Da bemerke ich den Ausdruck in ihren Augen. Sie wirkt mit einem Mal verletzlich.

»Was ist los?«

»Nichts. Ich verbringe nur unglaublich gern Zeit mit dir. Du sorgst dafür, dass ich mich wie eine Prinzessin fühle, selbst wenn du es gar nicht darauf anlegst.«

Ich nutze den kurzen Moment ihrer Verwundbarkeit und liebkose die Seite ihres Halses. »So soll es sein, Pippa. Du hast es verdient.«

»Dad?« Julies Stimme schallt aus dem Schlafzimmer. »Ist das Pippa? Ich habe die Tür gehört.«

Ich lächle. »Sie ist gerade angekommen.«

Damit gehen wir ins Wohnzimmer. Julie betritt den Raum mit einer riesigen, orangefarbenen Plastikkiste in den Händen.

»Was ist das?«, frage ich. Ich bin mir hundertprozentig sicher, dass ich diese Kiste noch nie gesehen habe.

»Bastelzeug«, antwortet Julie einfach. »Pippa, bist du bereit?«

Pippa nickt. Sie und meine Tochter setzen sich auf den Boden im Wohnzimmer, öffnen die orangefarbene Kiste und fangen an, darin herumzugraben.

»Ich werde für ein paar Stunden im Arbeitszimmer verschwinden«, erkläre ich den beiden. »Ich habe eine Telefonkonferenz mit Boston.«

Weder Pippa noch Julie drehen auch nur den Kopf, also kann ich wohl mit Sicherheit behaupten, dass sie mich nicht vermissen werden.

Zwei Stunden später kehre ich ins Wohnzimmer zurück. Ich freue mich schon darauf, es mir für den Rest des Tages auf dem Sofa gemütlich zu machen. Ich will ein paar Stunden mit meinen Mädels genießen, vielleicht einen Film anschauen. Als ich allerdings die Tür zum Wohnzimmer öffne, kann ich es nicht glauben. Überall ist Glitter. Und damit meine ich *überall*. Pippa und Julie verstummen und starren mich überrascht an.

»Dad, wir dachten, du kämest erst in einer Weile zurück«, sagt Julie fast vorwurfsvoll.

»Ich weiß, dass es hier momentan aussieht wie in Glitterland, aber ich verspreche, dass wir aufräumen werden«, sagt Pippa fast atemlos.

Glitterland? Eher wie in einer Glitterhölle, doch ich schlucke diesen Kommentar hinunter und sage: »Sieht aus, als hättet ihr beide Spaß.«

Sowohl Pippa als auch Julie lächeln breit.

»Den haben wir«, sagt Pippa.

»Ja. Wir bauen Modelle für meinen Designkurs«, erklärt Julie.

Ich habe keine Ahnung, wieso das beinhaltet, mein Wohnzimmer in das Innere einer Schneekugel zu verwandeln, aber wenn es die beiden glücklich macht, würde ich auch in Glitzer ertrinken, wenn es nötig ist. Ich bahne mir den Weg zur Couch, doch selbst sie ist mit glitzerndem Flitter übersät.

»Bist du nicht ein bisschen alt für so viel Glitzer, Julie?«, frage ich.

Meine Tochter keucht, als hätte ich ihr gerade eine Beleidigung ins Gesicht geschleudert.

Pippa verschränkt die Arme vor der Brust. »Man ist nie zu alt für Glitzer. Ich liebe es.«

»Natürlich«, antworte ich.

Pippa und Julie wechseln einen kurzen Blick, dann grinsen sie, was nur eines bedeuten kann: Sie planen etwas. Ich beäuge die beiden, in dem Versuch herauszufinden, was ich zu erwarten habe.

*Komm schon, Callahan. Du bist ein verdammter CEO. Denk schnell. Was haben sie vor?*

Aber mir fällt einfach nichts ein. Diesen zwei Superhirnen bin ich einfach nicht gewachsen.

»Dein Dad hat eine Lektion verdient.«

»Absolut«, antwortet Julie.

Die beiden vergraben ihre Hände in der Kiste, und bevor mir klar wird, was vor sich geht, greifen sie mich an. Ich stolpere zu Boden und sie stürzen sich auf mich, um mir kreischend vor Lachen die Taschen mit Glitter zu füllen, wobei sich natürlich eine Menge über meiner Kleidung verteilt. Ich fange ebenfalls an zu lachen, und bald schon tut mir der Bauch davon weh.

»So, jetzt bist du einer von uns«, sagt Julie, nachdem wir uns beruhigt haben. »Ein richtiger Einwohner von Glitterland.«

»Mission abgeschlossen«, fügt Pippa hinzu.

Wir liegen auf dem Boden, Pippa rechts von mir, mit dem Kopf auf meiner Schulter, Julie links von mir an mich gekuschelt. Als wir wieder atmen können, wird mir etwas klar. Das hier ist *richtig* – wir drei zusammen, fast wie eine Familie. Pippa sieht mich an, und ich weiß, dass sie es auch spürt.

»Hey«, sagt sie sanft. »Ich habe es schon mal erwähnt, euch aber nicht offiziell eingeladen. Wir feiern nächsten

Samstag im Haus meiner Eltern Avas Geburtstag. Würdet ihr gern kommen? Das wird lustig.«

»Ja«, antwortet Julie, bevor ich auch nur den Mund öffnen kann. »Dad, können wir hingehen?«

»Aber sicher.«

Und zum ersten Mal seit langer Zeit fühle ich mich vollständig.

# 19 Pippa

Meine Gelegenheit, Eric etwas Gutes zu tun, um mich für all die kleinen Aufmerksamkeiten zu revanchieren, bietet sich zwei Tage später. Ich hatte vor, irgendetwas Nettes für ihn zu organisieren, seitdem er mich zu der Wohltätigkeitsgala begleitet hat, aber bisher fehlte mir einfach die Zeit. Jetzt, wo mein Dad wieder zu Hause ist – und auf dem Weg der Besserung, aber mürrischer als je zuvor –, kehrt wieder Ruhe in meinen Alltag ein.

Nach der Arbeit kaufe ich Lebensmittel ein und fahre nach Hause. Um halb sieben betrete ich meine Wohnung. Perfektes Timing. Mir bleibt genug Zeit zum Kochen, bevor Eric kommt. Er hat gesagt, er werde um halb acht vorbeischauen. Anscheinend gibt es in Julies Design-Schule einen Videoabend, also haben wir ein paar Stunden für uns.

Julie hat mir erzählt, dass Erics Lieblingsessen Risotto ist, daher bereite ich genau das zu. Ich drehe die Musik laut auf und fange an zu kochen. Gott, das habe ich vermisst! Ich hatte ganz vergessen, wie sehr ich Kochen liebe. Für mich ist es fast wie Meditation. Die Mischung der Gewürze, die Kombination der Kräuter … Ich kann nicht glauben, dass ich das seit der Scheidung nicht mehr getan habe, also nehme ich mir vor, wieder damit anzufangen.

Eine Stunde später ist alles fertig. Jetzt fehlt nur noch Eric. Nur dass die Minuten vergehen und er nicht auftaucht. Irgendwann rufe ich ihn an.

»Hey, du«, begrüße ich ihn.

»Scheiße. Ich sollte inzwischen schon bei dir sein. Tut mir

leid, dass ich dich nicht angerufen habe. Ich habe es vergessen. Ich werde es heute nicht schaffen. Ein Problem ist aufgetreten, und ich habe ein Team-Meeting einberufen.«

Ich mustere das Risotto und probiere davon. Es ist köstlich. Dann ziehe ich einen Schmollmund, während ich mir das Hirn zermartere, wie ich ihn aus dem Büro kriegen kann.

»Bist du enttäuscht?«, fragt er.

Ich zucke zusammen. »Woher weißt du das?«

»Nur so eine Vermutung. Wirst du immer noch enttäuscht sein, wenn ich dir deinen Lieblingsschokokuchen kaufe und später vorbeischaue?«

Ich lache. »Versuchst du, mich zu bestechen?«

»Absolut. Und ich schäme mich nicht dafür.«

»Ich könnte darüber nachdenken, meine Enttäuschung mit dem Schokoladenkuchen runterzuschlucken.«

»Gutes Mädchen.«

Ich lege den Löffel zur Seite, mit dem ich von dem Risotto probiert habe, und beschließe, dass besondere Situationen besondere Maßnahmen erfordern.

»Ich stehe nackt in der Küche«, murmle ich, wobei ich hoffe, dass er die Lüge nicht hören kann. »Mit einer Flasche Wein. Ich berühre mich selbst …«

»Bleib kurz dran«, unterbricht er mich.

»Bleib kurz dran?«, rufe ich, doch es erfolgt keine Antwort. Ich höre, wie Eric im Hintergrund mit jemand anderem redet.

»Okay. Ich bin wieder da.«

»Eric Callahan, du wirst mir nicht sagen, dass ich kurz dranbleiben soll, während ich Telefonsex mit dir habe!«

»Ich werde es trotzdem tun, wenn es etwas Wichtiges zu erledigen gibt.«

»Wie zum Beispiel?« Ich beiße mir auf die Wange, verzweifelt auf der Suche nach weiteren Drohungen.

»Wie das Meeting zu verschieben, um nach Hause zu kommen und tatsächlich Sex mit dir zu haben.«

Ich richte mich auf. »Das hast du getan?«

»Dachtest du, ich bleibe im Büro, während du es dir besorgst?«

»Na ja, du bist schließlich ›der Hai‹.«

»Vor allem bin ich ein Mann.«

»Du verzehrst dich nach nacktem Fleisch, Eric.« Mein Grinsen ist inzwischen so breit, dass meine Gesichtsmuskeln schmerzen.

»Nein. Nur nach dir.«

Und einfach so schmelze ich dahin.

»Beeil dich.«

***

Genau eine Viertelstunde später klingelt es an der Tür. Ich habe mir einen Kimono aus roter Seide übergeworfen, darunter trage ich schwarze Spitzenunterwäsche. Ich atme tief durch, bevor ich die Tür öffne.

Sobald Eric mich sieht, verdunkelt sich sein Blick vor Verlangen. Langsam öffne ich den Gürtel meines Kimonos und lasse den Stoff auseinandergleiten, sodass Eric einen Blick auf Höschen und BH erhaschen kann. Seine Reaktion ist ein tiefes Stöhnen.

»Hätte ich gewusst, dass du das trägst, wäre ich innerhalb von zehn Minuten da gewesen.«

»Dem entnehme ich, dass dir gefällt, was du siehst.«

»Das tue ich.« Er betritt die Wohnung und schließt die Tür hinter sich. »Ich kann es kaum erwarten, dir das vom Körper zu reißen.«

Gierig gleitet mein Blick über ihn, weil mich alles an ihm betört. Ein Mann im Anzug wirkt unglaublich maskulin, und

Eric sieht einfach fantastisch aus. Alles an ihm zeugt von Macht, Entschlossenheit – und atemberaubendem Sex.

Er schlingt einen Arm um meine Taille und drängt mich gegen die Wand. Gleich darauf dringt seine Zunge in meinen Mund ein. Eric küsst mich wie ein Besessener, und ich liebe jeden wilden Moment. Es ist wunderbar.

»Wie kann es sein, dass ich dich so sehr begehre?«, fragt er, als wir uns voneinander lösen. Sein Atem geht stoßweise. »Ich konnte im Büro ständig nur an dich denken.«

Ich atme flach, weil Verlangen meinen Körper erfüllt, so sehr, dass ich ihm die Hüften entgegendränge. Eric stöhnt leidenschaftlich, dann vergräbt er eine Hand in meinem Haar, bevor er sanft meine Wange umfasst. Vollkommen überraschend drückt er meine Beine mit dem Knie auseinander, schiebt den Stoff meines Strings zur Seite und lässt den Daumen über meine Schamlippen gleiten. Ich erschaudere, und meine Knie werden weich. Dieser Mann weiß wirklich, wie man eine Frau in den Wahnsinn treibt.

»Lass uns sofort ins Schlafzimmer gehen, oder ich schwöre, ich werde dich hier an der Wand nehmen.«

»Mach doch«, fordere ich ihn heraus.

Etwas in ihm scheint zu brechen – ich glaube, es ist seine Selbstbeherrschung. Eric küsst mich leidenschaftlich und voller Verlangen. Mein gesamter Körper verzehrt sich nach ihm. Meine Hände fummeln ungeschickt an den Knöpfen seines Hemdes herum, öffnen sie einen nach dem anderen, wobei ich kaum dem Drang widerstehen kann, ihm das Hemd einfach vom Körper zu reißen. Ich lasse meine Hände über seine muskulösen Arme gleiten, während ich ihm das Kleidungsstück von den Schultern streife. Dann schiebe ich ihn leicht von mir, um seinen wohlgeformten Körper zu betrachten. Meine Mitte verzehrt sich nach ihm, und meine harten Brustwarzen drängen sich gegen den Stoff des BHs.

»Du bist sexy«, sagt Eric heiser, die Augen auf meine Brüste gerichtet.

Stolz lächle ich. Ich habe ziemlich viel Zeit in Nadines Laden verbracht, um heiße Unterwäsche auszusuchen, während Alice die ganze Zeit auf mich einredete, dass den Männern die Unterwäsche vollkommen egal sei, weil die Kerle sich nur für das interessierten, was darunter zum Vorschein komme. Nun, Eric scheint mein BH zu erregen. Ungefähr fünf Sekunden lang, bevor er den Verschluss öffnet und meine Brüste entblößt. Er umfasst sie fest, dann konzentriert er sich auf meine fast schmerzhaft empfindlichen Brustwarzen.

»Ich werde dafür sorgen, dass du dich unglaublich gut fühlst, Pippa.«

»Keine Verzögerungstaktiken mehr. Beweis es!«

Ich verzehre mich danach, ihn in mir zu spüren. *Jetzt sofort.*

»Du bist ein ungeduldiges, kleines Ding.«

Er schenkt dem String keine Beachtung, als er ihn nach unten schiebt. Okay, dann hatte Alice also nicht ganz unrecht.

Ich öffne seine Hose, um sie zusammen mit den Boxershorts über Erics Po nach unten zu schieben. Dieser Mann hat einen atemberaubenden Hintern. Ich vergrabe für einen Moment die Fingernägel in seiner Haut, um ihn spüren zu lassen, wie sehr ich ihn begehre. Eric lacht leise und streichelt sanft meine Wange. Als Nächstes richte ich meine Aufmerksamkeit auf seine Erektion. Ich lasse mich an der Wand nach unten gleiten, bis ich vor ihm knie. Ich nehme seinen Schwanz in den Mund, wobei meine Hand den Schaft liebkost. Eric schluckt hörbar, bevor sich seine Hand in meinem Haar vergräbt. Zufrieden beobachte ich, wie seine Selbstbeherrschung mit jeder Bewegung meiner Hand nachlässt. Als ich die Zunge über die geschmeidige Spitze gleiten lasse, stöhnt Eric meinen Namen. Dann löst er sich von mir und schüttelt seine Hose von den Füßen, währenddessen er ein Kondom aus der Tasche zieht. Er rollt es sich über, dann zieht er mich hoch.

»Spreiz die Beine«, befiehlt er.

Ich schlucke schwer, bevor ich der Aufforderung folge. Er schiebt einen Finger in mich und küsst mich leidenschaftlich. Ich liebe es, wie er schmeckt – vollkommen männlich.

Er beißt mich sanft ins Ohrläppchen, dann flüstert er: »Es ist wunderbar, dass du so feucht bist. Und dafür wirst du jetzt belohnt.«

Ein weiterer Finger schließt sich dem ersten an und neckt mich, bevor Erics Handfläche auf meinem Kitzler landet und ihn rhythmisch massiert. Meine Muskeln verkrampfen sich um seine Finger, gierig nach mehr. Eric sinkt auf die Knie, bis sich sein Mund auf Höhe meiner Hüften befindet, dann lässt er seine Zunge von meinem Nabel nach unten zu meiner Klit gleiten. Ich schließe die Augen und gebe mich dem Gefühl hin.

Als er den empfindlichsten Punkt erst mit seinem Daumen und dann mit seiner Zunge verwöhnt, werden meine Knie gefährlich weich.

»Du bist diejenige, die mich herausgefordert hat, dich an der Wand zu lieben«, zieht er mich auf.

»Ich … ja«, murmele ich, bevor ich mir die Lippen lecke. »Nicht unbedingt meine beste Idee. Ich weiß nicht, wie lange ich mich auf den Beinen halten kann.«

»Keine Sorge.« Eric umfasst meinen Hintern mit beiden Händen und fügt hinzu: »Ich halte dich, Süße.«

Während mich sein Mund auf wundersame Weise liebkost, lasse ich meine Finger in sein Haar gleiten, um ihn noch näher an mich zu ziehen.

»Ich brauche dich in mir. Jetzt«, bettle ich.

Eric folgt meiner Bitte fast sofort, steht auf und zieht mich an der Wand nach oben. Fast ohne nachzudenken schlinge ich die Beine um seine Hüften. Eric küsst mich im selben Moment, in dem er in mich eindringt. Eine Sekunde lang bewegt er sich nicht, sondern hält mich nur fest. Ich verschränke meine Finger in seinem Nacken, genieße unsere Nähe. Sein Herz schlägt fast so wild wie meines.

»In dir zu sein ist so wunderbar, Pippa.« Er drückt mir einen keuschen Kuss auf die Wange. »Wie ein Zuhause.«

Seine Worte berühren mich auf eine Weise, die er nicht einmal erahnen kann. Ich schiebe ihm meinen Körper entgegen, suche seine Wärme und Leidenschaft. Ohne den Blick abzuwenden, beginnt er zu stoßen. Der Winkel ist perfekt, sodass er mich innerlich an Stellen berührt, die noch nie zuvor jemand berührt hat, womit er mir ein lustvolles Seufzen nach dem nächsten entlockt. Mein Herzschlag beschleunigt sich, weil ein überwältigendes Gefühl in mir aufsteigt. Ich schließe die Beine fester um ihn und vergrabe meine Fersen in seinem Hintern, weil ich ihm noch näher kommen will. Ich dränge mich ihm entgegen, suche seinen Mund, während ich voller Verlangen nach mehr lechze. Ich kratze mit den Fingernägeln über seine Schultern, als der Orgasmus kommt. Eine dünne Schweißschicht glänzt auf Erics Oberlippe, sodass ich mich vorlehne und ihn küsse. Er schmeckt ein wenig salzig, aber hauptsächlich männlich. Als er beginnt, in mir zu zucken, zerspringe ich in tausend Teile von Lust und klammere mich an ihn, während ich vor Vergnügen wimmere. Eric ruft heiser meinen Namen, dann lässt er seine Stirn gegen meine sinken, sein Atem ist flach.

»Ich habe dich vermisst.« Er flüstert die Worte und lächelt.

»Ich habe dich auch vermisst«, gestehe ich.

Wir bleiben noch eine Weile ineinander verschlungen, bevor er mich wieder auf die Beine stellt.

»Rieche ich Risotto?«, fragt er.

»Jepp. Ich habe Julie gefragt, was dein Lieblingsessen ist«, erkläre ich stolz. »Aber du hast keinen Schokokuchen mitgebracht, wie du es versprochen hast.«

»Ich habe mich selbst mitgebracht.« Eric grinst süffisant. »Reicht das nicht?«

»Das muss ich erst noch entscheiden. Lass uns essen.«

Als er mich loslässt, spüre ich sofort Kälte an den Stellen, die er gerade noch berührt hat. Ich will nicht mal darüber nachdenken, wie es sich anfühlen wird, wenn er mich ganz loslässt.

# 20 Eric

Das Bennett-Haus hat drei Stockwerke und ein leuchtend rotes Dach. Der Garten ist bereits voller Menschen, als wir ankommen. Hier müssen mindestens fünfzig Leute herumlaufen und ich entdecke auf einen Blick sechs Kinder, einige davon in Julies Alter. Die meisten stehen am Rand eines improvisierten Fußballfeldes und jubeln den Spielern zu. Ich erkenne Alice, Summer, Sebastian und Logan auf dem Feld. Eine andere Gruppe steht um etwas herum, was ich für den Grill halte – zumindest vermute ich das, weil Rauch aus der Mitte aufsteigt.

Mr Bennett sitzt im Schatten einer großen Eiche ein Stück vom Spielfeld entfernt und beobachtet das Spiel. Ich kann nicht erkennen, ob er zufrieden oder mürrisch ist, aber zumindest scheint es ihm gut zu gehen.

»Gehören all diese Leute zu deiner Familie?«, fragt Julie Pippa.

Wir gehen Richtung Fußballfeld, und Julie sieht sich um, als könnte sie ihren Augen nicht trauen.

»Irgendwie schon, ja. Viele sind Cousins und Cousinen, aber manche sind auch einfach nur Freunde. Sogenannte adoptierte Bennetts.«

»Was ist das?«, fragt Julie neugierig.

»Freunde, die uns sehr nahestehen.«

»Können Dad und ich adoptierte Bennetts werden?«, fragt Julie hoffnungsvoll. »Deine Familie ist toll. Schau, Dad, sie jubeln.«

Pippa zieht fragend die Augenbrauen hoch.

»Familientreffen in der Callahan-Familie sehen ganz anders aus«, erkläre ich Pippa. »Moms Vorstellung von einem Nachmittag mit der Familie erinnert an einen Debütantinnen-Ball, wo sich alle fein anziehen und neben einer gepflegten Partie Bridge teuerstes Catering-Essen verspeisen. Das ist unglaublich langweilig für Julie und mich, und wir meiden diese Feste so oft wie nur möglich.«

»Regt das deine Mom nicht auf?«, fragt Pippa.

»Nein. Ich bin bei den Absagen immer sehr geschickt. Ich kann sehr subtil sein, wenn ich will.«

Pippa lacht. »Ich wette, sie gibt nur vor, die Ausreden zu glauben. Moms kapieren eine Menge, und Subtilität ist *nicht* deine große Stärke.«

»Das stimmt nicht.« Ich reibe mir den Bauch, den Blick auf den Grill gerichtet. »Ich bin am Verhungern.«

»Hey, Pippa«, ruft Summer mit rotem Kopf, als sie das Feld verlässt. »Willst du für mich einspringen? Ich bin fertig.«

Pippa zögert keinen Moment. »Klar.«

»Ich spiele in Logans Team«, sagt Summer. »Alice und Sebastian treten uns gerade so richtig in den Hintern. Hier, nimm meine Turnschuhe.« Sie setzt sich aufs Gras, streift ihre Schuhe ab und gibt sie Pippa, die sie sofort anzieht.

»Wir sehen uns nachher wieder.« Pippa zwinkert Julie und mir zu, bevor sie aufs Feld rennt.

Summer lässt sich barfuß auf den Rücken ins Gras sinken. »Ich fühle meine Beine nicht mehr«, erklärt sie Julie, kurz bevor Mrs Bennett mit Tellern auftaucht, auf denen sich die Brote förmlich stapeln. Bei diesem Anblick setzt Summer sich auf. Sie schnappt sich ohne ein weiteres Wort einen der Teller und beginnt zu essen. Ich habe keine Ahnung, was Julie davon hält. Im Haus meiner Mutter dürfte barfuß im Gras liegen einer Todsünde nahekommen. Sie würde dafür eine

Standpauke bekommen, keinen Teller mit Essen. Das Chaos hier ist unglaublich, aber ich muss zugeben, dass ich es liebe. Es fühlt sich an wie *Familie*.

»Eric, Julie, schön, dass ihr da seid«, begrüßt uns Mrs Bennett, wobei sie uns den zweiten Teller entgegenstreckt. »Hier. Ich hoffe, ihr habt Hunger.«

»Absolut«, antworte ich, nehme den Teller und fange sofort an, mir Essen in den Mund zu stopfen. Julie folgt meinem Beispiel.

»Julie«, sagt Mrs Bennett, »ich könnte dir ein paar meiner Nichten und Neffen vorstellen. Ich glaube, du wirst sie mögen.«

Meine Tochter nickt begeistert, dann schaut sie zu mir auf. »Darf ich gehen, Dad?«

»Natürlich«, antworte ich. »Aber willst du nicht erst noch etwas essen?«

»Ich werde später essen.« Sie strahlt förmlich.

»Dann ab mit dir.«

Sie und Mrs Bennett gehen und schließen sich der Kindergruppe an. Als Nächstes richte ich meine Aufmerksamkeit auf das Fußballfeld. Pippa ist in ihrer Familie voll in ihrem Element, auch wenn sie momentan konzentriert die Stirn runzelt. Ich würde ja gern behaupten, sie die anderen so richtig fertigmachen zu sehen, aber ihr Team verliert. Pippa hat nicht gelogen. Alice spielt fantastisch.

»Logan wird wieder ziemlich schlecht gelaunt sein, wenn er nicht gewinnt«, meint Mrs Bennett.

Ich habe gar nicht bemerkt, dass sie sich mir wieder angeschlossen hat.

»Sie haben eine wunderbare Tochter, Eric. Pippa hat mir eine Menge von ihr erzählt. Es war sicher nicht leicht, das Mädchen allein großzuziehen. Aber Sie haben einen fabelhaften Job gemacht.«

»Danke, Ma'am«, sage ich. Im Großen und Ganzen bin auch ich der Meinung, dass ich mich mit Julie nicht allzu schlecht angestellt habe, doch das von einer Frau zu hören, die neun Kinder großgezogen hat, gibt mir trotzdem Auftrieb.

Wir schweigen eine Weile, doch ich kann förmlich spüren, dass mich ein ernstes Gespräch erwartet.

Und tatsächlich, irgendwann sagt sie: »Sie haben einen guten Einfluss auf meine Tochter. Das ist wieder die Pippa, an die ich mich erinnere.«

»Was meinen Sie damit?«

Mrs Bennetts Lippen werden dünn. »Es braucht wenig, meine Tochter glücklich zu machen, und eine Menge, um sie unglücklich zu machen. In ihrer Ehe war sie unglücklich. Sie hat lange nichts gesagt, aber ich habe es trotzdem gemerkt. Jetzt strahlt sie wieder. Und das hat etwas mit Ihnen zu tun.«

»Ma'am, die Welt ist ein besserer Ort, wenn Pippa lächelt. Wenn ich dazu etwas beitragen kann, macht mich das stolz.«

Zu meiner Überraschung wirkt Mrs Bennett, als würde sie jeden Moment in Lachen ausbrechen. »Pippa hat recht. Sie sind ein Charmeur.«

»Ich gebe mein Bestes«, antworte ich vollkommen ernst.

Irgendwann beginnt die Menge zu jubeln und zeigt damit das Ende des Spiels an.

Pippa kommt auf mich zu. »Das hat Spaß gemacht.«

»Du weißt, dass du verloren hast, richtig?«, frage ich, als ich sie in den Arm nehme und an mich ziehe.

Sie zuckt nur mit den Achseln und schiebt sich eine Strähne aus dem verschwitzten Gesicht. »Das interessiert niemanden – außer Logan und Alice. Ich spiele einfach gern. Also… ich habe gesehen, dass du dich mit Mom unterhalten hast.«

»Stimmt.«

»Wie ist es gelaufen?«

»Sie hat mich nicht verschreckt, falls du das fürchtest.«

»Natürlich hat sie das nicht. Das ist die Aufgabe meiner Brüder. Aber keine Sorge. Ich werde dich beschützen.«

»Wirst du?«, frage ich und halte sie fester.

»Jepp. Ich bin Pippa, die Beschützerin und Bewahrerin der Geheimnisse.« Sie verkündet das mit vollkommen ernster Miene, was nur dafür sorgt, dass ich die Frau noch mehr küssen will.

»Weißt du, solche Namen sind nicht viel wert, wenn man sie sich selbst verleiht«, gebe ich zu bedenken.

»Wie würdest du mich nennen?«, fragt sie kokett.

»Hmmm. Lass mich mal nachdenken. Pippa der Cupcake-Schreck.«

»Halt den Mund.«

»Nein, warte, mir ist noch was Besseres eingefallen. Pippa die Cookie-Vernichterin.«

»Hey«, ruft Blake hinter mir. »Hört auf, so süß zu sein. Ihr seid von Singles umgeben. Zeigt ein wenig Respekt.«

»Geh und such dir eine Frau, Blake«, ruft Pippa. »Oder ich setze dich auf meine Kuppel-Liste.«

# 21 Pippa

Der Tag ist wunderbar. Wir feiern Avas Geburtstag mit einem riesigen Kuchen und zahllosen Geschenken. Ich verbringe die Hälfte der Zeit damit, mich um Dad zu kümmern, ansonsten sorge ich dafür, dass Eric und Julie sich amüsieren. Julie schwebt im siebten Himmel. Sie hat sich sofort mit den Töchtern eines Cousins angefreundet und beachtet mich und Eric gar nicht mehr. Wir verbringen die meiste Zeit draußen, auch wenn es nicht so warm ist, wie wir gehofft haben. Allerdings ist es in San Francisco nie so warm, wie ich hoffe, nicht mal Mitte Juli.

Als meine Geschwister – abgesehen von Christopher und Max, die noch nicht da sind – ein weiteres Fußballspiel ansetzen, stellt sich heraus, dass Eric mitspielen will. Ich beobachte das Spiel mit Julie neben mir, juble, beleidige Logan, weil er zu hart grätscht, und pfeife aufmunternd.

Während der zweiten Halbzeit fällt mir auf, dass Julie verschwunden ist. Ich schaue zu den anderen Kindern, aber da ist sie nicht. Mir schnürt es die Kehle zu. Ich frage meine Nichten, ob sie sie gesehen hätten, und sie erklären mir mit einem Achselzucken, dass Julie vor einer Weile ins Haus gegangen sei. Angst erfüllt mich, als ich ebenfalls ins Haus eile. Wo ist die Kleine? Hat sie ihren Inhalator dabei?

»Julie«, rufe ich. »Wo bist du?«

»In der Küche«, erklingt eine gedämpfte Stimme, und sofort beruhigt sich mein Herzschlag.

Ich gehe in die Küche und entdecke Julie, die mit großen Augen in den Garten starrt.

»Was ist los?«, frage ich.

»Ich verstehe das nicht«, murmelt Julie. »Wie kann Max an zwei Orten gleichzeitig sein?«

»Zwei O…? O nein«, stöhne ich, als mir klar wird, was vor sich geht. Ich öffne die Tür zum Garten und schreie: »Christopher, Max, kommt raus! Beide.«

Meine immer zu Streichen aufgelegten Zwillingsbrüder! Sie haben uns gesagt, dass sie erst später kommen könnten, weil sie noch etwas in der Innenstadt zu erledigen hätten, und ich habe nicht bemerkt, dass sie schon angekommen sind.

Sie kommen auf uns zu. Ich kann einfach nicht anders, als zu grinsen. Beide tragen dunkelrote Polo-Shirts und Jeans. Die Jeans sind nicht identisch, und sie haben verschiedene Frisuren, aber für jemanden, der sie nicht gut kennt, ist ihre Ähnlichkeit sicherlich immer noch verwirrend genug – und unheimlich. Dabei wirkt Christopher viel müder als Max. Er hat dunkle Ringe unter den Augen, aber das ist auch kaum verwunderlich, da er in letzter Zeit ständig zwischen Hongkong und San Francisco hin- und herjettet.

»Julie, meine Brüder sind…«

»Eineiige Zwillinge«, ruft sie. »Max, du hast mir nie erzählt, dass du einen Zwilling hast. Das muss ja so cool sein! Ich kann nicht glauben, dass ich das auf der Hochzeit nicht kapiert habe.«

»Was habt ihr euch dabei gedacht?«, schelte ich sie.

»Als du uns erzählt hast, dass sie mitkommt, war uns klar, dass sie die einzige Person ist, die nicht weiß, dass wir Zwillinge sind. Diese Gelegenheit konnten wir uns einfach nicht entgehen lassen«, erklärt Christopher.

Vielleicht ist es auch Max. Verdammt noch mal, ich kann nicht glauben, dass ich selbst heute noch Probleme damit habe, die beiden auseinanderzuhalten. Ich konzentriere mich auf ihre Frisuren und versuche mich zu erinnern, wer sein

Haar länger trägt. Okay, das war Max. Also war mein erster Impuls richtig. Er spricht gerade.

»Um der alten Zeiten willen, verstehst du?«

»Ihr habt ihr eine Heidenangst eingejagt«, sage ich so streng wie nur möglich. Doch ein Blick auf Julie verrät, dass sich jegliche Angst in Luft aufgelöst hat. Sie kichert.

»Ihr seid Erwachsene«, sage ich zu meinen Brüdern.

»Was wir nur zu gern vergessen, wann immer sich die Chance bietet«, antwortet Christopher ernst. »Meistens versuchen wir die Gelegenheit zu nutzen, sobald wir das Büro verlassen haben.«

»Und besonders, wenn wir uns in Gegenwart einer ähnlich gesinnten jungen Dame befinden«, fügt Max hinzu.

Julies Gesicht leuchtet auf, als er sie »junge Dame« nennt. Typisch für meine Brüder, dass sie mit ihrem Charme gut Wetter machen.

»Zu dumm, dass wir noch keine Neffen haben«, sagt Christopher. »Damit würden sich so viele neue Gelegenheiten für Streiche auftun.«

Max öffnet den Mund, dann schließt er ihn wieder, als lautes Jubeln aus dem Vorgarten ins Haus schallt.

»Sieht aus, als wäre das Spiel vorbei. Lasst uns sehen, wer gewonnen hat«, meint er.

Zusammen gehen wir nach draußen. Ich wende mich an Julie und sage: »Ich muss dir die grundlegenden Überlebensstrategien in der Bennett-Familie beibringen.«

»Klingt aufregend«, meint sie.

»Wann immer dir jemand einen Streich spielt, musst du ihn dafür zahlen lassen.« Ich werfe meinen Brüdern einen finsteren Blick zu.

Julie runzelt die Stirn. »Wie?«

»Du hast das Recht, sie zu bitten, dir alles zu bringen, was du dir wünschst.«

»Och, komm, bring ihr das nicht bei!«, beschwert sich Max.

»Du meinst Eiscreme und solche Dinge?«

»Genau. Du musst nur unbedingt dafür sorgen, dass das, was du willst, nicht leicht zu kriegen ist. Lass sie für ihren Streich richtig bluten, und sei so unerträglich wie möglich.«

Julie wendet sich an die Zwillinge. »Ich weiß noch nicht, was ich will. Ich denke entweder an Käsekuchen oder an Eis aus meiner Lieblingseisdiele in der Innenstadt.«

»Du bist schon ziemlich gut«, sage ich anerkennend.

Christopher seufzt und meint zu Max: »Mann, ich habe sie gerade erst getroffen, und schon stecke ich in Schwierigkeiten.«

In diesem Moment bemerke ich, dass uns Eric aus der Ferne beobachtet. Er steht am anderen Ende des improvisierten Fußballfeldes, ein Stück entfernt von den anderen. Ich lasse Julie bei den Töchtern meiner Cousinen zurück und jogge zu Eric, der ein wenig verschwitzt und sehr sexy aussieht.

»Super Spiel, Callahan. Gerüchten zufolge habt ihr gewonnen.«

»Das haben wir.« Er zieht mich für einen schnellen Kuss an sich, dann verschwindet er im Haus. Mom hat immer ein paar T-Shirts auf Lager, falls jemand sich nach einem Spiel umziehen will.

Ich frage mich, wieso meine Brüder Eric noch nicht aufgelauert und die Alphamännchen markiert haben. Sie benehmen sich erstaunlich anständig und wann immer sie sich mit Eric unterhalten, geht es eigentlich nur um Geschäftliches.

Am späten Nachmittag verschwinden die meisten Gäste – außer den Kindern, die hier übernachten werden. Meine Mom hat die Kleinen ins Herz geschlossen. Es sind die Kinder von Verwandten väterlicherseits, die vor ungefähr vier Monaten in die Stadt gezogen sind. Mom lädt die Rasselbande während der Schulzeit fast jedes Wochenende ein, bei ihr zu übernachten, und jetzt, wo die Ferien angefangen haben, schlafen sie auch unter der Woche oft hier.

»Mom braucht dringend Enkel«, meint Alice. Im Moment sitzen Eric und ich draußen an einem Tisch, zusammen mit Sebastian, Ava, Logan und Nadine. »Sie organisiert ständig Pyjamapartys für alle Neffen und Nichten.«

»Schau uns nicht an«, sagt Nadine sofort, dann deutet sie auf Sebastian und Ava. »Die beiden sind schon verheiratet. Sie sollten Kinder bekommen.«

Sebastian schenkt Logan ein ungewöhnlich selbstgefälliges Grinsen.

»Also, also«, sagt Logan und tätschelt Nadines Arm. »Wenn wir endlich ein Hochzeitsdatum finden könnten …«

»O mein Gott«, stoße ich hervor, als mir klar wird, wieso Sebastian so fies gelächelt hat. Ich schaue zwischen ihm und Logan hin und her, bevor ich frage: »Ihr beide versucht immer noch diese Wette zu gewinnen, oder?«

»Pippa«, warnen Logan und Sebastian mich gleichzeitig, doch es ist zu spät. Nadine und Ava sehen mich bereits neugierig an.

»Was für eine Wette?«, fragt Nadine.

»Och, gar nichts«, antworte ich eilig.

»Pippa Bennett«, mahnt Ava. »Spuck es aus!«

Meine Brüder erdolchen mich förmlich mit Blicken.

»Nun«, sage ich, »vor ungefähr zehn Jahren haben die beiden gewettet, wer wohl den Erstgeborenen unserer Familie produzieren wird.«

Nadine rammt Logan den Ellbogen in die Seite. »Deswegen hast du es so eilig, endlich zu heiraten?«

»Wir sind sowieso schneller«, meint Sebastian.

»Das werden wir noch sehen«, hält Logan dagegen. Der Testosteronnebel über dem Tisch wird so drückend, dass man fast daran erstickt. Nadine und Ava mustern meine Brüder halb ungläubig, halb stolz.

»Da geht dein Titel ›Hüterin der Geheimnisse‹ dahin«, meint Eric trocken.

»Da ist noch etwas, worüber ich mit euch reden wollte«, sagt Sebastian, jetzt wieder ernst. »Die Renovierung der Ranch läuft gut, aber Dad will das Team im Auge behalten. Glücklicherweise versteht er, dass er es nicht selber machen kann. Eigentlich ein Wunder, dass er diese Tatsache akzeptiert.«

Ich lächle in mich hinein, weil ich mir sicher bin, dass meine liebevoll-strenge Rede im Krankenhaus etwas damit zu tun hat. Aber nachdem ich mit meiner großen Klappe gerade meine Brüder habe auffliegen lassen, gebe ich lieber nicht damit an.

»Wir könnten abwechselnd einen Blick auf die Baustelle werfen«, schlägt Max vor.

»Ja«, stimmt Christopher zu. »Ich fliege in zwei Wochen zurück nach Hongkong, aber bis dahin kann ich helfen.«

»Ich wollte auch vorschlagen, dass wir uns abwechselnd darum kümmern«, meint Logan. »Sebastian und ich haben einen Zeitplan ausgearbeitet.«

Logan zieht ein gefaltetes Stück Papier aus der Tasche, von dem ich annehme, dass es der Zeitplan ist. Blake mustert den Zettel über Logans Schulter hinweg, dann reißt er ihn seinem Bruder aus den Händen und starrt das Papier ungläubig an.

»Logan, wenn du so viel Zeit auf der Ranch verbringst, könnte es sein, dass deine Verlobte dich absägt«, meint Blake, dann fügt er mit einem Augenzwinkern in Nadines Richtung hinzu: »Für den Fall, dass sie das wirklich tut, warten jede

Menge ledige Bennetts nur darauf, deinen Platz einzunehmen.«

Nadine protestiert sofort und Logan wird rot im Gesicht. Es ist fast komisch zu sehen, wie schnell Blake Logan auf die Palme bringen kann. Sebastian, der einen Arm um Ava gelegt hat, zieht nur eine Augenbraue hoch.

Daniel und Blake wechseln einen Blick, dann meldet sich Daniel zu Wort: »Genau, ihr beide habt hübsche Frauen zu Hause. Wieso überlasst ihr die Schichten auf der Ranch nicht den Single-Männern der Familie?«

»Das ist eine tolle Idee«, schaltet Max sich ein, dann dreht er sich zu Sebastian und Logan um. »Außerdem habt ihr einen Großteil der Arbeit gemacht, als wir noch Kinder waren. Wird Zeit, dass wir Jüngeren etwas zurückgeben.«

Ein paar Sekunden lang sagt niemand etwas, weil alle mit ihren Gefühlen kämpfen.

»Danke«, sagt Sebastian schließlich. »Aber Logan und ich werden an den Wochenenden trotzdem vorbeischauen.«

»Deine Familie ist sehr interessant«, sagt Eric, als wir die Gruppe ein wenig später verlassen, um Julie zu suchen und dann zu gehen.

»Was meinst du damit?«

»Ich weiß nicht genau. Die Art, wie ihr von euch gegenseitig nerven plötzlich auf Teamarbeit umschaltet.«

»Bei den Bennetts wird es jedenfalls nie langweilig. Ich kann mir nicht mal vorstellen, wie es sein muss, ein Einzelkind zu sein.«

»Viel langweiliger.« Erics Blick verliert sich für einen Moment im Nichts, dann schüttelt er den Kopf, als müsste er einen Gedanken vertreiben. »Was haben Max und Christopher vorhin mit Julie angestellt?«

»Sie in die Kunst eingeführt, ein Bennett zu sein.«

»Sie wirkte sehr glücklich.«

»Na ja, ich glaube, meine Brüder wollen ihr Talent für Unfug weitergeben. Könnte sein, dass du in nächster Zeit alle Hände voll zu tun hast«, warne ich ihn.

Er wedelt nur wegwerfend mit der Hand. »Mit Unfug kann ich umgehen.«

»So wie du mit der Glitter-Episode umgegangen bist?«, frage ich, als wir das Haus betreten.

Ich liebe das Haus meiner Eltern. Es ist warm und gemütlich, und ständig riecht es nach irgendetwas Köstlichem. Im Moment hängt der Duft von Zimt und Vanille in der Luft.

»Das war ein Überfall. Großer Unterschied.«

Eric legt einen Arm um meine Taille und zieht mich an sich. Wir sind allein im Flur, aber da sich so viele Leute auf dem Grundstück aufhalten, ist es sehr wahrscheinlich, dass wir bald gestört werden. Trotzdem steigt eine sinnliche Hitze in mir auf, als ich seinen Herzschlag fühle.

»Du wirkst auch glücklich«, murmle ich.

»Das bin ich. Als Kind hätte ich es hier geliebt. Familientreffen bei uns waren immer sehr formell. Ich musste mich jedes Mal anziehen, als ginge es in die Oper.«

Ich ziehe eine Augenbraue hoch. »Hast du Fliege getragen?«

»Natürlich. Das war das Minimum. Und Manschettenknöpfe.«

»O mein Gott, du musst so süß ausgesehen haben. Ich meine, nicht, dass du jetzt nicht mehr süß wärst.«

»Ich weigere mich, als süß bezeichnet zu werden.« Eric tritt zurück und verschränkt die Arme vor der Brust, als meinte er das ernst.

»Warum?«, frage ich verwirrt.

»Das ist absolut unmännlich.«

»Wie wäre es, wenn ich das Wort ›Hai‹ dahinterhänge? Ein süßer Hai.«

»Wie wäre es mit Meister der Lust? Ich kann auch mit Herr der Orgasmen leben.«

Die Tatsache, dass er bei diesen Äußerungen keine Miene verzieht, bringt mich zum Lachen.

»Du bist so ein eingebildeter Fatzke.«

»Willst du behaupten, ich hätte diese Titel nicht verdient?«

»Mmm«, antworte ich neckend, begleitet von einem Achselzucken.

»Ich warne dich. Ich betrachte es als Herausforderung. Ich werde dafür sorgen, dass du es bereust, mich aufgezogen zu haben.«

Erics Warnung garniert er mit einem heißen Blick, doch obwohl mein gesamter Körper bei seiner Musterung zu brennen beginnt, bleibe ich tapfer und halte seinem Blick stand. Innerhalb von Sekunden ist die Luft zwischen uns so sexuell aufgeladen, dass man sie nicht mal mehr mit einem Messer schneiden könnte. Dafür bräuchte es schon eine Machete.

Oder meine Mutter.

Sie räuspert sich laut, und sofort reiße ich den Kopf herum. Sie kommt auf uns zu, Julie im Schlepptau.

»Eric«, sagt Mom, »würden Sie Julie erlauben, mit den anderen Mädchen hier zu übernachten?«

Sofort wird seine Miene hart. »Sie hat …«

»Bitte, bitte, bitte, Dad«, beeilt sich Julie zu sagen. »Alle anderen Mädchen bleiben über Nacht, und sie sind toll.«

Ihre Augen sind groß, der Ausdruck darin flehend. Ah, das Mädchen weiß, wie es geht.

»Hier kann ihr nichts passieren«, murmle ich in Erics Richtung.

»Auf wessen Seite stehst du?«, fragt er mich. Ich zwinkere Julie zu, und Eric schüttelt den Kopf. »Schön.«

Julie strahlt. »Du bist der beste Dad auf der ganzen Welt!«

Eric schmilzt förmlich dahin, wendet sich dann jedoch meiner Mutter zu. »Mrs Bennett, wann soll ich Julie morgen abholen?«

Mom wedelt unbestimmt mit der Hand. »Rufen Sie mich einfach am Nachmittag an. Ich hoffe, Sie und Pippa genießen die gemeinsame Zeit.«

Ich laufe rot an, als Eric sich von ihr verabschiedet und Julie zur Seite nimmt – wahrscheinlich, um sie zu ermahnen, sich gut zu benehmen. Als wäre das nötig. Dieses Mädchen ist ein Goldstück.

»Pippa, darf ich dir einen Rat geben?«, fragt mich Mom.

*Oh-oh.*

Eine Wahrheit, die allgemein bekannt sein sollte, lautet, dass Mütter immer recht haben – ob sie einem nun Ratschläge geben oder Warnungen aussprechen. Es hat etwas gedauert, bis ich bereit war, diese Wahrheit anzuerkennen. Ich war nie besonders rebellisch, auch wenn ich gegen Ende der Highschool-Zeit meine Grenzen ausgetestet habe. Meine Rebellion bestand aus Dingen wie »Natürlich werde ich diesen Minirock tragen, auch wenn es draußen Minusgrade hat«, trotz der Ratschläge meiner Mutter. Ich habe an ihren Rat gedacht, als ich eine Blasenentzündung nach der anderen bekam. Mitte zwanzig dämmerte mir dann langsam, dass alle Warnungen meiner Mutter wahr geworden waren. Mit dreißig fürchte ich fast, sie könnte prophetische Fähigkeiten besitzen.

»Ein Rat? Na klar.« Ich sehe mich um, in der Hoffnung, einen Vorwand für eine Flucht zu finden. Eher unwahrscheinlich. Mom hat mich im Flur in die Enge getrieben.

»Wenn dir etwas Gutes widerfährt, gib es nicht kampflos auf.«

Mein Herz verkrampft sich, und ich blinzle hektisch. »Mom …«

»Ich will, dass du glücklich bist.« Sie zieht mich in eine Umarmung, die ich erwidere.

»Ich bin glücklich«, flüstere ich in ihr Haar. »Ich habe euch.«

»Es gibt verschiedene Arten von Glück, Pippa.«

Ich löse mich von ihr, als Eric und Julie wieder zu uns treten, und versuche, Julie zum Abschied zu umarmen, aber sie dreht sich weg und murmelt: »Ich bin zu alt, um in der Öffentlichkeit umarmt zu werden.«

»Für Umarmungen ist man nie zu alt«, erkläre ich ihr, doch sie schüttelt nur den Kopf.

Eric wirkt von ihrer Aussage wie vor den Kopf gestoßen. Das kann ich nachvollziehen, also drücke ich leicht seine Hand. Nachdem wir uns von Julie verabschiedet haben, gehen wir gemeinsam zum Auto.

Sobald wir sitzen, sagt er: »Wir haben jetzt ein wenig Zeit für uns.«

Ich sinke tiefer in den Sitz und werde rot. »Ja. Der Abend klingt plötzlich um einiges interessanter.«

»Lass uns die Nacht nicht vergessen«, sagt Eric heiser.

Sein Tonfall sorgt dafür, dass sich Hitze zwischen meinen Beinen sammelt.

»Was ist mit der Nacht?«, necke ich ihn.

»Wir haben so viele Möglichkeiten«, flüstert er. »Und alle beinhalten, dass du keinen Schlaf bekommst und stattdessen meinen Namen rufst.«

»Eric …« Ich seufze mehr, als dass ich rede.

»Hör auf, meinen Namen so auszusprechen, oder ich fahre an den Straßenrand und liebe dich im Auto.«

»Dann fahr schneller, Callahan«, fordere ich ihn heraus. »Kannst du mir diesen Gefallen tun?«

Mein gesamter Körper brennt vor Lust. Ich kann nicht glauben, dass dafür nur ein wenig anzügliches Geplänkel nötig war.

***

Ich habe keine Ahnung, wie wir in meine Wohnung gekommen sind.

»Deine Couch wird jetzt einige nicht jugendfreie Dinge zu sehen bekommen«, sagt Eric, als er mich nach hinten aufs Sofa sinken lässt.

»Ich glaube, sie kann das wegstecken«, versichere ich ihm und sehe ihn neckisch an. »Es ist eine sehr unartige Couch, wie ihre Besitzerin.«

»Oh, du bist nicht nur unartig.« Eric lässt seinen Daumen über meine Schläfe gleiten und küsst meine Nasenspitze. »Du bist auch temperamentvoll und sexy.«

»Gib es zu. Ich bin perfekt.«

Er hält kurz inne, bevor er absolut ernst antwortet: »Das bist du.«

Eric schiebt sich über mich, dann lässt er seinen Mund über meinen gleiten und beißt mich spielerisch in die Unterlippe. Seine Augen brennen vor Verlangen, doch da ist noch ein tiefer gehendes Gefühl.

»Ich liebe es, dich in den Armen zu halten, Pippa. Da gehörst du hin.«

Die Worte sorgen dafür, dass ich zu zittern anfange. Das musste ich so dringend hören. Eric umfasst meine Taille und seufzt, die Lippen an meinem Hals. Seine Armmuskulatur spannt sich unter meinen Berührungen an.

»Was ist los?«

»Du sorgst dafür, dass ich dir mehr geben will.«

»Mehr *was*?«, frage ich verwirrt.

»Mehr von mir. Das Problem ist, ich habe geliebt und verloren, und ich weiß nicht, wie viel noch von mir übrig ist.«

Dieser Moment ist so authentisch und wahr, dass ich fast Angst bekomme. Das gilt auch für die Erkenntnis, dass Eric mein Herz bereits erobert hat und ich seines und keiner von uns weiß, was er damit anfangen soll. Ich nehme seine Hand, drehe sie, bis die Handfläche nach oben zeigt, und drücke einen Kuss in die Mitte, ohne Eric einen Moment aus den Augen zu lassen.

»Wir werden es gemeinsam herausfinden«, flüstere ich. »Du hast so viel zu geben, Eric, und du hast mir bereits so viel gegeben.«

Ich erkenne Unsicherheit in seinem Gesichtsausdruck und verstehe, dass Worte allein sie nicht vertreiben können. Ich beschließe, ihm zu zeigen, was ich meine, auf jede mir mögliche Art. Er lächelt und nickt, doch seine Verletzlichkeit ist fast mit Händen zu greifen, und ich verspüre den heftigen Impuls, ihn zu beruhigen. Deswegen drücke ich Eric einen Kuss auf den Mundwinkel und füge hinzu: »Mir gefällt, was ich bisher gesehen habe.«

»Ach ja?«

»Ja. Einen liebevollen, fürsorglichen Mann.« Ich küsse sein Kinn, sodass sein leichter Bartschatten über meine Lippen gleitet. »Es schadet auch nicht, dass du einen ziemlich heißen Körper hast«, sage ich, und sofort erscheint dieses Lächeln auf seinem Gesicht, das mich an das der Grinsekatze aus *Alice im Wunderland* erinnert und das ich so liebe.

»Wüsste ich es nicht besser, würde ich vermuten, dass du mir schmeichelst. In Wahrheit willst du doch nur meinen Körper. Du nutzt mich aus.«

»Wer weiß«, necke ich ihn. »Vielleicht tue ich das. Aber ich mag dich wirklich.«

»Ich nehme an, dann ist es in Ordnung.«

Eric verschränkt seine Finger mit meinen und drückt meine Arme in die Couch. Die starken Muskeln seiner Schenkel drücken meine Beine zusammen. Er sitzt auf mir, dann lehnt er sich vor und küsst mich. Seine Zunge erkundet meinen Mund minutenlang, bis ich vor Verlangen und Lust keuche. Er wendet sich meinem Hals zu, küsst die zarte Haut und beißt mich immer wieder spielerisch. Ich hebe ihm meine Hüften entgegen, mehr als nur erregt, doch Eric schüttelt nur lächelnd den Kopf.

Er sieht mir tief in die Augen, öffnet seine Hose und drückt seine Erektion gegen meinen Schenkel. Ich kämpfe darum, die Fassung zu wahren, doch meine flache Atmung verrät mich. Als er sich langsam – so langsam – an mir reibt, schwinden mir fast die Sinne.

»O Gott.« Ich lecke mir die Lippen und winde mich unter ihm, weil allein der Anblick seines harten Schwanzes fast zu viel ist. »Ich brauche dich.«

Er zieht mir Bluse und Jeans aus, drückt meine Beine mit seinem Knie auseinander, dann gleitet er nach unten. Er drückt mir einen kurzen Kuss auf den Hals, bevor er tiefer sinkt. Meine Brustwarzen verhärten sich, betteln um seine Aufmerksamkeit, doch er ignoriert sie, um noch weiter nach unten zu rutschen. Dieser Mistkerl. Er stoppt an meinem Nabel, um die Zunge kurz über meine Haut gleiten zu lassen. Die Berührung jagt wunderbare, heiße Schauder über meinen Körper. Er wendet sich meinen Schenkeln zu, ohne meine pulsierende Mitte zu beachten.

»Was tust du?«, frage ich ihn.

»Ich erkunde deine empfindlichen Stellen«, antwortet er, ohne zu zögern.

»Die wichtigste hast du übersehen«, scherze ich und deute auf meine Scham.

»Darum kümmere ich mich später«, sagt er heiser, während er seine Lippen auf die Innenseite meines Schenkels drückt. Er liebkost meine Haut mit dem Mund, lässt seine Zunge nach unten gleiten, bis er mein Knie erreicht. Er hebt mein gebeugtes Bein an und leckt meine Kniekehle, was dafür sorgt, dass ich erregt zusammenzucke. Es ist Folter, sinnliche Folter. Wenn er mich nicht bald nimmt, werde ich ohnmächtig.

»Siehst du?«, fragt er zufrieden. »Eine empfindliche Stelle.«

»Ich bin so scharf auf dich, dass jeder Zentimeter meiner Haut eine empfindliche Stelle ist«, murmle ich. »Du solltest dich besser beeilen, Mister, oder ich reibe mich an deinem Gesicht oder deinen Fingern. Beides wäre okay.«

»Du drohst mir?«, fragt er.

»Offensichtlich.«

»Ich nehme an, dann sollte ich dich noch ein wenig quälen.« Sein Mund wandert an meinem Schenkel wieder nach oben, um über meiner Mitte innezuhalten.

»Dafür wirst du zahlen. Du wirst …«

Er schiebt mein Höschen zur Seite und saugt sanft an meiner Klitoris. Sofort vergesse ich, was ich sagen wollte, denn ich genieße jede Sekunde der süßen Folter. In gieriger Verzweiflung vergrabe ich meine Hand in seinem Haar und zerre daran. Plötzlich stemmt sich Eric auf einen Ellbogen hoch und ergreift meine Hand.

»Was tust du?«, frage ich. Eric sieht mich so gierig an, dass ich aufstöhne. Der Ausdruck in seinem Gesicht spricht auf eine Art von reiner Männlichkeit, die mir die Knie weich werden lässt. Er zieht mein Höschen nach unten und lässt meinen BH verschwinden. Als Nächstes zieht auch er sich aus und führt uns ans Ende der Couch.

Als wir vor der Armlehne stehen, sagt er: »Dreh dich um.«

»Du bist ein herrischer Mann«, fordere ich ihn heraus.

»Stimmt. Dreh dich um! Ich will dich von hinten nehmen. Ich will deinen süßen Hintern an mir spüren, wenn ich tief in dich stoße.«

*O Gott*. Mein Innerstes verkrampft sich fast schmerzhaft, während Hitze durch meinen Körper schießt. Ich folge seiner Aufforderung. Als ich ihm den Rücken zuwende, drückt er meine Schenkel mit dem Knie auseinander, dann sagt er: »Beug dich vor und schau nicht nach hinten.«

Ich lecke mir über die Lippen, gehorche und stemme die Hände auf die Armlehne. Mein Hintern berührt fast seinen Schritt. Eric packt meine Pobacken und zieht sie leicht auseinander. Die gespannte Erwartung bringt mich fast um. Als ich spüre, wie seine Zunge in den Spalt zwischen meinen Pobacken gleitet, durchschießt mich die pure Lust, von meiner Vulva bis in die Zehenspitzen. Meine Knie beginnen zu zittern und geben fast nach.

»Eric«, zische ich durch zusammengebissene Zähne. Inzwischen keuche ich. Er zieht eine Spur aus heißen Küssen über meine Wirbelsäule nach oben, beginnt an meinem Kreuz und arbeitet sich bis zu meinem Nacken hoch. Sein Körper ist nur Millimeter von meinem entfernt und foltert mich auf köstliche Weise.

»Du bist so sexy, Pippa«, sagt er mit einem Stöhnen. »Ich mag es, dich so heiß und gierig zu sehen.«

Er lässt seine Eichel zwischen meinen Pobacken nach unten gleiten, dann foltert er meine Klit mit leichten Schlägen. Bei jeder Berührung durchfährt mich Verlangen. Dieser Mann wird noch mein Untergang sein.

»Wir brauchen kein Kondom«, flüstere ich. »Ich habe vor einer Weile angefangen, die Pille zu nehmen.«

Eric drückt mir einen Kuss auf den Hals, und jede Faser meines Körpers schreit nach ihm.

»Bist du dir sicher?«, fragt er.

»Ja. Außer, du willst nicht… wegen Krankheiten und so. Aber ich bin definitiv gesund. Ich habe vor einer Weile einen Test gemacht.«

»Natürlich will ich. Ich bin auch gesund. Aber das ist ein großer Schritt. Ich will, dass du dir sicher bist.«

Ich schmelze dahin, als ich mich daran erinnere, dass dieser Mann kein Kondom mit aufs Boot genommen hat, weil er nichts übereilen wollte.

»Das bin ich. Absolut sicher.«

»Du machst mich verrückt, Pippa.« Seine Worte klingen eher wie ein Stöhnen.

Meine Vulva pulsiert erwartungsvoll, als Eric besitzergreifend meine Hüften umfasst und sich mit einem tiefen Stoß in mir versenkt. Das Gefühl, wie er mich in Besitz nimmt und mit jeder Bewegung noch tiefer in mich eindringt, erfüllt mich bis ins Mark mit Lust. Das Geräusch seiner Schenkel an meinem Hintern macht mich genauso an wie zu hören, dass er voller Leidenschaft meinen Namen ruft. Seine Stimme, heiser und männlich, berührt meine Seele.

Er drückt mir einen Kuss auf den Nacken, dann schiebt er eine Hand zu meiner Klitoris, um sie mit den Fingern zu umkreisen.

»Genau da. Das ist so gut.« Meine Worte sind ein Flehen nach mehr. Ich spüre bereits, wie sich der Orgasmus in mir aufbaut. Keuchend überlasse ich mich den Empfindungen, die Eric in mir auslöst, bis ich mich um ihn verkrampfe und leise aufschreie. Eric erreicht seinen Höhepunkt, während ich in seinen Armen nach Luft schnappe.

»Alles okay bei dir?«

»Hmmm, besser als okay.« Ich schiebe mir eine Strähne aus der verschwitzten Stirn. »Ich versuche nur, zu entscheiden, welcher Titel besser zu dir passt: Meister der Lust oder Herr der Orgasmen.«

Er drückt mir einen zärtlichen Kuss aufs Ohrläppchen, dann beißt er leicht hinein. »Du weißt genau, was ich hören will.«

»Lass uns duschen.«

***

Nach der Dusche kehren wir ins Wohnzimmer zurück und kuscheln auf der Couch. Ich lehne mich an ihn wie ein Kätzchen auf der Suche nach Streicheleinheiten, dann entspanne ich mich vollkommen … bis mein Handy piept. Nach einem Blick auf das Display weiß ich, dass es eine E-Mail von meinem Anwalt ist.

»Tut mir leid«, murmle ich. »Das muss ich lesen.«

Sobald ich die E-Mail gelesen habe, werfe ich mein Handy zur Seite. »Ich kann das nicht länger hinauszögern. Ich muss Terence treffen. Vielleicht wird es weniger schlimm, wenn wir einen Mediator haben.«

Eric nimmt meine Hand und drückt sie sanft. »Du kennst meine Meinung dazu. Lauf nicht weg. Bekämpf ihn mit seinen eigenen Waffen.«

»Die Vorstellung klingt mit jedem Tag verlockender.«

»Wenn du mich brauchst, bin ich da. Ich werde alles tun, was du willst. Wie zum Beispiel, ihm noch mal eine reinzuhauen.«

Sein lässiger Tonfall bringt mich zum Lachen.

»Wieso sollte ich das brauchen?«

»Du würdest dich danach besser fühlen.« Eric küsst meine Schläfe und zieht mich erneut in seine Arme.

»Ich komme damit klar«, versichere ich ihm. »Und jetzt lass uns das Thema wechseln.«

»Okay. Aber wenn du Hilfe brauchst oder darüber reden willst, bin ich da. Vergiss das nicht.«

»Ich weiß das zu schätzen.«

»Ich liebe dein Haar«, sagt er und wickelt sich eine Strähne meiner blonden Mähne um den Finger. »Besonders, wenn es frisch gewaschen ist.«

Ich mustere ihn skeptisch. »Ich habe keine Spülung benutzt. Es steht in alle Richtungen ab.«

Er zuckt mit den Achseln. »Dein Haar hat eine ganz eigene Persönlichkeit, wie du.«

Eric beugt sich über mich und streicht mir mit der Rückseite der Finger über die Wange. *Oh-oh.* Ich kenne diesen Blick: Verlangen. Normalerweise würde ich mir die Gelegenheit nicht entgehen lassen, noch mal Sex mit ihm zu haben. Aber jetzt gerade habe ich eine sehr wichtige Verabredung … mit meinem Fernseher. Deswegen habe ich auch darauf bestanden, dass wir ins Wohnzimmer zurückkehren, statt nach der Dusche im Bett zu verschwinden.

»Was ist los?« Er zieht sich zurück und mustert mich voller Sorge.

»Meine Sendung beginnt in drei Minuten«, sage ich leise.

»Deine … hä?«

»Fernsehsendung.« Ich entziehe mich dem überraschten Eric, schnappe mir die Fernbedienung und schalte den Fernseher an. »Sie wird jeden Samstag ausgestrahlt.« Der Vorspann läuft bereits.

Eric setzt sich mürrisch auf. »Eine Krimiserie?«

»Jepp«, antworte ich zufrieden, als der Ermittler auf dem Bildschirm erscheint. Er ist wirklich heiß.

»Du liest Schundromane, aber du schaust Krimiserien?«, fragt Eric fasziniert, als würden sich diese zwei Dinge gegenseitig ausschließen.

»Jepp. Ich habe mehrere Persönlichkeiten. Die bei seinem Anblick alle anfangen zu sabbern«, erkläre ich ernst mit einem Nicken auf den heißen Kerl auf dem Bildschirm.

»Kannst du das nicht aufnehmen?«

»Auf keinen Fall. Wenn ich warte, ist das Internet voll mit Spoilern.«

»Aber wenn du es aufnimmst, kannst du die Werbepausen überspringen«, beharrt er.

»Ich liebe die Werbepausen. In dieser Zeit kann ich mich fragen, was wohl als Nächstes geschieht. Die Sendung live zu sehen gehört zum Erlebnis. Es ist wie bei einem Fußballspiel. Live ist es besser, nicht wahr?«

Er nickt, und ich beglückwünsche mich für diesen anschaulichen Vergleich.

»Ich kann nicht glauben, dass mir eine Serie die Tour vermasselt.« Er grinst.

Ich rechne fast damit, dass er jeden Moment sein Handy herauszieht oder einen anderen Weg findet, wie er arbeiten kann, doch stattdessen umfasst er meine Füße und zieht sie auf seinen Schoß. Sein Blick ist auf den Fernseher gerichtet.

»Was tust du?«, frage ich.

»Ich schaue die Serie mit dir. Bereits in der ersten Minute gab es ein Verbrechen. Genau meine Art von Sendung.«

»Willst du, dass das *unsere* Serie wird?«, frage ich, und mein Magen macht einen Sprung. Ich bin mir durchaus bewusst, dass meine Aufregung lächerlich ist, aber ich kann nichts dagegen tun.

»Mal überlegen«, antwortet er. »Bedeutet das, dass ich dann jeden Samstagabend mit dir verbringen kann?«

Oh. Darüber habe ich nicht nachgedacht.

»Willst du? Ich meine, du musst nicht …«

Ohne Vorwarnung zieht er an meinen Beinen, bis mein Hintern fast auf seinem Schoß ruht. Dann drückt er mir einen Finger an die Lippen, um mich zum Schweigen zu bringen. »Das wäre wunderbar. Ich würde jeden Abend mit dir verbringen, wenn ich könnte.«

*Bis ich abreise.*

Die unausgesprochenen Worte hängen zwischen uns in der Luft, doch sosehr sich mein Herz bei diesem Gedanken auch verkrampft, ich will, dass nichts diesen Augenblick überschattet. Er ist zu kostbar.

Also nicke ich einfach. »Die Verabredung steht.« Dann fällt mir ein, dass er Samstagabend vielleicht gern andere Dinge tun würde – zumindest heute, da Julie bei Mom übernachtet.

»Wenn du willst, können wir danach ausgehen.«

»Mir ist egal, was wir machen, solange ich mit dir zusammen bin, Pippa. Und ich bleibe gern zu Hause.«

»Ich auch. Ich mag es gemütlich«, gebe ich zu.

»Das habe ich schon bemerkt. Außerdem dürfte es viel mehr Spaß machen, hierzubleiben.«

»Inwiefern?«

»Auf verschiedenste Arten. Ich werde es dir zeigen.« Seine Stimme wird mit jedem Wort heiserer. »Und ich verspreche, dass du jede einzelne genießen wirst.«

»Ich kann es kaum erwarten«, antworte ich, plötzlich außer Atem.

***

Die nächsten zwei Wochen sind wie ein Traum. Der einzige Nachteil ist, dass Eric und ich wie verrückt arbeiten, also versuchen wir uns so oft wie möglich zum Mittag- oder Abendessen zu treffen. Überwiegend leben wir fürs Wochenende, besonders da Mom darauf besteht, dass Julie regelmäßig bei ihr übernachtet.

Am Montagmorgen erscheine ich zu spät und etwas derangiert in Sebastians Büro, streiche mein Haar und den Rock glatt und hoffe, dass ich nicht aussehe wie jemand, der gerade atemberaubenden Sex hatte. Als ich ins Büro trete, stelle ich fest, dass Max ebenfalls anwesend ist.

»Hey, kleine Schwester!«, begrüßt er mich.

»Hi.« Ich lasse mich in den Stuhl neben ihm fallen – außer Atem, weil ich mich so beeilt habe.

Sebastian mustert mich ernst.

»Wie kommt es, dass Logan nicht hier ist?«, frage ich.

»Er und Blake sind bei der Bank«, sagt er.

Sofort spitze ich die Ohren. »Die beiden kommen wirklich gut klar, oder?«

Sebastian zuckt mit den Achseln. »Ich werde bald mal mit Blake reden. Er macht seinen Job gut, aber ich spüre, dass ihn irgendetwas stört.«

»Also, worum geht es heute?«

»Christopher hat uns mitgeteilt, dass er jemanden sucht, der ihn in Hongkong ersetzen kann«, erklärt Max.

Mein Herz macht einen Sprung. Ich freue mich so sehr, dass ich meinen Bruder am liebsten stürmisch umarmen würde, aber ich bemühe mich, professionell zu bleiben, und frage nur: »Warum?«

Max zuckt mit den Achseln, steht auf und beginnt im Büro auf und ab zu tigern. »Ich glaube, er will einfach wieder nach Hause.«

»Er wird als COO zurückkommen«, sagt Sebastian, womit ich gerechnet habe, weil das auch früher sein Job war. Max ist seit seiner Rückkehr aus London als Chief Operating Officer für die internationale Entwicklung verantwortlich.

»Das ist toll. Wann kommt er denn zurück?«, frage ich.

»Es wird eine Weile dauern, bis wir die richtige Person gefunden haben, die ihn in Hongkong ersetzen kann«, meint Max. »Schon in London war es nicht einfach, einen Ersatz für mich zu finden.«

»Zumindest haben wir dich jetzt wieder.« Ich grinse.

»Fang nicht an, mich auf deine Kuppel-Liste zu setzen, Pippa«, warnt Max.

»Tue ich nicht«, lüge ich. Na ja, eigentlich ist es nur eine halbe Lüge. Hauptsächlich denke ich darüber nach, wie toll es ist, endlich wieder alle in San Francisco zu haben. Aber *vielleicht* habe ich *kurz* über Kuppelmöglichkeiten nachgedacht.

»Doch, tust du«, sagt er voller Überzeugung, als er sich wieder in den Stuhl neben mir fallen lässt. »Ich kann sehen, wie sich die Zahnräder in deinem Kopf drehen.«

Schmollend lasse ich mich nach hinten sinken.

»Du warst zu lange weg, Brüderchen«, sagt Sebastian. »Egal, wie sehr du dir ein friedliches Leben wünschst, gegen Pippa kannst du nicht gewinnen.«

»Genau.« Ich nicke.

»Du wirst keine Pläne in Bezug auf mich schmieden, Schwester. Ist das klar?«

»Das kann ich weder bestätigen noch verneinen«, erkläre ich ernst.

Max starrt mich mit offenem Mund an. »Wer bist du? Die CIA? Und wo wir gerade davon sprechen, was läuft da zwischen dir und Callahan?«

»Wir gehen miteinander aus«, murmle ich, während ich mich frage, wo seine Frage plötzlich herkommt. Ich bin daran gewöhnt, dass sich Sebastian und Logan in meine Angelegenheiten einmischen, aber nicht Max. »Wir verbringen gern Zeit miteinander.«

»Als ihr bei Mom und Dad wart, schien die Sache … ziemlich ernst«, sagt Sebastian.

»Das ist sie auch.«

»Aber er kehrt Ende des Sommers nach Boston zurück …«

Ich kann förmlich hören, was mein Bruder anstelle der drei Punkte gern sagen würde: *Bisher dachten wir, es wäre ein-*

*fach eine gute Gelegenheit für dich, ein wenig Spaß zu haben. Aber jetzt …*

»Du bist echt taktlos«, meint Max zu Sebastian.

»Ich will nicht, dass sie wieder verletzt wird«, erwidert mein älterer Bruder.

»Das werde ich nicht. Keine Sorge. Ich bin ein großes Mädchen«, antworte ich, doch mein Herz wird in diesem Moment schwer.

Sebastian mustert mich ein paar Sekunden lang schweigend, dann fragt er Max beiläufig: »Wie steht sein Geschäft da? Können wir ihn aufkaufen?«

Ich schüttle den Kopf und reibe mir das Gesicht. »Sebastian, hör auf damit.«

Keiner meiner Brüder beachtet mich mehr. Typisch. Wenn es ums Geschäft geht, sind sie vollkommen betriebsblind.

»Logan und ich haben uns die Geschäftszahlen angesehen. Seine Firma ist fast so viel wert wie *Bennett Enterprises*. Vollkommen ausgeschlossen, den Laden aufzukaufen«, antwortet Max.

Ein paar Sekunden lang fehlen mir die Worte. Ich habe keine Ahnung, was mich mehr überrascht: dass sie so flapsig darüber sprechen, eine gesamte Firma zu kaufen, nur um Eric nach San Francisco zu holen, oder dass Max mit der Sache zu tun hat. Andererseits sollte mich das nicht wundern. Schließlich haben Sebastian und Logan vor langer Zeit nur für Terence eine Firma gegründet, damit sich der Mistkerl selbst CEO nennen konnte, obwohl er weder das Hirn noch den nötigen Willen hatte, diesen Titel zu verdienen. Damals glaubte ich, sein zunehmender Groll mir gegenüber hätte etwas damit zu tun, dass ich mehr verdiente als er und er sich deswegen vor seinen Freunden minderwertig fühlte. Letztendlich hat sich herausgestellt, dass er einfach ein Arsch war.

»Sebastian, Max«, sage ich so ruhig, wie es mir möglich ist. »Ich weiß eure Sorge zu schätzen, aber ich will nicht, dass ihr versucht, meine Probleme zu lösen. Als ihr das das letzte Mal getan habt, ist das nicht so toll gelaufen. Es wird Zeit, dass ich mein Leben selbst regle.«

»Wir wollen nicht, dass du noch mal verletzt wirst«, wiederholt Sebastian voller Sorge.

Ich seufze. »Genauso wenig wie ich, Brüderchen. Genauso wenig wie ich.«

***

Den Rest der Woche arbeite ich jeden Abend bis in die Nacht hinein, bleibe im Büro oder nehme mir Arbeit mit nach Hause. So auch heute. Ich sitze in meinem Apartment und zeichne.

Um sechs Uhr klingelt es überraschend an meiner Tür. Ich frage mich, wer das sein kann. Ich habe nichts zu essen bestellt.

Als ich die Tür öffne, lächle ich breit. Eric. Bei seinem Anblick macht mein Herz einen Sprung, und neue Kraft erfüllt mich. Ich funktioniere seit ein paar Stunden nur aufgrund von Koffein und Zucker, und langsam lässt die Wirkung beider Drogen nach. Doch Eric zu sehen verschafft mir einen Energieschub, als hätte ich etwas eingeworfen.

Ich nehme seine Hand, ziehe ihn in die Wohnung und schließe die Tür.

»Was tust du so früh hier?«

Statt mir zu antworten, küsst er mich leidenschaftlich, drückt mich gegen die Wand und drängt seinen Körper gegen meinen.

»Ich wollte dich überraschen«, sagt er, nachdem wir uns wieder voneinander gelöst haben. Er geht direkt zur Couch und setzt sich. Ich klettere auf seinen Schoß und verschränke die Finger in seinem Nacken. »Kann sein, dass Julie deine Mom mehr mag als mich. Inzwischen schläft sie zwei Mal die Woche dort, zusätzlich zu den Wochenenden.«

»Mom liebt Julie, und ich glaube, sie versucht, uns ein wenig Pärchen-Zeit zu ermöglichen.«

»Ah. Das ist einleuchtend.«

»Auf jeden Fall bin ich davon ausgegangen, dass du lange im Büro bleiben würdest, da Julie heute im Haus meiner Eltern übernachtet.«

»Na ja, ich saß in einem Meeting und dachte: ›Will ich wirklich den gesamten Abend damit verbringen, mit unerträglichen Schwachköpfen zu sprechen? Oder will ich lieber zu Pippa?‹ Na ja. Du hast gewonnen.«

»Schön, dass ich in deiner Hitliste vor unerträglichen Schwachköpfen rangiere. Ich ordne dich auch über Gemüse und Schuhen ohne Absätze ein.«

Eric runzelt die Stirn. »Das ist eine ziemlich merkwürdige Rangliste.«

»Nein«, beharre ich. »Es ergibt Sinn. Ich esse nicht gern Gemüse, und ich trage nicht gern flache Schuhe.«

»Deine Gedanken werden mir ewig ein Rätsel bleiben.« Er legt die Arme um mich und drückt mich an sich. Dann fügt er hinzu: »Ich hatte allerdings gehofft, die Cupcakes in deiner Liste hinter mir zu lassen.«

»Nur, wenn du mich über Risotto einordnest.« Fast schüchtern setze ich hinzu: »Du hast dich in mein Herz geschlichen, Eric.«

Sein Lächeln verblasst, und sein Blick wird ernst. »Ebenso«, sagt er, und dieses eine Wort sorgt dafür, dass mir ganz warm wird.

»Also habe ich jetzt einen Platz in deinem Herzen, der nur mir gehört?«, frage ich leise.

Er lächelt mein Lieblingslächeln und drückt mich kurz. »Ja, hast du.«

»Ein großer Platz oder ein kleiner?«

Er fährt mir mit dem Daumen über die Lippen. Ich kann der Versuchung nicht widerstehen und beiße hinein. Stöhnend sagt er: »Du bist sehr auf die Größe fixiert, ist dir das bewusst?«

»Natürlich«, antworte ich. »Die Größe spielt eine Rolle. Alles andere ist ein Mythos. Also … wie groß ist dieser Platz?«

»Komm her.« Er zieht meinen Kopf zu sich hinunter, bis er seine Stirn gegen meine drücken kann. »Du bist mir so wichtig, dass es mir langsam Angst macht, Pippa.«

»Dann lass uns gemeinsam Angst haben«, flüstere ich und erschaudere unter der Intensität der Gefühle. Als ich mich ein kleines Stück zurücklehne, bemerke ich, dass ich Gänsehaut auf den Armen habe. Eric muss es ebenfalls bemerkt haben, weil er seine Hand über meine Haut gleiten lässt.

»Es ist lange her, dass ich mich das letzte Mal so gefühlt habe«, fährt er vor. Eine seiner Hände findet mein Haar, er vergräbt seine Finger darin und zieht mich wieder an sich. »Ich weiß nicht, was ich damit anfangen soll. Aber ich weiß, dass du mir gehörst.«

»Nur dir«, flüstere ich zustimmend.

Unsere Lippen finden sich, während unsere Hände hungrig über den Körper des anderen wandern. Ich will mehr von ihm, und zwar sofort. Ich dränge mich ihm entgegen, suche seine Wärme, und er umarmt mich noch fester.

Irgendwann lösen wir uns voneinander. Wir schweigen und lauschen auf die Atmung des anderen. Dann richte ich mich auf und setze mich anders auf seinen Schoß – und während ich das tue, spüre ich, dass er erregt ist.

»Das musstest du jetzt tun, oder?«, fragt er mit einem Lächeln.

Ich zucke mit den Schultern, als wäre es keine Absicht gewesen. »Das ist die gemütlichste Position. Außerdem ist da jemand glücklich, dass ich da bin«, füge ich hinzu und berühre seine Erektion.

»Immer.« In einer schnellen Bewegung kippt er mich zur Seite, sodass ich auf dem Rücken liege, dann schiebt er sich über mich. »Ich hatte heute einen vollkommen verrückten Gedanken.«

»Erzähl«, bitte ich.

Eric mustert mich ernst, während er sich eine Strähne meines Haars um den Finger wickelt. »Würdest du mit mir nach Boston ziehen?«

*Bumm.*

Mir bleibt für ein paar Sekunden die Luft weg, und mir fehlen die Worte, hauptsächlich, weil ich nicht verarbeiten kann, was er da gerade gesagt hat. Ich versuche mir auszumalen, wie mein Leben dort aussehen könnte. Mit ein paar Einschränkungen könnte ich weiter für *Bennett Enterprises* arbeiten und ich wäre bei ihm und Julie. Doch bei dem Gedanken, meine Familie nicht um mich zu haben, treibt es mir kalten Angstschweiß auf die Stirn.

»Ich könnte niemals so weit von meiner Familie entfernt leben«, antworte ich ehrlich. Jedes Wort fühlt sich an, als würde ich ihm und mir gleichzeitig ein Messer ins Herz rammen, aber das ist die Wahrheit, und Eric hat verdient, dass ich ehrlich zu ihm bin.

Er schenkt mir ein trauriges Lächeln und wendet den Blick ab. »Ich habe befürchtet, dass du das sagen wirst. Ich wollte trotzdem fragen. Doch es zu hören tut mehr weh, als ich dachte.«

»Eric …«, flüstere ich.

»Ich will dich nicht gehen lassen«, sagt er. »Ich weiß nicht, wie ich das anstellen soll.«

Ich lasse meine Finger über seine Wange gleiten, und er schmiegt sich an mich, erfüllt von einer Verletzlichkeit, die mich entwaffnet und zugleich dazu bringt, mich ebenfalls zu öffnen.

»Ich weiß auch nicht, wie ich es schaffen soll.«

Er seufzt. »Lass uns jetzt nicht mehr darüber nachdenken und einfach die Gegenwart des anderen genießen«, flüstert Eric, bevor er meinen Hals mit seinen Lippen liebkost.

»Okay.«

# 22 Pippa

Als ich am nächsten Morgen aufwache, sitzt Eric mit amüsierter Miene am Ende des Bettes. Ich liebe es, wenn er bei mir übernachtet.

»Hey, Fremder«, begrüße ich ihn und reibe mir die Augen. »Wie lang sitzt du da schon?«

»Eine Weile«, sagt er lächelnd. »Ich beobachte dich gern beim Schlafen.«

»Warum?«

»Weil du friedlich aussiehst und süß und sehr küssbar.«

Ich ziehe mir die Decke bis hoch an die Brust, weil ich mich seltsam deplatziert fühle. Mein Flirt-Motor springt nicht vor dem ersten Kaffee an, also lächle ich nur.

Ohne sich meines Dilemmas bewusst zu sein, spricht Eric weiter: »Außerdem schnarchst du so putzig.«

Diese Aussage reißt mich sofort aus meiner Verschlafenheit. »Ich schnarche nicht«, antworte ich empört.

»Ich dachte mir schon, dass du das sagen wirst.« Grinsend zieht er sein Handy aus der Tasche. »Aber ich habe Beweise.«

Er drückt auf dem Display herum, und es erklingt ein seltsames, keuchendes Geräusch. Dann verstehe ich.

»Das bin *ich*? Du hast mich beim Schlafen aufgenommen?«

»Ja. Ich konnte einfach nicht widerstehen.«

Ich verschränke die Arme vor der Brust. »Das ist kein Schnarchen, sondern ein Schnurren.«

»Aha«, sagt Eric, dann runzelt er in gespielter Konzentration die Stirn, als er sich die Aufnahme erneut anhört. »Ein sehr lautes Schnurren.«

»Schalte es aus.«

Er tut, was ich sage. »Du bist heute ziemlich mürrisch.«

»Ich habe seltsame Launen«, informiere ich ihn mit einem Gähnen.

»Außerdem ist es sechs Uhr dreißig.«

Ich würge fast vor Entsetzen. »Wieso hast du mich so früh geweckt?«

»Damit ich ein paar Minuten mit dir verbringen kann, bevor ich los muss. Bin gleich zurück.« Er steht auf, verlässt das Schlafzimmer und kehrt ein paar Minuten später mit einem Teller und einer Tasse zurück.

»Kaffee und Cookies!«, rufe ich.

»Allerdings. Frisch für dich gekauft. Um deine Zucker- und Koffeinabhängigkeit zu befriedigen.«

»Sehr klug von dir. Ich bin absolut unerträglich, bevor ich mindestens eine Tasse Kaffee oder etwas Süßes bekommen habe.«

»Wirklich?«

Er schiebt den Teller auf meinen Schoß und stellt die Tasse auf den Nachttisch. Sofort schnappe ich mir einen Cookie.

»O mein Gott, du bist der perfekte Mann.« Ich schließe die Augen und genieße den schokoladigen Geschmack auf der Zunge. Dann richte ich mich auf, schnappe mir den Kaffee und trinke einen Schluck. »Moment. Gibt es einen Grund dafür, dass du mir Frühstück im Bett servierst?«

»Willst du damit andeuten, ich bräuchte Gründe dafür, dich zu verwöhnen?« Ich zucke mit den Achseln, und er spricht weiter: »Okay. Ich will mit offenen Karten spielen. Ich habe vor, deine Laune zu verbessern. Ich habe mir schon gedacht, dass du ein wenig schlecht gelaunt aufwachen könntest.«

Ja, wegen unseres Gesprächs gestern Abend.

Dass er so weit gedacht hat, rührt mich. Ich nehme mir vor, einen Weg zu finden, ihm ebenfalls etwas Gutes zu tun.

»Du bist ein kluger Mann.« Ich mampfe einen weiteren Cookie, dann füge ich hinzu: »Ich liebe, dass du weißt, was meine Laune hebt.«

»Was liebst du noch?« Er zieht vielsagend die Augenbrauen hoch.

»Wenn du mich an der Wand nimmst.«

Eric beugt sich ein wenig vor und beißt mich zärtlich in die Unterlippe. »Wir sind von Wänden umgeben.«

»Versuchst du dich an Verbalerotik?«

»Ja, und ich bemühe mich dabei nicht mal, subtil zu sein.«

Kribbelnde Erregung breitet sich in mir aus. »Mach nur weiter. Es gefällt mir.«

»Such dir eine Wand aus«, sagt er.

Meine Wangen werden heiß, und ich rutsche im Bett hin und her. Mein Körper reagiert schon auf ihn, bevor ich richtig wach bin. Diese Erkenntnis macht mir fast Angst.

Ich sehe mich im Raum um, dann deute ich auf die Wand dem Bett gegenüber.

»Die sieht doch ganz gut aus.«

Eric steht vom Bett auf und streckt mir die Hand entgegen. Ich ergreife sie, ohne zu zögern, und springe von der Matratze, um ihm zu folgen. Er drückt mich mit dem Rücken gegen die Wand, lässt seine Fingerknöchel über meine Wange fahren und umfasst schließlich mein Kinn. Instinktiv dränge ich mich ihm entgegen.

»Es ist so schön, dich zu berühren«, sagt er. »Ich habe, während du geschlafen hast, über die Dinge nachgedacht, die ich mit dir anstellen will.«

Er tritt noch näher an mich heran und küsst mich leidenschaftlich. Seine Zunge löst wunderbare Dinge in mir aus, gleichzeitig gleiten seine Hände unter mein Babydoll-Nachthemd und wandern immer höher, bis sie meine Brüste umfassen.

»Ich habe meine Meinung geändert«, sage ich. »Lass uns in die Küche gehen.«

»Hm?«

»Im Schlafzimmer haben wir uns schon geliebt«, sage ich.

Was ich nicht laut ausspreche, ist, dass ich, wenn er verschwunden ist, seine Gegenwart in jedem Raum spüren will. Außerdem habe ich noch ein wenig Sahne im Kühlschrank, und mir ist gerade eine wunderbare Verwendung dafür eingefallen.

Mit Eric im Schlepptau gehe ich in die Küche. Ich hole die Dose mit Sprühsahne und präsentiere sie ihm, als wäre sie ein wertvolles Schmuckstück.

»Du bist heute mit sehr unartigen Gedanken aufgewacht«, neckt er mich.

Ich lecke mir über die Lippen und nicke. »Die Cookies sind schuld. Sie haben extra viel Schokolade.«

Er legt einen Arm um meine Taille und zieht mich an sich. »Wie wäre es, wenn wir meinen Charme dafür verantwortlich machen?«

»Wie eingebildet du bist.«

»Und du kannst es nicht erwarten, mich in dir zu spüren«, flüstert er mir ins Ohr.

Ich erröte, was er natürlich beabsichtigt hat. Eric hebt mich auf die Kücheninsel, zieht mir das Nachthemd über den Kopf und drückt mich nach hinten, bis ich auf dem Rücken liege. Verlangen durchfährt mich, als er eine dünne Linie aus Sahne von meinem Nabel bis zu den Brüsten sprüht. Dann verteilt er sie mit dem Finger um eine Brustwarze. Seine Bewegungen sind von solch ausgesuchter Langsamkeit, dass er mich damit fast in den Wahnsinn treibt und zugleich unglaublich anmacht. Als Eric sich der anderen Brustwarze zuwendet, bin ich so erregt, dass ich fast platze. Ich brauche ihn *jetzt*, aber ich weiß, dass er noch nicht damit fertig ist, mich zu quälen. Ich hätte wissen müssen, dass mir diese Aktion um die Ohren fliegen würde.

Eric richtet sich ein wenig auf, lächelt mich an und verpasst mir einen leichten Klaps auf die Klit. Keuchend zucke ich zusammen. Dann lässt er seinen Kopf sinken und saugt leicht an ihr.

»Keine Sahne mehr?«, frage ich keuchend.

»Nicht hier. Ich will *dich* schmecken.«

Er lässt seine Zunge zwischen meine Schamlippen gleiten, tief in mich hinein. Fast komme ich. Plötzlich verzehre ich mich danach, ihn in mir zu spüren – richtig zu spüren, Haut an Haut. Ich winde mich und bin glücklich, als Eric den Hinweis versteht, sich aufrichtet und beginnt, sein Hemd aufzuknöpfen. Ich öffne den Reißverschluss seiner Hose und schiebe sie zusammen mit der Boxershorts nach unten. Er umfasst meinen Hintern und zieht mich zu sich, während ich mich nach hinten lehne und auf die Ellbogen aufstütze. Mein Atem stockt, als er in mich eindringt, langsam und tief.

»Du bist eine wunderbare Frau, Pippa Bennett«, sagt er, bevor er mich leidenschaftlich liebt.

***

Ich bin die Erste im Büro. Trotz des kleinen Intermezzos mit Eric und dem Kaffee, den er mir gebracht hat, bin ich hundemüde. Vor acht Uhr aufzustehen hat bei mir diesen Effekt. Ich fahre den Computer hoch, in der festen Absicht, meine E-Mails durchzuarbeiten, doch letztendlich stelle ich Recherchen über Boston an.

Erics Frage geht mir nicht aus dem Kopf. Könnte ich es

versuchen? Boston ist eine wunderschöne Stadt. Doch die Wahrheit ist, selbst wenn die Stadt grauenhaft wäre, würde es keine Rolle spielen. Ich würde sie lieben, einfach weil Eric und Julie dort leben. Das Problem liegt darin, dass Boston sechs Stunden Flug von meiner Familie entfernt ist. Ich genieße es, jederzeit mit meinen Brüdern sprechen zu können oder bei einer meiner Schwestern vorbeizuschauen, wann immer sie mich brauchen. Das kann ich nicht aufgeben. Die einzige Zeit in meinem Leben, die ich weiter von meiner Mischpoke entfernt lebte, war das College, und da habe ich mich schrecklich gefühlt. Das kann ich nicht noch mal machen.

Schweren Herzens schließe ich also alle Webseiten über Boston. Anscheinend weiß ich die Antwort. Ich kann nicht mal darüber nachdenken, von hier wegzuziehen, ohne fast eine Panikattacke zu erleiden. Aufgrund dieser Erkenntnis schicke ich eine E-Mail los – dieses Mal an meinen Rechtsanwalt, um ihm zu erklären, wie unsere nächsten Schritte aussehen sollten. Es wird wirklich Zeit, dass ich Erics Rat befolge. Terence wird Hören und Sehen vergehen.

Gerade als ich mich in meinem Stuhl nach hinten sinken lasse, unglaublich stolz auf mich selbst, piept mein Handy. Eine Nachricht von Blake.

Hattest du schon Frühstück? — Blake

Pippa — Ja, aber ich werde sicher keine süßen Köstlichkeiten ausschlagen. Ich bin im Büro. Willst du vorbeischauen?

Klar. Ich werde Frühstück mitbringen. Und zwei Muffins für dich? — Blake

Lächelnd tippe ich meine Antwort.

Pippa | Du kennst mich gut, Brüderchen.

Blake erscheint zwanzig Minuten später. Er sieht aus, als hätte er die ganze Nacht nicht geschlafen.

»Hast du das ganze Wochenende über Party gemacht?«, frage ich, als er die Muffins vor mir abstellt und sich auf den Stuhl gegenüber von meinem Schreibtisch fallen lässt. »Du siehst schrecklich aus.«

»Ich wünsche dir auch einen guten Morgen, liebe Pippa«, antwortet er. »Wenn du mich weiterhin beleidigst, behalte ich die Muffins.«

Ich zucke mit den Achseln, ziehe jedoch sicherheitshalber die Muffins aus seiner Reichweite.

»Ich meine ja nur. Dieser After-Party-Look ist nicht unbedingt die beste Strategie, um im Büro von sich reden zu machen.«

»Wer behauptet, dass ich Party gemacht hätte?« Blake schüttelt den Kopf und beißt in das Sandwich, das er sich mitgebracht hat. »Und wieso will ich Logan eine reinhauen, wenn er mir Vorträge hält, aber bei dir finde ich dasselbe unglaublich charmant?«

Ich lächle kokett. »Weil ich einfach unglaublich charmant bin.«

Er seufzt. »In der Nähe meiner Schwestern habe ich einfach keine Eier.«

»Okay. Ich will nie wieder hören, dass du in meiner Gegenwart über deine Eier redest.«

Wir verfallen in gefräßiges Schweigen, und ich nutze die Zeit, meinen Bruder zu mustern. Er hat dunkle Ringe unter den Augen und ist bleich. So sieht er gewöhnlich nicht aus, wenn er Party gemacht hat, also gehe ich davon aus, dass es wirklich an etwas anderem liegt. Vielleicht hat er einfach eine Menge zu tun und konnte nicht schlafen.

»Was ist los?«, frage ich schließlich.

»Ich …« Er seufzt. »Ich bei *Bennett Enterprises* … Das funktioniert einfach nicht.«

»Oh.« Ich spüre einen kurzen Stich der Enttäuschung, aber das will ich mir nicht anmerken lassen. Stattdessen möchte ich ihm sagen, dass es sehr wohl funktioniert, oder zumindest herausfinden, wieso er das anders sieht. »Aber Sebastian sagt, du machst dich toll. Und Logan auch. Ich hatte Angst, dass ihr öfter aneinanderrasselt, aber ihr seid ein gutes Team.«

Blake fährt sich mit der Hand durch die Haare. Er wirkt frustriert, und das macht mir Sorgen. Ich habe ihn noch nie so unsicher gesehen.

»Stimmt. Das Problem ist, dass ich hier immer der jüngere Aufreißer-Bruder sein werde. Oder zumindest für eine lange Zeit. Ich weiß, dass das mein Fehler ist. Ich habe damit gerechnet, ich könnte einfach auftauchen und neu anfangen, und alle würden mich behandeln, wie sie Sebastian oder Logan behandeln.«

»Ich weiß, dass es ein schlimmes Sprichwort ist, aber Rom wurde auch nicht an einem Tag erbaut, Brüderchen. Dasselbe gilt für einen Ruf. Es wird dauern, bis …«

»Ja, ja. Aber ich bin es jetzt schon leid, mich ständig zu verteidigen. Jedes Mal, wenn ich einen neuen Partner oder wen auch immer treffe, reißen sie erst mal einen Witz über mich. Als ich mit Logan bei der Bank war, haben wir die erste Viertelstunde darauf verschwendet, über eine Party zu reden, auf der ich vor einem *Jahr* war.«

»Also, wie lautet der Plan?«

»Ich will etwas Eigenes aufbauen«, verkündet er.

»Wow. Ich bin beeindruckt.«

»Ich habe ein paar Freunden dabei geholfen, Bars überall im Land zu eröffnen.«

»Ja.«

Wir haben in der Familie oft Witze darüber gerissen, dass er seine Freunde »berät«, während er in Wahrheit vermutlich einfach so viel feiern gegangen ist. Aber mein Bruder ist klug.

»Ich will eine eigene Bar eröffnen … und wer weiß? Wenn es gut läuft, vielleicht sogar mehr als eine.«

Ich lasse mich zurück in meinen Stuhl sinken und nicke. »Klingt aufregend. Brauchst du Geld?«

»Nein, ich habe einen ordentlichen Batzen von den Dividenden angespart, die ich über die Jahre ausgezahlt bekommen habe.«

»Jetzt bin ich wirklich beeindruckt. Ich dachte, du hättest alles verschleudert.«

»Dein Vertrauen in mich ist wirklich herzerwärmend«, sagt Blake, doch er grinst dabei. Es freut mich zu sehen, dass mein Bruder wieder der Alte ist.

»Hast du Sebastian und Logan schon davon erzählt?«

»Nein. Ich wollte zuerst mit dir reden.«

»Warum?«

»Weil ich deine Meinung hören wollte. Sebastian hat immer dieses Pokerface, sodass ich nie weiß, was er wirklich denkt. Logan wird enttäuscht sein, aber das ist er in Bezug auf mich eigentlich immer. Ich will nicht, dass ihr das Gefühl bekommt, ich wüsste nicht zu schätzen, was ihr für unsere Familie getan habt – denn das tue ich. Tue ich wirklich. Aber ich will selbst etwas aufbauen. Mich beweisen.«

»Logan und Sebastian werden nicht enttäuscht sein. Sie werden stolz sein. Ich bin stolz.«

Sebastian hatte ursprünglich die Hoffnung, dass jeder von uns seinen Platz in der Firma finden würde, die er gegründet hat. Als Alice verkündete, dass sie ein Restaurant eröffnen wolle, und Summer Künstlerin wurde, waren Sebastian, Logan und ich stolz auf sie, selbst wenn es ein bittersüßes

Gefühl war. Aber Blakes Bar wird auch aufregend werden, wie jedes Mal, wenn ein Bennett-Geschwister ein neues Projekt beginnt. Die Sache bietet uns die Gelegenheit, uns geschlossen hinter ihn zu stellen und ihm unsere Hilfe anzubieten. Und es wird Spaß machen, ihn zu unterstützen.

»Okay«, sagt er. »Dann rede ich im Laufe des Tages mit den beiden.« Er steht auf, kommt um den Schreibtisch und drückt mir einen Kuss auf die Wange. »Ich weiß nicht, was ich ohne dich tun würde.«

»Hey. Geh los und bring deinen Brüdern die Neuigkeit bei.«

»Das werde ich. Ich kann es nicht glauben. Ich werde endlich einen Job haben, der die Bezeichnung CPO verdient.«

»Was ist ein CPO?«

Blake wackelt mit den Augenbrauen. »Chief Party Officer.«

# 23 Eric

»Was meinst du damit, du willst eine ganze Woche bleiben?«, frage ich mit ungläubigem Blick auf meine Tochter. Es ist acht Uhr morgens, und Julies Bitte trifft mich vollkommen unvorbereitet.

»Na ja, die Eltern der anderen machen gerade Urlaub, also wohnen sie bei Mrs Bennett. Sie hat mich eingeladen, auch bei ihnen zu wohnen. Das wird wie ein Feriencamp. Und die Sommerschule ist vorbei, also werde ich mich sowieso langweilen.«

»Du wolltest nie ins Feriencamp«, sage ich.

»Aber ich will bei Mrs Bennett und den anderen Mädchen bleiben«, fleht Julie.

»Wieso übernachtest du so gern dort?«

Julie zuckt mit den Achseln. »Mrs Bennett ist cool. Sie macht uns Cake-Pops und spielt Twister mit uns.«

»Aber ist sie in deinen Augen nicht *alt*?«

»Dad, es gibt coole alte Leute und uncoole«, erklärt mir Julie in ihrem besten »Du hast ja keine Ahnung«-Tonfall. »Du wirst mal ein uncooler Alter.«

Ich verschlucke mich fast an meinem Kaffee. »Was? Wieso?«

»Weil ich dich manchmal belausche, wenn du mit Leuten aus dem Büro telefonierst, und du bist ständig schlecht gelaunt. Du lächelst nur, wenn du mit mir oder Pippa zusammen bist.«

Wow, Kinder halten mit Kritik mal wirklich nicht hinter dem Berg. Ich kratze mich am Kinn und versuche eine Erklärung zu finden, dass sie sich nicht zu sehr an Mrs Bennett und ihre Bande gewöhnen sollte. Schließlich werden wir in zwei Wochen wieder nach Boston zurückkehren. Doch als Julie mich aus großen, flehenden Augen ansieht, bringe ich es einfach nicht über mich, ihr das Herz zu brechen, also sage ich: »Okay, du darfst.«

Allein beim Gedanken daran, dass sie eine Woche nicht bei mir ist, wird mir schlecht. Aber ich muss mich daran gewöhnen. Je älter sie wird, desto öfter wird sie lieber Zeit mit ihren Freunden verbringen als mit mir. Trotzdem fällt es mir schwer, die bittere Pille zu schlucken.

»Yippie! Ich muss am Samstag bei Mrs Bennett sein. Also kann ich meine Freundinnen anrufen und ihnen sagen, dass wir zusammen sein werden?«

»Ja. Mach das.«

Julie hüpft förmlich aus dem Raum, das Telefon bereits am Ohr. Sie wird viel zu schnell erwachsen.

# 24 Pippa

Am frühen Freitagabend bin ich bei Eric. Alice sollte in ungefähr einer Stunde auch vorbeischauen, damit wir wie geplant unseren Weiberabend einläuten können. Ava, Nadine, meine Schwestern und ich haben beschlossen, dass wir heute Abend mal so richtig auf den Putz hauen. Es ist Monate her, dass wir das zum letzten Mal getan haben. Julie verschwindet ab morgen eine Woche zu meiner Mutter und Eric hat darauf bestanden, dass ich die ganze Zeit über bei ihm schlafe, angefangen mit heute Abend. Außerdem wollte er, dass ich meine Klamotten mitbringe, also ist sein Schlafzimmer jetzt voll mit Kleidern, Schuhen und Make-up-Produkten.

Mich für den Abend herauszuputzen kann warten. Eric allerdings nicht. Julie ist mit Ms Blackwell unterwegs, also sind wir beide noch eine Weile allein. Ich sollte das besser ausnutzen. Ich finde Eric im Wohnzimmer, wo er Befehle ins Handy blafft, während er gleichzeitig auf dem Laptop tippt. Er und Julie haben den Abend für sich und werden ihn damit verbringen, sich Filme anzuschauen. Er ist schlecht gelaunt, weil sie morgen für eine Woche verschwindet, und das ist einfach bezaubernd. Na ja, in meinen Augen bezaubernd. Ich bin mir nicht sicher, ob mir die Person am anderen Ende der Leitung zustimmen würde.

»Hören Sie auf, nach Entschuldigungen zu suchen, und finden Sie stattdessen Lösungen«, brüllt Eric ins Telefon.

Okay. Es wird Zeit, einzugreifen. Ich warte, bis er das Gespräch beendet hat, dann stürze ich mich auf ihn.

»Du hast gesagt, du willst netter zu deinem Team sein.«

»Das bin ich – wenn sie keinen Mist bauen.«

»Du arbeitest zu viel.« Ich schiebe seinen Laptop zur Seite und klettere auf seinen Schoß. Dann öffne ich den Gürtel meines Kimonos und ermögliche ihm so einen Blick auf meine nackte Haut, in der Hoffnung, dass ihn das von seinen wie auch immer gearteten Sorgen ablenkt. Sein scharfes Einatmen lässt mich vermuten, dass die Strategie aufgeht. Eric schiebt den Stoff zur Seite, bis meine Brüste freiliegen, bevor er sie mit einem Blick mustert, der mich sofort anmacht. Doch statt mich zu berühren, lässt er die Hände sinken.

Na, was kommt wohl jetzt?

»Du hast auch einen Zeichenblock in deiner Tasche«, meint Eric.

Ich zucke mit den Achseln. »Man weiß nie, wann einen die Inspiration überkommt. Lass uns für diese Woche eine Abmachung treffen. Wenn einer von uns denkt, der andere würde zu viel arbeiten, greifen wir ein. Eine Hand wäscht die andere. Was denkst du?«

»Abgemacht.« Er schiebt mir den Kimono von den Schultern und trommelt mit den Fingern auf die nackte Haut über meinem Schlüsselbein. Seine Stirn ist gerunzelt, als müsste er über etwas nachdenken.

»Was?« Ich rutsche auf seinem Schoß herum, um ihn noch weiter anzuheizen. Die Libido dieses Mannes arbeitet auf Hochtouren, und ich liebe es.

»Also, müssen wir jeden Abend voreinander Beichte ablegen, oder darf es auch etwas anderes sein?«

Er drückt mir einen Kuss aufs Kinn, dann auf den Hals, bevor er das Tal zwischen meinen Brüsten erkundet. Ich lehne mich zurück, um ihm besseren Zugang zu gewähren.

»Denn ich hätte da einen viel besseren Vorschlag.« Er flüstert die verführerischen Worte meiner Haut zu. Gleichzeitig finden seine Hände meine Brustwarzen und verwandeln sie in harte Knospen.

»Wie zum Beispiel?« Ich will genauso verführerisch klingen wie er, doch meine Stimme ist eher ein Krächzen.

»Das hier.« Sein Daumen findet meine empfindlichste Stelle und übt leichten Druck aus.

Ich zucke zusammen und stoße ein heftiges Stöhnen aus. »Ich … Ah. Das ist …«

»Du kannst keine vollständigen Sätze mehr bilden.«

Er fährt damit fort, meinen Kitzler mit dem Daumen zu liebkosen, und obwohl ich eine schlagfertige Antwort geben will, ist das einzige Wort, das über meine Lippen kommt: »Verdammt.«

»Orgasmen bauen Stress ab, weißt du das?« Erics Augen brennen vor Verlangen, und ich erschaudere, als er seine Hand in meinem Haar vergräbt und mich an sich zieht.

»Beweise es«, flüstere ich.

Und das tut er.

***

»Gott sei Dank ist Freitag«, rufe ich eine Stunde später, als ich mich mit einem Stück Pizza in der Hand auf Erics Bett fallen lasse.

»Du solltest dich gesünder ernähren«, ermahnt mich Alice.

»Oh, sei keine solche Spaßbremse. Ich habe vor, meine ungesunden Angewohnheiten so lange zu pflegen, wie ich damit durchkomme.«

»Zumindest tauchst du inzwischen regelmäßig im Fitnessstudio auf«, meint Alice anerkennend.

»Such dir Schuhe aus, damit der Weiberabend endlich beginnen kann«, befehle ich.

Ich habe mich bereits für ein dunkelblaues Pailletten-Kleid

und weiße Pumps entschieden. Meine Schwester kann sich nicht entscheiden, ob sie schwarze oder goldene Sandaletten tragen soll. Da das kurze Kleid, das sie trägt, ebenfalls schwarz ist, favorisiere ich die goldenen Schuhe.

Eric betritt den Raum und starrt ungläubig auf die endlose Reihe von Schuhen. »Was soll die Stiletto-Parade?«, fragt er.

Alice erdolcht ihn förmlich mit ihrem Blick.

»Eric«, warne ich. »Wenn dir dein Leben lieb ist, sagst du jetzt kein Wort mehr.«

»Genau«, fügt Alice hinzu. »Stell dich nicht zwischen eine Frau und ihre Schuhe.«

Eric hebt kapitulierend die Hände und meint: »Schon kapiert. Ich werde ab jetzt den Mund halten.«

Alice dreht sich zu ihm um und sagt: »Dich muss man einfach gernhaben.«

»Okay«, sagt Eric. »Ich überlasse euch wieder eurem Schicksal.«

Eine Stunde später sind Alice und ich bereit. Wir sehen supersexy aus, wenn ich das mal sagen darf.

»Wir sind fertig«, rufe ich Eric zu, damit er weiß, dass er das Schlafzimmer jetzt wieder betreten darf. Wie vorherzusehen war, taucht er schon zwei Sekunden später auf.

Sein Blick gleitet über meinen Körper und verweilt sehr viel länger auf meinen Kurven, als es in der Anwesenheit meiner Schwester höflich ist. Gleichzeitig beißt er aus irgendwelchen Gründen die Zähne zusammen. Oha. Ich hatte eigentlich mit einem Kompliment gerechnet, also ziehe ich fragend die Augenbraue hoch.

Alice bemerkt den wortlosen Austausch und erklärt eilig: »Ich werde im Wohnzimmer warten.«

»Was ist los?«, frage ich, sobald sie verschwunden ist.

»Lass mich eine Sache klären. Bedeutet ›Weiberabend‹ in Wirklichkeit ›Wir reißen Kerle auf‹?«

Ich kichere. Darum geht es also. »Nein.«

»Du solltest nicht so unwiderstehlich aussehen, wenn du nicht mit mir ausgehst.«

»Du findest mich unwiderstehlich?« Ich klimpere mit den Wimpern und stelle ein Bein vor das andere, als würde ich für ein Foto posieren.

Innerhalb einer Zehntelsekunde ist Eric bei mir und schlingt einen Arm um mich.

»Du siehst fantastisch aus, Pippa.« Er lässt seine Fingerspitzen langsam über meine nackte Schulter gleiten. »Wunderschön.« Er hört auf, mich zu streicheln, und küsst die Stelle stattdessen. Sofort stehe ich in Flammen. »Aber diese Schuhe … Es sollte verboten sein, sie in der Öffentlichkeit zu tragen.«

»Wo sollten sie denn erlaubt sein?«, frage ich atemlos.

Er schiebt mein blondes Haar zur Seite, drückt mir einen Kuss auf den Hals und flüstert: »Im Bett, bei mir.« Sein Ton ist heiser, anzüglich und jagt mir Schauder über den Rücken.

Eric drückt mich nach hinten gegen die Schranktür und küsst mich leidenschaftlich. Der letzte zusammenhängende Gedanke, der mir durch den Kopf schießt, bevor die Lust mein Hirn vernebelt, lautet: *Nur gut, dass ich keinen Lippenstift trage.*

Eric hält nun nichts mehr zurück. Sein Mund ist heiß und fest und er küsst mich wie ein Besessener. Seine Lippen sind rau, fordernd, und ich liebe sie. Mit einer Hand zieht er meine Handgelenke über meinen Kopf, den anderen Arm schließt er fest um meine Taille.

»Verdammt«, sagt er mit einem leisen Stöhnen. »Ich will dich.«

»Ebenso«, flüstere ich, seinen Geschmack noch auf den Lippen. »Aber ich muss gehen.«

Eric lässt mich los, tritt zurück, mustert mich wieder von oben bis unten und sagt: »Ich werde euch zur Bar fahren.«

»Okay«, antworte ich, überrascht von dem Angebot. »Julie …«

»Ms Blackwell wird bei ihr bleiben, bis ich zurückkomme.«

»In Ordnung. Lass uns gehen.« Inzwischen bin ich nicht mehr nur überrascht, sondern auch misstrauisch.

»Also, das ist wirklich sehr zuvorkommend von dir«, meint Alice, als ich ihr mitteile, dass Eric uns fahren wird. »Vielen Dank.«

Ich habe so ein Gefühl, das sein Angebot, uns zu fahren, absolut nichts mit Freundlichkeit zu tun hat. Eric zuckt nur mit den Achseln und zeigt auf die Tür, als wollte er sagen: »Nach euch.« Alice und ich verabschieden uns von Julie, die uns sehnsüchtig hinterhersieht, als wäre sie traurig, dass sie uns nicht begleiten kann.

»Viel Spaß mit Ms Blackwell, bis dein Dad zurückkommt«, sage ich.

»Ich vermisse Ms Smith. Ms Blackwell ist so streng«, erklärt Julie mit einem dramatischen Seufzen. Ich erinnere mich daran, dass Eric mir erzählt hat, dass Ms Smith ihre andere Nanny in Boston ist. Neben mir lacht Eric leise, doch sein Lächeln verblasst, als Julie sagt: »Ich kann es kaum erwarten, zu deiner Mom zu kommen, Pippa.«

Ah, wenn Eric schon schlecht gelaunt ist, wenn Julie eine Woche bei Mom verbringen will, dann wird er in ihren Teenager-Jahren wahrscheinlich in Depressionen versinken. Und jetzt bin ich deprimiert, weil ich nicht dabei sein werde. Was für ein Beginn meines Weiberabends!

Die Bar liegt in einem schicken Viertel der Innenstadt. Wie vorherzusehen war, ist der Verkehr vollkommen irre. Eric wirft mir alle paar Minuten heiße Blicke zu, und es gelingt mir nur teilweise, ihn zu ignorieren. Jedes Mal, wenn ich seinen Blick auf mir spüre, wird mir heiß. Wenn wir so weitermachen, werde ich nicht mal aus dem Auto steigen.

Nach gefühlten Stunden stoppt Eric vor einer Bar. Ach, so ein richtiger Weiberabend ist genau das, was ich jetzt brauche. Die Abendluft duftet angenehm nach einer Mischung aus Jasmin und Kirsche.

Eric umrundet das Auto und als er direkt vor mir steht, überrascht er mich, indem er einen Arm um mich schlingt, mich an sich zieht und küsst. Er lässt seine Zunge kurz über meine gleiten, dann erobert er wild meinen Mund. Ich reagiere dementsprechend begeistert.

»Was sollte das denn?«, frage ich, nachdem wir uns voneinander gelöst haben.

»Jetzt weiß jeder Kerl in dieser Bar, dass er besser nichts versucht, weil du mir gehörst.«

Eric lächelt selbstgefällig, als wäre das der sicherste Plan der Welt. Aber die Behauptung ist einfach zu eingebildet, als dass ich ein Sticheln unterlassen könnte.

»Du glaubst, jeder Mann da drin hat uns beobachtet?«, frage ich.

»Vertrau mir. Sie wissen es.«

»Was, wenn wir die Bar wechseln? Könnte sein, dass wir eine Kneipentour machen. Einen Tequila hier, einen Cocktail woanders.«

Erneut zieht er mich an sich. »Meinst du das ernst?«

»Wenn ich jetzt Ja sage, wirst du mich dann in jede Bar führen und dort noch mal so küssen? Denn dann lautet die Antwort definitiv Ja.«

»Führ mich nicht in Versuchung.« Er lässt seinen Daumen über meine Unterlippe gleiten, während sich sein Blick an meinem Mund festsaugt.

»Okay«, flüstere ich.

»Viel Spaß mit den Mädels.«

»Den werde ich haben.«

Ich trete auf den Gehweg und winke ihm noch mal zu. Dann gehe ich zu Alice, die mich vor dem Eingang der Bar erwartet. Sie stößt einen lauten Pfiff aus.

»Das war ein heftiger Kuss. Ich konnte die sexuellen Schwingungen bis hierher fühlen«, meint sie.

»Jepp. Meine Knie sind noch ganz weich von den Testosteron-Ausdünstungen. Das war *heiß*.«

»Ich werde nicht widersprechen. Aber jetzt lass uns reingehen. Die anderen sind schon da.«

Über der Bar liegt ein Klangteppich aus Lachen, Kichern und Gesprächen. Das schwache Licht verleiht dem Raum eine gemütliche Atmosphäre. Intim und irgendwie knisternd, als könnten hier sündhafte Dinge geschehen. Na ja, aber nicht mir; ich bin nur da, um Spaß mit den Mädels zu haben. Sobald ich zu Eric zurückgekehrt bin, lasse ich die Sau raus – im übertragenen Sinn.

Mit dem Geschmack seines Kusses auf den Lippen gehe ich auf unseren Tisch zu. Ava, Nadine, Summer und Caroline – eine gute Freundin von mir – sitzen um einen runden Tisch und wirken, als führten sie nichts Gutes im Schilde. Kaum haben Alice und ich uns ihnen angeschlossen, wird die Stimmung ausgelassen.

»Okay«, meint Caroline. »Ich würde vorschlagen, wir bestellen eine Runde Tequila, und dann erzählen wir uns nacheinander die Neuigkeiten.«

»Ich werde heute Abend nicht trinken«, erklärt Ava verlegen.

»Wieso nicht, verdammt noch mal?«

Sie wird rot, dann wirft sie Nadine einen kurzen Blick zu, bevor sie sagt: »Ich glaube, ich bin schwanger.«

Sofort bricht der Rest des Tisches in Jubel aus. Nacheinander umarmen und beglückwünschen wir sie.

»Aber sagt Sebastian noch nichts davon«, meint Ava, nachdem sich alle wieder beruhigt haben. »Ich will warten, bis ich mir wirklich sicher bin.«

»Wow«, meint Alice, »also hat Logan seine Wette wahrscheinlich verloren.«

»Er wird es überleben«, sagt Nadine grinsend.

»Hast du dich schon für den Namen Seamus begeistern können, für den Fall, dass es ein Junge wird?«, frage ich, wobei ich mir aufgeregt die Hände reibe.

»Nur über meine Leiche«, sagt Ava wie aus der Pistole geschossen.

»Och, komm schon. Der Name ist süß«, antworte ich, was Ava allerdings nicht weiter interessiert. Als Sebastian vor einiger Zeit den Namen vorgeschlagen hat, fand ich ihn albern, aber inzwischen habe ich ihn irgendwie lieb gewonnen.

Um bei meiner Schwägerin wieder etwas gutzumachen, sage ich: »Ich werde heute zu dir halten und ebenfalls nichts trinken.«

Nadine zieht einen Schmollmund. »Jetzt fühle ich mich mies, weil ich es nicht auch angeboten habe.«

»Wie wär's, wenn wir alle nüchtern bleiben?«, schlägt Alice vor. »Aus Solidarität?«

Die anderen nicken zustimmend.

Sobald verschiedene alkoholfreie Getränke vor uns auf dem Tisch stehen, stoßen wir an, dann fragt Caroline: »Also, was ist nötig, um euch drei heute Abend dazu zu bringen, auf dem Tresen zu tanzen?«

Alice, Summer und ich stöhnen gleichzeitig.

»Ich weiß, dass wir beim Junggesellinnenabschied eine ziemliche Show abgeliefert haben, aber ich bin nicht bereit, das noch mal zu wiederholen«, verkünde ich.

»Außerdem haben wir ohne Alkohol nicht den Mumm dazu«, meint Alice.

»Ich schon«, meldet sich Summer unerwartet zu Wort. »Aber nicht als Einzige.«

Alice und ich starren sie an.

»Wer bist du, und was hast du mit unserer Schwester gemacht?«

Summer zuckt mit den Achseln und sieht uns in gespielter Unschuld an.

»Ihr wart unglaublich«, sagt Ava.

»Hin und wieder schaue ich mir das Video an«, gibt Nadine zu.

»Ich kann nicht glauben, dass du das gefilmt hast.« Alice verdreht die Augen.

»Machst du Witze? Diese Nacht ist als DNDWBM in die Geschichte eingegangen.«

»Was?«

»Die Nacht der wilden Bennett-Mädels«, sagt Nadine, offensichtlich kurz davor, in Lachen auszubrechen.

Ja, okay, meine Schwestern und ich sind vielleicht auf Avas Junggesellinnen-Abschied *ein wenig* ausgetickt, und irgendwie endete das damit, dass wir auf dem Tresen getanzt haben. Wir haben eine äußerst fragwürdige Version eines Can-Cans zum Besten gegeben. Dabei haben wir uns total zum Idioten gemacht, aber wir hatten einen Heidenspaß.

»Was glaubt ihr, was die Männer auf ihrer Party gemacht haben?«, frage ich, ehrlich neugierig. »Ich habe versucht, Blake etwas aus der Nase zu ziehen, aber der Mistkerl schweigt eisern.«

»Sie waren in Vegas«, sagt Ava. »Daher bin ich mir nicht sicher, ob wir es wirklich wissen wollen.«

»Oh, ich weiß es«, sagt Summer. »Aber ich werde nichts erzählen.«

Alle drehen sich gleichzeitig zu ihr um.

»Wieso behältst du die Geheimnisse der Jungs immer für dich?«, frage ich.

»Weil sie mir sonst nichts mehr erzählen würden«, antwortet Summer grinsend und wirft mir einen vielsagenden Blick zu.

Okay, stimmt, mein »Hüterin der Geheimnisse«-Titel ist nicht unbedingt verdient. Ich bin viel besser darin, Geheimnisse auszuplaudern. Aber Summer, meine kleine Schwester, wickelt immerzu unsere Brüder um den kleinen Finger. Irgendwann einmal war Alice das Lieblingsmädchen der Jungs. Sie war ein echter Wildfang. Ich vermute allerdings, dass das auch etwas damit zu tun hatte, dass sie seinerzeit für einen von Sebastians Freunden geschwärmt und ihre burschikose Art als Ausrede benutzt hat, um mit ihnen abzuhängen.

»Schön«, meint Alice in vorgegebener Kapitulation. Aber wenn es eines gibt, was Alice *nie* tut, dann ist das aufgeben. Sie wird die Einzelheiten schon noch aus Summer herauskriegen, so oder so.

»Kann ich dich mit einem Kleid bestechen, Summer? Maßgeschneidert für dich?«, fragt Nadine und klimpert mit den Wimpern. Summer hat eine Schwäche für schöne Kleider, und Nadines Entwürfe sind absolut atemberaubend.

Für eine Zehntelsekunde scheint meine jüngste Schwester zu zögern, doch dann schüttelt sie entschieden den Kopf. »Nö. Außerdem hast du auch so schon genug Arbeit.«

»Das stimmt«, gibt Nadine zu und massiert sich kurz den Nacken. »Logan und ich machen nächsten Monat Urlaub. Ich kann es kaum erwarten. Eine ganze Woche nur herausragendes Essen und wunderbaren Sex.«

Ich hebe kopfschüttelnd eine Hand. »Stopp. Ich will nichts darüber hören, wie mein Bruder sich im Bett anstellt. So etwas vergisst man nie wieder.«

»Ich glaube, du warst zu oft mit Julie zusammen«, meint Nadine. »Du hast dich an jugendfreie Unterhaltungen gewöhnt. Du brauchst mal wieder ein paar richtige Sauereien.«

»Genau«, stimmt Ava kichernd zu. »Komm auf die dunkle Seite der Macht…«

Alice ist die Einzige, die sich dem Gespräch bislang nicht angeschlossen hat. Wieso habe ich gedacht, sie stünde mir bei?

»Oh, Pippa bekommt momentan jede Menge Sauereien serviert«, sagt Alice in dem Moment. »Wieso erzählst du uns nicht ein paar anzügliche Details, große Schwester?«

»Wunderbare Idee«, meint Nadine.

O nein. Ich komme aus diesem Gespräch nicht mehr heraus, wenn es erst einmal angefangen hat.

»Was wollt ihr wissen?«, frage ich schicksalsergeben.

»Alles«, sagt Ava.

Gleichzeitig fragt Alice: »Liebst du ihn?«

Ava rammt Alice den Ellbogen in die Seite, während Nadine mit den Fingern auf den Tisch trommelt und meiner Schwester drohende Blicke zuwirft.

»Du musstest das sofort ansprechen, oder?«, meint Nadine. »Das war nicht der Plan.«

Mir schnürt es die Kehle zu. »Ihr hattet einen Plan?«

»Na ja«, setzt Alice an. »Eigentlich solltest du uns erst erzählen, was du im Bett an ihm magst, dann generell, was dir an ihm gefällt. Und der letzte Schritt wäre gewesen, dass du zugibst, dass du ihn liebst.«

Ich beschließe, die Mädels von ihren Qualen zu erlösen. »Ich liebe ihn, aber das ändert rein gar nichts. Er hat sein Leben in Boston, und das respektiere ich.«

»Also gibst du auf?«, fragt Alice.

»Nein, Alice. Ich tue, was mir möglich ist, um in ein paar Wochen nicht an gebrochenem Herzen zu sterben.«

»Geht es dir gut?«, fragt Summer.

Für einen kurzen Augenblick erwäge ich, ihre Sorge einfach abzutun und zu erklären, dass ich schon groß bin, wie ich es bei meinen Brüdern getan habe. Aber um ehrlich zu sein, geht es mir nicht gut. Und vielleicht wird es Zeit, dass ich Erics Rat annehme und aufhöre, im Kreise meiner Familie immer die Starke zu spielen.

»Nein«, antworte ich dementsprechend ehrlich. »Er ist fürsorglich und aufmerksam, und ich liebe jede Sekunde, die ich mit ihm und seiner Tochter verbringe. Und ich habe panische Angst vor dem Moment, wenn sie nach Boston zurückkehren.«

Meine Gefühle laut auszusprechen hat den unerwarteten Effekt, dass ich plötzlich wieder leichter atmen kann.

Die Mädels schweigen ein paar Sekunden, dann sagt Summer: »Mach dir keine Sorgen. Wir werden uns um dich kümmern.«

»Genau«, meint Alice. »Wir sind für dich da, Sis.«

Caroline klatscht einmal in die Hände und verkündet: »Zeit, das Thema zu wechseln.«

»Genau«, stimme ich zu, denn ich liebe sie für den Themenwechsel. »Schuhe?«

»Ooo ja«, quiekt Alice. »Ich habe vor ein paar Tagen ein tolles Paar gekauft.«

Den Rest des Abends verbringen wir damit, uns über alles und nichts zu unterhalten, und es gelingt mir, mich zu entspannen. In zwei Wochen werde ich an gebrochenem Herzen sterben. Das weiß ich. Aber zu wissen, dass ich mich auf meine Freunde und Familie verlassen kann, nimmt diesem Gedanken den Schrecken. Zumindest ein bisschen.

***

Am nächsten Tag regiert im Callahan-Haushalt das Chaos. Julie verschläft und beginnt danach wie eine Wahnsinnige mit dem Packen. Eric ist ebenfalls nicht zurechnungsfähig, weil er mit jeder Sekunde mehr in Panik verfällt. Julies Aufbruch macht ihn vollkommen fertig. Er ist einfach wunderbar.

Ich telefoniere eine Weile mit Ava, weil sie mir die traurige Nachricht geschickt hat, dass es falscher Alarm war und es doch keinen Baby Seamus geben wird.

Als klar wird, dass Julie und Eric sich gegenseitig verrückt machen, greife ich ein, schicke Eric ins Wohnzimmer und mache mich daran, Julie beim Packen zu helfen.

»Ich glaube nicht, dass du etwas vergessen hast«, erkläre ich ihr nach einer Weile. Wir stehen in ihrem Zimmer und kontrollieren ein letztes Mal die vollen Taschen.

»Ich bin so aufgeregt.« Sie quietscht förmlich.

»Das sehe ich.«

Sie hat mir den gesamten Nachmittag das Ohr mit Geschichten über all die Dinge abgekaut, die sie und die anderen Mädchen geplant haben. Ich habe versucht, unauffällig so viele Ratschläge an den Mann zu bringen wie möglich, allerdings bin ich mir nicht sicher, ob sie mir überhaupt zugehört hat. Im Moment blubbert sie förmlich vor Enthusiasmus. Ein lautes Hupen vor dem Haus beendet unsere Inspektion. Aber wir sind unsere Packliste sowieso schon zwei Mal durchgegangen. Sie ist bereit zum Aufbruch.

»Sie sind da!« Julie klatscht in die Hände.

Mein Cousin Jamie holt sie ab, um sie zusammen mit seinen drei Töchtern zu Mom zu fahren. Zwei der Mädchen sind in Julies Alter, die Älteste ist sechzehn. Es überrascht mich nicht, dass sie nicht wirkt, als würde sie sich besonders auf eine Woche mit kichernden Zwölfjährigen freuen.

Ich greife nach Julies Rollkoffer. Sie wirft sich den Rucksack über die Schulter, dann verlassen wir ihr Zimmer.

Eric steht vor dem Haus und unterhält sich mit Jamie. Die jüngeren Mädchen sitzen auf der Motorhaube, essen Eis und unterhalten sich laut. Sobald sie Julie sehen, springen sie vom Auto, und sie läuft los, um ihre Freundinnen zu begrüßen.

»Seid ihr bereit, Mädchen?«

Alle bejahen fröhlich und nicken enthusiastisch.

»Dann los«, sagt mein Cousin.

Sobald das Auto nicht mehr zu sehen ist, gehen Eric und ich zurück zum Haus.

»Also«, erkläre ich, »dann gehe ich mich mal umziehen.«

»Wieso?«, fragt er verdutzt.

»Um mich auf unser Date vorzubereiten natürlich.«

Wir haben den heutigen Abend zum Date-Abend erklärt, nachdem Julie uns mitgeteilt hat, dass sie zu meiner Mom will.

»Du siehst toll aus. Auch wenn dir nackt am besten steht.«

Ich schnappe nach Luft, drücke meine Hand gegen seine Brust und stoße ihn leicht nach hinten. Wenn er mir so nahe ist, fällt mir das Denken schwer.

»Du bist unverschämt«, murmle ich. »Aber ich muss mich trotzdem umziehen. Ich trage nicht mal ein anständiges Kleid.« Da es draußen so warm ist, habe ich mir nur ein leichtes Sommerkleid übergeworfen, das zwar gut aussieht, aber absolut nicht für ein Date geeignet ist.

»Keine Ahnung, was deine Definition eines anständigen Kleides ist, aber ich finde das hier wunderbar. Alles, was ich tun muss, um dich nackt zu sehen, ist, an diesem Band hier zu ziehen.«

»Du bist wirklich ein Perversling. Glücklicherweise gilt das für mich nicht.«

»Dann erledige ich meinen Job nicht gut.« Mit einem anzüglichen Lächeln lässt er seinen Daumen über meine Lippen gleiten, wobei er meinen Mund mustert, als würde er etwas Gefährliches planen. »Wird Zeit, dass du anständig geküsst wirst. Außerdem gehen wir sowieso nirgendwohin.«

»Tun wir nicht?«

»Nein.« Er umfasst meine Wange, dann lässt er seine Hände an meinem Hals nach unten zu meinen Brüsten gleiten. »Ich koche uns etwas zum Abendessen, damit wir sofort mit dem Date anfangen können. Ich habe gestern alle Zutaten für die Vorspeisen und den Hauptgang gekauft.«

»Was ist mit der Nachspeise?«, frage ich panisch. »Das ist der wichtigste Teil des Essens.«

»Du wirst meine Nachspeise sein.« Er bedenkt mich mit einem heißen Blick. »Und ich deine.« Er mustert meine Miene und meint: »Du scheinst nicht besonders beeindruckt.«

Ich kaue auf der Wange, während ich darüber nachdenke, ob es wohl eine nette Art gibt, meine Botschaft zu verpacken. Ich glaube nicht.

»Wie ich schon sagte: Die Nachspeise ist der beste Teil des Menüs.«

»Du ziehst ein Dessert Sex mit mir vor?«

»Das habe ich nicht gesagt.«

»Du hast es aber auch nicht *nicht* gesagt«, beharrt er. Er drückt mir einen kurzen Kuss auf die Stirn, dann sagt er: »Ich werde Schokokuchen bestellen. Aber nur damit du Bescheid weißt, mein Ego ist schwer angeschlagen.«

»Oooooh.« Ich kneife ihn spielerisch in die Schulter. »Kann ich es wiedergutmachen, indem ich beim Sex besonders laut schreie?«

Sofort verdunkelt sich Erics Blick. Er schlingt einen Arm um meine Taille und zieht mich an sich. »*Ich* werde dafür sorgen, dass du besonders laut schreist.«

»Okay«, sage ich atemlos.

Scheinbar zufrieden mit meiner Antwort verschränkt Eric seine Finger mit meinen und führt mich ins Haus.

»Aber wir haben den Abend für ein Date reserviert«, beharre ich. »Bist du dir sicher, dass du nichts unternehmen willst?«

»Was ist falsch daran, wenn ich dir Abendessen koche?«

Die Antwort, die mir auf der Zunge liegt, lautet: *Es ist nichts falsch daran. Es ist gemütlich und süß, und wenn ich dich kochen sehe, nachdem ich dich schon mit deiner Tochter beobachtet habe, könnten meine Eierstöcke explodieren.*

Aber da ich nicht wie eine hormongesteuerte Irre klingen will, sage ich stattdessen: »Absolut gar nichts.«

Sobald wir in der Küche sind, beobachte ich, wie Eric alle Zutaten aus dem Kühlschrank holt und auf der Arbeitsfläche ausbreitet. Dann fängt er an, Gemüse zu schneiden.

»Was soll ich tun?«, frage ich neben ihm.

»Unterhalte mich.«

»Und was noch?«

»Nichts.«

»Eric, ich kann nicht *nichts* tun. Ich bin eine Macherin. Ich brauche eine Aufgabe.«

Er legt sein Messer ab und spießt mich mit seinem Blick auf. »Hier sind deine Aufgaben. Erstens: Entspann dich. Zweitens: Lächle. Drittens: Denk an all die Dinge, die ich nach dem Essen mit dir anstellen werde.«

Das alles sagt er in einem Befehlston, der mir sofort einen angenehmen Schauder über den Rücken jagt.

»Sehr klare Anweisungen«, murmle ich und lehne mich gegen den Tisch.

»Und ich werde streng darauf achten, dass sie auch befolgt werden.«

Sofort spitze ich die Ohren. »Wirst du mich bestrafen, wenn ich es nicht tue?«

»Keine Orgasmen heute Abend.«

»Dann bist du der Angeschmierte, Kumpel. Ich bin in der Lage, mir selbst einen Orgasmus zu verschaffen.«

Ich habe das als Witz gemeint, aber sofort verändert sich die Stimmung. Als Eric das nächste Mal spricht, ist seine Stimme leise und heiser.

»Ich muss einen Weg finden, dass du anständig redest, oder das Abendessen fällt flach.«

Für einen kurzen Moment denke ich darüber nach, ihn weiter zu reizen, doch letztendlich gewinnt mein knurrender Magen. Trotzdem kann ich auf verschiedenste Weise dafür sorgen, dass die Kocherei nicht jugendfrei bleibt. Ich überlege mir ein paar Möglichkeiten, während Eric eine Flasche Rotwein öffnet und mir ein Glas eingießt.

»Schön. Unter einer Bedingung«, sage ich schließlich.

»Jetzt verhandeln wir?«, fragt er ungläubig.

»Ja, tun wir und es ist klar, dass ich am längeren Hebel sitze.« Ich ziehe eine Augenbraue hoch und lecke mir langsam über die Unterlippe. Sofort entdecke ich Lust in Erics Blick. Ich weiß nicht, was in mich gefahren ist, aber ich fühle mich mutig und gierig, und ich will ihn jetzt sofort.

»Sollte das eine Anspielung sein?«, fragt er, und mit Zufriedenheit stelle ich fest, dass seine Stimme zittert.

»Aber absolut.«

»Schön. Wie lautet deine Bedingung?«

»Zieh die Hose aus.«

»Du willst, dass ich nackt koche?«

»Nein. Das Hemd kannst du anbehalten.« Ich grinse. »Ich interessiere mich für deinen Hintern.«

»Mein Oberkörper fühlt sich gerade schwer diskriminiert«, meint er gespielt beleidigt.

»Er wird darüber hinwegkommen. Und jetzt zieh dich aus.«

»Nur, wenn du es auch tust.«

»Auf keinen Fall. Wenn ich nackt bin, werden wir verhungern.«

»Du hast wirklich kein Vertrauen in mich, Pippa Bennett.«

»Du hast mir schon bewiesen, dass du eine Schwäche für nacktes Fleisch hast.« Mein Puls rast, als ich auf seine Antwort warte.

»Nur, weil du so verdammt unwiderstehlich bist.«

Mein Atem stockt, als er auf mich zukommt und die Hände rechts und links neben mir auf den Tisch stemmt, sodass ich gefangen bin. Dann küsst er mich so leidenschaftlich, dass ich keuche, als er mich wieder freigibt.

»Du wirst mir beim Kochen nicht auf den nackten Hintern starren. Das spare ich mir fürs Schlafzimmer auf.« Als er meinen Schmollmund sieht, fügt er hinzu: »Langsam drängt sich mir der Verdacht auf, dass du nur meinen Körper willst.«

»Du bist so eingebildet. Unglaublich.«

»Du meinst, ich sollte nicht stolz auf meine steinharten Bauchmuskeln sein oder auf einen Hintern, von dem du kaum den Blick abwenden kannst, und auch nicht auf meinen großen Schwanz?«

Meine Lippen verziehen sich zu einem perfekten O. »Du bist so versaut!« Ich senke die Stimme zu einem Flüstern: »Aber ich kann dir nicht widersprechen.«

Eric macht sich wieder daran, Zutaten zu schneiden. Ihn zu beobachten ist für mich wie ein Vorspiel.

»Du kochst etwas Italienisches«, vermute ich nach einer Weile.

»Ja. Bruschetta als Vorspeise, gefolgt von Spaghetti all'arrabbiata.«

Okay. Ihm dabei zuzuhören, wie er über Essen redet, macht mich scharf. Ich setze mich auf die Arbeitsfläche und beobachte ihn. Sobald alles auf dem Herd steht, beschließe ich, dass die Zeit für mein Geständnis gekommen ist.

»Ich habe meinen Anwalt nächste Woche ein Treffen mit Terence ansetzen lassen«, sage ich. »Am Dienstag.«

Eric sieht mit einem Stirnrunzeln von der Pfanne auf, in der die Soße köchelt. »Warum?«

»Er denkt, wir würden über einen Vergleich sprechen, aber ich habe einen Plan.« Mit einem Zwinkern füge ich hinzu: »Ich werde die Bestie von der Leine lassen. Das wollte ich dich nur wissen lassen.«

»Danke, dass du mir vertraust und mir davon erzählst.« Eric drückt mir einen Kuss auf die Stirn.

Ich ergreife sein Hemd, weil ich nicht bereit bin, ihn schon wieder gehen zu lassen. »Danke, dass du mir wieder Hoffnung geschenkt hast«, flüstere ich. »Dafür, dass du mir einen Teil meiner Ängste genommen hast.«

Eric steht plötzlich unbeweglich da. »Pippa, verabschiedest du dich gerade von mir?«, fragt er leise mit fast zittriger Stimme.

Mein Herz verkrampft sich, als ich seine leidende Miene sehe. »Nein, absolut nicht. Ich werde mich nicht verabschieden, bevor du nicht ins Flugzeug steigst.«

»Gut.« Er atmet tief durch. »Gut.«

Eric schiebt sich zwischen meinen Schenkel. Seine Lippen finden meinen Mund. Zuerst küsst er mich zärtlich, dann wilder, bis ich in seinen Armen stöhne. Seine Hand gleitet an meinem Bein nach oben, höher, höher …

Das unverwechselbare Geräusch überkochender Soße sorgt dafür, dass wir uns voneinander lösen.

»Versau nicht das Essen, Callahan«, ziehe ich ihn auf, um die Stimmung aufzulockern, während er versucht, unser Abendessen zu retten. »Mich verhungern zu lassen wäre ein Zeichen von sehr schlechter Erziehung.«

»Es ist ein Zeichen von schlechter Erziehung, mich so in Versuchung zu bringen«, schießt er zurück.

»Oh, ich soll also damit aufhören?« Ich tue so, als wollte ich von der Arbeitsfläche springen, aber Eric hält mich davon ab, indem er eine Hand auf meinen Schenkel legt.

»Beweg dich ja nicht.« Seine Augen glitzern gefährlich. »Führ mich nur weiter in Versuchung, Bennett.«

***

Ich halte mein Versprechen und führe Eric die nächsten Tage immer wieder in Versuchung, was letztendlich bedeutet, dass wir beide wenig Schlaf bekommen. Die Nacht zum Dienstag verbringe ich mit Herumwälzen. Als ich aufwache, klebt kalter Schweiß an meinem Körper. Eric liegt nicht neben mir, doch damit habe ich gerechnet, weil er immer vor mir wach wird. Duschen und Anziehen erfolgen im Autopiloten, weil ich ständig darüber nachdenke, wie mein Treffen mit Terence wohl laufen wird.

Als ich ins Wohnzimmer komme, empfängt mich eine wunderbare Duftmischung: Kaffee und Muffins.

»Sehr aufmerksam«, sage ich zu Eric, der mit dem für ihn so typischen Grinsekatze-Lächeln am Tisch sitzt.

»Mir wurde erklärt, es bringt Glück, den Tag mit dem Lieblingsfrühstück zu beginnen.«

»Wer hat dir das denn erzählt?«

»Meine Mutter.«

»Ich mag sie jetzt schon.«

Ich setze mich ihm gegenüber und beginne zu essen. Meine Handflächen werden mit jeder Minute feuchter, aber ich versuche meine Nervosität vor Eric zu verbergen.

»Du musst mich nicht hinfahren.« Ich halte die Kaffeetasse mit beiden Händen und trinke den Rest aus.

»Das ist nicht verhandelbar.« Erics Stimme ist gleichzeitig sanft und fest. Ich habe keine Ahnung, wie er das schafft.

»Ich werde vor dem Gebäude auf dich warten. Ich will da sein, für den Fall, dass du mich brauchst, um dich aufzumuntern oder jemandem eine abzuräumen.«

»Es wird keine Prügelei geben«, sage ich warnend.

»Nur falls nötig. Das verspreche ich hoch und heilig.«

Als ich eine halbe Stunde später das Büro meines Anwalts betrete, fühle ich mich erstaunlich ruhig. Er erklärt mir, dass Terence bereits im Konferenzzimmer sitzt – allein, wie ich verlangt habe. Terence' Anwalt ist im Wartezimmer und beäugt mich neugierig. Er trägt einen teuren Anzug, eine hochkarätige Uhr und das dazu passende selbstsichere Grinsen.

Sein Grinsen wird mit jedem Moment breiter, bis mir fast schlecht von dem Anblick wird. Da ich nicht bereit bin, hier mehr Zeit zu verbringen als unbedingt nötig, gehe ich direkt ins Konferenzzimmer.

Terence lungert auf einem der Stühle herum, und ich setze mich ihm gegenüber. Er trägt dasselbe selbstsichere Grinsen zur Schau wie ein Anwalt – offensichtlich geht er davon aus, dass ich ihm Geld anbieten werde, damit er aus meinem Leben verschwindet. Bevor die Scheidung durch war, habe ich während solcher Treffen meistens geschwiegen, habe meinen Anwalt sprechen lassen und mein Bestes gegeben, Terence nicht zu provozieren. Doch ich bin nicht länger diese Frau. Meinen Ex-Mann erwartet ein böses Erwachen.

»Lass uns das hinter uns bringen«, sage ich statt einer Begrüßung. Ich stemme die Ellbogen auf den Tisch und lehne mich leicht vor. »Du bekommst keinen müden Cent.«

Da vergeht meinem Ex das Lachen ziemlich schnell. Gut.

»Machst du Witze? Hast du mich hierher gerufen, um dasselbe Gespräch wieder zu führen? Mein Anwalt…«

»… trägt im Moment einen teureren Anzug und eine teurere Uhr als du. Allein sein Vorschuss ist mehr wert als ein Jahr Miete für dieses Drecksloch, in dem du lebst.«

Das erregt seine Aufmerksamkeit. Er setzt sich aufrecht hin und bläht die Nasenflügel. »Hast du mich von jemandem ausspionieren lassen?«

»Ja.« Logan kennt ein paar erfahrene Detektive und hat den Kontakt hergestellt. »Sie haben ein paar sehr interessante Dinge herausgefunden. Du hast die Jacht, das Auto und deine Uhrensammlung verkauft, um deinen Anwalt zu bezahlen. Meiner Berechnung nach kannst du ihn dir noch ungefähr fünf Monate lang leisten.«

Ich kann sehen, wie Terence bleich wird, und dabei bin ich noch lange nicht fertig.

»Ich hingegen kann mir die Unterstützung eines Anwalts noch jahrelang leisten«, sage ich kühl. »Wie sieht es bei dir aus?«

»Sobald ich gewonnen habe, kann ich zahlen«, sagt er durch zusammengebissene Zähne. Ich glaube, er will bedrohlich klingen, doch letztendlich wirkt er nur verzweifelt.

»Du wirst nicht gewinnen. Das ist eine Tatsache. Du hast keinerlei Anspruch. Du und dein Anwalt haben es einfach darauf abgesehen, dass ich einknicke und dich auszahle, damit ich mich nicht länger mit dir rumschlagen muss.«

»Du bluffst«, antwortet Terence. An seiner Schläfe pulsiert eine Ader.

»Ich habe mir auch deinen Anwalt mal genauer angesehen. Er fährt immer dieselbe Strategie. Er belästigt die Gegenseite, bis sie nachgibt. Bei den meisten geht das recht schnell. Aber es gibt da einen Haken.« Ich schenke ihm ein süßliches Lächeln. »Prozesse können sich über Jahre hinziehen. Ich kann definitiv dafür sorgen, dass dieser hier Jahre dauert, und das werde ich auch tun, wenn du mich dazu zwingst. Oliver und ich glauben, wir können diese Sache mindestens über fünf Jahre dauern lassen. Der teure Anzug da draußen wird irgendwann einen weiteren Vorschuss wollen, und du besitzt nichts mehr, was du verkaufen könntest.«

»Ich kann Geld auftreiben.«

»Vielleicht kannst du das. Aber so, wie du gerade aussiehst, geht es dir offensichtlich nicht gut.« Meine Armmuskeln zittern, und ich spüre Schweiß im Nacken, als ich fortfahre: »Du verlässt dich darauf, dass ich bereit bin, alles zu tun, damit du aus meinem Leben verschwindest. Ich bin hier, um dir zu versichern, dass dem nicht so ist. Ich werde dich durch die Gerichtssäle scheuchen, bis du vollkommen pleite bist. Ich habe keine Angst mehr, weil du mir *nichts* bedeutest. Ich werde das Geld meiner Familie um jeden Preis vor dir in Sicherheit bringen.«

»Du Miststück. Du führst alle mit deinem Nette-Mädchen-Getue an der Nase herum …«

»Lass uns eines klarstellen«, sage ich laut. »Ich kann auch andere Saiten aufziehen. Bisher wollte ich das nicht. Bisher habe ich dich fair behandelt, aber du hast das nicht verdient. Du hast eine Woche, um diesen ganzen Mist zu beenden, oder ich werde dich mit juristischen Schreiben bombardieren, bis du in Anwaltskosten ertrinkst.«

Terence schweigt einen langen Moment, dann sagt er gehässig: »Du glaubst, er würde dich lieben, oder?«

»Das geht dich absolut nichts an.«

»Du glaubst es wirklich. Gott, du warst schon immer eine Idiotin. Deswegen wirst du auch für immer allein bleiben. Das ist, was du verdient hast.«

Ich habe den Geschmack von Galle im Mund, doch ich zwinge mich dazu, ruhig zu bleiben. Ich richte mich auf und sage: »Du hast eine Woche, um es gut sein zu lassen. Sonst nehme ich dich auseinander.«

Ich verlasse das Zimmer und nicke im Vorbeigehen Oliver

zu, der den Daumen in die Luft reckt. Der teure Anzug wirkt mit einem Mal bleich. Sein Selbstbewusstsein scheint verschwunden. Ich nehme an, unser nicht allzu freundlicher Wortwechsel war laut genug, dass er jedes Wort verstehen konnte. Hervorragend!

»Lassen Sie mich wissen, wie sich die Sache entwickelt«, sage ich zu Oliver.

Ich jogge fast in den Park gegenüber der Kanzlei, weil ich dringend frische Luft brauche. Schweißperlen stehen auf meiner Oberlippe, als ich mich auf eine Bank setze, die Augen schließe und tief durchatme, um mich zu beruhigen.

*Seine Worte können mich nur verletzen, wenn ich es zulasse. Und ich werde es nicht zulassen.*

Dieses Mantra wiederhole ich ein paarmal, und bald schon fühle ich mich besser.

»Wie ist es gelaufen?«

Überrascht zucke ich zusammen und öffne die Augen. »Eric. Ich habe ganz vergessen, dass du auf mich wartest.«

Er setzt sich neben mich und ergreift meine Hände. »Geht es dir gut?«

»Der feuerspeiende Drache hat zugeschlagen.«

Wie aufs Stichwort piept mein Handy mit einer Nachricht von meinem Anwalt.

Oliver | Terence hat die Klage zurückgezogen.
Er wird Sie nicht mehr belästigen.

Grinsend zeige ich Eric die Nachricht.

»Wow, du musst wirklich beängstigend gewirkt haben«, meint er bewundernd. »Das verlangt nach einer Feier. Wie wäre es, wenn wir uns den Tag freinehmen?«

Wärme breitet sich in mir aus, weil ich weiß, wie viel er noch zu erledigen hat, bevor er nach Boston zurückkehrt.

»Bist du dir sicher?«, frage ich.

»Absolut. Was willst du machen?«

Ich strecke mich gemütlich auf der Bank aus, während ich darüber nachdenke, ob ich Eric mit einem Film oder irgendetwas anderem Gemütlichen locken kann. Ohne Vorwarnung zieht er meine Füße auf seinen Schoß.

»Lass uns trainieren gehen«, schlägt er vor.

»Ich habe gerade eine Liste all der Dinge erstellt, die wir heute tun könnten. Sport stand nicht darauf.«

Sein Grinsen verrät mir, dass er sich nicht leicht von seinem Plan abbringen lassen wird.

»Training ist gut für dich. Es sorgt dafür, dass dein Kreislauf stabiler und dein Herz belastbarer ist…«

»Dasselbe kannst du doch auch für mich tun«, unterbreche ich ihn, bevor er alle Vorteile von Sport aufzählen kann. Alice hat mir schon öfter aufgezählt, als ich wahrhaben will, was Sport alles kann. Mir kommt eine geniale Idee. Ich schiebe mich näher an Eric heran, bis ich quasi auf seinem Schoß sitze, dann sage ich so verführerisch wie möglich: »Und du machst das sehr gut.«

Eric zieht eine Augenbraue hoch. »Du glaubst, du kannst mich einfach verführen?«

Meine Schultern sacken nach unten. Anscheinend bin ich keine große Verführerin. »Ja«, gebe ich zu, und Eric lacht leise.

»Wir hatten doch Spaß, als wir das letzte Mal zusammen im Studio waren.« Er wackelt vielsagend mit den Augenbrauen.

»Versuchst du mich mit erotischen Erinnerungen zu bestechen, um mich dazu zu bringen, meinen faulen Hintern ins Fitnessstudio zu bewegen?«

»Natürlich tue ich das. Und beleidige nicht deinen Hintern. Er ist jeden Morgen ein ewiger Quell der Freude.«

»Wovon sprichst du?«, frage ich ehrlich verwirrt.

Eric lässt eine Fingerspitze über meinen Arm gleiten, bis sich dort eine Gänsehaut bildet.

»Ich wache ungefähr eine Stunde vor dir auf, nehme meinen Laptop und setze mich in den Sessel. Du schläfst am liebsten auf der Seite, mit dem Kissen zwischen den Schenkeln. Gewöhnlich ist dein Nachthemd nach oben gerutscht, sodass dein Po nackt ist. Ich habe mir jeden Millimeter davon eingeprägt.«

»Du begaffst mich, wenn ich schlafe?« Irgendetwas an diesem Geständnis rührt mich tief in meinem Inneren, auch wenn ich nicht erklären kann, warum dem so ist.

»Ja«, sagt er sanft. »Du siehst so süß und friedlich aus. Ich könnte dich stundenlang ansehen.« Er blickt mir tief in die Augen. »Also, ein heißer Kuss, und wir trainieren eine Dreiviertelstunde. Zwei Küsse … eine Stunde?«

»Drei Küsse und maximal vierzig Minuten Sport«, verkünde ich. »Und danach will ich von Restaurant zu Restaurant ziehen.«

Eric bricht in Gelächter aus. »Du verhandelst schrecklich schlecht.«

»Ich weiß, aber du hast gerade zugegeben, dass ich das Ass im Ärmel habe, weil es sonst keine frühmorgendlichen Blicke mehr auf meinen Po gibt.«

»Du forderst dein Glück heraus, aber okay. Ich finde es schön, dass wir uns Zeit für uns nehmen.«

Ich seufze tief, weil mir bewusst ist, dass es dieses »uns« nur noch zwei Wochen lang geben wird.

***

In den nächsten Tagen verdüstert sich meine Laune. Ich versuche jede Minute zu genießen, die ich mit Eric verbringe, aber das Wissen, dass all das schon bald vorbei sein wird, überschattet mein Glück. Außerdem steigen mir im Büro wegen jeder Kleinigkeit die Tränen in die Augen. Ich fühle mich erschöpft, egal, wie viel ich schlafe, weswegen ich beschließe, den Rest der Woche von Erics Haus aus zu arbeiten. Entweder mir steckt eine Erkältung in den Knochen, oder ich habe einen schlimmen Fall von PMS, oder ich ticke langsam aus.

Am Donnerstag gehe ich zu meinem jährlichen Gesundheitscheck, und da ich mich miserabel fühle, nimmt man mir in der Praxis Blut ab. Was dafür sorgt, dass ich zusätzlich zu meinem seltsamen Zustand auch noch mit Schwindel wegen des Blutverlusts klarkommen muss. Als Eric später am Abend nach Hause kommt, versuche ich, nicht an seine bevorstehende Abreise zu denken und unsere gemeinsame Zeit so gut wie möglich zu genießen.

»Wie war dein Tag?«, fragt er mich, als er zu mir kommt und mir einen Kuss auf die Stirn drückt. Ich sitze im Schneidersitz auf der Couch, Skizzen um mich verteilt.

Ich deute auf den blauen Fleck an meinem Arm. »Mir wurde heute Blut abgenommen. Die Arzthelferin hat meine Vene zuerst nicht gefunden, also musste sie ein paarmal zustechen.«

»Du hast Angst vor Nadeln?«

»Ja.«

»Ich liebe es, dass ich jeden Tag etwas Neues über dich erfahre.« Er streichelt meine Wange, und ich schmiege mich an ihn wie ein Kätzchen. »Ich werde dir ein Oberteil mit langen Ärmeln bringen, sodass du die Stelle nicht sehen musst.«

»Tolle Idee«, sage ich gerührt. Ich trage ein ärmelfreies Sommerkleid aus Seide.

Eric kehrt ein paar Minuten später zurück und gibt mir einen langärmligen leichten Pullover. Kaum dass ich ihn übergeworfen habe, bemerke ich, dass Eric in der anderen Hand das Hemd hält, das er mir vor Monaten geliehen hat.

»Du kleine Diebin«, sagt er, setzt sich neben mich und hält mir das Hemd vor die Nase. »Das hatte ich ganz vergessen. Hattest du je vor, es zurückzugeben?«

»Na ja, du hast es in meinem Koffer gefunden.«

»Also gestehst du?«

Ich lecke mir über die Lippen, dann sage ich: »Ich habe zu Hause ein paar Mal darin geschlafen.« Mein Gesicht beginnt zu brennen und ich bin mir sicher, dass sich Röte auf meinen Wangen ausbreitet.

Eric schweigt einen Moment, bevor er sagt: »Komm her.« Er breitet die Arme aus und bedeutet mir, mich in seine Umarmung zu werfen. Ich bleibe jedoch sitzen und vermeide es, ihm in die Augen zu sehen. Stattdessen spiele ich mit dem Ärmel des Hemdes herum.

»Pippa, ist alles okay? Du bist so still.«

»Alles prima.«

»Willst du es behalten?«

Seine Stimme hat einen Unterton, der mir durch und durch geht. Bilde ich mir das ein oder schwingt Schmerz darin mit?

»Würde ich gern, aber ich habe nachgedacht. Könnte ich dieses Hemd gegen das tauschen, das du heute getragen hast?«

»Warum?«

»Weil das hier nicht nach dir riecht.«

»Du willst in meinem muffelnden Hemd schlafen?«

Ich spiele weiter am Ärmel herum, als ich erkläre: »Ich will etwas, was nach dir riecht, damit ich mich an dich erinnern kann.«

»Pippa, schau mich an«, sagt Eric sanft.

»Ich liebe dich«, flüstere ich. Während des überraschten Schweigens, das auf meine Worte folgt, schrumpft mein Herz auf die Größe einer Erbse zusammen. »Es tut mir leid. Ich weiß, dass wir …«

»Schhh«, unterbricht mich Eric. Er legt die Finger unter mein Kinn und hebt es an, bis ich ihn ansehen muss. Sein Blick ist warm und zärtlich. »Entschuldige dich nie bei mir. Und auf keinen Fall dafür, dass du mich liebst.« Er zieht mich näher an sich, und diesmal kuschle ich mich an ihn. »Ich kann es nicht aussprechen. Wenn ich es täte, könnte ich niemals in dieses Flugzeug steigen.«

Ich nicke und lächele. »Ich glaube, es ist besser, wenn du es nicht sagst. Sonst fange ich an zu heulen.«

Er drückt seine Stirn an meine, dann atmen wir beide tief durch. Kurz darauf schiebt Eric mein Haar zur Seite und beginnt, meinen Hals zu küssen.

»Ich will dich«, flüstert er. Sein heißer Atem auf meiner Haut sorgt dafür, dass sich auf meinen Armen Gänsehaut bildet.

»Ja.«

Wir begehren einander mit einer Intensität, die mir Angst macht. Ich packe den Saum seines Hemdes mit beiden Händen und ziehe ihn an mich, weil ich ihm noch näher sein will. Doch es reicht nicht aus. Ein vertrautes Verlangen steigt in mir auf. Erics Hände gleiten von meinen Schultern zu meiner Taille, dann umfasst er durch den Stoff des Pullovers eine meiner Brüste.

Er stöhnt. »Du trägst keinen BH.«

»Willst du dich beschweren?«

»Nein. Ich habe den ganzen Tag an dich gedacht. Ich wollte dich den ganzen Tag lieben.«

»Jetzt gibt es nichts, was dich davon abhält«, ziehe ich ihn auf.

Eric schiebt mein Kleid nach oben und lässt seinen Finger über meinen String gleiten. Ich zittere. Mit dieser kurzen Berührung sorgt er dafür, dass jeder Nerv in meinem Körper zu glühen anfängt. Meine Brustwarzen pulsieren und drängen sich bei jeder kleinen Bewegung gegen den Stoff des Kleides. Sie sind so empfindlich, dass selbst die glatte Seide fast zu viel ist. Doch aus irgendeinem Grund vermute ich, dass sich Erics Zunge – oder sogar seine Zähne – wunderbar anfühlen werden. Er drängt mir seine Hüften entgegen, um mich spüren zu lassen, dass er hart und erregt ist.

Ich öffne die Knöpfe seines Hemdes und ziehe es ihm aus, bevor ich mich daranmache, die Hose und die Boxershorts von seinem Körper zu pellen. Dann umfasse ich seine fantastische Erektion. Ich lasse meine Zunge genau einmal über die Spitze gleiten, bevor ich mich zurückziehe.

Eric schnappt nach Luft. »Böses Mädchen.«

»Sehr böse«, stimme ich zu.

Er zieht mir mit einer schnellen Bewegung den Pullover aus, dann streift er mein Kleid nach unten. Der Stoff sammelt sich um meine Hüfte, sodass meine Brüste freiliegen. Eric sieht sie an und umfasst eine Brustwarze mit den Fingern, während er seine andere Hand über meinen Bauch gleiten lässt. Hitze durchfährt mich.

»Ich will dich nicht gehen lassen, Pippa. Zum ersten Mal wünsche ich mir, ich könnte selbstsüchtig sein und mein eigenes Glück wählen. Dann würde ich hier bei dir bleiben.«

Ich unterdrücke ein Schluchzen und kämpfe plötzlich gegen die Tränen an. Wie können diese wenigen Worte gleichzeitig so wunderbar und schmerzhaft sein? *Ich werde nicht weinen. Ich werde nicht weinen.* Ich sehe den Schmerz in Erics Augen und weiß, dass ich gerade stark genug für uns beide sein muss.

»Lass uns nicht daran denken.« Ich drücke ihm einen Kuss auf den Mundwinkel. Ich kann mich nicht zurückhalten, also füge ich hinzu: »Du bist die selbstloseste Person, die ich kenne, und dafür liebe ich dich.«

Ohne ein weiteres Wort hebt Eric mich hoch. Ich schlinge

die Beine um ihn. Er bringt uns ins Schlafzimmer, wo es stockduster ist, aber ich mache mir deswegen keine Sorgen. Ich würde mich von diesem Mann blind überallhin entführen lassen, so sehr vertraue ich ihm. Und ich habe geglaubt, ich würde nie wieder einem Mann vertrauen …

Er legt mich aufs Bett und schiebt sich über mich. »Ich liebe dich so sehr, dass es wehtut«, flüstert er in der Dunkelheit. Seine Worte sorgen dafür, dass mein Herz rast und mein Atem stockt.

»Damit sind wir schon zu zweit«, flüstere ich zurück.

Endlich findet sein Mund den meinen, und wir sprechen nicht mehr. Stattdessen werden die unausgesprochenen Worte zu Küssen und Liebkosungen. Zuerst sanft, dann leidenschaftlich.

Eric dringt mit einem schnellen Stoß in mich ein, dann bleibt er ganz still.

»Oh, verdammt. Das fühlt sich so gut an.«

Er keucht die Worte förmlich, verschränkt seine Finger mit meinen und lässt seinen Kopf in meine Halsbeuge sinken. Einen langen Moment verweilen wir so, lauschen auf den Atem des anderen, fühlen den Herzschlag des anderen – auf eine Weise verbunden, die ich niemals für möglich gehalten hätte. Als er endlich anfängt, sich zu bewegen, tut er das mit langen, tiefen Stößen, ohne je seinen Mund von meinem zu heben. Zwischen Küssen murmelt er meinen Namen, streichelt mein Gesicht, meinen Hals. Ich lasse meine Hände über seinen breiten Rücken gleiten, weil ich mich an jeden Zentimeter seiner Haut erinnern will und daran, wie seine Muskeln sich anspannen, wenn er mich liebt.

Dann drücke ich leicht seinen Oberkörper nach oben, sodass er sich ein wenig aufrichtet und ich mir auch diesen Teil seines Körpers einprägen kann.

Seine kontrollierten, wunderbaren Stöße lassen ein tiefes

Verlangen in mir aufsteigen, das sich durch meinen ganzen Körper ausbreitet, bis ich nichts anderes mehr empfinden kann. Meine Hüften heben sich vom Bett, verzweifelt auf der Suche nach mehr. Eric beschleunigt seinen Rhythmus, stößt wild und keuchend in mich.

Mein Puls rast, als ein Zittern, das seinen Ursprung tief in meinem Innersten hat, Besitz von meinem Körper ergreift. Eric lässt alle Zärtlichkeit fahren, packt meinen Hintern mit beiden Händen und vergräbt seine Fingernägel in meiner Haut. Ich schwelge in dem Vergnügen, das er damit auslöst. Er vergräbt sein Gesicht an meinem Hals, und sein Oberkörper drückt sich an meine Brüste, als er in mich stößt wie ein Besessener. Ich hebe ihm die Hüfte entgegen, folge seinem Rhythmus, verzehre mich nach dem Höhepunkt, wobei ich gleichzeitig nicht will, dass es jemals endet. Verzweiflung überschattet unser Verlangen, aber wir begraben sie unter Küssen, leisem Stöhnen und der fieberhaften Suche nach dem Höhepunkt. Eric beginnt in mir zu zucken und stöhnt leise meinen Namen, und genau in diesem Moment erschüttert auch mich mein Orgasmus bittersüß.

Schwer atmend liegen wir lange Zeit in den Armen des anderen, weil keiner von uns loslassen will.

# 25 Eric

Meine letzte Woche in San Francisco beginnt mit einem Paukenschlag. Ich habe gleich morgens ein Meeting mit meinem Team, um die Planung für die Woche auszugeben. Marcus, einer der ursprünglichen Angestellten, wird das Team leiten, sobald ich weg bin. Ich werde die weitere Entwicklung aus Boston überwachen, aber nicht mehr so viel mit der tagtäglichen Arbeit zu tun haben. Ich werde das vermissen. Es waren nur zweieinhalb Monate, aber ich habe die Zeit hier mehr genossen, als ich zunächst vermutet hatte. Es ist so viel befriedigender, ein Unternehmen selbst aufzubauen, statt eine bestehende Firma zu erben. Als mein Vater seinen Job als CEO aufgegeben hat und ich übernahm, lief *Callahans Finest* bereits wie eine gut geölte Maschine. Hier musste ich selbst die Ärmel hochrollen und die Drecksarbeit machen. Ich habe jede einzelne Minute genossen. Marcus hat immer noch eine Menge zu tun, und ich beneide den Mistkerl.

»Gut gemacht, Leute«, sage ich am Ende des Meetings.

»Wir werden Sie vermissen, Boss«, meint meine Assistentin daraufhin.

Ich ziehe eine Augenbraue hoch, weil ich auf den bissigen Kommentar danach warte, doch dann wird mir klar, dass sie es ernst meint. Okay, also war Pippas Rat, nicht immer so hart zu sein, richtiger als gedacht.

Ich habe gerade mein Büro betreten, als mein Handy klingelt. Als ich aufs Display schaue, sehe ich, dass es Mom ist.

»Hi, Mom.«

»Wie geht es dir, Eric?«

»Ich bin gut beschäftigt, weil ich hier noch alles unter Dach und Fach bringen muss.«

»Also wirst du wie geplant nach Boston zurückkehren?«

»Ja.« Ich blättere durch einen Bericht auf meinem Schreibtisch und mache mir im Geiste Notizen zu allem, was ich erledigen muss, sobald das Telefonat mit Mom vorbei ist.

»Ich hatte eigentlich gehofft, dich zu einem besseren Mann erzogen zu haben.«

»Was?«

»Ich spreche durchaus mit meiner Enkelin, weißt du? Sie erzählt mir, was in ihrem Leben so vorgeht. Und in deinem.«

»Ich verstehe.«

»Tust du das? Denn im Moment bin ich davon überzeugt, dass mein Sohn blind ist.«

»Mom, falls es etwas gibt, was du mir sagen willst, komm zum Punkt.« Ich schiebe den Bericht zur Seite, bereit für ihren Angriff.

»Du bist in Pippa Bennett verliebt.«

Ich zögere keinen Moment. »Ja.«

»Und du wirst trotzdem nicht alles in deiner Macht Stehende tun, um in San Francisco zu bleiben.«

»So einfach ist das nicht.« Ich seufze und beginne mit den Fingern auf den Schreibtisch zu trommeln.

»Wieso nicht? Was hält dich in Boston?«

»Eine Menge Dinge.«

»Die da wären?«

»Julies Schule – du weißt, wie sehr sie darum gekämpft hat, ihren Platz zu finden. Du. Die Firma.«

»Das war eine außergewöhnlich kurze Liste. Lass sie uns Punkt für Punkt durchgehen, ja? Zuerst: die Firma. Kannst du mit absoluter Überzeugung sagen, dass die Firma leiden würde, wenn du in Boston einen CEO anstellst und nach San Francisco ziehst, um das Geschäft von dort aus zu leiten?«

Obwohl Mom nicht offiziell im Vorstand sitzt, ist sie gut über alles informiert, was bei *Callahans Finest* vor sich geht. Das war sie immer.

»Nein«, gebe ich zu. »Wenn überhaupt, würde die Firma dadurch eher gestärkt. Ich würde die Expansion hier aggressiver vorantreiben als Marcus oder irgendwer anders. Und ich langweile mich in Boston.«

»Das war mir in dem Moment klar, als du verkündet hast, dass du selbst nach San Francisco gehen willst. Okay. Diesen Punkt haben wir also abgehakt. Dann sprechen wir jetzt über mich.«

Mir fällt auf, dass sie noch nicht über Julie gesprochen hat, die eigentlich der erste Punkt auf der Liste war.

»Wir unterhalten uns von Zeit zu Zeit am Telefon und gehen einmal im Monat essen. Außerdem gebe ich Bridge-Partys, für die du jedes Mal eine Ausrede erfindest.«

O verdammt. Pippa hatte recht. Mom *wusste*, dass es Ausreden waren.

»Können wir uns darauf einigen, dass wir auch telefonieren können, wenn du an der Westküste bist, und dass wir uns trotzdem einmal im Monat zum Essen treffen?«, fragt Mom. »Ich kann nach San Francisco fliegen oder du kommst hierher.«

»Mom. Du bist mittlerweile in einem Alter …« Ich halte inne, bevor ich den Satz beendet habe. Moms Alter zu erwähnen, wird mir nicht helfen, aber eine Frau in ihren Jahren sollte nicht so viel herumreisen.

»Schön, dass du nicht weitergesprochen hast. So, dann lass uns jetzt über Julie reden. Hast du tatsächlich mal mit deiner Tochter darüber geredet, wie es für sie wäre, nach San Francisco zu ziehen?«

»Ich will ihr nicht das Gefühl vermitteln, sie käme an zweiter Stelle. Niemals«, erkläre ich bestimmt.

»Das ist keine Antwort auf meine Frage.«

»Nein, ich habe nicht mit ihr gesprochen.«

Für ein paar Sekunden herrscht Schweigen. Ich kann mir vorstellen, wie sich die zum Tod durch die Guillotine Verurteilten in den Sekunden gefühlt haben, bevor die Klinge fiel. Moms nächste Worte treffen mich hart.

»Dann ist es, wie ich dachte. Du nutzt diese Argumente als Ausreden.«

»Mutter …«

»Liebst du Pippa? Kannst du dir vorstellen, dein Leben mit ihr zu verbringen?«

»Ja.«

»Dann hör auf, Ausreden zu suchen, und such stattdessen nach Lösungen.«

Trotz allem muss ich lächeln. Das ist mein Standardsatz, wann immer ich der Meinung bin, dass jemand sich nicht ausreichend anstrengt, und meine Mutter weiß das. Außerdem hat sie vielleicht nicht ganz unrecht. Ich gebe es nicht gern zu, aber vielleicht habe ich tatsächlich nach Ausreden gesucht.

»Danke, Mom. Ich …« Das Telefon beginnt zu vibrieren. Ein Blick aufs Handy verrät mir, dass Julie versucht, mich anzurufen. »Julie ruft gerade an. Ich werde mich später wieder melden.«

Ich drücke Mom weg und nehme Julies Anruf entgegen.

»Hey, Prinzessin.«

»Hi, Eric«, sagt Mrs Bennett.

Sofort verkrampfen sich meine Eingeweide. »Ist Julie etwas zugestoßen?«

»Sie hat sich gestern in den Arm geschnitten«, sagt Mrs Bennett schnell.

»Geht es ihr gut?«

»Sie hat mir nichts davon erzählt, also hat sich eine Infektion entwickelt. Ich habe es heute entdeckt und bringe sie jetzt ins Krankenhaus. Ich …«

»Ich werde zu Ihrem Haus kommen und sie abholen«, sage ich, wobei es mir schwerfällt, ruhig zu bleiben. »Bitte, lassen Sie mich mit meiner Tochter sprechen.«

»Hi, Dad«, sagt Julie. »Es tut weh.«

»Alles wird gut, Liebes.« Erneut verkrampft sich mein Magen, ich leide mit ihr. »Willst du, dass ich am Telefon bleibe, bis ich da bin?«

»Ja, Dad.«

Die nächsten zwanzig Minuten telefonieren wir. Ich beruhige sie und versuche sie von den Schmerzen abzulenken, während ich durch die Stadt rase.

Mrs Bennett wartet mit meiner Tochter und ihrem Koffer vor dem Haus. Ich fahre an den Rand und eile zu ihnen, den Blick auf Julies Arm gerichtet. Verdammt! Er ist rot und geschwollen, viel zu dick für eine einfache Infektion. Julie schluchzt und schlingt mir den gesunden Arm um den Hals, als ich sie umarme.

»Du wirst dich erholen«, sagt Mrs Bennett und tätschelt ihr den Kopf. »So etwas passiert ständig mit Kindern, Eric.«

»Sicher«, sage ich durch die zusammengebissenen Zähne, als ich Julie hochhebe. Inzwischen bin ich mehr auf mich wütend als auf Mrs Bennett, aber ich will das Thema jetzt nicht mit ihr diskutieren, weil ich sonst vielleicht respektlos werden könnte. »Wir fahren. Danke für alles.«

Anstelle einer Antwort legt mir Mrs Bennett eine Hand auf die Schulter.

Ich schnalle meine Tochter im Auto an, dann steige ich ein und trete aufs Gas. Den ganzen Weg zum Krankenhaus über rede ich über alles, was mir gerade einfällt, um Julie abzulenken. Wenn ich ehrlich bin, versuche ich damit, auch mich abzulenken. Ihr Arm sieht absolut nicht gut aus.

Im Krankenhaus dauert es ewig, bis endlich ein Arzt Zeit für sie findet. Dann tigere ich eine qualvolle Viertelstunde im Gang auf und ab, bis der Doktor endlich wieder erscheint.

»Es ist ein kleiner Eingriff erforderlich«, informiert er mich.

»Was?«

»Wir müssen die Wunde öffnen, um sie zu reinigen, und herausfinden, welche Art von Bakterium die Infektion verursacht hat, um sie angemessen behandeln zu können. Sie wird ein paar Tage hierbleiben müssen. Keine Sorge. Es ist nichts Ernstes, und sie wird sich erholen, aber wir müssen sie im Auge behalten und jeden Tag die Verbände wechseln.«

Ich balle die Hände zu Fäusten. »Natürlich.«

»Sie wird in den fünften Stock verlegt. Es ist nur ein kleiner Eingrif, und er wird nicht lange dauern, höchstens eine Viertelstunde.« Er erklärt mir noch ein paar Details, dann beginnt das Warten.

Ich fahre in den fünften Stock und laufe dort auf dem Gang herum, weil ich einfach nicht stillstehen kann. Das ist mein schlimmster Albtraum. Verdammt, ich hätte sie nie zu Mrs Bennett lassen dürfen! Ich habe meinem Wunsch, mehr Zeit mit Pippa zu verbringen, Vorrang gegeben, und das ist unverzeihlich.

Der Aufenthalt im Krankenhaus lässt in mir schlimme Erinnerungen an ein anderes langes Warten vor Jahren aufsteigen. Ich versuche mich davon zu überzeugen, dass diese zwei Vorfälle absolut nichts miteinander zu tun haben, aber ich kann die Erinnerung einfach nicht abschütteln. Sie droht mich zu ersticken. Der Geruch nach Medikamenten und Desinfektionsmittel verstärkt die Erinnerung noch, genauso wie das unerbittliche Weiß der Wände. Ich schwöre, Krankenhäuser sehen überall gleich aus.

Ich erinnere mich daran, wie ich in einem Wartezimmer

wie diesem in Boston stand und darauf gewartet habe, dass die Ärzte mich über das Schicksal der zwei Menschen informierten, die ich auf der Welt am meisten liebte. Als schließlich eine Ärztin auftauchte, erklärte sie mir, dass Julie es schaffen würde. Sarah dagegen hatte verloren. Sie war direkt nach der Ankunft im Krankenhaus für tot erklärt worden. Einfach so wurde meine Welt aus den Angeln gerissen.

*Das hier ist etwas anderes. Das ist etwas anderes.*

Ich bin verloren in einer Spirale aus finsteren Gedanken, als mein Handy klingelt. Pippas Name leuchtet auf dem Display auf.

»Mom hat mir alles erzählt. Ich bin im Krankenhaus. Wo bist du?«

»Fünfter Stock.«

Ich lege auf und tigere weiter durchs Wartezimmer, als eine Krankenschwester an mich herantritt. »Ihre Tochter liegt jetzt in ihrem Zimmer. Sie können sie sehen.«

Gerade als mich die Krankenschwester den Flur entlangführt, sehe ich Pippa auf uns zulaufen. Kaum hat sie mich erreicht, ergreift sie meine Hand und drückt meine Finger.

»Wie geht es Julie?«

»Wir gehen gerade zu ihr.«

Die Krankenschwester stoppt vor einer offenen Tür und winkt uns weiter. Es gibt zwei Betten, und meine Tochter liegt gleich im ersten.

»Dad, Pippa. Es tut mir so leid«, murmelt sie, kaum dass sie uns sieht. Neben ihrem Bett steht steif wie ein Brett ein Arzt mit vor der Brust verschränkten Armen.

»Du musst dich nicht bei uns entschuldigen, Liebes«, erkläre ich ihr.

Pippa setzt sich auf die Bettkante und umarmt meine Tochter.

»Es tut immer noch weh«, flüstert Julie leise.

Ich wende mich an den Arzt. »Wieso hat sie noch Schmerzen?«

»Wir haben die Wunde nur örtlich betäubt, um sie zu reinigen, und das Lokalanästhetikum verliert nach und nach seine Wirkung. Sie wird sich erholen.«

»Geben Sie ihr etwas gegen die Schmerzen.«

»Schmerzmittel sind keine Süßigkeiten«, antwortet er ruhig. »Sie werden in festgesetzten Abständen verabreicht.«

»Ich werde nicht zulassen, dass meine Tochter Schmerzen …«

»Dann würde ich vorschlagen, dass Sie besser auf sie aufpassen, damit so etwas nicht passiert. Und jetzt wäre es besser, wenn Sie den Raum verlassen, bis Sie sich beruhigt haben.«

*Für wen zum Teufel hält sich dieser Idiot?* Ich beiße die Zähne zusammen in dem Versuch, ihn nicht anzuschreien.

»Eric«, sagt Pippa leise. »Beruhige dich. Lass uns für einen kurzen Moment rausgehen.«

Mit einem Nicken folge ich ihr aus dem Zimmer und lasse Julie mit dem Arzt zurück.

»Sie wird sich erholen, Eric«, sagt Pippa, sobald wir im Flur stehen.

»Himmel, wieso sagt mir jeder, dass sie sich erholen wird?« Meine Stimme klingt harscher als beabsichtigt. Pippa zuckt zusammen und tritt einen Schritt zurück. »Darum geht es doch gar nicht«, brause ich erneut auf. »Der Punkt ist, dass es viel schlimmer hätte kommen können.«

»Eric …«

»Ich hätte ihr diese Woche bei deiner Mutter nicht erlauben dürfen.«

»Du gibst Mom die Schuld?« Sie klingt ungläubig.

»Nein, ich gebe mir die Schuld. Ich habe das Wesentliche aus den Augen verloren.« Ich wende den Blick ab. »Ich hätte auf sie aufpassen müssen. Stattdessen war ich …«

»Mit mir beschäftigt. Willst du das sagen? Sie ist ein Kind, Eric. Kinder spielen. Sie verletzen sich. Das hätte auch bei dir zu Hause passieren können.«

»Nein, hätte es nicht«, antworte ich scharf. »Lass uns nicht mehr darüber reden. Ich bin nicht ...«

»Wieso siehst du mich nicht mal an?«, fragt sie leise.

Bei diesem Kommentar richte ich stirnrunzelnd meinen Blick auf sie. »Ich weiß es nicht. Ich möchte mich im Moment nur auf meine Tochter konzentrieren. Ich werde ein paar Anrufe erledigen, um das Team darüber zu informieren, dass ich vom Krankenhaus aus arbeite, bis Julie entlassen wird.«

»Wir können uns in Schichten um sie kümmern und ...«

»Vielleicht ist es besser, wenn wir das nicht tun«, höre ich mich selbst sagen.

»Was meinst du damit?«

Schweigen breitet sich zwischen uns aus, als ich nach den richtigen Worten suche, doch ein Blick auf Pippa verrät mir, dass sie bereits weiß, was ich sagen will. Verdammt, das Letzte, was ich will, ist, diese Frau zu verletzen.

»Machst du mit mir Schluss?« Ihre Schultern sacken nach unten.

Ich beiße mir auf die Lippe, als ich beobachte, wie die Frau, die ich liebe, vor meinen Augen in sich zusammenfällt.

»Ich reise sowieso in einer Woche ab«, sage ich.

Meine Stimme klingt ruhig, aber das täuscht. Etwas in mir bricht bei jedem Wort, doch am meisten schmerzt mich, dass ich sie verletze.

»In einer Woche ist nicht heute«, flüstert sie.

»Was soll's?«, frage ich und weiß sofort, dass das die falschen Worte waren.

Wut verzieht Pippas Gesichtszüge. Mit bösem Blick kommt sie auf mich zu, wobei sich eine blonde Strähne aus ihrem Dutt löst.

»Wenn du nicht weißt, was das soll, dann hast du nicht aufgepasst. Als mein Dad im Krankenhaus lag, hast du mich gebeten, dich nicht auszuschließen. Du hast gesagt, du willst für mich da sein, wenn es schlecht läuft. Jetzt schließt du mich aus und benutzt Julie als Ausrede. Ich liebe dich, und ich liebe Julie, und das ist nicht die richtige Art, zu beenden, was zwischen uns ist.« Ihre Lippen werden schmal, und ihre Nasenflügel blähen sich auf. »Hast du nichts dazu zu sagen?«

Ich bin so verblüfft, dass ich nicht mal klar denken und noch weniger einen zusammenhängenden Satz formulieren kann.

»Ich habe dich noch nie so wütend gesehen«, sage ich schließlich, immer noch zu überrascht, um etwas Klügeres zu sagen. Wenn ich sehe, wie sich ihre Hände zu Fäusten ballen und Röte in ihre Wangen schießt, war das schon wieder das Falsche. Trotzdem, sie wütend zu sehen ist viel besser, als sie zu verletzen. Vielleicht wird sie weniger leiden, wenn sie mich hasst.

»Ich habe noch nicht mal angefangen, wütend zu sein. Wenn du mir etwas zu sagen hast, weißt du ja, wo du mich findest. Und bei Gott, wenn du in dieses Flugzeug steigst und nach Boston zurückkehrst, ohne vorher mit mir geredet zu haben, wirst du mich wahrhaft wütend sehen. Gib Julie einen Kuss von mir.«

Damit dreht sie sich auf dem Absatz um und verschwindet nach draußen.

Verdammt.

## 26 Pippa

Ich zittere immer noch, als ich in meine Wohnung stürme. *Einatmen, ausatmen, Pippa*. Aber das wird mir nicht helfen. Mein übliches Trostessen sind Cupcakes, aber seltsamerweise wird mir schon beim Gedanken daran schlecht. Dieser Mistkerl. Wie kann er so feige sein?

Ich tigere unruhig durch mein Wohnzimmer, doch es gelingt mir nicht, die Tränen zurückzuhalten. Vielleicht werde ich weniger leiden, wenn ich weiter wütend auf ihn bin. Mein Herz ist da anderer Ansicht. Es liegt schon jetzt so schwer in meiner Brust, dass mir das Atmen schwerfällt.

Ich will gerade den Kühlschrank öffnen und nach etwas anderem zu essen suchen, als mein Handy klingelt. Es ist eine Nummer, die ich nicht kenne, aber ich hebe trotzdem ab.

»Hallo?«

»Ist da Pippa Bennett?«, fragt eine weibliche Stimme. Ich erkenne sie, es ist meine Ärztin.

»Ja.«

»Hier ist Dr. Edwards. Ich habe Ihre Testergebnisse.«

»Oh, toll. Bitte sagen Sie mir nicht, dass ich eine lebensbedrohliche Krankheit habe, weil mein Tag sowieso schon grauenhaft war.«

Ich lasse mich auf die Couch fallen. Ich bringe nicht mal die Energie auf, mir Sorgen wegen dem zu machen, was sie mir gleich sagen wird.

»Ich habe wunderbare Neuigkeiten für Sie, Pippa. Sie sind nicht krank. Sie sind schwanger.«

Mein Mund wird staubtrocken, und ein paar Sekunden

lang kann ich das Gehörte einfach nicht verarbeiten. Als es so weit ist, würge ich leicht, weil ich nicht atmen kann.

»S-sind Sie sich sicher?«, stammle ich.

»Absolut. Ihr Bluttest ist eindeutig.«

Ich umklammere das Handy, ziehe die Knie an die Brust und lasse mein Kinn darauf sinken.

»Aber ich habe verhütet«, sage ich. Ich bin mir sicher, dass es da ein Missverständnis gegeben haben muss. »Ich habe angefangen, die Pille zu nehmen, und erst dann haben wir aufgehört, Kondome zu benutzen.«

»Vielleicht haben Sie die Kondome zu früh weggelassen? Sie sollen mindestens einen Zyklus warten, bevor Sie alternative Verhütungsmittel weglassen.«

»Ich … ich glaube, das habe ich nicht getan«, erkläre ich niedergeschlagen. Ich bin so eine riesige Idiotin!

»Pippa, geht es Ihnen gut?«, fragt Dr. Edwards mit sorgenvoller Stimme. »Sie wollten doch schon lange Kinder.«

»Sicher.« Dr. Edwards weiß alles darüber. Seitdem ich geheiratet habe, habe ich von dem Tag geträumt, an dem ich Mutter werden würde. Mein Blick verschleiert sich. Verdammt, ich muss aufhören zu heulen.

»Ich weiß, dass Sie und Terence geschieden sind«, sagt sie schnell, weil sie mein Schluchzen offensichtlich gehört hat. »Ich bin mir nicht sicher, ob Sie sich gerade in einer Beziehung befinden, aber lassen Sie sich nicht entmutigen. Es gibt reichlich Unterstützung für alleinerziehende Mütter.«

»Ich freue mich über das Baby. Das sind Tränen der Freude.« Aber ich bin auch tief verletzt und habe Angst. »Kann ich Sie später noch einmal anrufen?«

»Sicher. Sie sollten auch einen Termin beim Gynäkologen ausmachen.«

»Das werde ich«, verspreche ich, bevor ich auflege.

Ich lege mich auf die Couch und ziehe mir ein Kissen an

die Brust. Ein *Baby*. Jetzt fange ich ernsthaft an zu schluchzen. Ich bringe einfach nicht mehr die Kraft auf, gegen die Tränen anzukämpfen. Ich bin mir nicht mal sicher, wieso ich überhaupt weine. Dann beiße ich die Zähne zusammen und wappne mich. Ich weiß, was für eine Sorte Mann Eric ist. Er wird sich nicht von mir abwenden.

Aber was, wenn doch? Was, wenn er denkt, ich versuche, ihm eine Falle zu stellen? Alte Ängste erwachen in mir zum Leben und die Erinnerung an diesen schrecklichen Abend, der das endgültige Ende meiner Ehe besiegelt hat, steigt in mir auf.

Ich fühlte mich schlecht, und meine Periode ließ auf sich warten. Ich dachte, ich wäre schwanger, und hatte in meinem Überschwang fünf Schwangerschaftstests in der Apotheke gekauft. Seit ich denken kann, habe ich mir immer eine große Familie gewünscht, wie meine eigene. Doch wann auch immer ich das Thema Kinder Terence gegenüber angesprochen hatte, hatte er es abgetan und gesagt, wir seien noch jung und es gebe keine Eile. Aber ich wollte mich beeilen. Ich wollte auch so einen kleinen Wonneproppen. Der selbstsüchtige Gedanke dahinter war, dass unser ungeborenes Kind vielleicht unsere Ehe retten könnte. Zumindest hoffte ich, dass dann die Abende, die Terence außer Haus verbrachte, weniger einsam wären. Ich konnte ja nicht jeden Abend mit Freunden oder meiner Familie verbringen. Sie hatten eigene Leben.

Als ich zu Hause ankam, war Terence wütend. Zugegeben, er war in dieser Zeit immer wütend. Er hatte mich nie geschlagen, aber unsere Auseinandersetzungen waren heftig. Er erstarrte, als er die Tüte in meiner Hand sah. Die Tests waren durch das dünne Plastik gut zu erkennen.

»Was ist das?«

»Schwangerschaftstests.«

»Wir verhüten«, meinte er ungläubig. »Wir haben immer verhütet.«

»Ja, aber es gibt keine hundertprozentige Sicherheit, und in letzter Zeit habe ich mich nicht gut gefühlt. Außerdem habe ich diesen Monat meine Periode nicht bekommen.«

»Du bist nicht schwanger.« Sein Tonfall ließ mich erschaudern, trotzdem lächelte ich, um die Situation zu entspannen.

»Das werden wir bald erfahren, nicht wahr?« Grinsend wie eine Idiotin hob ich die Tüte. »Ich weiß, dass du glaubst, wir wären nicht bereit, aber …«

»Versuchst du mich in eine Falle zu locken? Ich will kein Kind mit dir«, spuckte er mir entgegen und trat einen Schritt zurück. »Ich will einfach nur meine zehn Jahre absitzen und mich dann vom Acker machen.«

Ich werde diese Worte nie vergessen. Diesen Moment, in dem meine Welt zusammenbrach. *Meine zehn Jahre absitzen.* Es klang wie eine Gefängnisstrafe. In diesem Moment wurde mir klar, dass unsere Ehe für ihn genau das war. Das hatte ich nur vorher nicht verstanden.

»Was meinst du damit?«, flüsterte ich.

»Nach zehn Jahren ist der Ehevertrag gegenstandslos.«

»Das Geld«, flüsterte ich, weil die Puzzlestücke langsam ihren Platz fanden. »Du willst das Geld.«

Ich hatte oft darüber nachgedacht, warum er mich so ablehnte. Die logischste Erklärung war, dass er sich nicht wie ein Mann fühlte, weil ich mehr verdiente als er. Deswegen hatten Sebastian und Logan die Firma für ihn gegründet. Doch hier war sie nun – die einfache Wahrheit. Terence hatte mich meines Geldes wegen geheiratet, und nun war ihm bewusst geworden, dass es schwer war, zehn Jahre lang vorzugeben, jemanden zu lieben.

Der Schmerz in meiner Brust war so heftig, dass es sich anfühlte, als hätte mir jemand ein Messer ins Herz gerammt.

Ich konnte kaum atmen oder auch nur stehen, aber ich wusste, was ich zu tun hatte.

»Geh mir aus den Augen. Nimm deine Sachen und verschwinde«, sagte ich. »Oder noch besser, geh einfach. Ich werde dir deine Sachen schicken lassen.«

»Pippa ...« Er kam auf mich zu und hob den Arm, als wollte er meine Schulter berühren.

»Wag es nicht, mich anzufassen. Verschwinde!«

»Vorher will ich wissen, ob du schwanger bist.«

»Ich werde mich trotzdem von dir scheiden lassen, selbst wenn ich schwanger bin.«

»Ich will es wissen. Ich werde mein Kind nicht im Stich lassen.«

Terence war bei seinem Vater aufgewachsen. Seine Mutter war so früh abgehauen, dass er sich nicht einmal an sie erinnern konnte. Das war vielleicht das einzig Positive an ihm: dass er seinem Kind nicht dasselbe antun wollte, was seine Mutter ihm angetan hatte. Doch es war zu wenig und zu spät.

Ich ging ins Bad und machte einen Test. Das Ergebnis war negativ. Weinend machte ich alle anderen auch noch, und alle sagten dasselbe. Mir fehlte die Energie, das Bad zu verlassen, also öffnete ich die Tür nur einen Spalt und sagte: »Sie sind alle negativ. Und jetzt geh.«

»Herr im Himmel, hurra! Und bilde dir nicht ein, ich würde mit leeren Händen aus dieser Ehe gehen. Ich habe drei Jahre an dich verschwendet. Das muss etwas wert sein.«

Seine Antwort verletzte mich erneut unendlich tief. Dann verschwand er. Ich verbrachte die Nacht im Badezimmer, die Beine an die Brust gezogen. Ich ging die letzten Jahre im Kopf durch und analysierte alles. Im Rückblick ist man immer klüger, und ich entdeckte überall Hinweise. Aber als ich ihn getroffen hatte, war ich blind gewesen. Er war charmant gewesen und hatte sich unglaubliche Mühe gegeben, mir zu gefallen. Und er hatte nicht gewirkt, als interessierte er sich für mein Geld.

Als Sebastian und Logan mir damals, vor der Hochzeit, mitgeteilt hatten, dass sie wollten, dass Terence einen Ehevertrag unterzeichnete, hatte ich sofort zugestimmt, weil meine Brüder *Bennett Enterprises* schließlich aufgebaut hatten. Es war ihr Recht, ihre Firma zu schützen. Terence hatte sich nicht aufgeregt, als ich ihm davon erzählt hatte. Wahrscheinlich nur deswegen, weil er nicht verstanden hatte, was für eine lange Zeit zehn Jahre waren.

Zumindest sind sie jetzt vorbei.

***

Ich liege auf der Couch und drücke mir die Hände auf den Bauch, obwohl er immer noch flach ist. Da drin ist ein kleines Baby. Meine Lippen verziehen sich zu einem Lächeln.

»Hey, hallo, Kleines«, flüstere ich. »Wir sind uns noch nicht offiziell vorgestellt worden, aber ich liebe dich jetzt schon sehr. Du wirst das erste Bennett-Baby sein, und du wirst so viele Onkel und Tanten haben, dass du sie gar nicht zählen kannst. Sie werden dich sogar noch mehr verwöhnen als ich. Gott, ich kann nicht glauben, dass ich jetzt schon mit dir rede. Du solltest dich besser daran gewöhnen. Wir werden uns in den nächsten neun Monaten oft unterhalten. Und wenn du ein Junge wirst, könnte es sein, dass du Seamus heißen wirst.«

# 27 Eric

Es ist still im Raum, während ich darauf warte, dass Julie aufwacht. Auf meinen Wunsch hin wurde ihr ein Einzelzimmer zugewiesen, sodass sich jetzt nur wir beide hier aufhalten. Ich sitze auf der Couch, die für die nächsten drei Tage, bis sie entlassen wird, mein Büro sein wird.

Am Abend wurde Julie ein Schmerzmittel verabreicht, und sie hat die Nacht durchgeschlafen. Ich dagegen habe kein Auge zugetan.

Es ist sehr beruhigend, meiner Tochter beim Schlafen zuzusehen. Tatsächlich ist das im Moment das einzig Beruhigende in meinem Leben. Ich denke ständig über mein Gespräch mit Pippa nach. Jetzt, wo ich um Julie keine Angst mehr habe, kann ich endlich wieder klar denken. Und endlich kann ich klar sehen. Wenn ich das nächste Mal mit Pippa rede, will ich mich nicht verabschieden.

Ich will mit ihr reden und ihr sagen, dass ich sie nicht gehen lassen möchte. Natürlich funktioniert das nur, wenn sie mich noch haben will. Bei dem Gedanken, dass sie das vielleicht nicht will, wird mir richtiggehend schlecht.

Irgendwann zwischen dem Moment, als ich dabei zugesehen habe, wie sie wutentbrannt in den Lift stieg, und dem Erwachen aus dem Nebel der Schuldgefühle, wurde mir klar, dass ich will, dass diese Frau ein Teil meines Lebens wird. Und zwar auf Dauer. Ich muss einen Weg finden, das möglich zu machen, ohne dadurch meine Tochter zu enttäuschen. Wie meine Mutter schon gesagt hat: Die Zeit ist gekommen, nicht mehr nach Ausreden zu suchen, sondern nach Lösungen.

Nach San Francisco zu ziehen wird für Julie nicht einfach sein. Sie wird sich an eine neue Schule und ein neues Leben gewöhnen müssen. Sie wird ihre Freunde zurücklassen müssen. Aber es gibt auch gute Argumente für den Umzug an die Westküste. Das wichtigste Argument ist natürlich Pippa. Sie liebt meine Tochter, und meine Tochter liebt sie. Dann ist da die Bennett-Familie, die Julie aufgenommen hat.

Ich trommle mit den Fingern auf die Armlehne der Couch. Ich warte darauf, dass Julie aufwacht, damit ich das alles mit ihr besprechen kann.

Eine Stunde später rührt sie sich endlich. Das Erste, was sie sagt, ist: »Du bist da.«

Ich setze mich zu ihr und berühre kurz ihre Wange. »Natürlich bin ich da, Süße. Tut es weh?«

Julie schüttelt gähnend den Kopf. »Ich habe lange geschlafen, oder?«

Ich lache leise. »Ja.«

»Du hast auch hier geschlafen?«

»Ja.«

»Du bist der beste Dad der Welt.« Mit einem Seufzen kuschelt sie ihren Kopf an meinen Arm. »Wo ist Pippa?«

»Sie… ähm…« Wieso habe ich nicht bedacht, dass das eine ihrer ersten Fragen sein würde?

Julie löst sich von mir und sieht mich stirnrunzelnd an. »Pippa ist gestern weggegangen und nicht zurückgekommen. Ist das deine Schuld?«, fragt sie geradeheraus.

»Was meinst du damit?«

»Ich kenne Pippa. Wenn sie nicht hier ist, heißt das, dass du etwas gesagt hat, was sie geärgert hat.«

»Wieso denkst du das?«

»Weil Sophia, das ältere Mädchen in Mrs Bennetts Haus, einen Freund hat. Sie hat am Telefon mit ihm gestritten, weil er eine *Menge* dämliche Dinge gesagt hat.«

Ich öffne den Mund, nur um ihn gleich wieder zu schließen, da mir klar wird, dass Julie noch nicht fertig ist.

»Danach hat sie gesagt, Dummheit ist ans Y-Chromosom gekoppelt. Ich habe in Biologie gelernt, dass die X-Chromosomen für die Frauen sind und das Y für die Männer, also …«

»Wo habe ich dich da nur hingeschickt?«, frage ich entsetzt. Dann füge ich kopfschüttelnd hinzu: »Mach dir keine Sorgen. Es gibt da etwas, worüber ich mit dir reden will.«

Sofort beginnt Julie zu lächeln und rückt ein Stück zur Seite, damit ich mehr Platz auf dem Bett habe.

»Wie fändest du es, wenn wir nach San Francisco ziehen? Ich habe schon nach Schulen geschaut …«

Bevor ich den Satz zu Ende bringen kann, kniet Julie vor mir und schlingt mir den gesunden Arm um den Hals, wobei sie mir ins Ohr schreit: »Ich will bleiben, Dad. Ich will bleiben!«

Ich umarme sie fest, sorgfältig darauf bedacht, ihre Wunde nicht zu berühren. Mein Herz rast wie wild, mit mindestens tausend Schlägen die Minute.

»Ich liebe es hier. Ich mag Mr und Mrs Bennett mehr als Oma. Aber sag ihr das nicht.« Julie löst sich von mir und setzt sich wieder aufs Bett. »Und ich liebe Pippa. Sie ist wie Mom. Sie wird Mom natürlich nie ersetzen, aber ich liebe sie. Du nicht?«

»Das tue ich, Süße.«

»Dann lass uns bleiben.«

Meine wunderbare Kleine. Sie wird nie aufhören, mich zu überraschen. Ich hätte wissen müssen, dass sie meine Argumente nicht einmal hören will, sondern mit dem Herzen entscheidet. Wenn ich ehrlich bin, hätte ich an ihrer Stelle dasselbe getan. Trotzdem, als ihr Vater ist es meine Pflicht, ihr alle Vor- und Nachteile aufzuzeigen, damit sie die neue

Situation beurteilen kann. Ich will, dass sie alles durchdenkt, alle Konsequenzen versteht.

»Es wird nicht ganz einfach. Ich weiß, dass du Probleme hattest, dich in deiner Schule einzugewöhnen. Aber ich habe mich bereits über Einrichtungen hier informiert und habe ein paar gefunden, die dir vielleicht gefallen werden. Wir können auch über Hausunterricht nachdenken.«

»Kann ich auf die Schule gehen, auf die die Bennett-Mädchen gehen? Biiiitte! Auf die Weise hätte ich schon zwei Freundinnen.«

»Sicher, wir können sie uns anschauen. Aber du musst wissen, wenn wir nach San Francisco ziehen, wirst du deine Freunde in Boston nicht oft sehen und auch Ms Smith nicht. Du hast gesagt, du vermisst sie.«

Julie zuckt mit den Achseln. »Sicher, weil sie lustiger ist als Ms Blackwell. Aber Ms Smith ist meine Nanny. Pippa wäre meine Mom.«

»Es wäre eine große Veränderung, Süße.«

»Ich weiß, Dad. Ich bin kein kleines Mädchen mehr. Und in sechs Jahren werde ich aufs College gehen, und du wirst allein sein. Wenn du Pippa heiratest, wirst du nie wieder allein sein.«

»Du brichst mir das Herz, Liebes.«

»Du weißt, dass es stimmt.«

Ich mustere kurz ihre entschlossene Miene und eines muss ich ihr lassen: Sie ist wirklich kein kleines Mädchen mehr; sie ist selbstbewusst und klug, und ich muss darauf vertrauen, dass sie vernünftige, eigenständige Entscheidungen trifft.

»Bist du dir hundertprozentig sicher?«, frage ich noch einmal.

»Ja«, antwortet sie mit einem entschiedenen Nicken.

»Okay. Macht es dir etwas aus, wenn ich dich hier ein paar Stunden allein lasse?«

»Nein. Rede mit Pippa.«

»Sei ein braves Mädchen.«

Ich erhebe mich vom Bett, drücke ihr einen Kuss auf den Scheitel und gehe zur Tür. Julie hat recht. Ich muss mit Pippa reden.

Meine Gedanken rasen, weil ich Dinge organisieren und Lösungen finden muss. Ich kann hierbleiben und die Expansion vorantreiben, aber ich muss in Boston einen Ersatz für mich auftreiben. Im Moment spielt das allerdings keine Rolle. Ich musste nur wissen, ob meine Tochter mit einem Umzug hierher einverstanden ist. Alles andere kann ich hinkriegen. Jetzt muss ich lediglich in Erfahrung bringen, ob Pippa mich noch will.

Ich habe Julies Zimmer kaum verlassen, als plötzlich Max und Blake rechts und links neben mir auftauchen.

*Das dürfte interessant werden.*

»Du Hurensohn!«, blafft Blake.

Hoppla. Ich werfe Max einen Blick zu auf der Suche nach Unterstützung, doch seinem Gesichtsausdruck zufolge werde ich heute keinen Verbündeten in ihm finden. Was mir wahrscheinlich recht geschieht.

»Hört mal …«, setze ich an, doch Max fällt mir sofort ins Wort.

»Pippa ist zutiefst verletzt«, knurrt er. »Wir verlangen eine Erklärung.«

»Ich war ein Idiot«, antworte ich kühl.

Blake zieht die Augenbrauen hoch. »Ich hatte nicht damit gerechnet, dass dieses Eingeständnis so schnell kommt.« Er sieht Max an und meint: »Wir wirken offensichtlich sehr beängstigend.«

»Ich habe jetzt keine Zeit für so was«, sage ich knapp, weil ich langsam wütend werde. »Ist Pippa zu Hause?«

»Ja«, antwortet Max. Dann tritt er einen Schritt zurück,

und sein eben noch wutverzerrtes Gesicht wirkt mit einem Mal neugierig.

»Wirst du zu Kreuze kriechen?«, fragt Blake, der offenbar ebenfalls einen Sinneswandel erlebt hat.

»Ja.«

»Lass hören.«

»Was?«

»Wir wollen deine Zu-Kreuze-kriech-Strategie hören.«

Ich weiß nicht, was mich mehr fasziniert: dass Blake seine Worte vollkommen ernst äußert oder dass sich die beiden tatsächlich einbilden, sie könnten mich ausfragen.

»Inwiefern geht euch das was an?«, halte ich dagegen.

Max antwortet: »Sie ist unsere Schwester, Eric. Sie wurde schon einmal von einem Trottel verletzt. Du wirkst wie ein anständiger Kerl, aber du hast sie trotzdem getroffen. Wir wollen dafür sorgen, dass sich die Geschichte nicht noch einmal wiederholt. Jeglicher Plan, der nicht beinhaltet, dass du in San Francisco bleibst, ist inakzeptabel.«

Es stimmt also. Die Bennetts halten wie Pech und Schwefel zusammen. Und ich muss zugeben, hätte ich eine Schwester, wäre ich genauso. Verdammt, ich würde dasselbe tun, wenn jemand mit meiner Tochter ausginge. Moment. Jetzt, wo ich so darüber nachdenke, wird sich jeder Kerl, der mit Julie ausgehen will, einer sehr viel schlimmeren Befragung stellen müssen als dieser hier.

»Ich habe vor, hierzubleiben und eurer Schwester einen Antrag zu machen. Reicht das?«

Blake und Max wechseln einen Blick, dann nicken sie.

»Okay«, meint Blake. »Vielleicht sollten wir ihm ein paar Tipps geben.«

Ich starre Pippas Brüder an, vollkommen überrascht von dieser Hundertachtzig-Grad-Wendung des Gesprächs, aber ich werde mich nicht beschweren.

»Was meinst du?«, hake ich nach.

»Unsere Schwestern sind bei Pippa«, sagt Max. »Sie werden dich bei lebendigem Leib in Stücke reißen und auffressen.«

»Wir könnten ihn begleiten, um Alice und Summer abzulenken«, schlägt Blake vor.

»Ich werde nicht vor einem ganzen Komitee mit Pippa reden. Ich komme schon mit Alice und Summer klar«, versichere ich ihnen.

Blake rammt seinem Bruder den Ellbogen in die Seite. »Mann, ist der Kerl von sich überzeugt. Wir haben sehr viel mehr Erfahrung mit den Frauen in unserer Familie als du.«

»Sag Alice, dass du einen Plan hast und dass es dir leidtut«, meint Max.

»Und sag es, sobald du sie siehst, weil sie dir sonst die Eier abschneidet«, fügt Blake ernst hinzu. »Summer solltest du irgendwas Romantisches erzählen. Dann wird sie sofort einlenken.«

»Ich komme schon klar«, wiederhole ich. »Schönen Tag.« Damit trete ich an ihnen vorbei in den Aufzug.

# 28 Pippa

Nach der Nacht, in der ich keine Minute schlief, habe ich entschieden, dass ich meine Schwestern brauche, also schicke ich beiden als Erstes am nächsten Morgen eine Nachricht.

Pippa | SOS. Könnt ihr beide zum Frühstück vorbeischauen? Ich suhle mich in Liebeskummer und brauche Gesellschaft.

Beide antworten innerhalb von Minuten mit einem *Ja*. Wie ein Zombie schlurfe ich in die Küche und starre in den Kühlschrank. Sieht aus, als müsste ich noch einkaufen gehen. Alice mag Bagel, und Summer isst gern Müsli mit Joghurt zum Frühstück, und ich habe nichts davon da. Wenn ich sie schon dazu bringe, zu mir zu kommen, kann ich ihnen wenigstens ihr Lieblingsessen servieren.

Ich werfe einen Blick in den Spiegel, bevor ich die Wohnung verlasse, und seufze. Ich sehe aus, wie ich mich fühle: erschöpft, krank und verängstigt. Dunkle Ringe verunstalten meine Augen, die vom Weinen noch geschwollen sind. So habe ich die erste Hälfte der Nacht verbracht. Die zweite Hälfte habe ich mich damit beschäftigt, im Internet nach Babykleidung zu schauen, während ich darüber nachgedacht habe, wie ich Eric die Nachricht beibringen soll. Schweißtropfen bilden sich bei dem Gedanken daran auf meiner Stirn, und mir schnürt es die Kehle zu.

Im Grunde meines Herzens weiß ich, dass Eric nicht im

Geringsten wie Terence ist, trotzdem gelingt es mir nicht, die Angst abzuschütteln, dass er mich im Stich lassen wird, weil er der Meinung ist, ich wollte ihm eine Falle stellen. Oder noch schlimmer: dass er nur wegen des Babys bei mir bleiben wird.

Furcht hat nichts Rationales an sich, und ich war die ganze Nacht wie gelähmt vor Angst. Das seltsame Gefühl in meinem Magen verrät mir, dass der nächste Anfall kurz bevorsteht.

*Mal wieder.*

Ich umklammere meine Handtasche, schaue mir im Spiegel in die Augen und ermahne mich: »Du bist eine erwachsene Frau, Pippa Bennett. Du hast schon Schlimmeres durchgestanden. Du kommst auch damit klar.«

Aber es funktioniert nicht. Der Kloß in meiner Kehle ist größer als je zuvor. Doch da ich mich einfach weigere, vor Angst und Unsicherheit zusammenzubrechen, beiße ich die Zähne zusammen und verlasse die Wohnung.

Eine Viertelstunde später kehre ich etwas besser gelaunt zurück. Ich decke den Tisch und koche frischen Kaffee. Als es an der Tür klingelt, stolpere ich in meiner Hast fast über meine eigenen Füße.

»Guten Morgen«, sagt Alice, während Summer mich wortlos umarmt.

»Wieso umarmst du mich?«, frage ich, als ich ihr Jasmin-Parfüm einatme und mich so fest an sie klammere, dass ich mich frage, wie sie noch atmen kann.

»Du siehst aus, als hättest du es nötig«, murmelt sie, bevor sie sich von mir löst.

Alice sagt trocken: »Du siehst übel aus.«

Ich schüttle nur den Kopf, dann schießt mein Blick zu dem Beutel in ihrer Hand. »Du hättest nichts zu essen mitbringen müssen.«

Ich lasse die beiden rein und führe sie ins Wohnzimmer,

wo ich auf den Esstisch zeige. »Ich bin einkaufen gegangen, nachdem ich euch geschrieben habe.«

»Pippa!« Alice' Tonfall versetzt mich sofort in Alarmbereitschaft. »Du weißt nicht, wie man richtig Liebeskummer hat, oder?«

»Nicht du sollst dich um *uns* kümmern«, fügt Summer hinzu. »Sondern andersherum.«

Ich muss lächeln. »Ich wusste nicht mal, dass es für so was Regeln gibt.«

»Nur, weil du das noch nie zuvor getan hast. Aber jetzt weißt du es«, erklärt Alice bestimmt.

Meine Schwestern wechseln einen kurzen Blick, dann fragt Summer fast schüchtern: »Was ist passiert?«

Wir setzen uns an den Tisch, und dann erzähle ich ihnen so knapp wie möglich, was im Krankenhaus mit Eric vorgefallen ist.

»Nun«, sagt Alice, die bereits einen Bagel mampft, »das ist der Beweis, dass selbst die besten Männer nicht besonders clever sind.«

Summer mustert sie stirnrunzelnd. »Manchmal bist du echt zynisch. Ich glaube, er hat sich einfach zu viele Sorgen um Julie gemacht, um über etwas anderes nachzudenken. Ich meine, vielleicht hat die Warterei im Krankenhaus Erinnerungen an den Verlust seiner Ehefrau heraufbeschworen.«

Daran habe ich auch schon gedacht.

»Das ist allerdings noch nicht alles«, sage ich und atme tief durch. »Ich bin schwanger.«

Alice erstarrt, den Bagel halb im Mund. Summer dagegen springt von ihrem Stuhl und umarmt mich zum zweiten Mal am heutigen Tag. Alice schließt sich uns an. Für einen kurzen Moment verliere ich mich in der Umarmung meiner Schwestern, sauge ihr Glück und ihre Fürsorge in mich auf.

Als Nächstes verlagern wir die Party aufs Sofa, wo sie

mich über meine Schwangerschaft ausfragen und ob mir schlecht ist. Als ich anfange zu berichten, überkommt mich Euphorie, bis Alice fragt: »Hast du es Eric schon erzählt?«

»Noch nicht. Ich habe es vor weniger als vierundzwanzig Stunden erfahren und wollte erst mal selbst damit klarkommen. Ich werde bald mit ihm sprechen. Im Moment brauche ich ein wenig Zeit mit meinen Schwestern.«

»Okay«, sagt Alice und klatscht in die Hände, als würde sie sich darauf vorbereiten, uns gleich Anweisungen zu geben. »Ich würde sagen, wir ziehen das auf Bennett-Art durch. Allerdings sind ein paar Anpassungen nötig. Wein kommt nicht infrage, aber ich wette, du hast heiße Schokolade, und ich kann uns Essen aus dem Restaurant liefern lassen. Außerdem können wir romantische Komödien schauen. Der beste Weg, sich besser zu fühlen, ist, sich anzuschauen, wie andere Leute ihr Leben in den Sand setzen.«

»Ich bin dabei«, meint Summer.

»Ich auch.«

Die Bennett-Art beinhaltet gewöhnlich uns drei plus Caroline und in letzter Zeit auch noch Nadine und Ava, um zusammenzusitzen und über einem Glas Wein zu tratschen. Heiße Schokolade ist allerdings ein guter Ersatz für Alkohol.

Die nächsten zwanzig Minuten wuseln meine Schwestern ständig um mich herum, erlauben mir nicht, auch nur das Geringste zu tun, und kümmern sich um alles. Das Essen, das meine Schwester bestellt, wird so schnell geliefert, dass ich mich fast frage, ob Alice es schon vorher in Auftrag gegeben hat.

Während sie sich darüber zanken, welchen Film wir uns anschauen sollen, stelle ich mir uns mit achtzig Jahren vor, mit faltigem Gesicht, wie wir genau dieselben Gespräche führen. Manche Dinge werden sich nie ändern, und das ist wunderbar.

»Mädels, kommt schon. Hört auf zu streiten.«

Zu meiner Überraschung tun sie das.

»Das hat noch nie funktioniert«, murmle ich.

»Sicher, aber jetzt bist du schwanger. Wir dürfen dich nicht aufregen«, erklärt Alice sachlich, was ein Grinsen auf mein Gesicht zaubert. Ich werde jeden Vorteil nutzen, den mir diese Schwangerschaft einbringt. *Jeden.*

Ich schalte den Fernseher an, nachdem die Mädels sich auf einen Film geeinigt haben, und beginne fast zu heulen, als ich sehe, was gerade läuft.

»Pippa?«, fragt Summer vorsichtig. »Du… Weinst du?«

»Nein… Ich weiß nicht.« Ich deute auf den Fernseher, als würde das alles erklären.

»Das ist deine Lieblings-Krimiserie. Und ich verstehe das, der Detective ist wirklich heiß«, meint Alice. »Aber wieso weinst du?«

»Eric und ich haben vor einer Weile beschlossen, dass es unsere Serie ist. Wir haben sie am Samstag nicht gesehen, also habe ich sie für später aufgenommen. Das da ist die Wiederholung.« Eine Träne rinnt über meine Wange. »Wie soll ich mir die Serie nur ohne ihn anschauen?«

Alice und Summer starren mich wortlos an. Jetzt ist es offiziell. Wenn bei all den Dingen, um die ich mir gerade Gedanken machen muss, ausgerechnet eine Krimiserie in den Mittelpunkt rückt, dann verliere ich den Verstand. Ist es zu früh, um Hormone für meine seltsamen Anwandlungen verantwortlich zu machen?

Meine Schwestern besitzen den Anstand, mein Verhalten nicht zu kommentieren. Irgendwann starten wir den Film. Wir haben ungefähr die Hälfte erreicht, als es an der Tür klingelt.

»Ich hoffe, du hast nicht noch mehr zu essen bestellt, Alice«, meint Summer.

»Nein, aber vielleicht haben sie etwas vergessen. Allerdings bin ich mir ziemlich sicher, dass alles dabei war.«

»Glaubst du, sie werden weggehen, wenn wir sie einfach ignorieren?«, stöhne ich. »Ich bin im Fresskoma. Ich kann mich nicht mal mehr bewegen.«

»Ich mache auf«, verkündet Summer.

Ich gebe ein vages Stöhnen von mir und drücke auf die Pausetaste, während meine kleine Schwester aufspringt und aus dem Raum eilt.

Was dann folgt, trifft mich vollkommen unvorbereitet.

»Was tust du hier?«, höre ich Summers Stimme.

»Ich muss mit Pippa reden.«

Jeder Muskel in meinem Körper spannt sich an. Bevor ich auch nur verarbeiten kann, dass Eric da ist, ist Alice bereits von der Couch gesprungen und hat sich Summer angeschlossen. Ich sehe nicht, was im Flur vor sich geht, doch ich höre alles.

»Du Idiot«, sagt Alice. »Ich dachte, du…«

»Alice«, sagt Eric bestimmt.

Der Klang seiner Stimme reißt mich aus meiner Erstarrung. Stattdessen ergreifen Panik und Hoffnung Besitz von mir. Was, wenn er hier ist, um sich zu verabschieden? Was, wenn er *nicht* hier ist, um sich zu verabschieden? Erneut wird mir bewusst, wie schrecklich ich aussehe – dunkle Ringe unter den Augen, Haare, die in alle Richtungen abstehen. Ich stöhne.

»Ich bin mir sicher, ihr habt noch ein paar weitere Beleidigungen in petto«, fährt er fort, »aber ich bin hier, um mit Pippa zu reden, nicht mit euch. Ich habe einen Fehler gemacht, und ich habe einen Plan. Einen guten Plan.«

Er spricht leiser, also kann ich seine nächsten Worte nicht verstehen, aber Summer ruft: »Das ist so romantisch!«

Und einfach so wickelt er meine Schwestern um den Finger. Was wirklich keine leichte Aufgabe ist. Es hat meine Brüder Jahre gekostet, herauszufinden, wie man sie am besten behandeln und was man sagen muss. Summer und Alice stecken ihren Kopf in den Raum, ihre Mienen entschuldigend.

»Pippa, wir werden unsere Party später zu Ende bringen müssen«, sagt Alice.

»Ja. Wir gehen jetzt«, meint Summer.

Ich kann nur nicken, und dann sind die beiden auch schon verschwunden.

***

Eric kommt ins Wohnzimmer. Als ich ihn mustere, wird mein Herz ganz leicht und schwer zugleich. Er wirkt bleich. Ich dachte, ich wäre die Einzige, die nicht hätte schlafen können.

»Ich habe nicht mit dir gerechnet.« Ich stehe nicht von der Couch auf, weil Kälte in meine Glieder kriecht.

»Es tut mir leid. Ich hätte dich gestern nicht gehen lassen dürfen.« Er setzt sich neben mich und greift nach meinen Händen, doch ich schüttle den Kopf und entziehe sie ihm.

»Du hast mich weggestoßen.«

»Ich weiß und das tut mir leid. Meine Tochter im Krankenhaus zu sehen hat üble Erinnerungen in mir hervorgerufen.«

»Eric. Warum bist du hier?« Meine Kehle ist wie zugeschnürt. Ich starre meine Hände an, unfähig, ihm in die Augen zu sehen.

»Nicht, um mich zu verabschieden.«

Die Anspannung verlässt schlagartig meinen Körper, als wäre ein Gift aus meinen Adern gesaugt worden. Seine Worte sind wie Balsam für meine Seele.

»Ich war gestern nicht ich selbst. Ich habe ständig wieder die Nacht von Sarahs und Julies Unfall durchlebt. Allein in diesem Wartezimmer zu sein, während Julie behandelt wurde, war der reine Albtraum für mich. Ich hatte Angst. Aber das ist keine Entschuldigung dafür, dass ich mich dir und deiner Mom gegenüber wie ein Idiot aufgeführt habe. Ich habe sie angeblafft, als ich Julie abgeholt habe. Ich habe sie auf dem Weg hierher schon angerufen und mich entschuldigt. Julie und ich wollen hierbleiben. In San Francisco. Pippa, ich liebe dich und will an keinem Ort sein, an dem du nicht bist.«

Wortlos umarme ich ihn. Er schließt die Arme um meine Taille und hält mich fest.

Ich hebe meinen Kopf ein kleines Stück und sehe zu ihm auf. »Aber Julies Schule …«

»Ich habe mit ihr gesprochen, sie will auf dieselbe Schule gehen wie die Töchter deines Cousins.« Er berührt zärtlich meine Wange und fügt hinzu: »Lass uns über uns reden.«

»Aber deine Firma und …«

»Pippa, entspann dich. Ich kümmere mich um alles.«

»Und du willst das wirklich?«, frage ich.

»Ich bin der glücklichste Mann auf Erden, wenn ich bei dir bin. Im Krankenhaus habe ich zugelassen, dass Angst meine Handlungen bestimmt. Ich habe mich für die Furcht entschieden. Das wird mir nicht noch mal passieren. Ich entscheide mich für *dich*.«

Seine Worte schweben zwischen uns in der Luft. Er hat sich mir geöffnet. Ich beschließe, dasselbe zu tun.

»Ich muss dir etwas sagen. Und es könnte dir Angst machen«, sage ich, doch direkt im Anschluss ist meine Kehle so zugeschnürt, dass ich kein Wort mehr herausbringe. Unsicher, wie ich ihm die Nachricht überbringen soll, nehme ich seine Hand und lege sie auf meinen Bauch.

Erics Augen werden groß, als er langsam versteht. Dann erkenne ich Aufregung in seinem Blick.

»Du bist schwanger?«

Ich nicke heftig. Mein Herz scheint plötzlich auf die doppelte Größe angeschwollen zu sein. »Ja. Ich habe es gestern erfahren. Meine Ärztin hat mich angerufen, nachdem ich aus dem Krankenhaus kam.«

Ohne Vorwarnung zieht Eric mich auf seinen Schoß und küsst mich stürmisch. Seinen Mund wieder auf meinem zu spüren ist, als könnte ich endlich wieder atmen.

»Du hättest es mir sofort sagen müssen, gleich als ich hier angekommen bin«, flüstert er, während er Küsse auf meine Wangen und meinen Hals niederregnen lässt, seine Hand immer noch auf meinem Bauch.

»Ich hatte Angst, dass du denken könntest, ich wolle dich in eine Falle locken«, sage ich schwach.

»Oh, du kannst mich gern in eine Falle locken, Geliebte, besonders in die zwischen deinen Beinen.«

Ich versuche zu lachen, doch es klingt seltsam.

Eric spricht weiter: »So etwas würde ich dir nie unterstellen. Ich liebe dich, Pippa Bennett. Das darfst du nie vergessen, was auch immer geschieht. Ich weiß, dass du früher verletzt und enttäuscht worden bist, aber das wird nicht wieder geschehen. Zumindest nicht durch mich. Und ich werde dafür sorgen, dass niemand anders das jemals wieder tut. Sobald du meine Ehefrau bist, habe ich die offizielle Erlaubnis, persönlich zu überwachen, dass niemand dir je wieder Schaden zufügt.«

»Sollte das ein Antrag sein?« Ich packe seine Schultern fester, und das Herz rast in meiner Brust.

»Hm. Das war nicht ganz die richtige Form, aber ja.«

»Willst du mich nur heiraten, weil ich schwanger bin?«

»Wieso denkst du das?«

»Vielleicht, weil du direkt gefragt hast, nachdem ich dir gesagt habe, dass ich schwanger bin?«

»Ich will dich heiraten, weil ich dich liebe. Ich wollte das schon eine Weile, aber ich habe es mir selbst nicht eingestanden. Zu sehen, wie du dich im Krankenhaus von mir entfernt hast, hat mich aufwachen lassen.«

»Weil es dir Angst gemacht hat?«

Seine Lippen verziehen sich zu einem Grinsen. »Nein, weil du einen sexy Hintern hast. Ich habe einfach verstanden, dass ich ohne den nicht leben kann und dich deswegen heiraten muss.«

»Wow«, flüstere ich, dann rutsche ich auf seinen Schoß. »Mein Hintern muss beeindruckender sein, als ich bisher gedacht habe.«

»Du hast mir noch nicht geantwortet.«

Gerade als ich den Mund öffnen will, dringt ein Schluchzen aus meiner Kehle, also presse ich die Lippen fest aufeinander und schüttle leicht den Kopf.

»Du wirst mich nicht heiraten?«, fragt er vollkommen irritiert.

»Doch«, sage ich, nachdem es mir gelungen ist, das Schluchzen zu unterdrücken.

»Ein Kopfschütteln bedeutet Ja? Ich lerne jeden Tag etwas Neues über dich. Und ich freue mich schon darauf, auch den Rest zu entdecken.«

Ich verschränke die Finger in seinem Nacken und rutsche noch näher an ihn heran. Eric lässt seine Hände an meine Hüften gleiten und umfasst sie fest.

»Du hast das Beste verdient, und daran werde ich dich jeden Tag erinnern«, murmelt er.

»Wie willst du das machen?«

»Ich werde dich mit kleinen und große Dingen überraschen.«

»Nun, was immer diese ›Dinge‹ auch beinhalten, vergiss nicht Fußmassagen und Eiscreme.«

Eric lacht leise und kehlig. »Ziemlich fordernd, hm?«

»Ich bin schwanger. Das ist quasi das Synonym für den Anspruch, mich neun Monate lang verwöhnen zu lassen.« Ich bin jetzt schon ganz aufgeregt wegen all der Möglichkeiten, die sich daraus ergeben.

»Es wird mir ein Vergnügen sein, dich zu verwöhnen, meine Zukünftige. Ich kann es kaum erwarten, dass das Kleine kommt.« Eric wirft einen sehnsüchtigen Blick auf meinen Bauch. »Weißt du, was das Beste an Babys ist? Sie werden gern geknuddelt. Das werde ich beim zweiten Mal mehr genießen. Bei meinem ersten Kind wusste ich nicht, dass sie schon ab zwölf jede Umarmung in der Öffentlichkeit verweigern.«

»Ich liebe Umarmungen«, sage ich kokett.

»Ich weiß.« Eric drückt mir einen Kuss auf die Nasenspitze und dann auf mein Kinn, was sofort wunderbare Schauder über meinen Körper jagt. »Keine Sorge. Du kriegst auch deinen Teil ab.«

»Erzähl mir mehr von Babys«, bitte ich ihn.

»Sie sind klein, rosa und riechen nach Zucker.«

»Eric Callahan, du hast mir Dinge verschwiegen. Du kannst es kaum erwarten, wieder Vater zu werden.«

»Schon. Aber ich muss ein paar Fähigkeiten aufpolieren. Ich bin wahrscheinlich eingerostet.«

»Welche Fähigkeiten?«, frage ich verwirrt.

»Du weißt schon. Der perfekte Rhythmus, in dem man sich vor und zurück wiegen muss, damit das Baby einschläft …«

»Du bist wunderbar«, seufze ich und schmelze in seinen Armen förmlich dahin. »Du klingst, als wäre das eine Wissenschaft.«

Eric grinst. »Warte, bis du ein heulendes Baby im Arm hältst. Dann wirst du auch eine Wissenschaft daraus machen.«

»Glücklicherweise werde ich ja dich haben, um mir zu helfen.«

»Ich werde da sein. Immer. Für alles.«

Das schalkhafte Glitzern in seinen Augen wird von Ernsthaftigkeit verdrängt. Ich kuschle mich in seine Arme, spüre seinen Herzschlag an meiner Brust. Eric legt seinen Mund auf meinen, während er gleichzeitig seine Hände über meinen Körper wandern lässt. Seine Liebkosungen sind voller Versprechen, und sein Kuss schmeckt nach all den wunderbaren Dingen, die ich mir immer erträumt habe. Ich glaube ihm jedes einzelne Wort, weil er zu dieser Sorte Mann gehört. Deswegen liebe ich ihn.

»Ich kann es kaum erwarten, dass du Mrs Callahan wirst«, flüstert er.

»Oh. Das. Ähm … Ich will meinen Namen nicht ändern.«

Er blinzelt. »Was?«

»Ich will weiter Bennett heißen.«

»Auf keinen Fall. Das wäre ein harter Schlag für mein Ego. Woher sollen dann alle wissen, dass du meine Frau bist?«

»Du willst mit mir angeben können, ja?«

Er lacht leise, und das Geräusch ist Musik in meinen Ohren. »Kannst du es mir übel nehmen? Du bist klug, schön …«

Ich löse mich von ihm, stehe auf und wedle mit dem Zeigefinger vor seinem Gesicht herum. »Glaub nicht, dass du mich mit deinem Süßholzgeraspel überreden kannst.«

»Einen Versuch war es wert, oder?« Eric erhebt sich ebenfalls und kommt auf mich zu. Ich weiche so schnell wie möglich zurück, bis ich mit dem Rücken gegen mein Bücherregal stoße. Eric stemmt seine Arme rechts und links neben mich. Ich bin gefangen. »Außerdem sage ich nichts, was nicht stimmt. Wie wäre es mit Pippa Bennett-Callahan?«

Ich ziehe einen Schmollmund, auch wenn ich in diesem Moment bereits weiß, dass ich nachgeben werde. Seine Nähe überwältigt meinen Verstand, und es ist schwer, mich ihm zu widersetzen, wenn er mich so ansieht.

»Es spricht von schlechtem Benehmen, deine schwangere Verlobte derartig aufzuregen.«

Er tritt noch näher an mich heran. »Wir sind noch nicht mal verheiratet, und du erpresst mich bereits emotional.«

Ich lächle, dann schlinge ich die Arme um seinen Hals. »Ich verhandle doch gar nicht so schlecht, oder? Schön, dann werde ich eben Pippa Bennett-Callahan.«

»Unser erster Kompromiss. Und um dir ein kleines Geheimnis zu verraten, bei fast allem anderen wirst du deinen Willen bekommen.« Eric löst sich aus der Umarmung, dann sinkt er auf die Knie, sodass sein Kopf auf einer Höhe mit meinem Bauch schwebt. »Kleines Baby, du solltest besser ein Junge werden, damit du in mein Team gehörst. Sonst habe ich absolut keine Chance gegen deine Mutter und zwei Mädchen.«

»Wir werden so viel Spaß haben, wir vier«, sage ich.

# 29 Pippa

»Es geht mir gut«, wiederhole ich, obwohl es nicht der Wahrheit entspricht. Ich liege zusammengerollt in Erics Bett, da ich mich davor fürchte, mich zu bewegen, weil das eine neue Welle von Morgenübelkeit auslösen könnte. Seit ein paar Wochen verbringe ich den Morgen entweder im Bett oder mit dem Kopf über der Kloschüssel. Manchmal wiederholt sich das Ganze nachmittags noch mal. Ich kann nur hoffen, dass es nach dem ersten Trimester besser wird.

Eric sitzt nervös auf der Bettkante und sieht mich an, als würde ich jeden Moment zerbrechen. Sein Daumen beschreibt kleine Kreise auf meinem Handrücken.

»Es muss doch etwas geben, was ich tun kann«, meint er. »Ich fühle mich so machtlos.«

»Willkommen im Club. Aber es sollte bald vorbeigehen«, antworte ich mit einem aufmunternden Lächeln.

Die Tür schwingt auf, und Julie streckt den Kopf in den Raum. Sie hat ihren offenen Laptop in einer Hand, und im Browserfenster erkenne ich unseren Lieblings-Babyladen. Seitdem wir Julie von dem Baby erzählt haben, ist sie fast so besessen davon wie ich, Dinge für das Baby zu finden.

Wortlos klettert sie neben mir ins Bett und zeigt mir ihre neuesten Entdeckungen. Ich hieve mich in eine sitzende Position und schaue mir an, was sie gefunden hat.

»Also ist das das Gegenmittel gegen Morgenübelkeit?«, fragt Eric mit einem Kopfschütteln. »Shopping?«

Ich zucke mit den Achseln, dann kneife ich ihn in den Arm. »Es hilft. Ich fühle mich schon viel besser.«

Julie seufzt und ruft eine Wunschliste auf, die in *Junge* und *Mädchen* unterteilt ist.

Julie ist sehr gründlich. Ich liebe dieses Mädchen wie verrückt, ziehe sie in eine Umarmung und zwinkere Eric zu. Er und ich haben unsere eigene Liste. Ganz oben steht der Kauf eines passenden Hauses. Meine Wohnung ist zu klein, und der Besitzer dieses Hauses will nicht verkaufen. Ein weiterer wichtiger Punkt auf der Liste ist die Planung unserer Hochzeit, auch wenn uns dabei meine Familie hilft.

»Okay«, verkündet Eric und steht auf. »Zeit zum Aufbruch, oder wir verpassen den Termin.«

Julie springt förmlich vom Bett, aber ich lasse mir Zeit. Schnelle Bewegungen sind bei Morgenübelkeit nicht gerade hilfreich.

Zehn Minuten später sitzen wir im Auto. Wir sind auf dem Weg zu meiner ersten Ultraschalluntersuchung. Keiner von uns sagt etwas, und die Aufregung ist mit Händen greifbar.

»Ich kann nicht glauben, dass wir noch Monate warten müssen, bevor wir erfahren, ob es ein Junge oder ein Mädchen wird«, jammert Julie schließlich. Im Rückspiegel sehe ich, dass sie sich aufgeregt die Hände reibt.

»Heute werden wir herausfinden, ob mit dem Baby alles in Ordnung ist«, erkläre ich, »und wir werden den Herzschlag hören.«

Julie strahlt, und Eric legt seine Hand auf meine. Er kann meine Nervosität spüren.

»Alles wird gut«, murmelt er mir zu und drückt leicht meine Finger.

Meine Gynäkologin, eine freundliche Frau Mitte fünfzig, lächelt breit, als wir ihre Praxis betreten. Sie erklärt uns alles und versichert mir, dass ich mich während der Untersuchung wohlfühlen werde.

Doch als ich auf den Behandlungsstuhl geklettert bin, fühle ich mich alles andere als wohl. Ich trommle mit den Fingern auf die Armlehne, den Blick nervös auf den Bildschirm gerichtet. Eric steht neben mir und hält meine freie Hand, Julie hat er neben sich.

Wir schweigen gespannt, als die Ärztin nickt.

»Das ist der Herzschlag«, verkündet sie fast triumphierend. »Alles sieht normal aus. Oh …«

Erics Hand umklammert die meine fester, doch dann entspannt er sich wieder, als die Ärztin leise lacht. Sie deutet auf den Bildschirm und sagt: »Und hier ist der zweite Herzschlag.«

Julie reagiert als Erste. Sie kreischt, dann schaut sie von der Ärztin zu mir und schließlich zu Eric. »Heißt das, dass ich zwei Brüder bekommen werde? Oder zwei Schwestern?«

»Oder einen Bruder und eine Schwester«, erklärt ihr die Ärztin. »Um das zu sagen, ist es zu früh.«

Julie quiekt begeistert, und diesmal teile ich ihre Freude.

Eric murmelt mir mit tränenverschleiertem Blick ins Ohr: »Ich liebe dich.«

»Sind Sie sich sicher, dass Sie noch nicht sagen können, ob es Jungs oder Mädchen werden?«, fragt Julie die Ärztin. »Nicht mal, wenn Sie *ganz* genau hinschauen?«

»Ich fürchte Nein.«

Julie umarmt mich, so gut es momentan eben geht.

»In deiner Familie gibt es häufiger Zwillingsgeburten, richtig, Pippa?«, will Julie wissen.

»Ja.«

»Also, was denkst du, werden wir bekommen? Party-Zwillinge? Ernsthafte Zwillinge?«

Ich lache leise, als ich an die zwei Zwillingspaare unter meinen Brüdern denke. »Keine Ahnung, aber eines ist sicher: Wir kriegen doppeltes Chaos.«

## Epilog

*Einen Monat später*

*Pippa*

»Auf die erste Zwangsheirat in unserer Familie«, ruft Alice gut gelaunt.

Im Spiegel sehe ich, wie sie und Summer mit Champagner anstoßen.

»Mädels, wieso konzentriert ihr euch nicht darauf, mich fertig anzuziehen, und sauft dann später?«, flehe ich, getrieben von der Angst, dass sie Champagner auf mein Kleid kleckern könnten.

»Du bist der Boss.« Alice stellt ihr Glas zur Seite, Summer folgt ihrem Beispiel. Dann konzentrieren sie sich auf meinen Schleier.

Ich bewundere mit einem zufriedenen Seufzen mein Kleid im Spiegel. Es ist ein elfenbeinfarbenes Kunstwerk mit A-Linien-Schnitt, einem Oberteil aus feiner Spitze und einem weiten Batistrock. Nadine hat es entworfen und sich dabei selbst übertroffen. Bisher habe ich nur einen kleinen Babybauch, aber er wird über die Zeit noch wachsen.

Die Hochzeit findet auf unserer alten Ranch statt, die allerdings ganz neu wirkt. Die Renovierungen wurden vor zwei Wochen abgeschlossen, aber das Bed and Breakfast hat noch nicht geöffnet.

Es war naheliegend, die Hochzeit hier zu feiern. Es ist eine kleine Feier nur mit der Familie und den engsten Freunden.

Und es wird eine einfache Zeremonie stattfinden, die von einem Freund abgehalten wird, der Priester ist. Die Party im Anschluss steigt in einem großen Zelt im Garten.

Ich spüre eine Verbindung zu diesem Ort, die schwer zu beschreiben ist. Kaum habe ich das Haus betreten, hat es sich wie ein Zuhause angefühlt, auch wenn es nicht mehr aussieht wie in meiner Erinnerung.

Der Raum, in dem wir gerade stehen, war einmal unser Mädchen-Schlafzimmer. Alice und Summer hatten ein Stockbett, während ich ein Einzelbett hatte, was mir immer eifersüchtigere Blicke einbrachte, je älter die beiden wurden. Die Wände waren damals in hellem Rosa gestrichen, mit einem Fleck neben der Tür, der einfach nicht verschwinden wollte. Obwohl er jetzt nicht mehr zu sehen ist, weiß ich noch genau, wo er sich befand. Inzwischen sind die Wände in einem wunderschönen zarten Gelb gestrichen, was den Raum hell und fröhlich wirken lässt. Das Doppelbett hat einen gleichfarbigen Überwurf.

»Nervös?«, fragt Summer, die mich aufmerksam im Spiegel beobachtet.

»Nein.« Ich lächle meine Schwester an, die ein wenig zweifelnd wirkt. Ich kann nicht erklären, wieso ich nicht nervös bin. Als ich das letzte Mal geheiratet habe, war ich während der Vorbereitungen und der Hochzeit selbst ein nervliches Wrack. Mir war den gesamten Tag über schlecht. Jetzt fühle ich mich seltsam gelöst. Ich habe Schmetterlinge im Bauch und ein Grinsen im Gesicht, das einfach nicht verschwinden will, aber ich bin nicht *nervös*.

Ein Klopfen an der Tür überrascht uns.

»Kann ich reinkommen?«, erklingt Moms Stimme von draußen.

»Natürlich.«

Die Tür schwingt auf, und Mom betritt den Raum, mit

Julie an ihrer Seite. Erics Tochter sieht wunderbar aus. Sie trägt ein weißes Satinkleid, in dem sie wie eine Prinzessin wirkt.

»Julie, du bist so hübsch«, sage ich.

»Genau wie du.«

Mom sagt nichts, sondern zieht mich nur in eine Umarmung. Sie hat natürlich recht behalten. Es gibt verschiedene Arten von Glück. Und während ich hier stehe, umgeben von meiner Familie, während der Mann, den ich liebe, auf der anderen Seite der Tür wartet, fühle ich mich glücklicher als jemals zuvor in meinem Leben.

»Mom, zerstör nicht ihre Frisur«, ruft Summer.

»Es ist okay«, versichere ich ihr, um die Umarmung meiner Mom noch etwas länger zu genießen. Mein blondes Haar ist zu Locken gelegt, mit ein paar Haarnadeln hier und dort, also gibt es nicht viel, was man ruinieren könnte.

»Oh, schau, eine der Nadeln ist herausgerutscht«, sagt Mom, als wir uns voneinander lösen. Sie konzentriert sich darauf, die Haarnadel wieder festzustecken, doch ich glaube, in Wahrheit muss sie ihre Fassung zurückgewinnen, weil ihre Augen glänzen.

»Mom«, flüstere ich. »Ich bin nicht nervös. Ist das nicht seltsam?« Ich sehe sie mit angehaltenem Atem an.

»Nein, Süße. Das bedeutet nur, dass du weißt, dass es das Richtige ist.« Sie schenkt mir ein warmes Lächeln und drückt meine Hand.

Julie sieht mich stumm an, als wollte sie etwas sagen, fände aber den Mut dafür nicht.

»Was ist denn, Liebes?«, frage ich sie.

Sie sieht erst zu meinen Schwestern und Mom, dann starrt sie auf ihre Füße.

»Wir werden mal rausgehen, um zu schauen, ob alles in Ordnung ist«, meint Alice, als sie versteht, dass Julie sich nicht traut, etwas zu sagen, solange alle da sind. »Aber du solltest dich beeilen. Die Zeremonie beginnt in zehn Minuten.«

Die drei verschwinden und lassen mich mit Julie allein.

»Komm, wir setzen uns aufs Bett, und dann erzählst du mir, was los ist«, sage ich.

»Ich habe Dad gefragt, und er hat Ja gesagt, und ich hoffe, du sagst auch Ja.«

»Okay.«

Sie leckt sich mehrmals über die Lippen, womit sie einen Teil ihres kirschfarbenen Lipgloss verschwinden lässt. »Darf ich dich Mom nennen? Ich weiß, dass ich nicht dein Baby bin, wie sie es sein werden«, sagt sie mit einem Nicken auf meinen Bauch, »aber ...«

Ich hebe eine Hand, um sie zu unterbrechen. »Du bist mein Baby. Glaub bloß nicht, dass ich dich anders behandeln werde als die beiden. Und ich würde mich geehrt fühlen, wenn du mich Mom nennst.«

Ich ziehe sie in eine Umarmung, wie meine eigene Mutter es vor wenigen Minuten mit mir getan hat. Verdammt, ich spüre die Tränen in meinen Augen aufsteigen.

»Schwesterchen«, erklingt Max' Stimme aus dem Flur. »Du solltest besser bald rauskommen.«

»Wir kommen gleich.«

Julie öffnet die Tür für mich. Ich verlasse den Raum mit kleinen, vorsichtigen Schritten, um nicht auf mein Kleid zu treten. Max steht am Ende des kurzen Flurs, der in das großzügige Wohnzimmer führt. Dort wartet meine Familie zusammen mit Eric.

Mein zukünftiger Mann trägt einen eleganten, marineblauen Anzug, der seine blauen Augen betont. Eine kleine, rebellische Haarlocke hängt über seiner linken Augenbraue.

Vom ersten Teil der Zeremonie bekomme ich kaum etwas

mit. Ich achte auf kein Wort, das uns vorgelesen wird, Eric geht es genauso. Wir sind zu sehr damit beschäftigt, uns Blicke zuzuwerfen und uns verschwörerisch anzulächeln. Erst als ich die Worte »Sie können jetzt die Ringe tauschen« höre, komme ich wieder zu Sinnen.

Julie bringt die Symbole unserer Verbundenheit auf einem rosafarbenen Seidenkissen. Mit nervösen Fingern greife ich nach Erics Ring und bemerke, dass auch seine Hand leicht zittert, als er nach meinem Ring greift. Wir drücken uns kurz die Hände, um uns gegenseitig zu stützen. Dann schieben wir uns die Ringe auf die Finger.

»Und jetzt das Gelübde.«

Eric zwinkert mir zu und lächelt. Mein Gelübde zu schreiben war eine echte Herausforderung, hauptsächlich, weil er alles in seiner Macht Stehende getan hat, um herauszufinden, was ich sagen werde. Ich habe den Zettel allerdings gut versteckt, zumindest hoffe ich das. Ich will, dass es eine Überraschung wird.

Er ergreift meine Hände und räuspert sich. Die Anspannung lässt meinen Puls rasen.

»Pippa, ich verspreche dir, mich um dich zu kümmern, dich zu lieben und dich zu respektieren. Ich verspreche, dein Bedürfnis nach Koffein und Zucker zu achten und auch in Hunger und Not eine Ration für dich übrig zu haben.«

Ich lache leise und muss gegen Tränen der Freude anblinzeln. Eric ist allerdings noch nicht fertig.

»Ich verspreche, immer an deiner Seite zu sein, um an den guten Tagen mit dir zu feiern und dich an den schlechten aufzumuntern. Ich werde immer mit dir an unserer Beziehung arbeiten und niemals aufgeben. Liebe ist eine ehrenvolle Aufgabe und eine Entscheidung, und ich habe mich dafür entschieden, dich jeden Tag zu lieben.«

Mir steigen Tränen in die Augen, das kann ich nicht leugnen, doch meine Stimme ist erstaunlich fest, als ich mein Gelübde spreche.

»Eric, ich verspreche, mich um dich zu kümmern, dich zu lieben und dich zu respektieren. Ich schwöre, nur passende Spitznamen für dich zu finden und dir niemals Gründe oder Gelegenheiten zu geben, mich zu kitzeln, auch wenn ich dir zusichere, dir oft gute Gründe zum Lachen zu liefern. Ich schwöre, dass ich jeden Tag für unser Glück kämpfen werde.«

Er umfasst mein Gesicht mit den Händen und zieht mich an sich, um mich zu küssen. Seine Lippen gleiten sanft über meine, auch wenn sie dort zu lange bleiben, um als keusch zu gelten. Mein Körper kribbelt aufgrund seiner Nähe. Eric lässt seine Finger fast sündhaft langsam über meinen Hals nach unten gleiten, als wollte er mir ein Versprechen geben: *Später*.

Hand in Hand verlassen Eric und ich das Haus, den Rest der Meute auf den Fersen. Dann kommt das Gruppenfoto.

»Verdammt!«, ruft Max und blinzelt in die Sonne. »Hier draußen ist es zu hell.«

Ich lache und ramme meinem Bruder den Ellbogen in die Rippen. »Zu viel Alkohol auf dem Junggesellenabschied. Wieso habt ihr ihn am Abend vor der Hochzeit veranstaltet?«

»Hey.« Blake erscheint links neben mir. »Übereilte Hochzeit, übereilter Junggesellenabschied. Was habt ihr Mädels getrieben?«

»Keine von uns hatte am nächsten Tag einen Kater«, antwortet Alice, die hinter den Jungs steht. »Aber ich hatte Muskelkrämpfe.«

»Jepp«, schaltet Nadine sich ein. »Wir können das definitiv unter DNDWBM verbuchen.«

»Worunter?«

»Die Nacht der wilden Bennett-Mädels.«

Blake nickt beeindruckt. »Ich würde unsere Party eher als ›Die Nacht, in der die Party-Bennetts sich benommen und die restlichen Bennetts wild geworden sind‹ nennen.«

Max schnaubt abfällig. »Ich nenne sie kürzer ›Die Nacht, an die ich mich nicht erinnern kann‹.«

»Auf mein Zeichen«, sagt der Fotograf, und sofort wenden wir uns ihm lächelnd zu. Er schießt ein paar Fotos, einige mit der Gruppe, andere nur von Eric und mir. Danach schlendern wir ins Zelt, in Unterhaltungen vertieft.

»Bereit für den ersten Tanz?«, fragt Eric mit vielsagendem Blick.

»Keine fiesen Tricks«, warne ich ihn, weil ich an unseren wilden Tanz auf Avas und Sebastians Hochzeit denken muss. Wir haben den ersten Tanz geübt, aber wer weiß schon, auf welche Ideen dieser Mann kommt.

Als Eric zum DJ geht, erscheint Nadine an meiner Seite und reibt sich die Hände. »Also, wer kommt als Nächstes? Langsam beginne ich Geschmack an dieser Kuppelei zu finden.«

»Logan und ich haben eine Wette abgeschlossen«, sagt Sebastian, der ebenfalls neben mir auftaucht, mit Logan an seiner Seite.

»Seit wann schließt ihr über *so was* Wetten ab?«, frage ich.

Logan zuckt nur mit den Achseln, ein diabolisches Lächeln auf den Lippen. Da sich Alice' Schwarm immer noch am anderen Ende der Welt aufhält und Summer zu jung ist, werde ich mich wohl oder übel auf meine Brüder konzentrieren.

Auf der anderen Seite der Tanzfläche sind die zwei Zwillingspaare in eine hitzige Diskussion vertieft. Ich frage mich, wer wohl am ehesten bereit ist, den nächsten Schritt zu gehen. Die Party-Bennetts, Blake und Daniel, sind noch etwas zu jung. Aber ich sehe durchaus Möglichkeiten für Max und Christopher, besonders, da Max aus London nach San Francisco zurückgekehrt ist.

Nadine folgt meinem Blick. Dann grinst sie.

»Max«, sagen wir beide gleichzeitig.